동화의
지혜

루돌프 마이어Rudolf Meyer 지음

심희섭 옮김

동화의 지혜
루돌프 마이어 지음 심희섭 옮김

1판 1쇄 발행 2019년 11월 15일

펴낸곳 사)발도르프 청소년 네트워크 도서출판 푸른씨앗

편집 백미경,최수진,정연희 번역기획 하주현
디자인 유영란 마케팅 남승희,김기원 총무 이미순
표지 땅디자인

등록번호 제 25100-2004-000002호
등록일자 2004.11.26.(변경신고일자 2011.9.1.)
주소 경기도 의왕시 청계로 189-6 전화 031-421-1726
페이스북 /greenseedbook 카카오톡 @도서출판푸른씨앗
전자우편 greenseed@hotmail.co.kr

www.greenseed.kr

이 도서의 국립중앙도서관 출판예정도서목록(CIP)은 서지정보유통지원시스템
홈페이지(http://seoji.nl.go.kr)와 국가자료종합목록 구축시스템에서
이용하실 수 있습니다. (CIP제어번호 : CIP2019038462)

값 30,000 원
ISBN 979-11-86202-26-5 (03800)

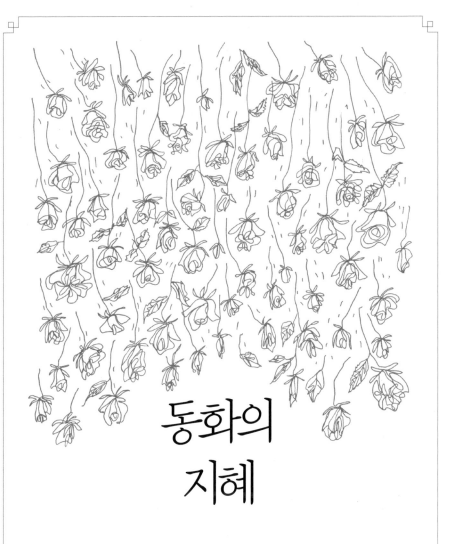

동화의
지혜

루돌프 마이어Rudolf Meyer 지음
심희섭 옮김

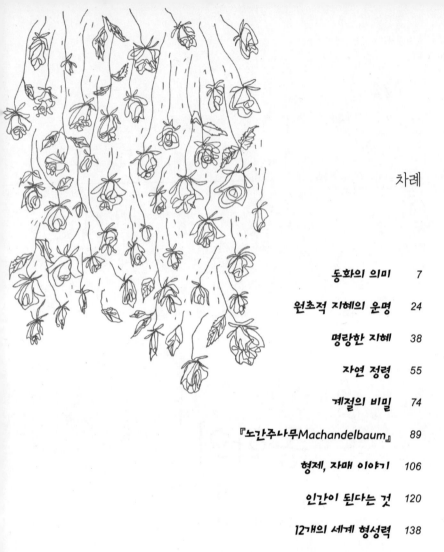

차례

일러두기

1. 이 책은 1935년 초판 발행되었으며, 1981년 Verlage Urachhaus의 출판본을 완역했다.
2. 이 책에서 일컫는 동화는 예로부터 전해 내려오는 민담과 같은 문학 장르를 말한다.
3. 그림Grimm 형제 동화는 『 』로, 다른 동화와 작품은 〈   〉로 표시한다.
4. 본문에 성서 내용은 〈해설판 공동번역 성서(국제 가톨릭 성서공회 편찬)〉를 참고하였다.
5. 본문에 <u>보완적 관점 00</u>로 표시된 것은 **개개 모티브에 대한 보완적 관점** 장에서 부연하였다.

백설 공주Schneewittchen
빨간 모자Rotkäppchen
개구리 왕자Der Froschkönig oder der eiserne Heinrich
별별털북숭이Allerleirauh
장미 공주Dornröschen
재투성이 아셴푸텔Aschenputtel
흰눈이와 붉은 장미schneeweißchen und Rosenrot

동화의 의미

설강화, 제비꽃, 앵초 없는 봄을 생각할 수 있을까? 이 어여쁜 꽃들은 독일에서는 봄의 대명사다. 봄꽃을 기다리는 마음이 없다면 땅에 등 돌린 것이다.

꽃 없는 봄을 생각할 수 없듯 '백설 공주', '빨간 모자 소녀', '개구리 왕자' 없는 어린 시절을 상상하기 어렵다. 이들은 우리의 감정을 싹 틔운 토양이자 우리를 성장케 한 힘의 정수와도 결부되어 있다. 그 시절 동화 속 인물들은 매일같이 만나는 사람들의 되풀이되는 일상보다 훨씬 생생했다. 괜히 심각해지는 어른들의 일상보다 이들의 고통과 소망, 성취에 마음이 가는 것은 어쩌면 당연한 일이었다.

우리 영혼에서 스스로 보물을 찾아내도록 이끈 것도 동화 속 인물들 아니었을까? 이들에게서 우리는 인생의 고뇌와 운명의 손길을 예감했다. 또 신의가 영혼을 아름답게 만들며, 순수가 영혼 지고의 행복이며, 영혼 가장 깊숙이 있는 광채는 가난 속에서 비로소 배어 나오기 시작한다는 것을 알게 된 것도 이들 덕분이다. 우리가 동화 속 인물들과 교류하며 이해하고 수긍하게 된 것들은 실로 많다. 단지 어른이 되면서 감각이 무뎌지고 아둔해져 시선을 다른 데로 돌리게 되었을 따름이다.

호두의 껍질을 깨고 빛나는 옷을 손에 넣기까지는 갖은 수모를 이겨 내야 한다거나(『별별털복숭이』), 공주를 얻기 위해서는 목숨까지 걸어야 한다는 것도, 그리고 별별 진기한 모험들을 통과**해야만** 사람이 된다는 너무나도 분명한 사실에 이르기까지...

아이의 정서는 어머니에게 동화를 듣고 또 들으며 무르익는다. 어린 시절에 들은 동화는 영혼의 밭에 뿌려져 삶의 희망을 싹 틔우고 이상을 낳는다. 영혼이 말랑말랑한 유년기에 동화의 형상을 빨아들여 정서의 향배가 정해지고, 이러한 수많은 개개인이 모여 한 민족의 성격을 만든다. 한 민족의 영혼에 이토록 심대한 영향을 끼치는 문학적 산물은 다시없으며, 그런 점에서는 최고의 고전도 동화에 비길 수 없다.

'계몽'을 뛰어넘는 동화의 마르지 않는 이처럼 강력한 힘은 어디에서 나올까?

우리는 세계관과 예술 양식의 수백 년 변천사를 알고 있다.

종교적 관습과 신앙이 지고, 새로운 의식의 신념들이 그 자리에 등장했다. 한 민족이 몰락하고 새로운 민족이 떠오르는 과정에는 동화와 동화의 원형들도 동행한다. 18세기 들어 이성이 개인적 취향과 신앙의 영역을 석권하자 민담은 여인네들이 길쌈하는 골방과 고적한 벽촌의 무지렁이들 사이에서 모멸의 삶을 연명했다. 당시 무조이스Musaeus가 동화를 문학의 영역에 끌어들이려 시도는 했지만, 이야기에 매력을 더하기 위해 곁들이는 연애담이나 재담 수준이었다. 바야흐로 동화를 이야기하려면 변명이 필요한 시대가 된 것이다. '계몽'의 산꼭대기에서 후미진 미신의 골짜기를 도도하게 굽어보는 형국이랄까! 사람들은 이제 동물은 절대 말을 할 수 없으며, 왕자가 곰이나 사자로 둔갑하는 일도, 동물이 왕자로 탈바꿈하는 법도 없음을 마침내 알아 버렸다. 천만다행으로 나라를 쑥대밭으로 만드는 용도, 처녀를 집어삼키는 괴물도 없으니 기사가 있을 이유도 사라졌다. 삶에는 시민이라는 인장이 찍히고, 세계의 운행은 자연법칙을 따랐다. 조명과 야경꾼의 등장으로 유령이 지배하는 밤도 사라질 터였다.

도둑에게서 집을 지켜 주는 야경꾼이 용과 싸우는 기사의 자리를 차지했다. 근대가 '중세의 암흑기'를 이긴 것이다. 이러한 계몽시민의 도도한 전횡을 깬 것은 괴테Johann Wolfgang von Goethe와 그 뒤를 이은 낭만주의를 표방한 세대였다. 이때 등장한 새로운 동화는 이들이 영혼 저 깊은 곳에서 경험한 것들이었다. 노발리스Novalis, 브렌타노Clemens Brentano, 뫼리케Eduard Mörike 등등이 그 뒤를 이었다. 이들에게 동화는 '시문학의 표준'이었다. 즉 동화는 작가의 상상력이 멋대로 분탕질한 결과도 아니요, 민중의 상상력이 제멋대로 꾸며 만물에 영혼을 불어넣은 산물도 아니었다. '동화란 예언과 이상과 절대적 필연을 드러내는 것'(노발리스)이었다. 이들은 영혼이라는 내면의 왕국이 불현듯 바깥세상으로 나오는 순간 세계는 단단한 속박에서 해방된다고 믿었다. 감정의 깊은 골짜기에 미래 세계의 싹이 들어 있다는 믿음이었다. 미래는 아무도 모르게 수많은 영혼 속에 웅크리고 있으면서 만방에 선포되기만을 기다리고 있는 것이다. 새로운 질서 속에서 우리는 왕이 되어 왕국을 물려받는다. 즉 새 질서가 도래하면 인간 자아의 존엄이 위풍당당하게 모습을 드러내는 것이다. 선은 곧 찬란한 미가 되고 악은 '밤'처럼 추해진다. 요컨대 본질과 현상의 모순이 사라지고, 만물은 정체를 고스란히 드러내고 그 자체로 성립할 것이다.

이러한 질서가 통용되는 비밀의 왕국, 곧 동화 속 인물들이 영원히 나이를 먹지 않고, 고정된 자연법칙에 아랑곳없이 유유히 변화를 거듭하는 그곳을 우리도 만날 수 있을까? '마법에 걸리고 마법에서 풀려나는 것' 이것이 인류사에 면면한 화두이다.

개체는 전체의 발전을 반복한다. 서양인은 발견과 자연 과학의 시대, 교회의 후견에서 벗어난 개인의 시대에 와서야 제대로 '지상적 성숙의 시기'에 도달하지 않았을까? 16-19세기에 걸친 정신 투쟁사는 '지상적 성숙의 시기'인 청소년기 경험에 해당한다. 지성에 눈뜬 청소년기의 인간은 모든 전승과 권위를 제 힘으로 따져 보고 '저항'함으로써 갓 태어난 자유를 체험하고, 은총을 거부함으로써 자기 힘을 자각한다. 그렇지만 그럴수록 영혼의 눈은 어두워져 동화와 그 인물들은 빛을 잃는다.

강보에 싸인 왕의 아기는 열다섯 살 되는 생일에 물레에 찔려 죽는다는 신탁을 받는다. 그 넓은 왕국의 물레란 물레는 모조리 없애라는 명이 떨어지지만 '장미 공주'는 저 운명의 날 까마득한 첨탑의 방을 찾는다. 거기에는 사악한 요정이 물레에 앉아 실을 잣고 있다. 장미 공주는 호기심을 못 이기고 냉큼 물레에 앉아 실을 잣는다. 그렇게 열세 번째 요정의 주문은 실현된다.(『장미 공주』) 청소년기 영혼이 어느 날 갑자기 오래된 탑에 올라가 '실 잣기'를 시작하는 것을 누가 막을 수 있겠는가? 청소년기 영혼은 머리(저 꼭대기)에서 깨어나 자기 생각의 실마리를 꺼내 신 나게 실을 잣기 시작하면 곧장 자기 세계로 빠져들게 된다.

영혼은 얼마나 쉬이 스스로 지은 생각의 허깨비로 화하는지! 이렇게 영혼은 자신이 살아가는 터전이었고 천사가 날개를 펼쳐 유아기 영혼의 꿈을 지켜 주었던 정신의 세계와 단절된다. 어제 영혼의 눈에 성스러운 실재로 보였던 것이 오늘 당장 조롱과 멸시의 대상으로 전락한다. 영혼이 아이의 눈을 지녔을 때 가장 막역한 동무였던 친숙한 인물들의 세계는 의구심 앞에 속절없이 죽어 나간다. 성채도 마법에 포획되어 폭삭 주저앉는다. 저

탑 꼭대기 다락방이 재앙의 진원지다! 이제 머리가 풍부한 감정의 세계를 쥐고 흔들고, 그 소용돌이 속에서 동화 속 인물들의 생명도 사위어 간다.

　동화의 메시지는 이렇다. "동화의 인물들이 죽어 가는 것은 네 탓이야! 이들은 지금도 살아 있다고! 동화 속 인물들은 원래 영원히 나이를 먹지 않거든. 아주 죽은 게 아니고 지금도 살아 있어." 온 우주가 보호하는 왕의 아이를 신탁이 주재한다. 열두 성좌에서 오는 힘을 땅으로 보내는 열두 요정이 요람을 지키고 있다. 열다섯 살의 공주에게 죽음이 닥쳐서는 안된다. 열두 번째 요정은 '백 년 동안의 잠'일 뿐이라고 단언한다. 마법을 걸 수는 있지만 죽일 수는 없다. 이 아이는 **불멸**의 존재이기 때문이다. 언젠가 아이의 잠을 깨울 누군가가 나타날 것이다.

　'백 년'은 긴 세월이야, 똑똑한 세속의 이성은 말할 것이다. 열다섯 살에 물레에 찔려 잠들었다가 백 년 뒤에 깨어나는 경험을 할 수 있는 사람이 어디 있겠어? 하지만 동화에서 '백 년'은 특정한 시공간이다. 백 년은 영혼에 **세계의 잠**이 쏟아지고 이성이 커가는 인류사의 한 시기이다. 하지만 오늘날 물질주의 시대라고 부르는 이 시대는 언젠가 흘러갈 것이다!

　지상적 성숙의 시기(사춘기)에 다다른 청소년이 이성(지성)에 눈을 뜨는 것으로 인류사의 특정 시기를 반복한다면, 경직된 이성의 마법을 깨고 나오는 것도 얼마든지 가능하다. 이것은 인류가 미래에 겪게 될 경험의 선취이며, 이때 **이 청소년기 '백 년'**

의 막이 내린다. 운명의 호의로 이러한 경험을 선취한 사람들이 늘 있었다. 이들은 잠에서 깨어나는 아름다운 동화 이야기로 그 선취를 민중에게 풀어놓았다. 이들은 백 년의 잠을 깨우는 존재, 자기 영혼에 입 맞추어 눈뜨게 하는 존재를 만난 사람들이다. 이들의 영혼 앞에서 동화 속 인물들은 일제히 생명을 되찾기 시작했다. 성이 통째로 마법에서 풀려난 것이다. 이들은 동화 속 왕과 공주들에 대해서도 똑같이 "죽었으되 **다시 살리라!**"고 선포할 수 있었다.

백설 공주, 재투성이 아셴푸텔, 엄지 소년, 가난한 방앗간 도제, 황금 아이들, 노루를 데리고 있는 누이 같은 인물들은 애초의 싱싱한 젊음과 성스러운 현실을 고스란히 지닌 채 우리 내면에서 되살아난다. 이들은 바로 우리 영혼의 힘과 성장 단계의 원형들이다. 이념의 알레고리나 상징의 외피가 아니라, 특정한 운명을 짊어지고 변화를 거쳐 온 실체적 인물들이다. 우리가 내면에서 일상적으로 마주치는 심리적 이치가 이들에게 있는 까닭이다. 이는 실험이나 정신 분석으로는 얻을 수 없는 영혼의 지혜이다. 이러한 영혼의 지혜는 감각 자료들을 조합, 사유하는 단계를 넘어 자연과 영혼의 형성하는 힘을 직관하는 단계에 다다를 때 비로소 열린다. 괴테는 부단한 연습을 통해 이러한 직관의 눈을 기르고자 애썼다. 그는 모든 식물의 형성 과정에 들어 있는 **식물의 원형**을 '자연적이면서 초자연적'인 형상으로 인지하고, 〈초록뱀과 아름다운 백합Die grüne Schlange und die schöne Lilie〉에서 영혼의 힘들이 겪는 변화를 그릴 수 있었다. 이 모든 과정에는 다시 깨어난 생생한 직관의 힘이 작동하고 있다. 노발리스도 대단한 직관력의 소유자였다. 그는 되살려낸 아이다움이야말로 늙어 버린 세계를 다시 젊게 하는 원동력임을 알고 있었다. 인간 영혼의 성장 과정에서 현재 가장 완숙한 힘은 비판적 논리적 이성이다. 이성은 감각이 실어온 자료들을 분류하고 정리하는 능력이다. 하지만 이성의 힘만으로는 세계정신의 창조적 생각을 따라잡을 수 없다. 그러려면 먼저 예술가가 되어야 한다. 같아야 서로 알아보는 법, 이성적 인식은 창조적 세계정신을 쫓는 예술적 직관으로 전환될 때 비로소, **체험이 되어** 실재 존재가 갖는 생성의 힘을 뚫고 들어간다. 인식은 '어머니들의 왕국'으로 올라가는 파우스트의 모습처럼, 오직 '형성과 변형의 과정'만 있을 뿐 정지가 없는 형상의 세계 한복판에서 눈뜬다.

루돌프 슈타이너Rudolf Steiner[1]는 정신과학(인지학)에 관련한 글과 강연에서 이 상위 인식의 획득 과정을 관점을 바꿔 가며 설명한 바 있다. 슈타이너는 이 인식의 단계를 창조적 형상의 세계로 들어가는 관문으로 보고, 이것을 '상상'이라 부른다. 우리가 보통 기억, 기분, 소망 따위로만 만나는 자기 내면의 움직임은 '상상'의 인지 작용을 만나야 내면의 형상 세계로 확장될 수 있다. 개

---

1 루돌프 슈타이너(1861-1925) 정신세계와 영혼 세계를 물체 세계와 똑같은 정도로 중시하는 인지학을 창시하고, 이를 바탕으로 철학적, 인지학적 정신과학에서 실생활에 적용할 수 있는 학문분야를 개척했다.

개 영혼의 움직임 뒤에 있는 밝고 어두운 힘들은 상상을 거쳐야 영혼의 눈에 띄게 된다. 이 순간 자각의 신비가 일어난다. 생각이 능동적인 생명의 세례를 받아 '상상'으로 변하는 순간, 삶에 대한 느낌이 완전히 바뀌는 내면의 경험이 시작된다. 인간은 상상의 세계로 들어가면서 차츰 젊어지는 느낌을 받는다. 이때서야 인간은 자신을 경직시키고 영혼을 노화시킨 것이 지성이었음을 알아차린다. 사고가 형상을 창조하는 경지에 오르는 것과, 형성력이 우리 몸을 만들고 여기에 부단히 성장의 힘을 충전하는 것은 같은 것이다. 어린 시절 우리의 몸을 형성한 것도 바로 이 힘이었다. 이제 이 힘이 '상상'을 만들려는 찰나이다. 그렇기 때문에 영혼이 깨어나 '상상'의 인식 단계에 이르는 것은 유년기의 처음으로 되돌아가는 것이기도 하다. 인식하는 자는 자신이 태어난 첫 순간의 무구한 생성력과 하나가 된다. 여전히 태양의 삶이 성스러운 천상에서 무구한 생성력 속으로 흘러들고 있는 것이다. 인식하는 인간의 상상력 앞에 금빛 찬란한 인물들과 금빛 성채가 빛난다. 인식하는 자는 하늘나라에 들어가고자 하면 먼저 아이가 되어야 한다는 그리스도의 말이 새롭게 이해되기 시작한다.$_2$

이러한 형상 의식이 하늘의 은총처럼 누구에게나 영혼의 자산이던 인류사의 단계가 있었다. 인식의 비밀을 분절적 개념이나 이성의 연쇄 논리로 탐색하지 않던 시대였다. 사물들의 심오한 연계가 충일한 형상과 생동하는 인물로 사람들의 영혼에 계시되던

2 이 책에 나오는 '상상', '상상력'이란 단어는 이 단락을 기초로 한다_편집자

시대였던 것이다. 이 시기 인류는 세계의 비밀을 꿈속에서 풀었다. 일상의 기억과 원망에 휘둘리는 오늘날의 꿈도 이러한 옛 시절 꿈의 초라한 흔적이다. 꿈은 옛날 옛적에는 한낮에, 그 뒤로는 각성과 잠의 이행기에 영혼에 주어지는 저 형상 시각의 일그러진 잔재이다. 형상의 눈은 반추하는 이성의 개입이 적을수록 믿을 만했다.

직감적 혜안은 인간에게 있는 확고한 자연의 힘이었다. 그것은 형상 경험을 통해 위대한 신들을 상상하고 신화를 창조해 내는 힘으로, 초자연적 힘이 인간 역사에 개입하는 것을 그린 전설이나 성담으로 남았다. 종교적 계시의 상징물과 오래된 제의의 상징어도 직감적 혜안에서 길어 올린 것이다. 근대 이성이 약진하고 현대 과학주의가 번성하면서부터 이러한 태고의 능력은 힘을 잃는다. 이는 순수 사고의 힘을 딛고 선 자유로운 개인이 치러야 할 대가였다. 꿈의 삶이 있고 그 위에 이 같은 오늘날의 각성 의식이 있듯, 바로 이 각성 의식을 넘어서야, 새로운 형상 체험, 즉 '초의식'이 열린다. 새로운 형상 체험은 사고 작용의 명징한 법칙성과 각성을 품고 있다. 또한 소망과 꿈의 힘을 넘어섰다는 점에서 자의에서도 벗어나 있다. 동화는 어찌하다 개별 인간 안에 살아남은 오랜 영혼 능력의 잔재이면서, 동시에 새로운 형상 체험으로 안내하는 예지적 선구자이기도 하다. 동화는 지적 의식의 수면 아래 소리없이 움직이고 있는 상상력에 생명을 불어넣는다. 오늘날 상상력은 어디에나 있으며 날아오르려 하고 있다.

노발리스는 〈푸른 꽃Heinrich von Ofterdingen〉에서 이러한 상상적 인식력, 즉 동화가 갖는 원 상상력의 바탕을 그리고 있다. 이 책에서 그는 동화를 '우화'로 칭한다.

"그대는 무엇을 찾고 있는가?" 스핑크스가 물었다.
"나만의 영토를 찾고 있소." 우화가 대답했다.
"그대는 어디에서 왔는가?"
"옛날 옛적에서"
"그런데도 그대는 아직 어린아이로군."
"앞으로도 영원히 아이일 것이오."
"누가 그대를 돌봐 주고 있는가?"
"나는 나 스스로의 힘으로 살아가오."

동화는 늘 자신의 '영토'를 찾아 나선다. 그래서 동화의 골자는 예외 없이 집으로 돌아오는 것, 즉 인간 영혼이 스스로를 소외시켰다가 원래의 자신, 영혼의 영원한 유년기를 되찾는 과정이다. 그러나 되찾은 천진난만함은 천지 분간 못하는 몽롱한 의식이 아니다. 오히려 이때의 아이다움은 세계를 속속들이 알며, 모든 형상들과 매우 친근하다. 그런 점에서 태초의 의식에 가깝다. 영혼에게 잊힌 유년기도 절대 없어지지 않는 우리 유산이라는 의미에서, 또 인류가 아랑곳하지 않고 전진해 나간다고 해도 출발점은 언제나 아이일 수밖에 없고, 그래서 우리는 지상의 삶에 발을 들여놓을 때마다 원점으로 되돌아가야 한다는 의미에서, 동화는 언제까지고 우리 곁에 있을 것이다. 인식의 형태와 예술의 양식은 바뀌어도, 어른들 틈에 아이들이 등장해서 인류가 부단히 젊어지듯 동화도 늘 있을 것이다. 유년기의 빛이 동화의 인물을 잣는다. 이 체험에서 단순 소박한 아이의 마음과 고도의 현명한 인식이 만난다.

그림Grimm 형제도 동화의 초자연적 근원을 분명하게 알고서 동화를 수집한 것은 아니었다. 낭만주의의 적자였던 이들은 동화에 담긴 유년의 지혜를 본능적으로 알아챈 정도였다. 이들은 상상 의식의 실체를 속속들이 알지는 못했지만, 형상들을 연결하는 내적 법칙성이 있다는 것을 어렴풋이 느꼈던 것이다. 빌헬름 그림Wilhelm Grimm은 이렇게 말했다. "모든 동화에는 공통적으로 태곳적 신앙의 흔적, 즉 초자연적 사물의 형상 인식이 들어 있다. 이 신비는 웃자란 풀꽃들 아래 점점이 흩어져 있어서 밝은 눈에나 띄는 산산이 부서진 잘디잔 보석 파편과 같다. 신비의 의미는 오래 전에 사라졌으나, 지금도 여전히 감지되면서 동화의 내용이 되어 준다. 동화는 신비로움과 경이로움을 추구하는 우리의 타고난 욕구를 채워 준다. 동화가 알맹이 없는 상상력의 신기루인 적은 없었다."3 동화에 담긴 형상의 의미를 짚은 대목이다. 그는 이 시대가 그런 의미를 잃었다고 생각하고, 흩어진 보

3 그림 형제 〈어린이와 가정을 위한 동화Kinder und hausmärchen〉 제 3판 마지막 부분

석 조각들을 되도록 많이 찾아내고자 했다. 먼지를 뒤집어쓴 보석 조각들을 깨끗이 닦아서 다시 맞추는 일이었다. 그러나 그림 형제는 아르님Ludwig Achim von Arnim이나 브렌타노의 방식을 취할 생각은 없었다. 전해 오는 모티브를 작가처럼 마음대로 바꾸거나 발전시킬 의도는 없었던 것이다. 이들은 동화라는 자산에 민족의 성스럽고 생생한 유산이 보존되어 있다고 여겼다. 동화는 말하자면 라인강에 가라앉은 금괴였다. 19세기 초만 해도 이러한 동화 유형들을 행여 다칠세라 경건한 마음가짐으로 수집하고, 멋대로 상상한 내용을 개입하거나 왜곡하는 일 없이 고스란히 보존하는 것이 가능했을 것이다.

　그림 형제는 방방곡곡을 찾아다니며 이러한 보물들을 끌어 모았다. 카셀 인근 츠베렌에 사는 나이든 피메닌 부인은 동화 이야기꾼으로 유명했다. 피메닌 부인은 마치 태초의 기억에서 끄집어내듯 형상과 말을 길어 올릴 뿐, 부러 어법을 바꾼다든지, 일부를 뺀다든지 하지 않았다. 이런 사람들은 동화의 형상 하나도 마치 아귀가 빈틈없이 들어맞는 경전을 대하듯 했다.

　카셀에서 약방 '황금빛 태양'을 운영하는 빌트 가문에서도 귀중한 동화 자산을 얻었다. 할머니 마리가 약방집 아이들에게 들려주던 동화였다. 우리에게 인기 있는 동화 몇 편은 훗날 빌헬름 그림의 아내가 되는 빌트 가문의 딸 도르트헨의 귀중한 이야기꾼 재능에 힘입은 것이다.

　나중에는 빌헬름도 점차 용기를 내어 파편만 남은 동화에 점차 '자기식 이야기'를 채워 넣었다. 『흰눈이와 붉은 장미』 시작 부분이 대표적인데, 이 부분에서 채워 넣기가 얼마나 조심스럽게 이루어졌는지, 또 얼마만큼 상상력 고유의 내적 성장 법칙을 따랐는지 느끼는 사람이라면 그 영민한 순종에 놀랄 것이다. 한 영혼에서 직관적 확신이 생성되는 길은, 오랜 시간을 기울여 이미 있는 것에 집요하게 녹아들어가 상상력의 귀중한 유산을 행여 다칠세라 보살피는 것이다. 이렇게 주어진 대상에 부단히 접근하는 영혼 속에서 동화의 인물은 날개를 펼치기 시작한다. 그렇기 때문에 변화를 가했다고 다 '가짜'라고 할 수 없다. 마찬가지로 원본에 충실하더라도 원래 내용과 어긋나는 일도 얼마든지 있다.

이제 빌헬름 그림이 문제 삼은 '잃어버린 의미', 그의 표현으로 '초자연적 대상에 대한 형상적 포착'을 동화 속에서 되짚어 보려 한다. 여기서는 우리가 잘 아는 그림 동화에 한정하겠다. 더불어 여러 예를 가지고 동화와 신화의 관계도 살펴볼 생각이다. 동화가 신화의 파편이라는 주장이 있지만, 그런 주장이 두 분야의 결정적 본질을 말해 주는 것은 아니다. 그림 형제 이래 수집된 방대한 양의 동화와 모티브를 바탕으로 전 세계 민족과 시대를 망라하는 모티브의 유사성을 추적하는 현대의 동화 연구와는 전혀 다른 경로를 택할 것이다. 모든 종족과 문화권에 있는 동화 자산을 샅샅이 구출하려는 학구열에 찬사를 보내는 것과는 별개로 이러한 방법이 실체적 인식의 진전을 가져올 수 없다고 생각한다.

그런 방법으로는 동화의 형상 모티브의 **시원**, 즉 초자연적 직관으로 거슬러 올라갈 수 없다.

이런 한계로 인해 현대의 동화 연구 방법들은 '동화들은 서로 얽혀 있다.(방랑 모티브)'는 데 귀착하는 게 고작이다. 이러한 시각으로는 민족마다 시대마다 상상력이 엇비슷해 보여도 독자적인 현상이라는 사실은 꿈에도 생각하지 못한다. 또한 비슷한 모티브가 눈에 띤다고 하더라도 모티브의 성장은 인류 의식 발전의 표출일 수 있으며, 형상이 동일해도 맥락상 매우 다른 이야기일 수 있다는 점도 현대의 동화 연구는 짚어 낼 수 없다. 그렇기 때문에 형상들을 어휘처럼 낱낱이 쪼개서 분류하는 것은 바람직하지 않다. 상상력의 공간에서는 형상이 고리가 되는 과정(사건)이 언제나 더 중요하다. 그래서 우선은 큰 틀 안에서 동화들을 전체로 체험, 반복하는 시도를 할 것이다. 그러다 보면 자연히 개별 모티브를 보고 그 유사성까지 짚어 내는 예리한 눈을 벼릴 수 있을 것이고, 이렇게 덤으로 생기는 눈은 다시 몇 가지 관점을 가져다줄 것이다.

우리는 초자연적 차원을 발현케 하는 **내적 출발점**을 찾아내는 것이 늘 주안점이었고, 줄곧 상상력이 어떤 의식 상태에서 나래를 펴는지 더듬는 데 매달려 왔다. 이는 인간 존재를 깊이 이해하고 인간이 초자연적 세계와 어떻게 연결되어 있는지 짚어 봐야 하는 문제다.

이처럼 마음속에서 기본 정서와 의미 있는 출발점을 재건하는 정신 추구의 길은 동화의 형상을 상징으로 해석하는 길과는 판이하다. 상징 해석은 예술을 체험, 향유하는 즐거움을 파괴하기 십상이다. 반면에 동화를 읽거나 듣는 이의 상상력이 정신의 **발원지에** 가닿으면, 이들의 영혼이 말랑해지고, 결국 동화 속 형상들의 얼개나 상황을 내면에서 다시 구성하는 단계로 한 걸음 더 나아갈 수 있다. 동화를 이해하는 이런 방식은 상상력의 현란한 움직임을 물끄러미 바라보기만 할 때 놓치기 쉬운 섬세한 결을 붙들어 준다. 우리가 취하는 이 방식이 미세한 개별 요소의 해석을 고의로 방기한다고 몰아붙일지도 모르겠다. 하지만 우리에게 전해 온 이야기는 변조를 거듭한 결과이고, 원초적 경험은 다채로운 상상력의 넝쿨에 휘감겨 있다는 사실을 기억해야 한다.

　아이들 영혼에 동화를 가져갈 때 어떤 설명도 덧붙이지 말 것은 두말할 나위 없다. 아이는 동화에 담긴 의미와 직접 결합한다. 아이는 아이 본연의 순진무구한 성장력의 지혜로 상상력의 언어를 감지하고, 그 언어와 내면 깊숙이 하나가 되는 체험을 한다. 몸을 자라게 하고 건강을 가져다주는 아이의 에테르적 형성력은 참된 동화의 형상들을 먹고 산다. 동화의 형상들이야말로 아이가 갖는 형성력의 생명수인 셈이다. 우리 생체에 경직과 죽음의 힘이 이른 위력을 발휘하는 오늘날, 동화가 담고 있는 지혜는 우리 모두에게 긴급한 '생명의 물'이 되어 줄 것이다. 아직 동화에 귀가 열려 있던 아득한 유년에 골똘히 흡수했던 생명력은 늙어 꼬부라지도록 우리 몸과 마음을 비출 것이다.

    오늘날에는 동화 형상의 발원지인 정신적 체험을 의식적으로 **끄집어내지** 않으면 동화의 인물들 안에 살아 숨 쉬는 더 높은 현실을 감지해 내는 감각이 사라질지도 모른다. 삶 전반에 침투한 물질주의적 사고가 동화에 대한 사랑을 간직한 실낱같은 미적 감수성에 비해 너무나도 강고한 탓이다.

    지금 이 시대에 다시 동화, 특히 **민담**에 대한 관심이 커져 가는 현상은 분명 희망적인 신호다. 동화 모음집들이 속속 새로운 모습으로 세상에 나오고 있다. 다른 민족이나 종족들의 동화도 줄지어 번역되어 나온다. 동화를 기반으로 하는 아마추어 연극에 대한 반응도 뜨겁다. 바야흐로 이성에 경직된 인간 세상이 젊음의 샘을 갈구하고 있는 것이다.

    머리가 수긍하는 것보다 가슴이 아는 것이 더 많지 않을까? **선각자**가 마법을 풀 때가 가까웠음을 우리 영혼이 감지하고 있는 것은 아닐까? 드높은 예언들이 실현되고 동화의 깊은 의미가 되살아나기 시작하는 시대가 오고 있는 것은 아닐까!

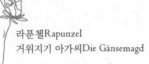

원초적 지혜의 운명

동화는 민중 정서의 가장 심오한 측면을 드러내 준다. 민중의 영혼이 밟아 가는 운명의 경로, 민중의 드러나지 않은 고뇌와 당당한 힘과 순수한 갈망을 민담에서만큼 직접적으로 경험할 수 있는 통로는 없다. 지나치게 일찍 아이 영혼의 순수한 힘에 학교라는 때가 묻지 않고, 기술 문명의 회오리가 예지적 형상 감각의 숨통을 조이지 않는 한, 동화 형상에 담긴 원형적 기억의 샘은 세대에서 세대로 면면히 이어지기 마련이다.

　원형적 기억이란 무엇일까? 앞서 말했다시피 요즈음 학계가 만들어 내서 만능으로 쓰는 저 모호한 '민중의 상상력' 얘기가 아니다. 그렇다면 신화나 동화에서 '이교적' 자연 영혼설을 다시 끄집어내면 될까?

신화 연구의 거장 야콥 그림Jakob Grimm은 '유구한 세월 동안 인간의 삶은 수상한 야만 투성이었다.'는 식의 관점에 대해 '오만'이라는 딱지를 붙였다. 야콥 그림은 '이교는 하늘에서 뚝 떨어진 게 아니다. 그것은 까마득한 시간을 통과해 전승으로 이어져 왔으며, 그 토대에는 인간의 창조와 번성과 놀라운 언어 같은 신비로운 계시가 있기 마련'이라고 말한다. 동화는 모든 문명과 민족 문화의 출발점인 '신비로운 계시'의 마지막 잔향, 인간 존재의 숭고한 근원에 대한 예감에 찬 기억인 것이다. '부엌데기'나, 햇빛도 달빛도 스미지 않는 캄캄한 탑에 갇힌 '말렌 아가씨' 같은 영혼은 처녀(순결)이며 왕족으로 그 옛날 영혼은 몽롱하거나 사납기는커녕, 빛나는 지혜가 흘러넘쳤다. 이것이 동화에서는 대개 '금발'로 등장한다.

삼단 같은 금빛 머리채를 가진 라푼첼은 높은 첨탑에 갇힌 채 마녀의 감시를 받고 있다.(『라푼첼』) 말렌 아가씨처럼 세상과 완전히 단절되거나, 장미 공주처럼 마법에 걸려 깊이 잠들어 있는 것은 아니다. 라푼첼이 첨탑의 창을 통해 '20엘레(1엘레는 66센티미터. 그러니까 대략 13미터 되는 높이의 첨탑이다) 아래로' 땋은 금발을 내려뜨리면, 마녀는 이 머리채를 타고 라푼첼에게로 올라온다. 동화에서 금발은 태고의 성스러운 의식의 힘을 가리킨다. 이따금 영혼의 눈이 트이는 순간들이 있다. 이때 마녀는 "라푼첼아 라푼첼아 너의 머리를 내려다오"라고 소리친다. 라푼첼은 선택의 여지가 없다. 아직 저급한 태곳적 힘의 마력에 붙잡혀 있는 것이다. 이러한 영혼들은 낮의 의식이 약해진 몽유병적 상태로 빠져들지만, 그 대신 태양처럼 밝은 지혜의 세례를 받을 수 있었다. 의식은 마치 태초의 심연(동화에는 '20엘레 깊이'로 나온다)을 탐색하듯 추를 내린다. 강신술이 사라진 시절 켈트족이나 게르만족 '무당(발라)'이 경험했던 무아경과 비슷한 상태다. 그리스 전설에 등장하는 황금 양피(태양처럼 빛나는 숫양의 털_그리스 신화에서 영웅 이아손이 아르고 선을 타고 콜키스에게서 빼앗아 온 보물)는 영웅들이 아르고 선을 타고 출항한 목적이었다. 그러나 이러한 순진무구한 영혼의 힘은 어두운 힘에 이용당한다. 어두운 힘은 하계에서 올라와 영혼의 성장을 제지하고 영혼을 부자유하게 만든다. '마녀'는 그러한 퇴행적 영매의 위력을 가진 존재로 등장한다. 말하자면 타락한 시빌라(아폴론의 신탁을 전했던 여자 예언자)인 셈이다. 영혼은 마녀의 마력에서 벗어나기 위해 싸워야 한다. 자신의 참된 자아를 만나는 길을 찾아야 하는 것이다. 왕자도 똑같이 삼단 같은 금발을 타고 첨탑 꼭대기로 올라간다. 그러나 옛 힘의 속박에서 벗어나 자아의 내적 자유로 향하는 길은 험난하기 그지없다. 영혼은 먼저 빛의 지혜를 포기하고 가난과 광야를 통과해야만 왕이 될 수 있다는 것이다. 영혼은 금발을 가차없이 잘라 내고 스스로 고독에 처하는 길을 택한다.

『거위지기 아가씨』에서는 공주가 걷는 고난의 길이 다르다. 공주의 어머니는 공주에게 낯선 길에 동행할 하녀를 딸려 보낸다. 하지만 하녀는 그림의 표현대로 '오만방자하게' 공주의 자리를 차지하려 든다. 아는 체하며 거들먹거리는 저급한 개성의 속된 의식이 지나친 독단이 되어 버린 형국이다. 개성은 더는 몸을 낮춰 봉사할 마음이 없다. 우리가 자기 존재를 더는 이해하지 못하게 되었을 때, 태곳적 정신의 유산인 '예감'은 웃음거리가 되어 그 권좌를 빼앗긴다.

그렇다면 '예감Ahnung이 든다'는 것은 무엇을 뜻하는가? 말 뜻으로 보면 내면에서 선조Ahnen들의 경험이 떠오르는 것을 느끼는 것이다. '선조들'의 경험이 아직 핏속에 흐르던 때, 어린 시절 경험이 반짝 떠오르듯 영혼 깊은 곳에서 지난 세대들의 경험이 번뜩이며 올라오던 시절에는 영혼도 '지혜'로웠다. 그 시절만 해도 사람들이 살아가고 행동하는 근거는 협소한 개인의 경험을 뛰어넘는 경험의 보고였다. 그 시절 사람들은 자신을 포괄적인 의식의 담지자로 느꼈다. 조상들의 힘이 면면히 작용하는 피가 태곳적 지혜를 세대에서 세대로 전해 주었기 때문이다.

루돌프 슈타이너는 '피는 아주 특별한 액체'라고 한 괴테의 말에 기대어, 오늘날 머리의 기억이 인류가 성장하고 종족이 발전하는 과정에 작용해 온 이러한 오래된 핏줄의 기억을 서서히 몰아냈다고 말한다. 이러한 머리의 기억을 구축하는 과정은 자체적으로 완결된 삶을 영위했던 부족이나 혈족(가족)이 다른 혈통과 섞이면서 시작됐다. 새들의 말을 알아듣는 지크프리트는 근친혼 관계에서 나온 아이다.(《니벨룽겐의 노래Das Nibelungenlied》) 옛날에는 혈통이 갖는 형성의 힘이 풍부했기 때문에 근친혼이 용인되었고, 기형의 문제도 당장은 발생하지 않았다. 근친혼에서 족외혼으로 넘어가 민족의 혼합이 발생하는 시점에 지성이 태어난다. 직관적인 영혼의 힘이 퇴조하고, 이를 기점으로 개성이 공고한 씨족의 사슬에서 풀려나 더욱 자유롭게 날개를 펼친다. 물론 실제 역사에서 이 시점은 민족마다 빠르고 늦는 차이는 있다. 그러나 그 시점이 지닌 의미는 한결같이 원초적 지혜가 희미해지고 피에 담긴 혜안의 힘이 사멸한다는 것이다. 한마디로 개인은 이처럼 비싼 대가를 치르고서 깨어났다.

이러한 필연적 발전은 심대한 비극에 싸여 있다. 동화는 민족의 영혼이 아득한 옛날 신적인 힘을 떠나오면서부터 '과부'의 삶을 산다는 형상으로 표현한다. 과부는 '왕자와의 혼약' 때문에 딸을 머나먼 땅으로 떠나보낸다. 민족 정서와의 끈이 사라진 개별 영혼 앞에는 자유로운 자아라는 왕관을 찾아가는 여정이 놓여 있다.

고대의 지혜서들은 정신의 길을 찾아가는 입문자가 성숙 이전에 거쳐야 하는 단계로 '실향'을 필히 거론했다. 실향은 자기 영혼 속의 영원성을 일깨우는 과정이다. 우리는 고대의 많은 현자가 방랑의 운명을 받았음을 잘 알고 있다. 이 민족 저 민족을 떠돌며 충분한 내적 자유에 다다를 때까지 낯선 풍속과 세계관들을 섭렵한다. 그러고 나서야 자기 능력을 자기 민족의 구원에 쓸 수 있게 된다. 방랑 끝에 아테네인들에게 법을 제정해 준 솔론Solon처럼 그때서야 더 높은 지혜에서 나온 법을 자기 민족에게 부여할 수 있게 되는 것이다. 부처도 고향을 떠나 '실향의 길'을 택했다.

『거위지기 아가씨』는 이러한 영혼의 상태로 들어가는 분위기다. '과부'인 공주의 어머니는 공주를 많은 보물과 함께 멀리 떠나보낸다. 자신의 피 세 방울도 천에 묻혀 보내는데, 공주가 이 천을 가슴에 품고 있는 동안에는 어떤 위험도 물리칠 수 있다. '피는 아주 특별한 액체!'이기 때문이다. 예로부터 인간의 피는 쟁취의 대상이었다. 인간의 피를 손에 넣은 자가 그 사람까지 지배한다. 자아의 거처이자 활동 무대인 피를 두고 천사와 악마가 다툼을 벌인다.

냇가에 다다랐을 때 목이 마른 공주는 시냇물을 마시기 위해 몸을 굽혀야 했다. 공주의 어머니는 길을 떠날 때 딸에게 몸종을 딸려 보냈다. 그런데 이 몸종은 '오만방자'하다. 물을 마실 때 공주에게 황금 잔을 내주지 않는다. 공주는 한숨을 쉬며 냇물 위로 몸을 굽혀 물을 마신다. 그때 세 방울의 피가 "어머니가 아시면 가슴이 찢어지겠는걸!"이라고 대꾸한다. 다시 강을 만났을 때에도 같은 상황이 벌어진다. 그런데 이번에는 핏방울 묻은 천이 얼떨결에 떨어지고 만다. 핏방울이 물결을 따라 떠내려간다. 이것은 말하자면 망각이다. 몸종은 사태를 알아차리고 바로 주인 행세에 돌입한다. 몸종은 공주에게 자기와 옷을 바꿔 입고 말을 바꿔 타라고 강요한다.

그런데 공주의 말은 특별하다. 지혜로운 말 '팔라다'는 인간의 말을 한다. '팔라다'라는 이름은 그 소리가 게르만의 현명한 여사제 '벨레다Weleda'를 연상시키는데, 물론 여기에서 따온 것은 아니다. 영혼이 자기 민족의 가장 성스러운 힘들과의 연결 고리를 핏속에 간직하고 있는 한, 이러한 힘이 스며 있는 의식의 잔재가 그 영혼 안에서 작동한다. 영혼 저 깊숙이에서 영매(발라)의 힘들이 말한다. 공주가 어머니의 핏방울을 잃어버렸을 때, 원초적 지혜도 공주에게서 사라진다. 공주는 팔라다를 몸종에게 넘겨 줄 수밖에 없다. 공주의 자리를 차지하고 이국의 왕궁에 도착해 신부 행세를 하는 몸종은 말을 하는 동물이 비밀을 말할까봐 두려워 팔라다의 목을 치게 한다. 그러나 진짜 공주는 말의 머리를 그 도시의 어두운 성문 아래 걸도록 비밀리에 조치한다. 집의 출입문 위 박공에 말 머리를 다는 고대 게르만족의 풍속이 생각나는 대목이다.

게르만 문화권에서 '말'은 거의 종교적 숭배의 대상이었다. 알다시피 신과 영웅들은 자기 말에 대한 애착이 대단했다. 전설과 신화에서 말은 직감적인 지력 같은 영혼의 힘을 표현하는 형상으로 등장한다. 시인의 '페가수스'처럼 날개 달린 말은 상상력, 즉 중력에서 벗어나 천상계로 비상하는 표상력을 의미한다.

〈요한의 묵시록〉에 나오는 네 기사(흑사병, 전쟁, 기근, 죽음을 상징하는 기사)는 인간 지성의 발달 단계의 반영이다. 흰말, 붉은 말, 검은 말, 납빛 말의 순서로 '봉인 해제'가 이루어진다.(〈요한의 묵시록〉 6장, 11장 19절) 종말의 날 하늘에서 흰말 탄 기사가 다시 와서 정신이 승리하는 새 왕국을 건설한다. 인류 활동의 시원에는 찬란하게 빛나는 지혜의 힘이 있다. 그러나 지혜로운 본능은 욕망의 본성에 사로잡히고(빨강), 마침내 빛을 잃고 오로지 숫자로 재고 계산하는, 땅에 묶인(세속적) 지성(검정)으로 퇴색한다. 물질주의의 파괴적인 힘들이 지혜로운 본능을 손아귀에 넣자 죽음이 납빛 말을 타고 다가온다. 생각에 작용하는 **의지의 방향**이 결정적 관건이 된다. 말의 형상과 색이 이러한 의지의 방향을 드러낸다.

천상의 밝은 지혜가 몰락으로 치닫는 생각을 제압하는 것은 미래의 일이다. 이때가 흰말 탄 기사가 새로운 모습으로 땅의 왕국에 등장하는 순간이다.

동화 『거위지기 아가씨』는 영혼 안에서 태곳적 지혜가 사멸하는 과정을 그린다. 저급한 지능을 구사하는 땅의 의식은 오만방자해져서 봉사할 마음이 눈곱만큼도 없다. 원래 땅의 의식은 인간 형성의 여정에 봉사하도록 주어진 몸종이었다. 그런 몸종이 도리어 순결한 공주의 왕좌를 빼앗고 영혼 안의 지혜의 힘을 살해하고 개성을 완전히 장악한다. 즉 몸종이 왕자와 맺어지고 공주는 '거위지기'로 전락한다.

이 동화는 영혼의 특정 상태를 오롯이 보여 준다. 거위 떼는 감각과 비슷하지 않을까? 거위 떼는 끊임없이 세상의 자극을 쫓아 다니며 새롭고 낯선 '자극'에 정신을 파는 위태로운 감각처럼 보인다. 영혼은 매일 아침 감각을 흔들어 깨워 성문으로 밀려 들어오는 다채로운 인상들에 자신을 내맡기지 않는가?

정신을 향한 여정에는 서구 세계가 걸어온 특징적인 길, 말하자면 처녀인 공주가 '거위지기 하녀'가 되는 단계가 있다. 영혼이 감각을 억누르거나 말살시키지 않고 조심스럽게 보호하는 법을 배우는 단계이다. 이 국면에서 금욕을 꺼내 드는 것은 감추어진 정신의 본성을 펼치기는커녕 인간 존재를 일그러뜨리는 결과를 불러올 뿐이다. 영혼은 깨어 있는 감각을 장악해야만 그 감각과 함께 땅의 세계를 걸어 나갈 수 있다. 영혼은 감각으로부터 얻을 수 있는 모든 것을 취해 개성의 발전을 도모한다. 이때 영혼이 과도한 욕망 탓에 감각에 빠지는 일이 있어서는 안된다.

이러한 경로를 통해 자신의 힘을 갖게 된 영혼은 깨어나는 순간과 잠드는 순간을 독특한 방식으로 경험하게 된다. 영혼의 근저에서 원초적 의식이 서서히 떠오르고, 오래 전 사멸한 줄 알았던 지식이 영혼에 말을 걸어온다. 동화에서는 거위지기 하녀가 아침과 저녁에 어두운 성문을 통해 거위 떼를 몰고 드나들 때마다 말의 머리와 주고받는 대화로 표현된다.보완적 관점 2

"오 팔라다야 거기 매달렸구나-"

그러면 말이 이렇게 답한다.

"오 공주님, 그런 데를 드나드시다니
어머님이 아시면
가슴이 찢어지시겠어요."

영혼의 눈이 좀 더 내밀해지면 이러한 각성과 잠 사이의 전이 순간들이 점점 더 잘보이게 된다. 이때 **한 차원 높은 의식이 싹튼 다.** 낮의 경험의 흔적인 뒤엉킨 꿈의 형상에서 좀 더 의미 있는 형상들이 떠오르며 감추어진 세계의 인상들이 모습을 드러낸다. 바닥에 가라앉아 있던 아득한 왕국의 기억이 어둠침침한 잠으로부터 서서히 빛을 내기 시작한다. 이때 영혼은 자신이 왕족임을 기억해 내고 자신이 놓친 것을 고통 속에 체험한다. 이렇게 알아채고 기억해 내면서 영혼은 끈질긴 연습을 통해 잃었던 것을 재탈환하는 힘을 얻는다. 초원에서 거위지기 하녀의 머리채가 찬란한 햇빛을 받아 황금빛으로 빛난다. 흘러넘치는 지혜의 빛이 거위지기 하녀를 맞이하는 것이다. 지혜의 빛은 거위지기 하녀의 내면에서 사고로 빛나기 시작한다. 이제 거위지기 하녀는 이 흘러넘치는 사고의 빛을 정돈하고 다독여야 한다. 이러한 형상들은 영혼이 침잠했다가 각성해 가는 여정을 가리킨다.

당돌한 쿠르드족 소년이 공주의 빛나는 머리채를 잡아당기고, 공주가 이 악동을 방해되지 않게 바람에 날려 버리는 등 유머러스한 대목도 눈에 띈다. 유머의 인도 없이는 참 정신을 찾아낼 수 없는 것이다.

이 당돌한 쿠르드 소년이 누구에겐들 없으랴!(동화에서는 '꼬맹이 콘라드Konraedchen'라고 명명하는데, 당돌한 자der kuehn im Rate ist라는 뜻이다) 소년은 넓은 오지랖으로 고요한 생각에 사사건건 끼어드는 지나치게 **뻔뻔한** 감각이다. 이러한 감각은 영혼에 경건한 집중을 방해한다. 위대한 지혜에 침잠하는 법을 배우려는 사람은 뜬금없이 명멸하는 원망과 생각의 장난을 물리쳐야 한다. 어떻게 하면 성공할 수 있을까?

북유럽 민족들은 원초적 지혜를 두운으로 불러내어 마력의 운율로 빚어냈다. 숨을 관할하는 신 오딘은 룬 마법의 종주로 여겨졌다. 오딘은 음유 시인들의 신으로, 숨결에 성스러운 말의 힘을 불어넣는 법을 가르쳐 주는 존재다. 이렇게 숨결에 불어넣은 말에서 사람들은 세계정신의 속삭임을 들었다. 음유 시인은 말에 대한 전권을 부여받을 것을 자임했다. 이들은 가장 고결한 신의 권능, 즉 숨결의 형태를 만드는 힘을 부여받은 자였다. 그래서 음유 시인은 자신이 '바람'의 주관자가 됐노라고 말한다. 이 시기만 해도 영혼이 말에서 아직 정신의 창조성을 감지하던 시대였다. 말의 계시 속에 아직 세계의 의지가 작동하던 때였기 때문이다. 말(룬 문자)에서 세계 의지를 포착하는 사람은 불안하게 가물대는 창백한 이성적 사고를 뛰어넘었다. 말의 위력을 쏟아부은 운율(리듬)과 두운은 영혼을 강력하게 휘어잡아 그 너머로 데려갔다. 덕분에 영혼은 세계 지혜의 창조적 숨결과 연결됐다. 동화는 게르만의 오딘 문화에서 이러한 강력한 체험을 만난다. 동화에서 공주는 '바람을 불러오는' 존재로 나온다. 공주는 숨결을 통해 신들의 힘으로 충만한 말의 마법을 발휘한다. 음유 시인들의 성스러운 노래가 울려 퍼져 룬 문자의 지혜가 우러나오면 '꼬맹이 콘라드'는 설 곳을 잃는다. 모든 것을 엉클어 놓는 이성을 잠시나마 몰아내는 것도 바로 '**시의 마법**'이다. 시의 숨결은 바람을 일으켜 이성의 모자를 날려 버리고, 드러난 공주의 머리칼은 햇빛을 받아 찬란하게 빛난다.

그리고 마침내 공주가 구원받는 시간이 다가온다. 공주의 비밀을 눈치 챈 늙은 왕의 선처로 공주는 깊은 고민을 무쇠 화덕에 털어놓는다. 공주는 자기가 당한 일을 '사람'에게는 절대 말하지 않기로 하녀에게 맹세했기 때문이다.

여기서 동화가 말하고자 하는 것은 심장(마음)의 신비이다. 공주는 '화덕 안으로 기어들어 가' 화덕에게 자신의 딱한 처지를 털어놓는다. 그때 밖에서 늙은 왕이 공주의 고백을 엿듣는다.

불길이 일렁이거나 음식이 끓고 있는 화덕의 이미지는 꿈에서 일정한 의미를 담는다. 즉 마음의 동요나 몸의 열을 상징하는 경우가 많다. 그림 동화에서 마법에 걸려 숲속 '무쇠 난로'가 된 왕자는 자신을 구해 줄 공주를 기다린다.(『무쇠난로』) 이 동화는 굳어 버린 마음에 갇힌 위풍당당한 정신의 힘들의 해방을 이야기하고 있다. 난로에 구멍을 내기 위해 오랜 시간 갈아 낸 끝에, 마법에 걸린 왕자는 그 구멍으로 빠져나온다.

『거위지기 아가씨』는 그와 반대다. 공주가 자진해서 화덕으로 들어가야 하는 처지다. 영혼이 마음 밑바닥까지 들어갔다 나와야 정신의 경험이 힘을 발휘하기 때문이다. 마음이 개입해야 비로소 정신이 각고 끝에 얻은 초자연적 지혜나 예감을 전인적 체험으로 전환할 수 있다.

영혼이 자기 근원을 기억해 내, 잊고 있던 드높은 소임을 깨닫는 것은 세속 이성의 언어로는 다가갈 수 없는 사건이다. 자신의 영원한 자아를 아는 것이야말로 가장 신성한 일대 사건인 것이다. 요컨대 인간 대 인간으로 전달될 수 없는 사안, 즉 신비로운 사실이다. 자각이라는 신비로운 사건은 필히 일어나게 되어 있다. 이제 영혼은 다시 왕족의 혈통을 상기하고 자기 근원을 고백한다. 해방의 실마리는 이렇게 영혼이 수난을 당하고 폐위된 끝에, 양도할 수 없는 왕좌를 기억해 내고 고백하는 데 있다.

거위지기 하녀가 자기 운명의 비밀을 화덕에게 말할 때, 늙은 왕이 이 말을 몰래 엿듣는다. 우리가 생각하고 노력하는 이면에는 늘 보이지 않는 태곳적 드높은 정신이 살아 숨 쉬고 있다는 얘기다. 이것이야 말로 운명을 잣는 힘, 지금껏 우리를 움켜쥐고 끌어온 힘이다. 이것은 우리가 어른이 되었음을 말해 주는 증좌이다. 이처럼 방향을 잡아주는 정신, 즉 늙은 왕은 마음이 자신에게 하는 이야기를 이해한다. 그렇기 때문에 정신은 방향을 잡고 구원을 행할 수 있는 것이다.

'방자한 몸종'은 심판을 받고, 왕자는 진짜 신부를 맞이한다. 인간의 영혼은 내적 자유로 가는 여정에서 먼저 헐벗음을 거쳐야 한다. 핏속의 원초적 지혜가 소멸하면서 세속의 지적 의식이 영혼을 장악하고 왕족의 위엄을 서서히 지운다. 영원한 정신의 유산은 감각계를 통과하면서 소멸되려는 찰나에 있고, 저급한 개성은 영혼에게서 영혼의 참된 근원에 대한 기억을 몰아낸다. 하지만 영혼은 이 운명의 여로에서 내적 자유로 가는 길을 찾아낼 수 있다. 영혼은 전적으로 자기 힘에 의지해서 새로운 힘을 자각하고 힘찬 자각의 결의로 정신으로 고양되어 간다. 영혼은 마침내 자신의 신분에 걸맞은 '왕족의 결혼식'을 올린다.

하늘나라에 간 재봉사Der Schneider im Himmel
용감한 꼬마 재봉사Das tapfere Schneiderlein
영리한 재봉사 이야기Vom klugen Schneiderlein
거인과 재봉사Der Riese und der Schneider

명랑한 지혜

동화 속 인물들이 희미해져 세속의 시선으로는 보이지 않게 된 뒤로 세상은 고약한 마법에 사로잡혔다. 누구 탓일까?

동화는 '재봉사!'라고 답한다. 재봉사는 모든 것을 싹둑싹둑 잘라 제 멋대로 이어 붙이는 독불장군 이성(지성)이다. 그러고는 이성의 한계니 자기 권리니, 현학적인 장광설을 늘어놓으며, '순수 이성 비판' 같은 철학 논쟁에 불을 붙인다.

동화는 나름의 방어 수단을 가지고 있다. 재고 세고 분석하고 조합하는 것밖에 모르는 사람의 모습을 그대로 묘사하는 방책… 독불장군! 가위와 바늘, 실을 쥔 비쩍 마른 재봉사! 그런 재봉사가 천상에서 어떤 태도를 취할지 그려 볼 수 있는 것이 동화다. 인간의 이성은 어떤 모습으로 감히 신적 비밀에 다가갈까?

이렇게 해서 우주에 해괴한 상황이 빚어진다. 지성은 상황 의식이 없기 때문에, 판에 박힌 개념들을 가지고 삶의 수수께끼에 다가가는 것이 얼마나 우스꽝스러워 보이는지 깨닫지 못한다.

이때 구원자는 유머다. 유머는 매몰된 자가 자신으로부터 약간 거리를 두게 도와준다. 『하늘나라에 간 재봉사』가 그렇다. 재봉사는 거품을 타고(바람이 발 밑을 들어 올려) 뒤뚱뒤뚱 올라가 하늘 문을 두드린다. 하늘의 문지기인 성 베드로는 재봉사를 내치지 않는다. 힘겨운 길 끝에서 재봉사는 베드로의 동정심을 자극하는 방법을 안다. 베드로는 주인이신 하느님이 사도와 성인들을 대동하고 천상의 정원을 거니는 동안, 그러니까 '집에 안 계시는' 동안 아무도 들이지 말라는 지엄한 분부를 받들고 있는 터다.

동화가 제시하는 시기에 주목할 필요가 있다. 정신의 상황을 이해할 수 있는 열쇠가 그 시기에 감추어져 있기 때문이다. 사도와 성인들이 등장하고 있는 것을 보면 기원후의 어떤 시점임이 명시된 셈이다. 하지만 이들은 하늘나라의 권좌에 있지는 않다. 다시 말해서 어디에나 있으면서 땅의 섭리에 개입하는 존재이다. 기독교도들은 온갖 역경과 박해에도 불구하고 하늘이 열려 있다고 느끼던 기원후 몇 세기까지는 사도들이 주관하는 땅의 섭리를 느낄 수 있었다. 그러나 하늘의 영광이 잠시 후퇴하고 땅의 인간이 홀로 남겨진 시기가 되었고, 베드로만 교황 직분을 수행하고 있다. 그의 임무는 누구도 하늘나라를 들여다보지 못하게 하는 것이다.

여기에는 인류가 전승과 교리에 만족해야 하는 시기, 곧 계시가 끊긴 시기임이 확실하게 특정되어 있다. 이러한 필연적 전개는 인류 발달 과정의 관점에서 이해해 볼 수 있다. 모든 문제에 대한 깨우침이 더는 위에서 직접 주어지지 않을 때, 능동적 사고의 힘이 비로소 전개된다는 사실에 주목해야 한다. 삶의 수수께끼를 철학적 사고를 통해 자기 힘으로 풀려는 욕구는 신과 멀어진 상태, 즉 하늘이 닫힌 상태에서 본격적으로 꽃필 수 있었다. 바로 이것이 서양 인류에 드리운 '성 베드로 시대'의 의미이다.

이제 인간의 머리는 하늘을 정복하러 나선다! 인간의 사고가 하늘 문을 두드린다. 자칭 '가난하고 정직한' 재봉사에 대한 베드로의 수인사가 관심거리다. 베드로가 재봉사에게 되묻는다. "정직하다고? 사람들에게서 천을 앗아 간 도적이잖아!" 재봉사는 재단하고 남은 자투리는 '훔친 게 아니라고' 변명하려 든다. 하지만 여기서 적용되는 기준은 아주 근본적인 것이다. 하늘의 눈으로 볼 때 재봉사가 하는 일은 '훔치는 일' 이외에 아무것도 아니다. 이 지점에서 동화 심리학은 인간 본성의 깊은 비밀을 건드린다.

루돌프 슈타이너는 인간 본성의 생성 법칙과 그 탈선 가능성을 폭넓게 통찰하는 가운데 도벽의 원인을 진단한다. 그는 인간의 머리는 본성상 손발과는 달리 세상에 대해 '도벽'의 관계에 있음을 이야기한다. 이를테면 젊은이가 배워 알고자 하는 욕구가

센 것은 매우 당연하다. 젊은이는 세계에 담긴 내용을 흡수하고 남들이 해낸 생각들을 자기 것으로 만들고 싶어 하며, 여러 세대에 걸쳐 힘겹게 모은 지식 자산들을 차지한다. 머리는 내 것 네 것을 가리지 않는다. 정신적 자산은 그 소유를 정확히 가리기가 너무나 어렵다. 머리 소관인 태도가 사지로 가면 병적 소양으로 나타난다. 도벽이다. 머리의 힘이 일방적으로 커져서 감정과 의지 영역까지 뒤덮는 청소년기에는 이러한 병적 소양이 일시적인 발달상의 문제로 나타날 수 있다.

지식욕을 지닌 지성은 세속의 영역에서는 '도벽이 있는 소양'이다. 어쩔 수 없다. 그러나 지성이 신의 세계 문턱에 다다르면 자기 태도에 대한 자각에 이르게 된다. 감각 차원에서는 올바른 것이 초감각의 영역에서는 해롭기 때문에, 거부의 대상이 된다. 여기서 통하는 것은 생명(심장의 피, 정열)을 치르고 얻은 지혜뿐이다. 지식의 빛은 온전한 경험의 온기가 두루 스미지 않으면 더 높은 세계에서 빛이 되지 못한다.

괴테의 동화 〈초록뱀과 아름다운 백합〉(푸른씨앗, 2019)은 재봉사 이야기와 비슷하게 '두 수직 선생'을 그리고 있다. 그는 이 동화에서 인간 정신과 영혼의 힘을 그림처럼 풍성하게 보여 주고 있다. 수직 선생 둘은 도깨비불로 나온다. 이들은 '손버릇'이 나쁜 것이 아니고 '혀'가 나쁘다! 주위 모든 것에서 금을 핥아 먹는다. 천지만물 어디엔들 금을 품지 않은 것이 있으랴! 그러나 두 수직 선생은 금을 지닐 수는 없다. 이들은 적당하든 적당하지 않든 기회만 되면 금을 간직하지 못하고 금화로 떨군다. 그것을 탐닉하는 자는 그것으로 망하리니! 초록뱀처럼 금을 제대로 소화해서 온전히 자기 몸으로 흡수할 줄 아는 자만이 내면에서 빛을 낼 수 있다. 금으로 인해 변화하고 정화된 뱀은 희생할 준비가 되어 있다. 스스로 강물 위에 다리가 되어 다른 영역으로 가는 길을 터 준다. 금화를 만들어 흩뿌릴 줄밖에 모르는(그 때문에 점점 여위어 가는) 도깨비불은 절대 이 다른 영역에 발 디딜 수 없다. 지혜를 개념으로밖에 바꿀 줄 모르는 사람, 즉 지혜를 내면에서 작동시키지 못하고, 지혜가 갖는 변화의 힘을 내면에서 경험하지 못한 사람은 가련한 요괴로 남게 된다. 가련한 자의 인식 노력은 정신의 현실 앞에서 무위로 돌아가 '도벽'이나 도깨비불로 정체를 드러내고 만다.**4**

동화는 베드로가 재봉사를 불쌍히 여겨 하늘 문을 통과하도록 허락한다. 단 다소곳이 문 뒤 구석에 있으라는 조건이 붙는다. 하지만 기회만 있으면 호기심을 주체하지 못하고 하늘 구석구석을 살피는 게 또 재봉사다. 베드로가 성문을 지키는 동안 재봉사는 슬그머니 천상의 방으로 들어간다. 그는 곧바로 아름답고 값진 의자들 가운데 보석들로 장식된 황금 옥좌를 발견한다. 이 옥좌는 하느님이 이곳에 거할 때 앉아 온 세상을 다스리는 자리다.

---

4 루돌프 슈타이너는 《파우스트》와 〈초록뱀과 아름다운 백합〉을 통해 드러나는 괴테의 정신적 본성Goethes Geistesart in ihrer Offenbarung durch seinen 'Faust' und durch das Märchen von der Schlange und der Lilie〉(GA 22)에서 괴테 동화에 함유된 상상력의 내용을 파헤치고 있다.

시험적으로라도 신의 옥좌에 앉아 보는 게 또 재봉사 아니겠는 가! 옥좌에 앉아 굽어보는 세상은 베드로에게 언약한 평정심을 완전히 깨뜨린다. 저 아래 세상에 늙은 아낙이 빨래를 할 때 베일을 슬쩍한다. 자기도 저지르는 잘못을 남이 하면 도저히 못 참듯이 재봉사도 당장 심판한다. 그는 신의 옥좌에 달린 황금 발판을 이 도둑에게 내던진다. 그러나 벼락 치듯 분노가 뿜어져 나오자마자 곧 그는 자기가 한 짓을 깨닫는다. 내던진 발판을 되가져 올 수 없는 노릇이다. 그는 살금살금 기어 나와 문어귀에서 신이 처소로 돌아오기를 기다린다.

하느님은 시종들을 대동하고 좌정하려 할 때 황금 발판이 없어진 것을 단박에 알아챈다.

재봉사는 실토할 수밖에 없다. 하느님이 호령한다. "네 이놈! 네가 심판하듯 네 오래 전 일도 내가 심판하랴? 그랬더라면 벌써 오래 전에 여기 의자도 옥좌도, 그래, 부지깽이조차 남아나지 않았을 것이다." 재봉사는 신발이 갈가리 찢어지고 발에는 온통 물집투성이임에도 불구하고 가차 없이 하늘나라에서 내쫓긴다. "나 말고는 아무도 심판해서는 안 될 것이다." 재봉사는 천상의 군사들이 있는 '임시대기소'로 향한다.

판단하는 이성에는 평정심이란 없다. 자연의 왕국에서 원인과 결과가 직결되듯, 이성은 정의가 다스리는 왕국에서도 똑같은 인과법칙이 작동하는 것을 보려고 한다. 하지만 도덕 질서가 죄와 벌의 연쇄 정면충돌이라면 땅의 세계는 진작 망했을 것이다. 우리 눈에 보이는 세계에서 인간의 행위와 운명의 벌은 바로 연결되지 않는다. 양자 사이에는 보통 큰 시간 간격이 있다. 인류의 발달 과정을 훤히 아는 세계 정의는 인간의 행위를 평정한다. 세계 정의는 **기다릴** 줄 안다. 세계 정의는 심판하되 그냥 멸하지 않는다.

신의 옥좌에 앉아 천상의 황금 발판을 땅 위 죄인들에게 내던진 재봉사. 그는 '신의 명예'를 위해 유죄 판결을 내리는 데 여념이 없는 신학과 똑같지 않을까? 이러한 신학은 형성에 대한 영광의 찬미를 알지 못한다. 인식이 자기 안의 초조함을 이기고 시간의 흐름을 신뢰로 맞아들일 때에야 운명의 법칙은 인식된다. 도덕적 심판을 수행하는 세속의 판단력은 더 높은 세계에서는 파괴력을 떨친다.

그림 형제는 피샤르트Johann Fischart의 시에 이미 이 동화에 대한 암시가 들어 있음을 지적한다.

성 베드로 이야긴데
어느 하루 신 노릇할 때
실 훔치는 하녀를 목격하고
냅다 그 정수리에 의자를 던졌네
베드로의 머리가 그런 거지
줄곧 그리 했더라면
천상에 옥좌가 남아나질 않았겠지.

베드로도 천상의 비밀에 세속의 이성을 들이댄다. '재봉사'

만 그런 것이 아니다. 유죄 판결을 내리는 것은 '베드로의 머리'다.

동화의 지혜는 재봉하는 존재의 다른 측면들도 말해 준다. 옷을 잘 맞게 지어 삶의 즐거움을 더해 주는, 없어서는 안 될 근면한 사람들을 조롱할 마음은 없다는 것은 두말할 나위 없다. 자기 내면에서 동화의 인물들을 발견하는 경우에만 제대로 그들을 경험했다고 할 수 있다. 동화를 듣거나 읽는 사람은 시나브로 인물에 빠져들어 이들의 행동과 자세를 읽어 내는 시도를 하게 마련이다. 이렇게 동화 속 인물들은 상상의 영역이 된다.

다른 동화에서 보여 주는 재봉사의 행위를 영웅적이라고 말하기도 한다. 거인과 결투를 벌이고 공주에게 청혼하고 왕국을 다스리는 왕이 되는 면들을 두고 하는 말이다. 전 세계를 누비는 지성의 개선 행진을 말하는 것일 수도 있다. 빛을 잃어가는 힘이 표적을 정한 사고의 힘에 무릎을 꿇는다. 영매의 능력이든, 알 수 없는 마법의 힘이든 자연의 직관력을 간직했던 인간이 명징한 이성의 의식에 점차 굴복해 가는 것은 정해진 길이다. 이성적 의식은 그 옛날 영혼에 흘러넘치던 저 태고의 능력에 비하면 무력하고 보잘것없어 보인다. 꿈의 형태로나마 인간의 영혼이 세계를 포괄하고, 그래서 거대하게 느껴지던 시절의 원초적인 신비한 의식은 오래 전에 빛을 잃었다. 이 거대 의식의 잔영이 영혼 안 군데군데서 가물거리고 있을지도 모른다. 괴테 동화에 나오는 '거인의 그림자'가 이러한 잔영이다. 해질녘 도깨비불이 이 그림자를 타고 삶의 피안으로 건너가려 한다. 그러나 인식의 밝은 빛이 승한 곳에서 거인의 힘은 스러진다. 게르만 신화에는 장차 극복될 거인의 힘에 대한 이야기가 자주 나온다. 거인의 힘은 아틀란티스 시대의 의식이다. 이를테면 거인 이미르(북구신화에서 우주의 시초에 얼음에서 태어난 거인)가 아제(북구신화에 나오는 신족) 신들에게 죽임을 당해 산산조각이 나야 인간은 자의식이 깨어나 자유롭게 된다.

『용감한 꼬마 재봉사』가 연상되는 대목이다. 오디세우스가 영리함으로 거인 폴리페모스(포세이돈의 아들인 외눈박이 거인)를 물리친 것처럼 재봉사는 깨어난 이성으로 거인들을 제압한다.

재봉사가 세상에 나와 성공을 거둔다면 그 비밀은 어디에서 비롯될까? 옛날 우둔한 거인과 왕들에게는 없던 자의식의 확신이 성공의 답이다.

재봉사는 세상에 자신을 천거할 줄 안다. "네 이놈!"이라고 일갈하며 도시 전체가 듣도록 자신의 용맹을 자화자찬하는 방법밖에 없다. 그러고는 급히 허리띠를 재단해 꿰매고 거기에 커다랗게 "단번에 일곱을!"이라는 글을 수놓는다.(파리 일곱 마리라고 세상에 정확히 알릴 필요는 없다)

지적 인식은 확산하려는 자체 동력을 가지고 있다. 학자는 자기 생각이 인정받기를 구하며, 발명가는 자신의 발명이 이용되기를 구한다. 또 선각자는 자신이 기획한 세상을 행복하게 만들 방안이 온 땅에 관철되기를 바란다. 이들은 기다릴 줄 모른다.

"뭐야, 도시는! 도시 전체가 경험하게 해야지!"라고 말하며 기쁨에 심장이 고동친다. 재봉사는 자신의 용맹에 비해 작업장이 너무나 작다고 생각한 끝에 허리띠를 조이고 세상으로 나아가고자 한다. 유일한 구원의 힘, 이성에 대한 신뢰만이 전통과 풍습을 단기간에 일소할 만큼 위력이 있다고 믿는다. 태고의 형식들이 흔들린다. 많은 사람이 칭송받는 이성을 제대로 검증도 하지 않고 그 앞에 무릎을 꿇는다. 이 보잘것없는 재봉사의 태도에는 허풍장이의 거짓 위력이 들어 있다. 동화는 이 점을 분명하게 보여 준다. 이러한 정신이 세상을 뒤엎을 수 있음을 동화는 보여 준다. 재봉사에게도 나름의 사명이 있다는 것을 느낄 수 있는데, 잔존하는 자연의 힘을 일소하는 그의 행위는 혁신의 시대정신과 맥이 닿아 있다.

그림의 또 다른 동화 『거인과 재봉사』에서 재봉사가 거인에게 복종하는 것은 의미심장하다. "제가 받을 보수가 무엇인가요?"라고 재봉사가 묻는다. "해마다 365일에 윤년에는 하루 더! 됐지?"라고 거인은 답한다. 재봉사는 거인에게 먹을 것과 마실 것을 주어야 하고 그 대가로 '날들'을 급료로 받는다. 낮 동안 거인의 의식의 원초적 심연은 무력하기 때문이다. 온 세상과 합일할 수 있었던 우주적 인간은 세속의 이성이 깨어날 때마다 퇴색되어 갔다. 그에게는 깨어 있는 낮의 인간이 건네는 음식이 있어야 한다. 거인은 이것을 자양분 삼아 감각적 경험을 모으고 생각으로 세상을 포괄하려 한다.

그러나 땅의 이성은 주제넘다. 이성은 요구받는 것 이상을 약속한다. 이성은 자기 한계를 모르고 자신이 안을 수 있는 세상이 전부라고 믿어 버리기 때문이다! 재봉사는 자신이 거인의 은총으로 산다는 사실을 늘 잊는다. 그러나 밤은 거인의 소관 아닌가! 거인이 저 깊은 곳에서 작용해, 잠자는 동안 세계의 지혜를 길어 올려 몸을 거듭 새롭게 하지 않는다면, 재봉사에게는 일 년 '삼백육십오 일'이 주어지지 않을 것이다.

구혼자들을 쫓아 버리기 위해 수수께끼를 내는 콧대 높은 공주 얘기를 들은 '명민한 재봉사 청년'의 사정은 사뭇 다르다.(『영리한 재봉사 이야기』) 동화 속 공주들이란 구혼자들에게 줄곧 수수께끼를 내는 존재 아니던가! 공주들은 결혼의 성사가 대체로 남자의 수수께끼를 푸는 실력에 달린 문제임을 알고 있기 때문이다.

세 재봉사가 공주 앞에서 행운을 시험해 보기 위해 길을 나선다. 경험이 많은 손위 둘은 자기 능력을 과신하며, 어림없다고 생각하는 셋째를 데려가지 않으려고 한다. 재봉사란 세상에 자기들이 못 풀 수수께끼는 없다고 확신하는 존재이기 때문에 제일 어린 재봉사도 호락호락 물러서지 않는다.

공주가 내는 수수께끼는 "내 머리카락이 두 종류인데, 무슨 색일까?"이다. 세 재봉사의 대답에서 이들이 각기 어떤 정신의 아이인지 알 수 있다. 첫째 재봉사의 답은 "하양과 검정이 섞여 희끗

희끗한 천 같을 겁니다."이다.

당연히 이것은 '억측'이다. 그의 상상력은 일상의 편협한 틀에 갇혀 있다. 그는 자신이 매일 작업하는 소재를 벗어나지 못한다. "흑백이 아니라면 저희 아버지의 예복 같은 갈색과 빨강이겠지요."라는 두 번째 재봉사의 답은 그나마 조금 높이 날아오른 것이다. 이 재봉사는 정감이 있음이 분명하다! 그는 축제의 순간을 사랑한다. 아버지가 예복을 어쩌다 장롱에서 꺼내는 가족 행사 정도의 축제라도 말이다. 그러나 이 정도의 상상력은 공주의 비밀을 풀기에 충분치 못하다. 금과 은이라고 답하는 세 번째 재봉사에게서야 수수께끼는 풀린다. 금과 은은 재봉사가 작업장에서 다루는 색이 아니다. 금과 은은 우주를 가리킨다. 제일 나이 어린 재봉사의 상상력에는 태양의 찬란한 광채와 은은한 달빛이 살아 있다. 이런 막내에 대해 나머지 두 재봉사는 이성이 부족하다고 생각했다. 세 번째 재봉사의 상상력에는 비상하는 힘이 있고, 초자연의 차원을 감당할 수 있는 능력이 있다. 공주라는 존재(다시 말해서 공주가 내는 수수께끼!)는 '이 세상에 속해 있지 않다.' 공주와 결합하고자 하는 사람은 먼저 이 세상이 아닌 천상에 속하는 무엇인가를 자기 내면에서 불러낼 수 있어야 한다.

그러나 영혼이 갑자기 날아올라 초자연적 경지에 다다른다거나, 천상의 차원이 세속의 삶과 완전무결하게 하나가 돼서 유한한 개성(인격)이 영원불멸의 실체를 입고 고결해지는 것은 다른 문제다. 일개 재봉사가 돌연 왕자가 되는 법은 없기 때문에, 그려려면 사전에 자신의 존재감을 입증해야 한다!

공주는 재봉사에게 그날 밤을 저 아래 마구간에 있는 곰 앞에서 지내라고 요구한다. 그런데 이 곰은 자기 손아귀에 들어온 인간을 산 채 놓아준 적이 없다.

인간과 동물이 깊이 연결되어 있다는 믿음은 동화에서 늘 마주치는 지혜이다. 이 '친연성'은 인간이 동물에서 진화했다는 다윈의 자연 과학적 관점이 아니라, 동물은 인간이 되겠다는 드높은 목표에 도달하지 못한 존재라는 의미이다. 동물은 중도에 낙오한 우리의 형제이며, 여느 피조물처럼 '신의 자식으로서 누리는 찬란한 자유'를 갈망하는 존재이다. 그래서 온 피조물은 유한함의 굴레에 갇힌 채 구원받은 인간을 우러러보며 탄식한다. 죽을 운명의 피조물들은 구원받은 자의 도움과 '입양'을 기대한다. 바울이 〈로마서〉에 기술한 것처럼 참다운 앎이란 구원받지 못한 피조물의 탄식에 늘 귀를 열어 놓는 능력이다.

여기서 곰은 인간이 되고자 하는 피조물의 갈망을 나타내는 세간의 상징이다. 『흰눈이와 붉은 장미』에서 마법에 걸린 착한 곰도 마찬가지다. 어릴 때 대목장이나 장돌뱅이들 틈에서 서서 걸어 다니는 곰을 본 사람은 자기 존재에서 벗어나려는 동물의 몸부림뿐 아니라, 피조물을 집요하게 땅에 매인 자세로 주저앉히는 중력에 대해서도 모르지 않을 것이다. 그런 것을 알면 '마법에 걸리는 것'이 무엇인지도 알게 된다.^{보완적 관점 3}

인간 내면에도 마법에 걸리고 중력에 포획된 것들이 얼마나 많은지! 잠이 우리를 수평으로 눕도록 내모는 매일 밤, 우리는 꼼짝없이 팔다리를 지배하는 땅의 법칙에 제물이 된다. 금색과 은색이 섞인 공주의 머리채를 꿈꾸며 하늘로 날아오를 능력이 있는 사람이라도, 정신이면서 육신인 자신의 존재를 시시각각 되돌아보아야 한다. 그렇지 않다면 중력에 붙들려 있는 모든 것이 어느 순간 몽상가에게 반기를 들고 그를 중력의 깊은 수렁으로 끌어내릴 것이다.

수수께끼를 푼 재봉사는 이제 곰과 하룻밤을 잘 지낼 수 있음을 보여 줘야 공주를 얻을 수 있다. 이 동화가 만약 중세 시대 고행자가 한 이야기였다면 재봉사가 비수를 품고 가서 곰을 베었다는 식으로 전개되었을 것이다. 하지만 이 동화는 예술가가 이야기한 것 아닌가! 그렇기 때문에 야생의 거친 힘을 죽이지 않고도 제압할 수 있음을 보여 준다.

그러려면 유머와 늘 깨어 있는 창의력이 있어야 한다. 영리한 꼬마 재봉사는 밤을 함께 보내야 하는 이 우둔한 녀석의 호기심을 자극하려 애쓴다. 우선 호두 까는 소리로 곰을 자극한다. 수수께끼를 풀 수 있다는 것은 호두도 깔 줄 안다는 것이다. 하지만 재봉사는 곰에게 호두 대신 작은 돌멩이를 주고, 곰은 애꿎은 돌멩이를 깨뜨리려 애쓰지만 실패한다. 재봉사는 이렇게 곰을 마주하고서야 자신을 제대로 인식할 수 있다. 몽롱했던 감각은 자연에 우악스러운 힘 외에 다른 힘도 있음을 어렴풋이 알게 되면서 지식욕에 집착한다. 재봉사는 이때 바이올린을 꺼내 곡을 켜고 곰은 춤추기 시작한다. 음악은 중력의 법칙에서 벗어나게 해 주기 때문이다. 곰은 곧바로 바이올린 켜는 것을 배우고 싶어 한다. 재봉사는 먼저 곰에게 발톱을 깎아야 한다며 죔쇠로 곰의 앞발을 묶어 버린다. 그러고는 으르렁거리는 곰을 내버려 두고 구석에 누워 잠이 든다. 밤새 곰이 쿵쿵 대고 으르렁거리는 소리를 들은 공주는 다음 날 아침 재봉사가 이미 잡아먹혔거니 생각한다. 그 때 재봉사가 신 나게 공주에게 달려온다. 공주는 이제 도리 없이 그와 혼인해야 한다. 곰을 뜻대로 다룰 줄 아는 사람은 왕이 될 자질을 만천하에 드러낸 것과 같은 것이다. 정신이 중력을 제압한 것.

소크라테스Socrates는 옥중에서 죽음을 기다릴 때 거듭 "소크라테스여, 음악을 하라!"고 채근하는 선량한 수호신 다이모니온에 대해 이야기한다. 그는 자신의 일과인 담대한 철학 행위로 다이모니온의 충고를 충분히 들었다고 생각한다. 철학도 뮤즈들의 선물 아닌가? 하지만 그의 수호신의 의중은 음악이다. 리듬과 예술적 감각 활동의 삶을 말한 것이다. 소크라테스는 바로 생각들을 쪼개고 다시 결합시키는 일에서 최고의 기쁨을 느끼는 자들의 조상이라는 것을 염두에 두어야 한다. 제대로 된 재봉사 아닌가! 자신에게서 땅 위의 삶이 통째로 빠져나가는 순간이 임박한 그 때 그리스인들을 다채로운 감각의 향유에서 떼어 내 정신의 광야로 데려가고자 한 것이다. 그에게 육신은 영혼의 감옥으로밖에 보이지 않기 때문이다. 그리스적 인간의 본능은 이에 저항한다.

재봉사가 곰을 제압하려면 바이올린이나 칠현금 같은 악기가 있어야 한다. 육중한 땅의 힘(중력)은 음악을 통해 덩달아 정신의 차원으로 올라가려 한다. 이렇게 상승하지 않으면 감각적 본성을 업신여기는 자에게 해를 가할 것이다. <u>보완적 관점 4</u>

여기서 〈피리 부는 잭Jack mit seinem Flötchen〉을 살펴보자.(〈그림을 포함한 이후의 독일 동화〉 2권 참조, 오이겐 디트리히 수집본) 가난한 소년 목동에게 초라한 행색을 한 굶주린 노인이 나타난다. 목동은 사악한 계모가 준 빵 껍질 중 큰 조각을 노인에게 준다. 그 대가로 노인은 목동의 세 가지 소원을 이루어 준다. 목동 앞에 나타난 노인은 사실 정령이다. 목동이 바라는 첫 번째는 겨누는 대로 다 맞추는 활과 화살이다. 두 번째는 듣기만 하면 절로 춤추게 하는 피리이다. 세 번째는 계모가 소년을 야단칠 때마다 수탉 울음소리를 내게 하는 것이다.

정령들은 친해질 수 있는 사람에게 이성을 안겨 준다. 그래서 소년은 정확한 판단 능력을 갖게 된다. 과녁이란 과녁은 다 맞추는 활과 화살을 가진 셈이다. 여기에 더해 마음을 누그러뜨리고 굳은 것을 움직이게 하는 유머를 가졌다. 즉 피리를 불어 모두를 춤추게 할 힘이 있는 것이다. 그에게는 또 결정적으로 악이 본색을 드러내게 하는 능력이 주어진다. 이렇게 잭은 살아가면서 만나게 되는 모든 장애를 신 나게 극복한다.

모차르트Wolfgang Amadeus Mozart가 음악을 통해 고결한 종교극으로 승화시킨 〈마술피리Zauberflöte〉 동화에도 비슷한 모티브가 깔려 있음을 덧붙여야겠다. 노력하는 인간이 태양신의 사원을 찾아가는 길에 마주치는 강력한 장애를 음악이 길들인다는 모티브이다. 제때 균형을 회복해 주는 것은 언제나 영혼 안의 선율이라는 얘기다. 종소리 연주는 음울한 무어인들까지 춤추게 한다. '무거움의 정신'을 사뿐 들어 올리는 것이다.

자연 정령

동화의 왕국을 가로지르는 것은 선한 힘과 그 지혜로운 활동에 대한 믿음이다. 인간은 가난과 환난의 와중에도 혼자 버려지지 않는다. 대개 이러한 지혜로운 섭리는 사건과 사건의 경이로운 조합을 만들어 낼 뿐, 그 지혜로움을 드러낼 별도의 존재를 요하지 않는다. 도도한 운명, 특히 인간과 인간의 관계를 징벌로써 공명정대하게 다스리는 힘 그 자체가 질서와 수호의 힘에 대한 믿음을 자아낸다. 그러나 때로 임무와 제약을 주는 현명한 조언자를 개입시키기도 한다. 『생명의 물』에 등장하는 노인은 왕궁에서 근심하는 세 왕자에게 다가와 죽을병에 걸린 아버지를 도울 방법을 알려 준다. "방법이 있단다. '생명의 물'이라는 것이 있는데, 그걸 마시면 건강을 회복하게 되지. 찾기는 어렵지만 말이다." 『닳아빠진 구두』에서는 부상병이 도시로 가는 길에 한 할머니가 등장한다. 노파는 그에게 열두 공주가 어디에서 춤을 추느라 구두가 다닳는지 비밀을 캘 방법을 알려 준다. "어려울 것 없어. 저녁 때 건네받은 포도주를 마시지 말고 깊이 잠든 척해." 그러고는 부상병에게 작은 망토를 주며 말한다. "이걸 두르면 아무도 너를 볼 수 없지. 열두 공주 모르게 그 뒤를 밟으면 돼." 이러한 조언들을 보면 태고의 지혜가 민중들 사이에 면면히 이어져 왔음을 알 수 있다. 이러한 지혜는 서민들이 지켜 왔고, 지혜가 필요한 사람들에게 전수됐다. 이러한 지혜는 항상 완곡한 상징 언어의 형태를 취한다. 어떻게 잠든 상태에서도 각성의 상태를 유지해서 그 사이 벌어지는 비밀스러운 사건들을 볼 수 있을까? 하는 의문이 들 수 있다. 답은 매일 저녁 육신의 힘이 건네는 도취의 몰약을 마시지 않는 법을 배우는 것이다. 그러려면 잠든 사이 머리로 올라오는 마비에서 벗어나는 영혼의 수양이 필요하다. 여기서 선택된 사람은 살면서 본분을 다해 온 사람, '군인'이다. 어느 정도 삶에 헌신이 있었어야 이러한 임무를 감당할 자격이 있다는 얘기다. 그런 다음 지상의 육신을 벗고 더 높은 차원에서 깨어나는 법을 배워야 한다. 병사는 영혼의 영토에서 초자연적 정신의 형상으로 움직이는 법을 배운다. 즉 니벨룽겐족 보물인 요술 투구처럼 쓴 사람을 안 보이게 만드는 망토를 받는다.

인간을 위해 몰래 자기 임무를 수행하는 다른 존재들도 있다. 숲에서 밤을 보내게 된 '흰눈이와 붉은 장미'는 아침이 되어 일어났을 때 '빛나는 흰옷 차림의 아름다운 아이가 앞에 있는 것을' 본다.(『흰눈이와 붉은 장미』) 이들이 잠든 곳은 끝없는 심연의 가장자리다. 흰옷 입은 아이는 심연 앞에서 아무 것도 모른 채 잠든 이들을 지켜 준 천사다.

또는 '성모 마리아'가 가난한 벌목꾼에게 와서 먹을 것이 떨어진 벌목꾼 부부의 세 살 박이 아이를 왕국으로 데려간다.(『성모 마리아의 아이』) 세 살이 꽉 차게 되면 아이는 깨어나 자의식을 찾는다. 이제 아이는 순전히 자연적인 힘과는 다른 영혼의 자양분이 있어야 한다. 신적 모성의 힘이 내려와 아이의 성장을 지켜 주어야 하는 것이다. 마돈나(성모 마리아)의 푸른 망토가 막 발아하는 영혼의 힘을 감싸 사고와 감정과 의지를 제대로 펼치게 해야 한다. 이 시기에는 아이의 마음속 경외의 힘을 일깨워 보다 높은 세계를 우러러볼 수 있게 해야 한다. 성장 중인 인간의 영혼에 신성한 상징을 공급하는 원천은 성모 마리아의 돌보는 지혜이다. 그러나 아이가 14세가 되면 이러한 천상의 이끎에서 분리되는 경향을 보인다. 즉 은신처였던 영혼의 보호막을 찢어 버리는 것이다. 이때서야 아이의 본성은 이 지상의 자기 육신을 온전히 의식하고 자신의 독자성을 인식한다. 마리아의 아이는 천상에서 추락해 속이 빈 고목에서 지내게 되고...

천상계와 지상의 중재자인 '요정들'도 또 다른 조력자로 나선다. 이들은 요람의 아이에게 선물을 주는 대부이다. 인간은 동물계의 열두 영역으로부터 그 형태와 영혼의 자질을 받는다. 열두 요정은 인간에게 이러한 것들을 전달하는 중개자이다. 장미 공주도 요정들에게 많은 것을 받고 자신의 인생 여정에 들어선다. 장미 공주는 천상의 자손이기 때문이다.(『장미 공주』)

전래 동화에는 자연 정령의 조력에 관한 이야기가 빈번히 등장한다. 산중에서 광석을 찾아다니는 난쟁이 같이 뿌리에 작용하며 크리스탈계를 무대로 활동하는 땅의 정령들은 무언가를 탐색하는 인간의 영혼과 비교적 쉽게 관계를 맺는다. 이들은 애써 생각하지 않고도 자연의 이치를 일순간 통찰하는 타고난 밝은 지성으로 인간을 아둔한 머리, 비트적거리는 존재로 느낀다. 그렇기 때문에 이들은 인간을 깨우치고자 애쓰며 인간에게 눈을 자신들에게 돌리라고 촉구한다. 우리 주위의 감추어진 힘에 귀 기울이며 사랑으로 주위 세계에 동화되어 가는 과정에서 영혼의 상위 기관들은 서서히 눈을 뜨게 된다. 이 때 거만한 지성의 얇은 정령의 신호가 영혼에 가닿지 못하게 하는 큰 걸림돌이다. 생명의 물을 찾아 나선 첫째 왕자는 난쟁이를 만난다. 이 난쟁이는 "대체 어디를 그렇게 서둘러 가나요?"라고 외친다. 왕자는 "멍청한 녀석, 몰라도 돼."라고 대꾸하고 가 버린다. 난쟁이는 화가 나서 저주를 하고... 왕자는 협곡에 빠져 나아가지도 물러서지도 못하는 난관에 처한다. 논리적 생각은 주위 세계의 현상들을 부단히 인지하지 않으면 자기 안에 틀어박혀 곧장 궁지에 빠지기 마련이다. 둘째 왕자의 상황도 다르지 않다. 셋째 왕자는 난쟁이에게 사정을 털어놓고 조언을 구한다. "못된 형들처럼 거만하게 굴지 않았으니 어떻게 생명의 물에 당도할 수 있는지 가르쳐 주마. 생명의 물은 저주받은 성의 뜰에 있는 우물에 있네. 내가 주는 쇠막대와 빵 두 덩이가 아니면 들어갈 수 없지. 성의 철문을 쇠막대로 세 번 두드리면 문이 열리고, 그 안에 사자 두 마리가 아가리를 벌리고 있을 것이야. 사자들은 빵을 던져주면 얌전해질 거고. 그 사이를 틈타 시계가 12시를 치기 전에 서둘러 물을 떠오면 돼. 안 그러면 성문이 닫히고 그 안에 갇히게 되지." 왕자는 난쟁이에게 고마움을 표하고 쇠막대와 빵을 가지고 길을 떠난다.

영혼이 초자연의 세계 안에 들어가면 정신은 이 초자연의 세계를 볼 수 없다. 그래서 초자연의 세계는 구역별 탐색이 필요하다. 여간해서 드러나지 않고 작동하는 것을 의식으로 끌어올리기 위해서는 영혼의 능동적인 힘들이 있어야 한다. 영혼은 정신 안에서 자기 존재를 알리는 법을 배워 힘차게 깨어나야 한다. 그래야 문들이 열린다. 문을 열려면 문을 '쇠막대'로 두드리라고 이 동화는 말하고 있다.

영혼이 성 '안'에 들어가 마법에 홀린 자기 내면세계를 인지하는 단계에 이르면, 우선 영혼의 심연에 있는 힘들과 마주하는 것을 견뎌야 한다. 이 순간 저 아래 졸고 있던 잠재의식이 풀려나온다. 영혼이 사고의 강력한 힘을 대동해 마음의 안정을 기하지 못하면, 위력적인 원초적 의지가 의식을 제압해서 휘저어 놓을 것이다. 이 동화가 말하는 바는 아가리를 벌리고 다가오는 사자를 진정시키려면 빵이 있어야 한다는 것이다.

왕자는 자정이 되기 전에 생명의 물을 얻어야 한다. 12시 이전에 일을 해치워야 하는 것이다. 요컨대 밤의 비밀이 생명의 물이다. 우리는 깊은 잠을 통해 이 샘에서 목을 축이고 이 기적의 물로 생명을 얻는다. 잠든 사이 우리에게 벌어지는 신비를 자각할 수 있으면 치유의 정수를 체험하는 셈이다. 생명이 매일 낮 동안 우리 몸에 쌓인 죽음의 영향력을 제거한다는 것을 통찰하는 것이기 때문이다. 성스러운 생명의 원천은 우리가 갖고 있는 인식의 범위 안에 있다. 그러니까 그러한 치유의 지혜에 들어가는 것은 잠든 사이에 일어나지만, 깊은 잠에 완전히 빠지지 않은 상태에서만 가능하다. 자정이 되기 전에 생명의 물을 떠서 성문을 빠져나와야 하는 것이다.

형 둘은 생명의 물을 찾아 나서기는 했지만 사심이 있었다. 아버지의 왕국을 손에 넣으려는 저의가 있었다. 사심은 마음을 좁히는 영혼의 힘이다. 이기심 탓에 두 왕자는 도중에 협곡에 갇힌다. 정신을 추구하는 참된 구도자는 개인의 이익에 집착하는 단계를 극복한 상태여야 한다. 사랑은 구도자 자신을 넓히고 나아가 구도자에게 정신세계의 너른 지평들을 열어 준다. 셋째 왕자가 형들을 두고 아버지에게 돌아갈 마음이 없다는 데서 그의 품성을 알 수 있다. 난쟁이 곁을 다시 지나가게 된 셋째 왕자는 "나의 형 둘이 어디 있는지 말해 줄 수 있나요?"라고 묻는다. 난쟁이는 "조심해. 그들은 나쁜 마음을 품고 있어."라고 주의를 준다. 막내의 간청으로 풀려난 두 형은 막내에게서 노력의 과실을 다 **빼**앗는다. 그러나 선하디 선한 셋째는 수많은 고난을 겪은 끝에 마땅한 대접을 받고 두 형은 응분의 벌을 받는다.

삶의 비밀을 깨닫기 위해서는 **사랑**이라는 영혼의 능력이 필요하다. 지상의 삶에 초자연적 지혜를 들여오려면 영혼의 **깨어있음과 판단력**이 필요하다. 성스러움을 지키려면 참과 거짓을 구별하는 건강한 능력을 키워야 한다.

『숲속의 세 난쟁이』는 인간의 영혼과 정령의 관계가 얼마나 내밀할 수 있는지 보여 준다. 인간과 인간을 돕는 힘의 관계가 육신의 형상으로 드러난다. 자연 정령들은 성스러운 생명의 힘을 중개해서 인간의 것이 되게끔 한다. 이 동화에서는 겨울의 신비가 그런 일을 한다. 냉혹한 계모가 신실하고 착한 소녀에게 눈 덮인 숲에 가서 산딸기를 따오라고 시킨다. 이 동화는 '불가능'에 대한 사랑을 촉구한다. 아이는 종이옷만 걸치고 끔찍한 겨울 추위 속으로 내몰린다. 아이는 굳은 빵 한 조각으로 허기를 달래야 한다. 아이는 눈 덮인 숲에서 세 '꾸륵꾸륵 난쟁이(그림은 '동굴 난쟁이'에서 이 명칭을 끌어왔다)'의 오두막에 당도해 조심스레 문을 두드린다.

이 동화는 정령의 세계에 들어갈 때 정신의 구도자를 엄습하는 영혼의 상태를 그리고 있다. 영혼이 처음 감내해야 하는 것은 고독감, 자기밖에 없는 절해고도의 느낌이다. 인간의 온기에 보호받지 못한 사람이 도리 없이 자기 마음의 불, 즉 자기만의 온기를 떠올리듯, 고독한 정신의 길에 들어서서야 비로소 영혼 가장 깊은 곳에서 솟아나는 사랑의 샘이 얼마나 풍부한지 알게 된다.

　인간의 영혼은 가장 순수한 사랑의 힘을 정신의 세계에 들이도록 만들어져 있다. 많은 정령이 그것을 갈구한다. 이들에게 자양분과 영적 힘을 주는 것은 연민이다. 그래서 소녀가 거치는 시험은 세 난쟁이가 청할 때 자기가 먹을 빵을 내주는 것이다. 난쟁이들에게 절반을 건네자 이들은 소녀의 소원이 무엇인지 묻고 집 뒷마당을 쓸라고 시킨다. 소녀는 마당을 쓸다가 '흰 눈 위로 내민 새빨간 산딸기'를 발견한다.

　이러한 형상들에서 성탄절의 신비가 묻어난다. 성탄의 겨울밤에 그리스도의 탄생을 제대로 체험하려면 '눈을 쓸어 내고' 그 아래 숨어 있는 찬란한 생명의 신비를, 세상의 차가움과 싸워 얻은 사랑의 따스함을 찾아내야 하지 않을까?

　빨간 산딸기는 마치 조혈작용 같은 직접적인 힘을 드러내 보인다. 그런 점에서 산딸기는 잘 듣는 약이기도 하다. 이 동화의 핵심은 깊숙이 감추어져 있는 생명의 힘을 찾아내는 것이다. 이 동화에서는 영혼의 추운 여정에 있는 구도자에게 따뜻한 사랑의 성스러운 열매를 선사한다. 이러한 그림들은 크리스털 같은 투명하고 명료한 사고 속에 그리스도의 힘이 깃드는 것을 반영한다. 햇볕처럼 따뜻한 그리스도의 사랑과 겨울같이 차가운 지성의 결합을 꾀하는 것이다. 차가운 지성은 따뜻한 사랑 안에서 빛을 발한다. 이것이 바로 땅의 위대한 비밀이다. 이 동화는 자연의 정령들이 어떻게 성탄절의 성스러운 신비를 관장하며 우리를 돕는지 보여 준다. 정령들은 인간의 영혼에 은총을 내려 준다. 소녀가 마당을 쓸다가 산딸기를 발견할 때 난쟁이들은 이 소녀에게 무슨 보상을 줄까 의논한다. 한 난쟁이는 나날이 예뻐지는 것을 선사한다. 두 번째 난쟁이는 말을 한 마디 할 때마다 입에서 금화가 쏟아지게 한다. 세 번째 난쟁이는 왕이 나타나 소녀를 왕비로 맞게 해 준다. 이 일련의 일들은 무엇을 뜻할까?

겨울같이 차가운 세상에서 그리스도의 힘을 만나면, 인간의 에테르적 형성력에까지 그 힘이 미친다. 그리스도의 힘은 형상에 충만한 정신을 불어넣는다. 내면이 외면을 정화하는 새로운 유형의 아름다움이 인간의 몫이 된다. 선한 힘과 연대한 사람의 말은 더 효력이 있다는 얘기다. 이런 사람의 말은 의미심장해 보이며, 그 말을 듣는 사람도 풍요로워진다. 그가 입을 열면 빛나는 지혜의 황금이 쏟아져 나온다. 그리고 영혼은 마침내 성탄의 신비와 접촉함으로써 더 높은 자아로 격상한다. 영혼은 점점 왕, 곧 정신의 힘에 흡수된다. 왕이 나타나 처녀와 혼인하는 것이다.

반면 게으른 소녀는 어머니가 모피를 둘러 주고 버터 빵과 과자를 주어 숲으로 보내지만 괜한 일이다. 산딸기를 만나지 못한다. 자기가 가진 것을 세 난쟁이와 나누려 하지 않고, 눈도 치우려 하지 않은 탓이다. 요컨대 겨울의 신비가 그녀를 지나쳐 간다. 게으른 소녀의 마음은 사랑의 온기를 발하지 않으며, 그런 탓에 수정 같은 차가운 지성에서 태어나는 생명을 받을 능력도 없다.

게으른 소녀는 자연의 정령들에게서 무엇을 받을까? 정신의 입김을 받지 못해서 나날이 흉측해진다. 입을 열 때마다 두꺼비가 튀어나와 혐오의 대상이 되고, 말에서 차가운 영혼이 배어 나와 사람들 사이에 불화를 일으킨다. 불행한 죽음이 그녀의 운명이다. 게으른 소녀와 그 영혼은 현존재의 운명, 즉 죽음의 힘을 좇았기 때문에 죽음에 처해진다.

자연 정령들의 지혜로운 활약으로 정의로운 섭리가 사람들을 주재한다. 자연 정령들은 우리 행동의 도덕성과 비도덕성을 자연의 힘이 되게 한다. 곧 내면의 태도를 외양으로 드러내 재능이나 약점이 되게끔 한다.

자연 정령들은 싹 트고 꽃 피고 열매 맺는 식물계에서 놀라운 과업을 수행한다. 오늘날 정신과학을 통해 자연 정령들의 활동은 이성에 '눈뜬' 인간이 미신으로 치부한 민간 신앙의 차원에서 투명한 인식의 빛으로 재도약할 기회를 맞았다. 루돌프 슈타이너는 상상력에 의한 인식의 힘을 통해 흙, 물, 공기, 불 등 '4원소'를 체험하는 새 길을 제시했다. 고체화 작용을 하는 일체에서 '땅의 정령(또는 난쟁이)'들이, 또 흘러가 버리고 흩어지는 일체에서 '운디네'(물의 요정)가, 흔적 없이 사라지는 향기와 빛으로 반짝이는 색채에서 '공기의 요정'이, 불에서는 옛날식으로 말하면 '살라만더'가 현현한 것으로 보았다. 이 네 가지 원소 정령의 윤무

가 식물의 생성과 사멸에 작용해서 뿌리, 잎, 꽃, 결실의 순환을 행하는 것이다.[5]

식물이 성장하고, 나무에 꽃이 피고, 작물이 익는 것을 인지하면 그 경이로움에 놀라게 된다. 이 놀람은 우리 영혼이 주위 세계로 건너가는 밤이 오면 바뀌어 악몽처럼 느끼기도 한다. 영혼은 이삭이 여물어 밋밋한 줄기에서 황금 알곡이 영그는 신비한 연금술의 기적을 알아챈다. 자연 정령들이 정말 짚으로 황금을 짜낼 수 있다니! 갖은 지능과 솜씨를 구비한 인간의 능력은 저리 가라. 영혼은 낮의 의식일 때는 인류의 진보를 자부할지 모르지만, 밤에는 번번이 자연의 지혜로운 예술 앞에 압도당한다. 영혼은 자신이 아무것도 아닌 느낌을 갖는다. 그래서 자학하게 되고 이러한 자학의 태도를 잠에서 낮으로 가져와 무기력한 기분에 잠긴다. 이러한 경험은 잠에서 깼을 때 기억을 못하는 경우에도 우리 내면에 면면이 작동한다.

"너는 늘 현명하고 민첩하다고 뻐기는구나." 정령이 우리에게 이렇게 말하는 것 같다. "짚으로 황금을 짜지도 못하는 주제에, 너는 우리 세계에서는 아무것도 아니야!"

인식의 수수께끼는 가장 내밀한 실존의 문제가 될 수 있다. 정신의 세계로 들어가는 문턱에서 인식의 수수께끼는 초자연적

---

5 〈창조하고 형성하고 모양을 만드는 세계 말씀의 화음인 인간Der Mensch als Zusammenklang des schaffenden, bildenden und gestaltenden Weltenwortes〉(GA 230) 루돌프 슈타이너, 1923년 11월 2-3일 도르나흐 강연

존재 앞에서 존재와 비존재를 가르는 영혼의 시험대가 된다. 왕이 아름다운 방앗간 집 딸에게 "어서 일하거라! 내일 새벽까지 밤새도록 이 짚으로 금을 짜내지 못하면 죽게 될 줄 알아라."(『룸펠슈틸츠헨』 보완적 관점 14)고 말한다.

〈파우스트Faust〉의 위대한 독백 장면에서 그의 영혼 상태도 이와 비슷하다. "세계를 응집하는 가장 내밀한 힘을 나는 아노라, 작용력과 씨앗을 보라." 그는 인식욕에 불타 초자연적 세계의 울타리를 부수고 '땅의 영'을 불러낸다. 파우스트는 자연 정령의 힘을 감지하기는 하지만 너무 느닷없다. 아직 그러한 것을 인식할 만큼 성숙하지 않았기 때문이다. 인간은 동화할 수 있는 것만을 정신 속에서 인식할 수 있다. 변모해서 더 높은 세계의 존재들과 같아져야 하는 것이다. 그렇지 않으면 이들에 의해 내쳐진다. "너는 네가 이해한 정신과 같아질 뿐 나와 같아지는 것은 아니지!" 원소들의 왕국에서 정신의 구도자를 향해 이런 말이 울려 나온다. 그 순간 자의식이 산산이 부서진 정신 구도자는 생명을 내던지고 독배를 든다. 루돌프 슈타이너의 소책자 〈정신세계의 문지방Die Schwelle der geistigen Welt: Aphoristische Ausführungen〉(GA 17)은 영혼에 왜 일차적으로 감각계의 삶이 필요한지 이야기한다. 감각계에서 영혼이 펼치는 의식은 피할 수 없는 '경직된 표상'들 속에서 살아간다. 이 과정을 거쳐야만 영혼은 자체로 완결된 탄탄한 존재가 된다. 그래야 나중에 범람하는 형상과 부단한 변화의 세계 안에서도 온전한 독자성을 유지할 수 있다. 파우스트는 바로 이 힘을 충분히 성장시키지 못한 것이다. 그래서 초자연 세계의 문턱에서 내쳐져, 초자연 세계와의 연결이 느슨해지고 그때부터 초자연적 존재의 영향력에 내맡겨져 그 세계의 진정한 본성을 꿰뚫어 보지도 못하고 거기서 자유롭지도 못한 처지가 된다. 그 시점에 메피스토펠레스가 등장한다. 우리가 다루는 동화에서 인간을 도와주고 그 대가로 그 영혼을 점점 비끄러매는 존재 역시 정령이다. '룸펠슈틸츠헨'의 비밀이 바로 여기에 있다!

위에서 언급한 슈타이너 책을 좀 더 보자. "영혼이 정령의 세계를 의식하고 체험하기에 너무 약하면 영혼의 독자성은 문턱에서 사라진다. 사고가 명료한 기억으로 살아남기에 너무 약하게 영혼에 각인되어 있으면 사라지는 것과 같다. 사실 영혼은 그 의식을 동반한 채 초자연의 세계에 발 들여 놓을 수 없으며... 영혼이 초자연의 세계를 슬쩍 맛보고 나서 다시 감각계에 빠진 뒤 의식 안에 초자연 세계가 조금 남아 있다면, 이 다른 세계의 전리품으로 인해 관념계의 혼돈이 나타나곤 한다."

당치 않게 초자연의 차원을 '슬쩍 엿본' 인간들의 경우 자신이 한 생각들을 논리적으로 연결하는 능력이 사라지기 쉽다. 룸펠슈틸츠헨은 방앗간 집 딸의 목걸이를 요구한다. 그러나 자신을 지속적으로 완결된 인격으로 경험하는 힘은 결국 사라진다. 자신을 지속되는 인격으로 느끼는 것은 감각계 안에서 일어나는 기억력에 바탕을 두고 있기 때문이다. 즉 룸펠슈틸츠헨은 방앗간 집 딸의 반지도 요구할 수밖에 없다. 반지는 누군가에 대한 귀속의 징표다. 반지는 의식을 약속과 묶어 준다. 동화의 언어에서 반지를 잃거나 받는 것은 과거에 영혼이 무엇과 혼인을 했었는지, 또는 어떤 힘들과 새로운 관계를 맺게 되는지 같은 문제와 직결된다. 인간이 결속 관계를 맺고 의무를 수행하는 것이야말로 인간 본성이 갖는 품위의 요체다. 이것이 인간을 무엇과 '관계를 맺기'보다는 무엇에 '사로잡히는' 다른 모든 피조물보다 걸출한 정신적 존재로 만드는 지점이다. 다른 피조물들은 '마법'에 굴복한다. 참된 자아는 '신의를 지킬' 수 있다. 즉 '반지'의 비밀을 안다. 자기 자신에 대한 지배력을 점차 내주는 영혼은 자기가 초자연의 세계와 교류한 결실을 당연히 수확할 수 없다. 왕이 된 정신의 힘과의 혼인 관계에서 나온 새 생명은 정신의 힘을 거머쥔 악령적 존재의 손아귀에 떨어진다. 룸펠슈틸츠헨은 방앗간 집 딸이 왕에게 낳아 준 첫 아이를 요구한다.

이러한 정령들의 영향력에서 벗어나는 길은 **단 하나**다. 정령들의 정체를 꿰뚫어 보는 것이다. 파우스트는 네 가지 정령의 이름을 호명하며 "그들, 원소들, 그들의 힘과 성질을 알지 못하는 사람은 정령들의 주인이 되지 못할 터."라고 외친다. '이름'을 아는 것은 곧 존재의 비밀을 아는 것이라는 말이 있다. 룸펠슈틸츠헨(소리만 나고 보이지 않는 요정이라는 의미다)의 이름을 호명하는 사람은 그 마법을 깬다. 정신과학의 용어로 '아리만(페르시아의 악의 신)적' 존재라고 말할 수 있다. 화를 터뜨려서 제 성질을 드러낸다는 점에서 그렇다. 룸펠슈틸츠헨은 인지되지 않고, 의식의 빛이 꿰뚫지 못하는 인간 본성의 심연에서 강력한 힘을 발휘한다. 그것은 기생해서 영혼의 힘을 갉아먹기 때문에 인격의 건강한 고리를 서서히 파괴한다. '룸펠슈틸츠헨'은 의식의 혼란과 그 필연적 진행을 드러내는 상징이다. 영혼을 그러한 악마적 힘에서 벗어나게 하려면 영혼이 '사로잡힌 상태'에 있음을 꿰뚫어 보아야 한다. 바깥 자연에서는 치유와 지혜로 작용하는 정령의 힘이 인간 본성에 틈입해 충동의 세계로부터 솟아나기 시작하면 곧장 악마적 성질을 띤다. 잠재의식에서 일어나는 초자연적 힘의 세계와의 잘못된 접촉이 이러한 병리 현상을 일으키는 심층적 원인이 되고는 한다.^{보완적 관점 5}

요컨대 동화의 지혜는 자연 정령들이 인간의 성장에 대해 갖는 다채로운 관심을 그려 보여 준다. '일곱 산 넘어 일곱 난쟁이'는 아이 본성을 돕는 선의의 존재들을 은연중에 보여 준다. 백설 공주는 일곱 살이 되었을 때 이러한 존재들을 찾아간다.(『백설 공주』)

일곱 살 무렵의 아이에게 신체적 성장은 어떻게 일어날까? 이 시기에 자기 본연의 육신의 형상이 부모에게서 받은 껍질을 뚫고 나온다. 일곱 살 무렵 몸은 이를 바꾼다. '젖니'를 탈락시키고 선천적인 형성의 힘으로 내부에서 새 이를 밀어 올린다. 뿐만 아니라 몸을 만드는 정신의 힘이 몸 전체 모양새를 바꿔 놓는다. 이때 비로소 외양과 자태에서 개성이 표출된다.

부모에게 받은 것과 개성의 적절한 관계에 대해서는 정신과학을 살펴봐야 한다. 우리 몸이 싹트는 단계에서는 영원한 자아가 형성의 힘으로 작용하며, 이때 몸의 형태를 만드는 이 영원한 자아의 작용은 일단 유전의 테두리 안에 있다. 몸의 재료들이 완전히 교체되는 일곱 살이나 여덟 살까지 영원한 자아는 유전 모델을 따르다가 그 뒤로 자기 안에 있는 조형의 힘으로 다시 몸의 형상을 만든다. 이때 개인별로 창조력의 세기에 따라 편차가 약간씩 생기고, 투영되는 내면의 빛도 조금씩 다르다. 부모에게 받은 힘들이 사라지거나 그 영향력이 최소한으로 제한된 결과인 이 형상은 까마득한 하늘에서 내리는 깨끗한 눈과 같다. 이 시기 만들어진 몸의 형상은 보이지 않는 것의 순정한 응집체인 것이다. 이런 의미에서 이를 지칭하는 이름으로 '흰눈이'가 제격이다.

인간 존재는 겉으로 드러나지는 않지만 영속적 창조성을 갖는다. 인간이 자아로부터 만들어 내는 표정이나 몸짓 등 모든 것은 잠자는 동안 에테르적 힘의 세계에 가닿는다. 하지만 인간은 자아의 가장 내밀한 형상 활동이 자연의 영역들을 건드린다는 사실을 일상에서는 알 수 없다. 줄곧 자신의 일부를 자연에 내주고 있다는 것을 자각하지 못하는 것이다. 요컨대 인간은 우주로부터 받기만 하는 존재가 아니다.

루돌프 슈타이너에 따르면, 인간 자아는 그 가장 내적인 본질과 자산을 표정이나 몸짓으로 표출할수록, 상상력 앞에 더욱 찬란하게 빛난다. 정령들은 자신들의 영토에서 이 창조적 자아를 알아보고, 그 아름다움을 찬미한다. 일곱 살까지는 표정과 몸짓 같은 몸의 표현을 가능하게 하는 창조력이 없기 때문에, 자아는 정령의 세계에 아직 자신을 드러내지 못하고 부모에게서 받은 몸에 머물러 있다. 젖니를 갈기 시작할 무렵에야 자아는 자신의 형성력으로 몸을 새롭게 모양 짓는다. 이때가 자아의 빛이 정령들의 눈에 띄기 시작하는 시기이다. 루돌프 슈타이너도 실감나게 묘사한 대로 정령들은 이러이러한 모양의 인간이 갑자기 '등장했다!'며 놀란다. 인간 아이가 빛을 발하기 전에 어떤 것을 겪고 무엇을 했는지 알고 싶어 안달이다. 이런 정령들에게 인간 아이의 영토에 대해 이야기해 주는 것보다 더 매혹적인 것은 없다. 이런 이야기를 감읍해서 받아들인 정령들은, 그 대가로 인간 영혼에 동화의 형상들을 불어넣는다. 이렇게 동화의 정서적 핵은 인간과 자연 정령이 주고받는 대화 가운데 탄생한다.

정신과학적 인식의 관점에서 보면 이것이 동화적 상상력의 원천이 모습을 드러내는 지점이다. 인간과 자연 정령 사이의 대화는 순식간에 흘러가 버리기 때문에 인간 정신이 늘 이 대화를 인지하는 것은 아니다. 인간 정신에 남는 것은 형상들을 길어 올리는 동화적 분위기뿐이다. 이 형상들은 자체에 내적 법칙성이 있고, 온 세상 인간의 마음은 비슷하기 때문에 지역이 달라도 모티브와 이미지의 연결은 엇비슷하다. 지역 간의 상호 의존 관계를 꼭 추정할 이유가 없는 것이다. 오히려 비슷한 동화 이미지가 민족이나 지리적 요건에 따라 달라지는 양상을 추적하는 것이 훨씬 더 흥미로울 수 있다. 그러면 정령들이 사뭇 다르다는 것, 즉 기후와 토양에 따라 '성향'이 다르고, 이야기의 결에서 독특한 영감을 드러낸다는 점이 눈에 들어올 것이다.

인간이 자연 정령들이 보고 놀라는 수수께끼이자 기적이라는 것, 이것이 바로 동화적 상상력의 원체험이다! 인간 존재는 일곱 살이 되면 에테르의 영역에 출현한다. 동화에서 "백설 공주는 일곱 살이 되었을 때 맑은 대낮처럼 아름다웠다."고 이야기한다. 교만한 계모는 백설 공주의 아름다움을 견딜 수 없다. 거울을 줄곧 들여다보며 거울에 비친 자기 모습을 보는 것에 기대어 살아가는 허영심 덩어리인 땅의 의식은 일곱 살이 되어 물질적인 육신 거죽을 뚫고 나오는 저 성스러운 아름다움의 형상을 이해하지 못한다. 천상의 힘의 응결체인 인간 정신은 이때부터 정령들의 왕국에서 더욱 찬란하게 빛난다. 난쟁이들은 자기 왕국으로 온 인간 정신을 알아보고, 잠든 공주에게 경이에 찬 찬사를 보낸다.

일곱 살은 영혼과 정령의 비밀스러운 교류가 시작되는 나이다. 이들은 서로를 필요로 한다. 인간의 영혼은 정령들에게 양육된다. 정령들은 인간 영혼이 자기 자신을 자각하도록 돕는다. 하지만 이때 비극도 시작된다. 그러나 정령들은 인간 영혼에 독을 주고 마비시키는 감각의 영향력을 차단하지는 못한다. 백설 공주는 충분히 깨어 있지 못한 탓에 사악한 계모에게 괴롭힘을 당하다가 굴복한다. 독 사과를 먹는 것으로 낙원에서의 타락을 되풀이한다. 인간의 영혼은 땅의 의식으로 깨어나지만, 동시에 에테르계에서 찬미와 보호를 받았던 순수한 정신의 형상은 경직된다. 이제 영혼은 영혼을 정신 안에서 깨어나게 할 더 높은 힘을 필요로 한다. 이제 정령들의 힘은 역부족이다. 정령들이 할 수 있는 일이란, 인간이 지상적 성숙의 시기에 들어서면서 감각의 잠에 빠졌을 때 인간 존재의 불멸하는 부분을 지켜 주는 정도다. 정령들은 영원한 인간 정신의 형상을 잘 간직해 인간 정신을 '깨우는 자'에게 영혼을 인도한다.

계절의 비밀

인간 영혼이 정령의 세계에 들어가면 생성과 사멸의 비밀이 밝혀지기 시작한다. 계절과 그 순환의 언어는 더 잘 들린다. 여름에서 겨울로 이어지는 변화의 특성이 형상으로 드러난다.

　인간이 자연을 정복하고 자연의 힘들을 차가운 이성으로 계산하며 이용하면서부터 태곳적 절기 풍습으로 표현되어 온 계절의 경험들은 그 빛이 바래고 있다. 하지만 동화에는 아직도 이러한 내밀한 자연 경험의 빛이 감돈다. 그 옛날 영혼의 눈으로 보았던 계절 순환의 경험들이 동화에서 마법의 생명을 부지하고 있다.

　자연의 토대와 분리된 현재 우리의 사고와 감정으로는 그 옛날 여름과 겨울을 어떻게 정신적 현상으로 체험했는지 가늠하기 어렵다. 인간 영혼은 계절이 오고가는 진자 운동에서 자신과 우주의 생성 법칙을 체험했다. 즉 싹트고 꽃피는 식물계 섭리에서 세계의 아름다움을 보는 감각이 열리고, 시들고 열매 맺는 자연의 운행에서 다시 자신으로 되돌아왔다.

영혼은 자신의 감각과 사고의 양극 사이에서 자기 존재를 체험한다. 감각과 사고가 주도권을 바꾸며 자연과 얽혀 있는 인간 존재의 영혼을 규정한다. 자기 안으로 침잠하는 사고를 통한 명료한 삶과, 세계를 향해 열려 있는 다채로운 감각적 즐거움의 삶, 동화 『흰눈이와 붉은 장미』는 인간 영혼이 겪는 이 양극을 '흰눈이'와 '붉은 장미'라고 이름 붙였다. 우리는 이미 이 양극이 별개의 두 존재인양 자신의 내면에서 작용하는 것을 감지하고 있다.

동화는 신/구 두 시대의 경계에서 일어나는 경험들을 포착한다. 옛 힘이 사라지면서 젊은 새 힘이 등장하는 국면이다. 영혼은 세계의 신성과 하나였던 때를 생각하며 지금의 자신을 과부로 느낀다. 즉 누추한 오두막에서 외롭게 사는 '가난한 과부'가 된 것이다. '과부'는 막 싹을 틔우고 있는 내면의 힘을 스스로 돌보고 꽃피워야 하는 상황이다. "오두막 앞 꽃밭에 장미 두 그루가 있는데, 하나는 흰 장미가, 다른 하나는 빨간 장미가 피었다. 과부에게는 아이가 둘 있는데 이 두 그루 장미와 같아서 하나는 흰눈이로, 또 하나는 붉은 장미로 불렀다."

동화에서 두 아이를 묘사하는 것을 보면 두 아이와 심층의 생명력이 아주 긴밀하게 얽혀 있음을 알 수 있다. 흰눈이는 백설 공주 형상을 떠올리게 한다. 그는 조용하고 상냥하다. 어머니의 집안일을 기꺼이 돕는다. 반면 붉은 장미는 들로 산으로 나비와 꽃을 쫓아 다니기를 더 좋아한다. 밖에 나갈 때 두 아이는 늘 손을 잡고 다녔다. 어머니는 "자기 것을 서로 나누거라."고 덧붙이곤 했다. 사고와 감각이 서로에 기대라는 것이다. 영혼의 규율하는 힘과 수용하는 힘은 인간 내면의 삶이 조화로울 때 서로 보완한다. 이를테면 저녁이 됐을 때 어머니가 "흰눈아, 가서 빗장을 지르렴."이라고 말하기도 하고 "붉은 장미야, 어서 문을 열렴, 잠자리를 찾는 나그네일 거야."라고 말하기도 한다. 이것은 내면을 향하는 사고와 세상을 향해 열려 있는 감각이 서로 별개일 정도로 다르다는 것을 반영한다.

이 동화가 들려주는 사건은 정신의 체험이 분명하다. 사건은 한겨울에 다다른다. 저녁이 되면 어머니는 늘 오두막의 문을 걸어 잠그고 아이들을 불러 모아 두꺼운 책을 읽어 준다. 아이들은 귀를 기울이며 생각에 빠진다. 횃대에 앉은 흰 비둘기와 바닥에 엎드린 새끼 양도 한 식구다. 예배의 풍경이다. 동화는 이러한 특징들로 그리스도에 순종하는 인간 영혼의 형상을 그린다. 이제 세계의 숨은 힘들을 상상력으로 경험할 차례다. 영혼은 겨울철에 깊은 명상에 빠져 세계의 숨은 힘들에 가닿는다. 문 두드리는 소리가 난다. 붉은 장미가 문을 열고 곰이 들어온다. 아이들은 몹시 놀라고, 새끼 양은 울고 비둘기는 날아오른다. 곰이 입을 열기 시작하자 아이들은 편안해지고 곰의 곁이 익숙해진다. 영혼은 초자

연적인 힘에 마주쳤을 때 처음에는 공포에 압도된다. 영혼은 정
신세계의 언어를 이해하는 법을 먼저 터득해야 하는 것이다. 이
때부터 곰은 저녁마다 오두막을 찾아오는 익숙한 손님이 된다.
봄이 오자 곰은 이들을 떠나간다. 이때 문을 빠져나가다가 곰의
살점이 경첩에 걸린다. 흰눈이는 털 아래 살점이 마치 금처럼 반
짝이는 것을 본다. 곰의 피부 아래 찬란한 비밀이 감추어져 있는
것이다. 무슨 비밀일까?

　루돌프 슈타이너는 옛 사람들이 계절을 어떻게 체험했는지
를 이야기하는 강연에서, 인간은 여름이 되면 세상의 빛과 온기
에 정신이 팔려 자기에게 몸이 있음을 거의 느끼지 못했다고 말
한다.6 그 옛날 사람들은 하지 즈음이면 가벼운 무아경에 빠졌고,
대지 위에 다시 수렴의 힘이 작동하기 시작하는 겨울 무렵에야 땅
의 무게에 붙들린 자신의 존재를 느꼈다. 몸으로의 회귀이다. 이
때에야 인간은 둔중한 땅의 힘을 더욱 압도적으로 느끼게 된다.
내면의 시선으로 둔중한 땅의 힘이 마치 어두운 존재처럼 땅에서
스멀스멀 올라와 공포를 자아내는 것을 보는 것이다. 한겨울의 신
비를 특히 경배해 온 북방 민족들 사이에는 겨울 무렵 두려움과
수수께끼를 자아내는 가면 쓴 인물을 등장시키는 풍속이 생겼다.
크네시드 루프레히트(크리스마스 때 성 니클라우스를 도와 아이

---

6 〈지구의 호흡과정으로서의 한 해의 순환과 네 가지 큰 절기 축제. 인지학과
　인간의 느낌 본성Der Jahreskreislauf als Atmungsvorgang der Erde
　und die vier großen Festeszeiten. Die Anthroposophie und das
　menschliche Gemüt〉(GA 223) 도르나흐와 빈, 1923

들에게 선물을 나누어 주거나 벌을 주는 인물)나 크리스마스 선물 풍습 율클랍(크리스마스 때 작은 선물을 문 앞에 두고 누군지 들키지 않도록 도망가는 스웨덴 풍습으로 '율클랍'에서 율은 크리스마스를, 클랍은 문을 두드리는 것을 뜻한다)이 그 흔적이다.

동지제 때 제관들은 훨씬 더 고차적인 경험을 했다. 땅에 결정의 힘이 스미는 성스러운 밤에 땅은 별들의 세계를 비추는 정신의 거울이 된다. 땅은 12궁도가 비추는 하늘의 힘을 붙들어 되쏜다. 이 절기가 되면 한 사람 한 사람이 땅에 하늘이 비친다는 것을 인지하는 일종의 백일몽 상태를 경험했다. 12궁의 형상과 기타 별자리가 어두운 땅속에서 빛나듯, 혹은 그림자를 드리우듯 개인에게 나타났고, 그러면 개인은 이 형상에서 사람의 몸을 만들어 내는 강력한 형성력을 알아보았다. 개인은 영혼을 싣고 땅으로 내려온 '천상의 마차'를 지은 힘이 광대무변한 우주로부터 흘러들어 왔음을 느꼈다. 이러한 빛의 마차는 땅에 내려와서 어두운 물질의 힘에 붙들린다. 이때 우리는 음습함에 휩싸여 땅의 육신으로 무거운 발걸음을 옮긴다. 영혼을 태우고 내려온 **천상의 마차**가 곰으로 화한다. 괴테가 말하듯 인간이 되면 '어둠과 제약'이 따른다.

북방 민족들이 각별히 섬기는 성좌는 북극성을 중심으로 도는 밝은 '큰곰자리'이다. 북극성을 축으로 큰 원을 그리며 도는 12궁의 비밀이 큰곰자리에 응축되어 있기 때문이다. 천상의 구혼자들, 즉 해, 달, 별이 오만한 공주에게 청혼하러 온다는 핀란드 서사시가 있다. 이 처녀(공주), 즉 인간의 영혼은 이들을 다 물리치고 오직 북극성만 점찍는다. "영원한 반려, 일곱 별에 빛나는 그대"이다.[7] 겨울밤 땅속에서 마차(큰곰자리)가 떠오르면(되비추면) 우리는 그것을 검은 곰의 형상으로 보게 된다. 왜 흰눈이가 떠나는 곰의 털 속에서 금 같은 반짝이는 것을 보게 되는지, 또 함께 지내는 동안 아이들의 버릇없는 장난질에 왜 다음과 같은 경고의 말을 하는지 이제 우리는 알 수 있다.

"흰눈아, 붉은 장미야, 이러다 너희가 구혼자를 쳐 죽이겠구나."

핀란드 노래에서도 북극성과 '큰 마차'라 불리는 큰곰자리 성좌는 처녀인 인간 영혼의 구혼자로 간주된다.

옛 민담 〈거짓말쟁이 여우Reineke Fuchs〉[8]에서는 곰과 여우가 주된 대립구도를 이룬다. 어수룩하고 선량한 곰의 힘은 약삭빠르고 저열한 여우의 계책에 넘어간다.보완적 관점 3

봄이 오자 곰은 흰눈이와 붉은 장미에게 작별을 고하며 숲으로 가서 사악한 난쟁이들이 보물을 가져가지 못하도록 지켜야 한다고 이야기한다. 난쟁이들이 여름이 되면 훔칠 수 있는 것은 모조리 땅속 동굴에 숨기기 때문이다. 여기서도 곰이 저급한 이기

---

7 〈칼레발라Kalevala〉 10번째 룬, 북방 민족들은 큰곰자리의 일곱 별과 함께 북극성을 가장 성스러운 생명력의 형상으로 경배했다.

8 유럽 중세 때부터 전해 내려오는 서사시. 여러 본이 있지만 기둥 줄거리는 나쁜 짓을 일삼는 여우가 교묘한 거짓말과 간계로 곤경에서 빠져나와 적수를 이기는 이야기이다. 괴테의 동명 서사시가 있다.

적 지성과 싸우는 것을 보게 된다.

동화에서는 주의를 주었음에도 불구하고 아이들이 멋모르고 난쟁이의 도둑질을 돕는다. 인간 영혼은 난쟁이와 곰 사이에 끼어 있다. 인간 영혼은 난쟁이를 돕는데, 자신이 무슨 일을 하는지 알지 못한다. 어디서나 이 난쟁이와 맞닥뜨린다! 난쟁이는 흰눈이와 붉은 장미에게 숲, 강, 들판 곳곳에 나타나, 자연계에서 빛나는 정신의 보물을 훔친다. 세계를 염탐하는 이성이 발 닿는 곳의 자연은 시든다. 간교한 난쟁이의 눈으로 자연을 엿보고 훔치는 것이 바로 인간 아닐까? 이제 자연은 자기 안에 살고 있는 정신을 인간에게 열어 보이지 않는다. 인간은 자연의 힘을 고작 계산할 뿐이다. 그래서 자연을 자신의 사리사욕에 맞춘다. 그 대가로 자연의 혜안 같은 옛 자질들은 희미해져 마법에 걸린 채 영혼저 밑바닥에 가라앉아 잊히고 만다.

우리가 지금까지 접한 정령의 세계는 이와는 다른 측면, 즉 인간의 조력자로서 난쟁이[9]였다. 난쟁이는 원래 머리만 쓰는 존재에 가깝다. 여기에 양면성이 있다. 인간의 이성이 깨어나기 전에 난쟁이는 지혜로웠다. 이들은 태곳적 정신의 빛의 수호자로서, 인간이 에테르계로 가는 길을 밝혀 주는 존재였다. 인간은 이들의 도움 없이 삶을 헤쳐 나갈 수 없었다. 하지만 이성적 존재인 난

---

9 Gnom_우화에 등장하는 사람처럼 생긴 작은 존재. 산의 정령으로 땅에 속한다. 나중에는 난쟁이나 코볼트와 비슷한 말로 쓰여, 땅 밑 외에도 숲, 산, 강에도 산다. 현대 판타지에서는 영국 문학의 영향으로 고블린과도 비슷해진다.

쟁이 경직된 세속의 힘에 굴복하고 만다. 이성에 눈뜨면서 영혼을 잃고 이기적이 된 것이다. 정신과학의 용어로 말하면, 정령들이 '아리만적'인 세속의 힘에 붙들린 것이다. 그러나 난쟁이는 동화에서 한 가지 의미로만 해석되는 상징이 아니다. 이들은 실재하는 본질들에 관한 것이며, 매우 다채롭다. 영혼의 온기를 동경하는 난쟁이들도 있는데, 이들은 사랑의 힘을 내면에 품고 있는 인간 자아에 경탄한다.(『숲속의 세 난쟁이』와 『백설 공주』) 그런가 하면 감정의 힘에 적대적인 난쟁이도 있다. 전인적 성장에 만전을 기하려면 이 적대적인 난쟁이를 꿰뚫어 보고 제압해야 한다.

난쟁이를 제압하면 왕자도 곰의 외피를 벗고 흰눈이를 자신의 왕국에 신부로 맞을 수 있다. 왕자는 난쟁이의 마법에 걸려 곰의 모습이 되었기 때문이다.

동화가 제시하는 영혼의 길, 즉 자연계에서 나와 '도시'로 향하는 길은 세 단계다. 자연의 빈곤화는 '신을 부인하는 난쟁이'를 통해 단계적으로 진행된다. 세상은 차가운 머리가 승리하며 신에게서 벗어나는 길을 걷는다. 그 끝은 정신의 부정이다. 정신을 부정하는 것은 땅의 길을 택한 인간 영혼의 책임이다.

흰눈이와 붉은 장미는 도시로 향한다. 도중에 이들은 쓸쓸한 황야에서 다시 난쟁이를 본다. 난쟁이는 빼앗긴 보물을 두고 독수리와 싸우는 중이다. 두 아이는 자신들이 하는 일이 무엇인지 모른 채 난쟁이를 도와 독수리와 싸운다. 인간의 이성은 독수리에 맞서 기꺼이 난쟁이의 일에 가담한다!

이들이 도시를 떠나 어머니, 고향으로 돌아올 때에야 해방이 이루어진다. 곰도 자신의 보물에 눈독을 들이고 있는 난쟁이를 제압한다. 이와 함께 왕자도 마법에서 풀려나 곰의 외피를 벗고 위풍당당한 모습을 드러낸다. 바로 천상의 인간이다. 즉 땅의 음습함을 벗고 참된 자기 존재로 깨어난 인간, 별의 힘들로부터 태어난 존재인 것이다. 왕자는 물질의 무게에서 부활한 자신을 찬미한다. 왕자에게서 새로 얻게 된 지상 세계의 정신적 보물들이 반짝인다. 왕자는 자연을 다시 자기 왕국으로 소유하게 된다.

이제 하지와 동지 경험의 형상을 살펴보자.

무조이스는 동화 〈도둑맞은 날개옷Der geraubte Schleier〉에서 성요한절 전야의 놀라운 힘에 대해 들려준다. 우선 무조이스가 선호한 노벨레 형식을 넘어 동화의 핵심으로 바로 뚫고 들어가 보자. 이 동화는 아직 '에테르적 피 한 방울'이 흐르고 있는 인간의 딸들에 대해 이야기한다. 이 딸들의 시조들 중에는 요정 혈통이 꼭 하나씩 있었다. 그래서 이들은 일 년에 한 번씩 백조로 변신하는 신비한 능력을 보인다. 이들은 레다의 딸 헬레나처럼 백조의 자식들이다. 동화는 "레다의 딸들은 여느 인간의 자식처럼 맨몸으로 세상에 태어나지 않는다. 이들의 보드라운 몸은 에테르적인 빛으로 촘촘히 짜인, 공기처럼 가벼운 옷에 감싸여 있었다. 이 옷은 성장함에 따라 늘어나며 가장 순정한 불, 공기의 온갖 특성들로 육신이 갖는 땅의 무게를 극복하고 가볍게 날아올라 구름에 가둬는 능력을 지닐뿐 아니라, 옷의 주인이 그것을 입고 있는 동안 백조의 외양을 입혀 주기까지 한다."고 이야기한다.

이야기에는 백조 아가씨들이 해마다 날아서 찾아가는 세 개의 샘이 나온다. 이들은 이 성스러운 물속에서 날로 젊어진다. 아프리카의 나일강, 아시아의 아라라트산 발치의 강, 유럽의 주데텐 산맥 서안의 츠비카우 인근에 있는 '백조의 호수'다. 프리트베르트라는 슈바벤의 기사가 전투를 끝내고 고향으로 가다가 길을 잃고 에르츠 산맥으로 들어가 백조의 호숫가에서 늙은 은자를 만난다. 은자는 그를 이 샘의 비밀로 인도한다. 프리트베르트는 자신의 기사복을 남루한 은자의 옷과 바꿔 입고 몇 해를 샘가에서 기다리다 마침내 성요한절 전야에 목욕하는 처녀들을 습격해 그중 한 처녀에게서 작은 황금 왕관이 달린 백조 날개옷을 훔치는 데 성공한다. 날개옷을 잃고 날 수 없게 된 처녀는 자매들과 같이 집으로 돌아가지 못하고 결국 기사의 수중에 들어간다. 기사는 처녀를 고향인 슈바벤으로 데리고 가 아내로 맞으려 한다. 혼례 전날 신부가 치장을 시작할 때 불운이 닥친다. 프리트베르트의 어머니가 아들이 몰래 함 속에 숨겨둔 날개옷을, 어디서 났는지, 어떤 신비한 힘을 가지고 있는지 모른 채 처녀에게 내준 것이다. 처녀는 날개옷을 입는 순간 백조로 변해 창밖으로 날아가 버린다. 프리트베르트는 오랜 각고와 방황을 겪고 나서야 처녀가 공주로 살고 있는 동방에서 처녀를 다시 데리고 온다.

동화나 전설에 자주 등장하는 백조 이야기는 인간 존재의 천상적인 부분을 암시한다. 백조로 변할 수 있는 사람은 자기 존재의 순진무구한 힘들을 다시 깨워 그 힘에 기대어 지상에 태어나기 전에 머물던 순수한 에테르 세계로 올라갈 수 있다.(부모에게 아기를 가져다주는 황새의 형상도 태어나기 전의 삶에서 지상의 삶으로 우리를 데리고 온 천상의 힘들에 대한 상상이다. 이 상상에는 아이가 자신이 어디서 왔냐고 물을 때 아이에게 말해 줄 초자연적 진실이 담겨 있다) 백조의 날개를 되찾은 사람은 자기 근원의 빛을 체험한다. 그럴수록 인간은 참된 자기 존재에서 멀리 떨어져 나왔음을 더욱 고통스럽게 느끼게 된다. 자신의 본성인 낙원을 다시 깨닫게 되면서 인간은 비로소 '타락'의 사실을 온전히 인식하게 되는 것이다.

옛날 하지 신비 제의에서 겪었던 경험이 바로 이런 것이다. 동화 〈도둑맞은 날개옷〉이 이야기하는 내용도 퇴색한 면이 있기는 하지만 이것이다. 이교도들 사이에서 널리 행해지던 강렬한 하지 신비 제의는 영혼을 저 높은 빛으로 날아오르게 하는 의식이었다. 하지 신비 제의들은 육신이라는 땅의 족쇄를 부수고 나가 잠깐 동안 에테르 세계의 영혼과 함께 날아오르고자 하는 갈망의 소산이다. 이렇게 깨어난 자는 육신을 벗고 날아올라 태양의 높이에서 인류 근원의 강력한 형상을 보았다. 하지의 성요한절 경험을 통해 우주의 에테르적 기억으로 인도된 것이다.

인간 존재가 물질 문화에 깊이 물들수록 영혼은 땅의 중력을 이기기 힘들어지면서 이러한 비상의 가능성은 희박해져 갔다. 백조의 날개옷을 잃어버린 것이다. 소수만이 백조로 변신하는 데 필요한 '에테르적 피 몇 방울'이 자신의 피 속에 있음을 느낄 뿐이다. 무조이스가 말한 대로 영혼의 힘이 비상하듯 펼쳐지려면 피의 특별한 성질이 필요하다. 그리스도 시대 이후에는 극소수의 장소에서만 개개 현인들이 길을 알려 주었다. 이곳은 인간 영혼의 무구한 힘을 일깨워, 이 힘으로 성스러운 에테르의 강물에 들어가 내면의 부단한 갱생을 도모하는 방법을 알려 주는 장소였다. 무조이스가 우리에게 보여 주는 것은 바로 인간 내면의 영혼이 걷는 길이다.(매우 센티멘털한 사랑 이야기를 입혔다) 동화에서 자연의 비밀에 발 들여놓는 인물은 슈바벤 출신의 기사 프리트베르트이다. 그가 성요한절 전야에 본 백조 아가씨는 사실 자기 자신의 순결한 에테르적 존재의 한 부분이다. 그는 '날개옷'을 손에 넣으면 자신의 '영원한 여성성'과 혼례를 치르게 된다.

그러나 동화는 이러한 경험이 다시 지상의 삶으로 돌아오면 그대로 보존되기 어렵다는 것도 보여 준다. 프리트베르트가 성소에서 영혼의 침잠을 통해 얻게 된 정신의 힘들은 다시 그에게서 사라진다. 처녀와 혼인도 하기 전에 날개옷을 잃어버린다. 이제 기사는 완전히 새로운 길을 통해 백조 아가씨를 되찾아야 한다. 목숨을 걸어야 하는 길이다. 중세 시대 사람들은 초자연적 삶을 쟁취할 수 있는 지혜의 저장고들이 동방에 있음을 알고 있었다.

북방 이교도의 자연의 지혜에서 발원한 옛 하지 신비 제의는 그 힘을 잃었다. 하지제는 드루이드교의 비의들을 담고 있던 공간이었던 것으로 보인다. 그러나 인류는 정신으로 가기 위한 새로운 길이 필요하다. 생명은 죽음에서 다시 태어나는 법이다. 오늘날 우리가 다시 행하는 기독교의 성요한절은 퇴행이 아니다. 새로워진 기독교의 힘에 바탕을 두는 성요한절은 각성의 의식이다. 그 옛날 우리를 무구한 상태로 만들어 에테르 세계로 올려 준 '백조의 날개옷'을 잃었음을 우리에게 상기시키기 위한 것이다. 이것은 사라진 것을 새로운 방법으로 되찾고자 하는 갈망에 불을 당긴다.

기독교의 신비 의식들은 감각들이 범람하는 한여름을 넘어 한겨울로 영혼의 시선을 인도한다. 결정화하는 힘들이 바깥에서 비춰 들어오면 영혼의 내부에서 흰눈이의 성질이 태어난다. 뒤에 살펴볼 동화 『노간주나무』는 하늘에서 내리는 눈송이처럼 땅 위에 내릴 영감의 순간으로 우리를 데려간다. 동화는 아홉 달의 기다림을 특별한 마법으로 우리에게 풀어놓는다. 어머니는 가을에 아이를 낳기까지 계절의 순환을 체험하며 자신의 열매가 익어 가는 것을 경험한다. 어머니는 출산과 동시에 죽음으로써 더 높은 차원의 생명을 아이에게 준다. 출산을 기다리는 기간의 리듬과 절기(축일)가 순차적으로 합쳐져 한 해가 된다. 성탄 전야에 천상에서 내려오는 것은 고이 받아서 잘 품어야 하는 영혼의 싹이다. 영혼의 싹은 대천사 축일(9월 29일) 무렵이면 세상에 나갈 만큼 무르익는다. 그것은 강력한 의지의 힘을 드러내며 지상에 그리스도의 행위로 현현한다. 요컨대 정신의 탄생도 감추어진 법칙에 따라 일어난다.

그림 형제는 동화 모음집 말미에 『황금 열쇠』라는 짧은 동화를 배치했다. 눈이 첩첩이 쌓인 겨울, 나무를 하러 썰매를 타고 나간 가난한 소년의 이야기이다. 꽁꽁 언 몸을 녹이기 위해 불을 지피려 할 때, 눈 아래 땅바닥에서 작은 황금 열쇠를 발견한다. 소년이 땅을 더 파자 황금 열쇠가 들어맞는 작은 쇠함이 나온다. 소년은 열쇠를 꽂아 돌린다. "이제 소년이 완전히 뚜껑을 열 때까지 기다려야 한다. 그러면 함에 무슨 놀라운 것들이 들어 있는지 알게 될 것이다."라고 동화는 끝맺는다. 동화가 묘사하는 상황은 시대의 전환점에 해당한다. 인간의 영혼이 도래하는 순간 동화는 이야기를 멈춘다. 겨울 혹한에 눈 덮인 바깥에서 불을 지피는 가난한 소년의 형상은 기독교 아래 있던 서구인들의 운명을 반영하는 것이 아닐까?

정신이 있는 그대로 드러나는 옛날의 자연적 삶은 끝났다. 세상은 차갑고 영혼은 혼자가 됐다. 하지만 한겨울은 한 가지 비의를 품고 있다. 세상을 다시 덥히기 위해 불을 지피는 마음은 새로운 삶의 비밀을 여는 열쇠도 찾아낸다는 것이다. 한겨울 밤의 성탄절은 성스러운 영혼의 온기를 선사한다. 황금 열쇠를 건네는 것이다.

열쇠가 있어! 동화가 전하고자 하는 메시지다. 땅을 충분히 깊게 판 사람에게는 보물함도 주어진다. 하지만 새 보물들은 아직 공개되지 않았다.

　　인간의 영혼은 새로운 방향을 안다. 그리스도의 신비를 받았기 때문이다. 인간의 영혼은 그 신비에 담긴 미래의 힘도 알고 있을까? 인간 영혼은 이제 겨우 그리스도 현현의 문턱에 서 있다. 황금 열쇠를 발견한 기쁨에 겨워 정작 보물 상자를 여는 것을 잊는 우를 범해서는 안된다. 바야흐로 묵시록적 새 지혜가 영혼에 막 주어지려는 찰나이다. 모르는 일들이 수두룩하게 드러날 것이다.

『노간주나무Machandelbaum』

그림 형제가 동화집 작업을 마무리하면서 적절한 이야기 톤을 모색할 때 저지 독일어로 된 〈마헨델봄〉을 범례로 삼은 것으로 보인다. 낭만주의 화가 필립 오토 룽게Philipp Otto Runge가 고향인 북독일 지방에서 듣고 사투리 그대로 전한 이 동화와 『어부와 아내Von dem Fischer un syner Fru』를 그림 형제는 아르님Achim von Arnim을 통해 들은 것이다. 적막한 황야에 노간주나무들이 마치 변장한 사람처럼 우뚝 서서 유구한 세월 이제나저제나 누군가 와서 자기들의 비밀을 묻지 않을까 묵묵히 기다리는 그런 곳에는 그 옛날 자연의 지혜를 잘 아는 사람들이 있었다. 도시의 소란함과 동떨어져 있는 이런 사람들은 꿈속에서 과거를 보는 눈을 간직하고 있었다. 과거에는 영혼이 땅과 먼 아름다움의 형상들을 잣고 이 형상들이 삶의 수수께끼에 답을 내놓는 시절이 있었다.

이 '입 다문 비밀의 노간주나무'('활기의 나무Queckholder'라고 부르는 지역들도 있는데, 회춘의 힘을 주는 원천으로 간주됐기 때문이다)에서는 눈에 보이지 않는 자들의 속삭임이 들린다. 게르만족 사제의 제단 위에서 노간주나무의 가지가 타닥타닥 소리를 내며 타던 시절, 그 그윽한 향이 향불이 되어 신들에게 올라갔다. 드루이드의 제단에 간직된 범접할 수 없는 비밀의 잔재가 동화의 형상들로 자라났다.

태고로부터 전해 오는 드루이드의 지혜에 입문한 정신의 사도는 꿈꾸는 황야의 '노간주나무(마헨델봄)' 아래에서 양육되었다. 제사장은 그에게 아주 고통스러운 일을 시켰다. 배움을 통해 저급한 인격을 바꾸어야만 했기 때문이다. 자아를 과거의 껍데기에서 떼어 내는 과정이었다. 영혼에게 이 과정은 온기가 있는 생명을 날카로운 칼날로 도려내는 고통을 뜻한다. 자아를 감각의 족쇄에서 해방시키려면 땅의 감정들을 희생해야 했다. '출혈'의 과정이다. 자아의 몫이 된 지혜들이 명료한 수정처럼 영혼 위에 내려앉았다. 하지만 지혜는 감정의 온기로 달궈져야 비로소 자아를 위한 내면의 생명을 얻을 수 있다. 자아는 자신에게 있는 생명의 온기를 순수한 사고의 세계에 바쳐야 했다.

이러한 영혼의 활약은 어느 날 불현듯 사도의 눈앞에 정신의 형상으로 나타났다. 인식에 바쳐진 사도의 영혼은 겨울 풍경 한 복판에 있는 여인의 형상으로 자아에 계시됐다.^{보완적 관점6} 이때 영혼이 손에 쥐고 있는 것은 인간이 선악과나무에서 따서 자기 안에 이기적 자아로 품고 있는 과실이다. 눈이 내리는 동안 영혼은 사과 껍질을 깐다. 그러다 칼에 손을 벤다. 피가 흐르고 흰눈은 붉게 물든다. 이 순간 영혼은 더 높고 더 순수한 자아의 수태를 감지한다. 인식이 영혼 속에서 불타는 생명으로 화할 때 자아가 영혼에 정신의 선물로 주어질 것이다.

"아, 아이를 가졌으면, 피처럼 붉고 눈처럼 흰 아이를." 여인은 좋은 일이 생길 것만 같았다.

이러한 일은 은폐된 성소, '노간주나무' 아래에서 일어난다. 눈 속에서 빛나는 핏방울 형상은 영혼의 신비로운 성장이 시작됐음을 말해 주는 징표로 간주된다. 이러한 형상은 『백설 공주』와 '성배 전설'에서도 만난다. 크레티엥 드 트루아Chrestien de Troyes는 자신의 서사시에서 어느 날 아침 페르스발이 모험을 떠나 아서왕의 행궁 근처에 이르는 장면을 인상 깊게 그리고 있다.(〈페르스발Perceval〉) 바로 눈 내린 벌판을 말을 타고 가는 장면이다. 거위 떼가 날아오르고 매가 그 중 하나를 덮쳐 목에 상처를 입힌다. 거위는 매에게서 빠져나가지만 도망가며 피 세 방울을 떨어뜨린다. 눈 속의 핏방울을 본 청년 기사의 영혼의 눈에 멀리 있는 연인 블랑쉬플뢰어의 모습이 떠오른다. "페르스발은 온통 핏방울에 대한 꿈으로 그날 아침을 보내고 마침내 막사에서 나온 시종들에게 꿈꾸는 모습이 목격된다. 자고 있다고 그들은 생각했다...”

중세 성배 전설의 형상들에서 기독교의 독특한 흐름이 자라난다. 아일랜드 섬에서 시작해 아이로스콧파 사도들을 통해 유럽으로 전파된 이 흐름은, 지혜와 고결한 기독교적 자선 행위가 행해지는 장소에서 번성하다가 로마 교회의 권력이 이 영적 물결을 막는 바람에 오랜 세월 완전히 묻힌 교파이다. 켈트족의 원초적 지혜에서 배태된 저 기독교의 요체는 무엇이었을까? 어떠한 역사적 전거 없이 직접 경험과 초자연적 체험에서 길어 올려 그리스도의 현현을 선포할 수 있었다는 점이다. 루돌프 슈타이너는 정신에 대한 자기 관점에서 이 켈트족 비의 문화의 의미를 누차 설명한 바 있다. 그에 따르면 세속과 역사의 사실로서 골고다의 신비는 팔레스타인에서 일어났지만, 그것을 형상으로 추체험하는 장소들이 아일랜드에 있었다. 켈트족 제사장들과 그 사도들이 그리스도의 지상 현현을 아는 것은 성경이나 다른 사도들의 전서에 기댄 것이 아니었다. 이 지상 최대의 사건은 이들에게 강력한 상으로 떠올랐고, 이후 이들은 이 사건을 인상 깊은 제의로 묘사했다. 아일랜드에서 비춰 들어온 이 기독교는 수백 년 동안 번성하다가 역사상 실세였던 로마 교회에 의해 추방됐다.

순정한 처녀 브리기트(성 브라이드라고도 불린다) 전설에서도 이러한 경험의 흔적을 찾아볼 수 있다. 드루이드 제사장에게 양육된 이 처녀는 어느 날 정신의 무아경에 빠져 먼 나라 마구간에서 일어난 구원자의 탄생을 체험한다.(피오나 맥로드Fiona Macleod 〈꿈의 왕국〉: 돌보는 자 그리스도 이야기)

전설을 통해 중세까지 전해진 성배 모험은 골고다 사건의 신비적 직관을 이야기한다. 교회의 영향을 완전히 벗은 페르스발은 성소를 발견하고 그리스도라는 비밀의 참 의미를 깨닫는다.

그리스도의 신비는 피의 밀의이다. 상상력의 눈으로 보면 그리스도의 신비는 완전히 새로운 형성력의 열림이다. 새로운 형성력은 인간 존재를 젊게 만들고, 땅 위 자연을 정화한다. 민중의 영혼이 이러한 이로스콧틀랜드 기독교 흐름이 닿은 곳(6, 7세기 이래로 서 유럽과 중부 유럽 전역에서 이러한 일이 일어났다)마다 전설과 동화의 상상 세계 갈피에 이러한 그리스도의 경이로운 빛이 감돈다. 이렇게 우리는 독일 전래 동화가 지닌 가장 내밀한 성스러움에 다가서게 된다. 독일 전래 동화는 비밀스러운 정신의 빛이 넘치는 문화권에서 태어났다. 개개 모티브는 어쩌면 기원전 수천 년 동방의 것이지만, 설령 그렇더라도 동화를 단순한 모티브로 분해하는 처사는 문학 작품을 어휘로 낱낱이 쪼개는 일과 같다. 오늘날 이런 처사가 도처에서 되풀이되고 있다. 형상들이 꼬리를 무는 체험 세계에 감정을 이입하려면 내면의 **이정표**, 상상력의 논리에 초점을 맞춰야 한다.

성배의 빛은 수많은 독일 전래 동화를 가로지른다. 이러한 동화들은 민중의 정서에 참 그리스도의 힘이 두루 스미게 하는 데 주력한다. 교조적으로 가르치지 않고 아이들 마음속에 상상력이라는 정신 작용을 심어 넣는 것이 동화의 사명이다.

"옛날 옛적 적어도 2천 년 전에 한 부유한 남자가 살았는데 그에게는 선량하고 아름다운 아내가 있었습니다. 그들은 서로 깊이 사랑했습니다."(『노간주나무』) 영혼의 길을 따르는 사람의 삶은 전설이 된다. 이 이야기에서 태곳적 지혜를 풍부하게 간직하고 있는 사람이 깊은 신심에 도달할 때 전설은 시작된다. 더 높은 자아의 삶을 동경하면서 영혼은 불붙는다. 영혼은 자기 안에 비밀리에 자라고 있는 이 정신의 맹아에 모든 것을 건다. 하지만 참 자아를 낳으려면 정작 자기 자신은 생명을 포기해야 한다. 즉 매장될 것을 각오해야 한다. 신심 깊은 아름다운 여인은 아이를 분만하고 기쁨에 겨워 죽는다. 그리고 성지에 묻힌다.

하지만 인간은 두 세계에 속한 존재다. 세상과 얽힌 땅의 운명도 인간 존재에 대해 지분을 주장한다. 감각 본성을 지닌 인간은 **도리 없는** 땅 위 존재다. 감각은 인간의 '두 번째 부인'이 된다. 이러한 감각도 인간에게 아이를 낳아 준다. 무지 탓에 과오에 빠지는 죄의 의식과 정신의 맹아가 나란히 자라난다. 성소에서 태어난 높은 자아로서는 감각 및 그 요구와 공생하기 어렵다. 높은 자아는 감각의 요구에 시달리고 무시당하다가 끝내 죽고 만다.

동화는 '어린 소년과 마를렌Marleenken'의 이야기다. 신의 아이에게는 세속의 이름이 없다. 어린 여동생은 사악한 엄마로 말미암아 죄에 휩쓸리지만 배다른 순정한 오라버니에게 친근감을 느끼며 탄식하고 속죄하려 한다. 이 여자 아이의 이름은 회개한 여인 막달라 마리아에서 땄다. 이 지점에서 복음서 등장인물 및 사건과의 깊은 연관성이 드러난다. 그러나 이 동화가 상상력을 길어 올리는 원천은 영혼이 내면의 길에서 겪는 정신적 사건의 직관에 있다. 요컨대 성서가 아닌 것이다.

소년이 체험하는 골고다 언덕은 무서운 형상을 하고 있다. 즉 내면의 수난이다. 사람이 가지고 있는 소년의 힘이 감각이나 감각에 포획된 이성의 덫에 걸리면 언제 어디서나 고난은 시작된다. 소년의 계모는 사악한 힘에 사로잡혀 있다. 계모는 소년을 극에서 극으로 내몬다. 계모는 계략을 생각해 낸다. 계모는 딸이 사과를 먹으려 하자 '어린 아들'이 집으로 올 때까지 먹지 말라고 타이른다. 어린 아들이 학교에서 돌아오자 계모는 아들을 지하실로 유인해 무거운 철 궤짝의 뚜껑을 열고 그 안의 사과를 꺼내도록 한다. 아들이 영문도 모른 채 궤짝 안을 들여다볼 때 계모는 뚜껑을 닫아 버린다. 소년의 머리가 사과들 사이로 굴러 떨어진다. 계모는 두려움에 사로잡혀 자기 죄를 자기가 낳은 아이에게 전가할 궁리를 한다. 그녀는 소년의 머리를 몸통에 붙이고 목을 세심하게 잇는다. 그러고는 소년의 손에 사과를 쥐여 문 앞에 가져다 놓고 마를렌을 시켜 오빠에게서 사과를 받아오게 한다. 답이 없다고 어머니에게 이야기하자 뺨을 때려 오빠를 깨우라고 시킨다. 마를렌이 뺨을 때리자 소년의 머리가 땅으로 굴러 떨어진다. 딸은 너무나 놀라 어미에게 달려가고 극심한 죄책감에 사로잡힌다.

딸을 진정시킨 어미는 잔인하게도 죽인 소년의 몸을 소년의 피에 넣고 끓인다. 그러고는 아무것도 모른 채 귀가한 아버지에게 이것을 차려 준다. 아버지는 아들이 집에 없는 것을 이상하게 여긴다. 아쉬운 마음으로 식탁에 앉지만 음식을 먹기 시작하자 이내 마음이 쾌활해진다. 숟가락질을 멈출 마음이 들지 않는다. 맛이 좋아 '더 바랄 것이 없는' 것 같았기 때문이다. 아버지는 아이의 뼈를 발라 식탁 아래 던진다. 마를렌은 아버지가 버린 뼈들을 고이 모아 비단으로 싸서 눈물을 흘리며 노간주나무로 가져간다. 그때 돌연 마음이 가벼워지고 기적이 일어난다. 노간주나무가 몸을 움직여 마치 흔쾌히 팔을 벌려 맞이하듯 가지들을 쭉 뻗는다. 나무가 온통 밝은 불꽃에 감싸인다. 불꽃에서 아름다운 새 한 마리가 지저귀며 하늘로 날아오른다. 노간주나무의 불은 꺼지고 모세가 본 불타는 가시나무 덤불처럼 원래 모습으로 돌아온다. 뼈들을 쌌던 비단 천은 사라지고 없다. 마를렌은 오빠가 살아 있다는 생각에 기쁜 마음으로 집으로 돌아와 식탁에 앉는다.

한 걸음 더 들어가 이 동화가 그리스도의 신비와 연관되는 몇몇 지점을 짚어 보자.

그리스도는 어린아이를 불러 세우고 제자들에게 '너희 안의 아이를 다시 깨울 때만 정신의 왕국에 들어가리라'[10]고 이른다. 그런데 인류는 물질세계에 정신이 팔려 아이의 무구함을 매일같

---

10 〈마태오의 복음서〉 18장 3절_나는 분명히 말한다. 너희가 생각을 바꾸어 어린이와 같이 되지 않으면 결코 하늘나라에 들어가지 못할 것이다.

이 죽이고 있다. 아기 때는 위쪽으로 열려 있었지만, 세속의 이성이 깨이면서 천상계와 절연된다. 숫구멍이 막히고 두개골이 견고해지는 것이 신체상의 상응물이라 할 수 있다. 신성이 있는 아이가 죄에 빠져 순진하게 덫에 뛰어든 생쥐 꼴이 된다. 그리스도는 "이 보잘 것 없는 사람들 가운데 누구 하나라도 죄 짓게 하는 사람은 그 목에 연자 맷돌을 달고 깊은 바다에 던져져 죽는 편이 오히려 나을 것이다."(〈마태오의 복음서〉 18장 6절)고 말한다. 보통 '화'로 번역되는 희랍어 'ska'ndalon'은 덫을 뜻한다. 동화 속 어린 소년은 어느 날 학교에서 돌아와 사악한 계모의 계략에 빠져 덫에 걸린다. 아이가 학교에서 땅의 이성, 즉 유한한 힘만 키웠다면 그의 영원성은 죽음의 골고다에 떨어질 것이다. 인간의 정신은 정신의 골고다를 거치게 되어 있다. 그래서 복음서에는 "이 세상에 죄악의 유혹(ska'ndalon)은 일어나게 마련이지만, 남을 죄짓게 하는 사람은 참으로 불행하다."라고 나온다.(〈마태오의 복음서〉 18장 1-7절)

우리 내면에서 순수한 동심의 마법으로 깨어나는 정신의 힘은 일단 감각계의 삶을 거쳐야 한다. 이렇게 깨어난 정신의 힘은 **인식하는** 의식적 정신으로 고양되기보다 인식의 나무 열매를 따게 되어 있다. '사과'를 쥔다는 것은 곧 죽음의 힘, 즉 물질(사악한 엄마)에 몸을 맡긴다는 의미이다.<u>보완적 관점 7</u> 개개인의 깊은 골고다에는 이러한 구덩이가 숨어 있다. 이곳은 영원한 아이다움이 수난당하는 공간이다. 영원한 아이다움은 인식의 힘이 되기 위해 죽는다. 한때 생생하게 살아 있던 정신이 지성으로 퇴색해 생명을 잃고 굳어 가는데, 감각적 의식은 온전하게 이해하지 못한 채 이러한 사태에 맞닥뜨린다. 감각적 의식은 정신이 죽음에 처한 것을 알아차리게 되면 공동 책임을 느끼고, 자기 영혼의 신성한 아이다움이 사라진 것을 애도한다. 이때 감각적 의식은 참회자가 된다.

정신이 존재감을 잃고 사람에게서 지적 발달 과정을 통과해야 한다면, 정신 본연의 생생한 힘들은 어디에 남아 있게 될까? 그것은 인간 본성의 심층에 편입된다. 인간 본성은 의식하지는 못하지만 하느님의 아들의 '피와 살'을 먹고 산다. 그 나머지, 정신의 죽은 부분, 즉 굳어 버린 땅의 이성은 더 높은 차원의 부활을 기다린다. 정신의 죽은 부분은 심층의 정서, 즉 죽은 어머니와 만나야 한다. 그러려면 신비의 각성 과정이 필요하다. 땅의 의식이 느끼는 깊은 고통이 우리 내면에서 신성이 죽었음을 자각할 때 비로소 신성은 부활할 수 있다. 어린 소년의 뼛조각, 즉 죽은 사고는 '경건한 아름다운 여인'이 묻혀 있는 성소에서 생명을 흡수해 부활한다. 이 과정을 통해 지성은 기도의 힘으로 충만해져, 지성을 낳은 원초적 힘과 다시 연결돼 완전하게 정신으로 화한다. 지성은 육신의 족쇄를 벗어나 땅의 사슬을 완전히 풀고 순수 에테르계로 날아오른다. 세속의 역사적 사실이었던 성금요일과 부활절은 이러한 과정을 통해 신비로운 영혼 성장이라는 사실로 탈바꿈한다. 초감각적 에테르의 삶으로 깨어난 사고의 힘은 이때부터 인간의 영혼에 정신의 형상으로 다가와 그 자체의 비밀을 '영원한 복음'으로 선포한다.

> 나를 죽인 어머니,
> 나를 먹은 아버지,
> 누이 마를렌은
> 내 뼈를 모두어
> 비단 천에 싸서
> 노간주나무 아래 묻었네.
> 지지배배, 나는 참 아름다운 새야!

　인류를 향한 신비로운 새의 전언은 세 단계로 진행된다. 영혼이 송가의 힘을 통해 지상의 일을 벗어나 깨어나도록 새가 금 세공사의 집 위로, 구두장이의 집 위로, 덜컹이는 연자매의 순서로 날아다닌다. 이것에서 기독교 역사가 거대한 조망으로 단계별로 반영되는 것을 볼 수 있다.

　일차로 부름을 받는 이는 작업장에서 금목걸이를 만들고 있는 금 세공사다. 그는 길 위에 쏟아지는 한낮의 햇살 속으로 곧장 달려 나가 복음을 전해 준 감사의 표시로 새에게 금목걸이를 준다. '금목걸이', 즉 태고의 지혜를 간직하고 있는 영혼들이 그리스도의 신비를 제일 먼저 이해한다. 이들은 빛에 대한 갈망이 강해서 정신의 부름에 따르고자 덧없는 일상을 지체 없이 끊을 수 있는 사람이다.

이제 기독교는 땅을 확실하게 딛는 법을 익혀야 한다. 복음을 선포하는 두 번째 단계다. 부활의 노래를 들은 구두장이는 손으로 눈을 가리지 않을 수 없다. 새가 있는 곳의 눈부신 광채를 견딜 수 없기 때문이다. 그는 좀 더 세속에 매여 있다. 대신 사랑의 힘은 더 많다. 그는 해방의 복음에 집안 전체를 참여시킨다. 식구 전부를 불러내는 것이다. 홀로 계시에 다가가고자 하는 신비주의가 아닌, 행동으로 돕고 협력하는 기독교의 반영이다. 구두장이는 손수 만든 빨간 신발을 새에게 선물한다. 그것은 춤추기 위한 것이다.^{보완적 관점 4}

기계 시대의 굉음 속에 부활의 복음을 선포하기는 어렵다. 사도가 노래를 시작하는 것이 세 번째 단계다. 방앗간에는 수습으로 일하는 스무 사람이 덜컹이는 연자매에 앉아 무거운 연자방아를 만든다. 작업장의 소음에 가려 새의 소리는 아주 더디게 전달된다. 하나씩 둘씩 돌 쪼기를 멈추고 귀를 기울인다. 노래가 끝날 무렵에는 마지막 사람까지 복음에 집중한다. 그런데 새는 그 대가로 연자매를 달라고 한다. 생명의 싹을 부수는 돌을 부활의 빛 속으로 가지고 올라가려는 것이다. 이것은 혼자서는 할 수 없는 일이다. 모두 마음을 모아 물질을 정신에 바치려 할 때만이 돌을 정신에게 들어 올릴 수 있다. 이 일이 실현된다! 드디어 **모두가** 그럴 준비가 된다. 인류의 희생을 통해 땅의 구원이 시작되는 것이다.

동화는 또한 최후 심판의 강렬한 형상을 보여 준다. 새는 부모의 집 위로 날아와 노래한다. 아버지는 이 복음으로 집 전체에 따뜻한 햇살이 넘치는 것을 느낀다. 어머니는 강렬한 빛을 보지만 코앞에 닥친 뇌성벽력을 피해 어디로 가야할지 갈팡질팡한다. 마를렌은 사라진 오빠를 그리워하며 운다. 이들은 모두 소년이 가까이 있음을 느끼며 노래를 완전히는 이해 못한 채 듣고 있다. 식구들은 정신의 계시를 잘 듣기 위해 하나둘 집 앞으로 나간다. 아버지가 금목걸이를 기쁘게 받고, 뒤이어 마를렌이 빨간 신을 받고 뛰며 춤춘다. 마지막으로 사악한 어미가 공포에 질려 나가자, 새는 연자매를 떨어뜨려 그녀를 가루로 만든다.

심판은 인간 본성 안에 뒤섞여 있는 힘들의 배출물이다. 정신은 애초의 인간 본질에 잃었던 지혜가 회복되게 하고, 상실을 겪고 있는 영혼은 땅의 중력을 이기는 법을 배운다. 대신 감각적 본성은 자신이 섬겨온 물질에 의해 죽음을 맞이한다. 소년의 불멸의 힘을 죽인 자는 '연자매를 목에 다는 편이 낫기' 때문이다. 이러한 복음의 상징어가 동화의 신비로운 줄거리에서 글자 그대로 실현된다.

신비의 새는 화염 속에서 소년의 모습으로 되돌아온다. 새는 부활의 신비를 내다보는 태곳적 예언, 즉 불사조를 떠오르게 한다.

종말의 날, 정신이 깨어난 이들 앞에 위로하는 자(성령)가 인간 영혼의 형제로 나타난다. 심판의 형상들에 〈요한의 묵시록〉의 내용이 스며 있음을 느낄 수 있다. "내가 문 앞에서 두드리리라. 내 목소리를 듣고 문을 여는 자에게로 가 저녁을 같이 하리니 그

도 나와 함께 하리라."(《요한의 묵시록》 4장 20절)

동화는 켈트족과 게르만족의 비적 문화에 남아 있는 태곳적 지혜를 품고 있지만, 기독교적 변이의 비의로 이해되기를 의도하고 있다. 동화는 "옛날 옛적 적어도 2천 년 전에"로 시작한다. 이는 기원의 원년을 상기시키는 장치다. 물론 팔레스타인에서 일어난 일들을 알레고리로 포장한 것은 아니고, 정신을 진정으로 받아들이고자 하는(성령을 구하는) 곳에서 늘 경험하게 되는 종류의 일이다. 이러한 내적 경험이 시작될 때 바그너Richard Wagner가 성배 체험에 대해 말한 '시간이 공간이 되는' 일이 일어난다. 그리스도 죽음 및 부활과의 동시성이 일어난다. '성스러운 역사'가 영혼에서 다시 일어나는 것이다.

괴테도 이 전래 동화의 심층에 담긴 신비를 느꼈음에 틀림없다. 그는 새가 부르는 부활의 노래를 다른 방식으로 〈파우스트〉의 주요 전환점에 배치해 놓았다.

〈파우스트〉에 등장하는 인간 영혼은 천장이 둥글고 비좁은 연구실에 기어들어 가 책 더미와 전통, 지레와 나사 들로 된 기구들 틈바구니에 파묻힌 몰골이다! 해골은 정신 구도자(학자)가 진리 추구의 도구로 삼는 뇌의 사고가 유한함을 비꼰다. 파우스트는 해골(골고다)의 수수께끼에 대해 감을 잡을 뿐이다. 그에게 지력은 모든 삶과 노력의 막다른 골목으로 비친다. 지력 때문에 영혼은 죽을 위기에 봉착하기 때문이다. 무덤처럼 어두운 밤에 울려 퍼진 부활의 메시지도 파우스트를 이 심연에서 구해 낼 수 없다. 파우스트처럼 세상을 머리로 낱낱이 분해하는 사람에게 그리스도의 희생은 믿음으로 자리 잡지 못한 채, **운명적 실재**로서 그의 삶을 관통해 간다.

파우스트는 운명을 갈망한다. 즉 더는 삶의 구경꾼이고 싶지 않은 것이다. 그는 명징한 머리의 이성을 거부하고 음습한 피의 경험으로 뛰어든다. 그런데 그가 탐닉하고자 하는 운명은 개인의 행복이나 몰락을 넘어서는 것, 곧 '그 자신의 자아가 인류의 자아로 확장되는' 계기여야 한다. 그에게 운명은 '전 인류 차원의 무엇'이 드러나는 통로여야 하는 것이다.

파우스트는 그레첸에 대한 사랑으로 영혼에 새로운 힘이 가득 차오른다. 하지만 정염의 심연에 이르러 오류의 구렁텅이가 영혼을 더럽히고 죽였음을 깨닫는다. 발푸르기스 밤의 열기 속에 붉은 머리채에 창백한 몰골의 그레첸이 경고하듯 나타난다. 양심에 찔린 파우스트가 그레첸에게 달려가는 사이, 곤경에 처한 그레첸은 파우스트와의 사이에서 낳은 아이를 물에 빠뜨려 죽이고, 교수형을 앞두고 있다.

파우스트는 이러한 운명의 역정을 통해 자신의 진짜 자아에 눈뜬다. '너에게 주어졌으되 너에게서 낭비된 것'을 내면에서 체험하는 것이다. 그는 이런저런 고투를 거쳐 자신의 운명을 신비로 체험하는 단계로 나아간다. 이는 운명이 그 자체로 비유가 되는 것을 뜻한다. 파우스트가 감옥 문을 열고 들어가자(그레첸은 감옥을 '성소'라고 부른다) 안에서 노래가 울려 나온다.

나를 죽인 창녀, 내 어머니!
나를 먹은 악당, 내 아버지!
내 어린 여동생은 떨쳐 일어났다네
서늘한 곳에서
난 어여쁜 들새가 되었네
날아가거라! 어서!

그에게 다가온 그레첸은 정신적 무아경 상태이다. 그레첸은
고뇌와 코앞의 죽음 때문에 세상을 통찰하는 혜안을 얻는다. 그
녀의 입을 통해 노래하는 것은 아이의 목소리다. 거리에서 들려
오는 이 노래는 그녀에게 조롱으로 들린다. 그러나 그레첸은 이
노래에서 깊은 신비를 느낀다.

나를 조롱하는 노래로구나! 나쁜 사람들 같으니라구.
옛 동화는 그렇게 끝나지
누가 그걸 그렇게 해석하랬지?

이 동화의 의미를 아는 것은 곧 이 끝 모를 운명의 심연이 의
미하는 구원까지 나아가는 것을 뜻한다.
그레첸에 대한 사랑을 통해 영혼의 왕국에 헌신하는 순간,
그에게서 아이의 힘이 새로 태어날 수 있다. 하지만 그의 이성은
아이의 힘을 알아채지 못하며, 그의 더럽혀진 영혼에는 아이의

힘을 길러 성장시킬 여력이 없다. 정신의 아이는 정염이 들쑤셔 놓은 영혼의 혼탁한 물에 빠져 영혼의 무의식적 심연 속으로 가라앉는다. 죄에 빠진 영혼이 자기가 저지른 행위의 실체를 깨닫게 될 때 의식적 정화의 길이 시작된다. 죄 지은 영혼이 속죄의 죽음을 선택함으로써, 그 개인의 심층으로 숨어들어 작용하는 보이지 않는 생명, 즉 유연한 정신의 힘이 다시 수면 위로 떠오른다. 〈파우스트〉 2부를 보면, 아이의 창조력이 죽음에 처한 파우스트의 이성과 결합하면서 내적 진보가 이루어진다. 파우스트의 사고는 바로 이 신비한 회춘의 흐름을 통해 서서히 세계정신으로 격상한다. 그의 사고는 세속적 감각의 족쇄를 벗고 부활한다.

동화의 형상으로 이야기해 보면, 아버지는 아무것도 모른 채 자기 아이를 먹는다. 그 순간부터 아이는 아버지 안에 영원한 아이의 씨앗으로 생명을 이어간다. 우리가 접하는 극의 얼개는 외적인 운명의 사실들이다. 하지만 이 운명의 사실들은 동시에 내적 변화의 형상들이기도 하다. 감각의 눈으로 보면 이러한 사실들은 영락없는 비극이다. 하지만 내면의 눈으로 보면 이러한 운명은 신비로 화한다. 파우스트가 겪는 핵심은 '전 인류 차원의 무엇'이다. 인류 전체가 그 아들, 하느님의 아들을 부인하고 결국 죽음으로 내몰지 않았던가? 인류가 하느님의 아들을 빵과 포도주로 자기 안에 받아들이면서, 하느님의 아들은 정신 속에서 불멸의 생명력으로 되살아난다.

형제, 자매 이야기

우리는 동화의 형상에서 인간의 이중적 본성을 보았다. 이 이중적 본성은 『흰눈이와 붉은 장미』에서는 두 자매로, 『노간주나무』에서는 오누이로 등장한다. 어떤 인물이 남성으로 등장하는지, 아니면 여성으로 등장하는지 나뉘는 데는 내적 법칙성이 엿보인다. 남성성은 인간 본질의 능동적 측면을 지시한다. 즉 정신의 창조력은 왕자로, 활동이나 지향성은 직업으로, 젊은 정신의 순진한 충동은 소년으로 그려진다. 이에 비해 여성성은 인간 본질의 수동적, 수용적 측면을 지시한다. 알아차리거나 예감하는 깊은 감성은 어머니로, 오로지 감각에 매인 저급한 지식은 계모로, 아직 깨어나지 못했지만 지혜로 성숙해갈 순수한 의식은 처녀로, 지혜의 빛은 금발의 공주로 그려진다.

사내아이는 어린 여동생의 손을 잡고 "엄마가 돌아가신 뒤로 더는 행복한 시간이 없었어. 늘 계모에게 맞고, 걷어차이니... 같이 넓은 세상으로 가자."라고 말했다.(『오누이』) 감각계가 더는 편치 않게 된 인간 본질은 '실향'의 길을 택한다. 이는 길을 떠나 새 고향을 찾는 여정이다. 감각계와 정신계의 경계에서 겪는 첫 경험은 외로움이다. 동화에서는 영혼이 친숙한 세계와 관습에서 떨어져 나오는 것을 거대한 숲으로 들어가는 것으로 그리곤 한다. 신생의 초감각(초자연)에게 세상은 길을 잃기 쉬운 숲이다. 목적지에 이르는 길은 보이지 않고, 헤어나기 힘든 마법은 도처에 널렸다.

단테도 숲을 이렇게 그렸다. 그의 〈신곡La Divina Commedia〉은 경계 체험으로 시작한다. 숲에서 방향을 잃고 헤매는 사람이 세 짐승, 생명을 위협하는 표범, 사자, 늑대에 맞닥뜨린다. 이 동물들은 감각적 쾌락, 교만, 탐욕의 알레고리로 해석되어 왔다. 하지만 그 근원이 되는 체험 영역을 되돌아볼 수 있어야 이 이미지들의 정신적, 예술적 함의를 제대로 짚어 낼 수 있다. 초자연의 영역에서 볼 때, 이성의 빛의 경험은 인간 형상으로, 그리고 무의식적으로 작용하는 인간 본성의 힘 부분, 즉 충동과 열정은 짐승의 형상으로 나타난다. 아직 욕망의 성질이 있는 모든 것은 그것을 반영한 모습으로 나타나는 것이 '아스트랄계'라고도 지칭되는 이 영혼 세계의 법칙이다. 영혼이 정염에 매어 있을수록, 그것을 반영하는 짐승은 더 위험하고 공격적인 모습을 띤다. 꿈에서도 마찬가지다.

실현되지 않은 의지는 목마름으로 그려진다. 죽음 뒤에 영혼이 정화의 영역에서 불타듯, 의지는 자체 욕망의 불길로 타오른다. 지혜의 힘을 많이 쟁취할수록, 그 영혼은 본능의 힘을 더욱 옥죌 수 있다.

동화에서 어린 누이는 사실상 마녀인 사악한 계모가 마법으로 저주한 샘물을 오라버니가 마시려 하자 말린다. 첫 번째 우물은 "나를 마시면 호랑이가 될 거야."라고, 또 두 번째 우물은 "나를 마시면 늑대가 돼."라고 중얼거린다. 호랑이가 되면 어린 누이를 갈기갈기 찢어 놓을 터이고, 늑대가 되면 삼켜 버릴 것이다.

분별력이 있으면 저급한 감각적 욕망과 이기심의 힘 정도는 제어하겠지만, 감각적 쾌락, 체험과 모험 충동까지 다스릴 수는 없을 것이다. 오라버니는 마침내 세 번째 우물물로 목마름을 잠재우고 그 결과 노루로 변한다. 이 광경을 본 누이는 울음을 터뜨리고 새끼 노루 다루는 법을 터득한다. 오빠의 '황금 양말대님'을 노루의 목에 걸고 밧줄로 끌며 숲속을 헤맨다. 숲속 깊은 곳에서 남매는 오두막을 발견하고 그곳에 머문다. 낮에는 숲을 돌아다니며 먹을 것을 찾으며 놀고, 저녁이 되면 고요한 오두막으로 돌아온다.

소망이 영혼의 지혜에 인도되면 인간의 영혼은 세상에 대해 열린 태도와 자의식 사이를 건강하게 오가며 살아가게 된다. 영혼은 저녁이 되어 감각적 인상들에 물리면 자신에게 돌아온다.

> 격정으로 일관하는
> 거친 충동들이 잠들고
> 인간의 사랑이 일어나네
> 이제 신의 사랑이 솟아나...

이는 갈망을 들쑤시는 봄의 대기에서 고요한 골방으로 돌아온 파우스트가 느끼는 감정 상태이다. 이 동화의 형상들에 깃든 감정도 이런 상태다.

사냥꾼들의 호각 소리가 숲에 울려 퍼지면 노루의 욕망이 날뛴다. 노루에게는 모험이 필요하다. 왕이 사냥을 개시하는 낮에 노루는 오두막에 머물지 않는다. 저녁이 되면 노루는 문을 두드리고 누이에게 들여보내 달라고 청한다. 어느 날 왕이 상처 입은 노루를 따라가다 오두막으로 가는 길을 찾아낸다. 왕은 오두막에 들어와 소녀에게 청혼한다. 소녀는 왕이 여태껏 본 적 없는 미인이다. 소녀는 '새끼 노루와 함께'라는 조건 아래 왕과 성으로 향한다.

감각계는 죽음의 힘 아래에 있다. 의식은 죽음의 힘들이 작동하는 곳에서만 성장할 수 있다. 죽음을 초래하는 힘이 인식을 일으키는 힘인데, 이 힘은 사냥꾼 형상으로 등장한다. 이승에 죽음의 힘이 없다면, 우리는 자연의 삶이라는 혼돈의 숲에서 출구를 찾을 수 없을 것이다. 이승의 생이 끝나는 죽음으로 인해 영혼이 정신으로 깨어날 뿐 아니라, 우리 육신 안에서 일어나는 모든 의식도 유기체의 사멸 과정에 기대어 전개된다. 죽음의 힘에서 인식의 삶이 점화되는 것이다. 그러므로 죽음의 힘의 참된 의미는 인간 존재의 초자연적 직관 앞에서 비로소 모습을 열어 보인다. 죽음의 작용은 세계의 균형 유지에 꼭 필요하다는 점을 알아야 한다. 죽음 없이 정신은 깨어날 수 없다. 왕은 사냥꾼 복장에 금관을 쓰고(이는 정신의 매개자이다) 오두막에 들어서고, 어린 소녀를 신부로 데리고 집으로 향한다. 그런데 사악한 계모가 두 아이의 뒤를 밟아 성까지 온다. 나이 어린 왕비가 사내아이를 낳자 마녀는 시녀로 변신해서 아직 몸을 추스르지 못한 왕비를 지옥 불을 일으켜 목욕탕에 빠져 죽게 만든다. 그리고 밤처럼 흉물스럽고 눈이 하나뿐인 자기 딸을 왕비 대신 잠자리에 들여보내는 간계로 왕을 속여 넘긴다. 한밤중에 죽은 왕비의 영혼이 아기에게 젖을 물리고 노루를 어루만지는 모습으로 나타난다. 이것을 알아볼 수 있는 유일한 사람인 유모에게서 이 이야기를 들은 왕은 어느 날 밤 아기곁을 지키다가 아내를 알아본다. 이 **인식**의 순간 왕비는 온전한 삶을 회복하고, 마녀와 그 딸은 심판을 받는다. 사악한 마녀가 화형에 처해졌을 때에야 새끼 노루도 사람의 모습으로 돌아온다. 누이는 오빠를 되찾는다.

　동화에서 왕과의 결혼이 고난의 종착지가 아닌 경우들이 있다. 영혼은 왕, 즉 정신의 힘을 맞이했을 때 더 높은 새로운 의식을 낳는다. 이 의식은 아직 어린 싹이기 때문에 자라려면 돌봄이 필요하다. 이 지점에 위험이 도사리고 있다. 감각적 성향과 표상을 완전히 떨치지 못한 인간 본성으로 인해 저급한 힘이 이제 막 깨어난 고차의 힘과 막 바로 부딪히기 때문이다. 정신에 눈뜬 사람은 우선 퇴행한 투시 능력과 새로운 정신 의식을 명확하게 구별할 판단력을 길러야 한다.

곳곳에 등장하는 외눈박이 인물은 투시하는 원시 의식을 지시한다. 원시 의식은 빛의 기관이었다가 오래 전 소멸한 신체 기관과 연결되어 있다. 정신과학으로 설명하자면 송과선은 빛과 열을 감지하는 태곳적(원시) 기관의 퇴화된 잔재로, 머리 위로 에테르선을 뿜어내서 주변 세계를 꿈처럼 감지했던 기관이다. 말하자면 송과선은 아틀란티스 시대 인간의 '눈'이었다. 거인 폴리페모스에게도 아직 이 감각 기관이 있었다. 정신을 구하는 자는 초감각적 세계에서 잔여 의식을 간직한 자들을 만난다. 이들은 앞으로 나아가는 정신 구도자를 방해해 먼 옛날에 경험했던 형식들로 거슬러 가도록 만든다. 이성의 각성을 추구한 그리스인 오디세우스는 거인의 태곳적 눈을 불살라 버린다. 거인 키클로프스는 주위를 탐색하는 감각 기관에서 따온 이름으로 그 뜻은 '둥글게 회전하는 눈'이다. 오디세우스가 낡고 퇴행한 영혼의 자질에 대한 승리자로 자리매김하는 것도 이 때문이다.

『외눈박이, 두눈박이, 세눈박이』에 등장하는 외눈박이, 두눈박이, 세눈박이 자매들이 가리키는 것도 바로 이러한 인간 성장의 비밀이다. 두눈박이는 모습이 '여느 사람'과 같기 때문에 다른 자매들에게 무시당한다. 옛날식 투시력을 잃은 영혼은 이전 단계 의식에 발 딛고 있는 영혼에 비해 열등하게 보이는 탓에 이들의 조롱과 수모를 견뎌야 한다. 이들은 투시력을 잃은 영혼을 자기들보다 가난하며 정신의 은총을 덜 받았다고 생각한다. 그렇기 때문에 아직 옛날의 감지 능력을 간직하고 있는 사람들은 거만해지기 십상이다. 옛날의 투시하는 능력과 새로운 감각적 지적 능력의 겸비, 요컨대 일종의 과도기 형태를 발전시킨 세눈박이가 두눈박이에게는 유난히 위험한 존재가 된다는 것도 동화는 보여 준다. 외눈박이에게서 앞을 내다보는 옛 자질은 단순 소박해서 '잠재울 수' 있는 수준이다. 세눈박이의 투시 자질은 세속의 이성이 스며들어 보다 자기 중심적이다. 그러나 옛날 상태를 완전히 극복한 두눈박이의 경우 미래에서 오는 힘이 제대로 작용한다. 생명의 나무에 다시 싹이 트고 열매 맺히게 하는 것, 그래서 왕자를 손에 넣게 하는 것은 미래의 힘이다. 퇴락한 옛 정신의 힘을 완전히 포기해야만 영혼은 명징하게 깨인 의식을 쟁취하고, 잃어버린 원시의 성스러운 생명력과 다시 결합할 수 있기 때문이다. 이제 낙원의 생명의 나무에는 다시금 황금 사과가 달린다.<u>보완적 관점 7</u> 그러나 혼돈이 되어 버린 옛 능력들과 결별할 수 없는 사람은 가난을 피할 수 없다. 전진하는 시간과의 연결점을 찾지 못하기 때문이다.

『오누이』에서도 마녀가 왕비 자리에 밀어 넣은 외눈박이 딸은 정신에 발각당해 쫓겨날 운명이다. 밤의 왕국으로 밀려나 잠든 정신의 새싹, 즉 아이를 정성으로 보살피는 지혜 가득한 영혼은 마녀가 죽기 전에는 구원될 수 없다. 아직도 풀지 못한 감각의 갈증이 남은 의지(노루)는 세속의 자의식을 정화의 불로 해소하고 나서야 바람(소망)의 굴레에서 벗어날 수 있다. 사악한 계모가 불길 속에 재로 화할 때 마법은 풀린다.

『푼데포겔』도 형제우의를 칭송하는 동화이다. 여기서도 아버지의 집이 위험해서 넓은 세상으로 피해 나온 소년과 소녀가 등장한다. 전제되는 이야기가 중요하다. 산지기가 숲속에서 어린 아이를 발견한다. 아이는 높다란 나무 꼭대기에 앉아 울고 있다. "어머니가 아이와 함께 나무 아래 잠이 들었는데, 맹금 한 마리가 어미 품에 안긴 아이를 보고 날아와 아이를 물고서 까마득한 나무 위에 데려다 놓은 것이었다." 산지기는 측은한 마음에 아이를 집으로 데려와 자신의 아이 '레나'와 함께 키우기로 한다. 『노간주나무』의 '마를렌'이 생각나는 대목이다. 나무 위에서 발견된 이름 없는 소년은 새가 데려왔기 때문에 '푼데포겔(새가 물어온 아이)'이라 불린다. 이 이름은 인간 영역 너머 천상을 가리킨다.

이름은 이런 식으로 신비 체험을 암시한다. 흔히 길을 잃기 쉬운 숲에서 길을 잘 아는 사람은 숲에 정통한 자이다. '산지기'는 내밀한 정신적 지식의 수호자를 암시한다. 그는 '아이'의 울음소리를 듣는다. 그는 인간의 본성 중 천상에 속하는 부분이 지상의 삶을 사는 동안 영혼을 고차의 세계로 이끈다는 것을 안다. 일상적 경험은 이러한 '아이 유괴'를 의식하지 못한다. 그러나 정신을 구하는 자는 이 천상의 부분을 다시 영혼의 성장으로 연결하고, 천상의 부분과 지상의 의식을 **형제자매로 만드는** 방법을 배운다.

"푼데포겔과 레나는 서로 좋아해서, 아니 서로 사랑해서 상대가 안 보이면 몹시 슬퍼했고..." 늙은 요리사 잔네(요리사 대신 산지기의 사악한 아내가 나오는 판본도 있다)는 푼데포겔을 시샘한다. 잔네는 이튿날 아침 산지기가 나간 틈을 타 소년을 물을 끓이는 솥이 있는 화덕에 던져 태워 죽이려고 물을 길어 온다. 레나가 이 계략을 눈치채고 푼데포겔에게 말해 준다. 레나는 푼데포겔의 우애를 약속받고 나서 동틀 무렵 그와 함께 도망쳐 넓은 세상으로 나간다. "푼데포겔, 네가 나를 버리지 않으면 나도 너를 버리지 않을 거야."라는 레나의 말과 푼데포겔의 "절대 안 그래."라는 둘의 문답이 계속 반복된다. 아침이 되었을 때 늙은 잔네는 침대가 빈 것을 발견하고 하인 셋으로 하여금 뒤를 쫓게 한다. 도망치다 하인 셋을 발견하자 레나의 주문으로 두 아이는 장미덤불과 한 송이 장미로 변신한다. 푼데포겔은 장미덤불이 되고 레나는 장미가 된다. 하인들은 이들을 알아보지 못하고 임무를 완수하지 못한 채 돌아간다. 이 비밀을 꿰뚫어 본 늙은 요리사는 이들을 다시 보낸다. 그 사이 푼데포겔과 레나는 뾰족탑이 있는 교회로 변한다. 하인들이 또 다시 알아보지 못하자 세 번째에는 잔네도 함께 나선다. 이번에는 푼데포겔이 연못으로, 레나가 그 위를 헤엄치는 오리로 변한다. 실체가 마녀인 요리사는 둘의 변신을 꿰뚫어 보고 연못물을 다 마셔 버리려 한다. 하지만 오리가 헤엄쳐 와 요리사를 물속으로 끌고 들어간다. 늙은 잔네가 물에 빠져 죽는 순간 아이들은 기쁜 마음으로 집으로 돌아온다.

하늘에 속하는 아이의 본성은 성장 과정에서 피의 온기에서 나오는 모든 것에 위협받는다. 피는 우리 존재의 신적 부분을 죽이는 이기심의 터전이다. 아이 영혼에 성스러운 마법을 주는 천상의 삶은 정열 본성의 불길에 타 버린다. 초감각적 정신의 힘과 영혼을 가깝게 만들고자 하는 사람은 정신의 삶에 적대적인 세속의 힘도 알아야 한다.

그는 영혼이 정신에 헌신하면 육신성을 초극한 의식이 펼쳐진다는 것을 알게 된다. 잠과 각성의 사이 시간에 일어나는 완전히 새로운 종류의 인상들이 그의 영혼의 수면 위로 떠오른다. 하지만 잠에서 깨어나는 아침이면 이 인상들은 감각적인 땅의 의식에 의해 소멸한다. 세속의 육신 속에 가라앉는 순간 불에 타 죽는 것이다.

육신이 잠에서 깨어나기 **전에** 영혼이 깨어남을 겪어야 한다. 그래야만 밤의 왕국에서 상상력의 경험을 끌어내 감각에 흐려지지 않게 보존할 수 있다. 동화의 메시지는 푼데포겔과 레나가 늙은 잔네를 앞지르려면 낮이 되기 전에 잠에서 깨어야 한다는 것이다.

영혼은 정신과 가까워졌을 때 어떤 일을 겪을까?

이 때 영혼은 땅의 육신과 그 경계에 매인 삶이 전부가 아니며, 밤이 되면 변화가 일어나 내면의 삶을 자연에 맡기는 신비한 일이 일어난다는 것을 알아차린다. 루돌프 슈타이너는 우리 영혼이 매일 밤 잠자는 동안 기억들과 함께 자연의 내밀한 작용에 깊이 들어간다는 정신과학적(인지학적) 관점을 이야기한 바 있다. 자아가 낮 동안 지은 태도와 외형을 잠자는 사이 고스란히 정령의 세계에 내주는 것처럼(백설 공주), 영혼은 밤이 되면 낮에 지은 기억을 자연 현상의 영역으로 흘려보낸다. 자연에 풍요와 생명을 더하는 인간의 체험들이 광물의 결정을 형성하고 식물을 자라게 하는 보이지 않는 힘 속으로 간단없이 흘러든다. 이렇게 인간의 체험은 다채로운 꽃으로, 생명의 형상으로 피어난다. 이를테면 **장미**는 갓난아기 시절 체험들을 장미의 에테르적 생명 속으로 데려간다. 우리가 기억하는 아기 시절 인상은 얼마나 적은지! 주위 사람들의 사랑과 매일의 보살핌, 뜻을 처음 알게 된 사물들에 대한 경이, 이 모든 것이 우리를 구성해 우리를 땅의 존재로 만들었다. 정작 이러한 요소들은 수면 아래로 가라앉아 우리 내면에 어렴풋한 정서로만 감돈다. 장미나무는 수면 아래 가라앉은 어린 시절의 체험들 가운데 순정한 고갱이만 싹과 꽃으로 흡수한다. 요컨대 인간은 잠자는 동안 가만히 있는 것이 아니다. 인간의 영혼은 쉴 새 없이 자기 내면의 모상들을 산출해 내, 이것을 자신에게서 떼어 내 자연계(원소의 세계)에 더해줌으로써 자연을 풍요롭게 한다. 갖가지 나무와 꽃들은 이 섬세한 형상들을 자기 안에 받아들이고, 인간 영혼이 내어 주는 고급한 또는 저급한 체험들을 재료로 자신의 에테르적 성장에 생명을 불어넣는다. 장미는 우리 어린 시절의 복된 기억의 창고에서 그 찬란함과 향기, 우아함과 넘치는 감각적 외관 등을 끌어낸다. 루돌프 슈타이너에 따르면 바로 이것이 우리가 인간으로서 장미나무와 갖는 내적 관계의 핵심이다.

이런 관점에서 보면, 자연이란 정신의 풍요로운 생명 활동이 아닐까? 현상계는 하나씩 투명해지고, 영혼의 빛이 다채로운 형상들로부터 광채를 낸다.

우리의 어린 시절은 순수한 마법과 함께 사라진 것 같지만, 내면 깊은 데서 느끼고 겪은 것은 완전히 사라지지 않는다. 과장이 아니다. 어린 나날의 초상이 장미나무 뒤에서 마법에 걸린 양 잠자고 있고… 누군가 다가와 감각을 열고 자연 운행의 뒤편으로 스며들어 가면, 장미나무가 그의 눈앞에서 자신을 열고서 봉인된 어린 시절 형상을 드러내 줄 것이다. 영락없이 자신을 깨워줄 사람을 기다리는 '장미 공주'다. 동화의 언어로 말하면, 열다섯 살 생일에 물레에 찔려 잠든 우리의 순수한 아이 본성을 되찾는 것이 깨어남의 신비이다. 그 전제는 피의 정화이다. 사랑의 힘이 거룩해지면, 인간의 피는 순환되기 시작한다. 장미의 순수한 형성력과 가까운 완전히 새로운 에테르의 흐름이 핏속에서 생성된다.

같은 관점에서 보면 『푼테포겔』에 나오는 갖가지 탈바꿈도 얼마든지 이해 가능하다. 저급한 감각이 천상의 순수한 아이 감각을 없앨 수는 없다. 아이의 감각이 땅의 육신을 입고 살아가지 못하게 하는 저급한 감각의 활약은 잠시 잠깐이다. 동화의 언어로 표현하면, 늙은 잔네가 푼데포겔이 도망갈 수밖에 없게 만드는 대목이다. 대신 푼데포겔과 그의 삶은 자연의 내부로 건너간다. 가장 성스러운 어린 시절 영혼의 힘이 장미가 핀 나무로 화하는 것이다. 아이의 순수한 영혼의 힘이 순수함을 간직한 채 장미의 유려한 형성력 이면에서 작용한다. 저급한 의식의 '하인'에 지나지 않는 땅의 감각들은 이러한 자연의 신비를 절대 이해하지 못한다. 하지만 영혼은 정신을 받들며 한 단계씩 전진해, 다른 세계들에서 왕좌를 차지한다. 즉 영혼은 땅 위에서 박해받고 집도 절도 없지만, 이제부터 정신의 성전에 깃들 자격이 주어진다. 영혼은 그곳에서 제대로 빛을 발한다. 영혼은 교회의 왕이 된다.

이제 영혼은 초감각적 삶의 요소 안에서 자유롭게 활동하는 법을 배워야 한다. 감각계의 버팀목을 포기하고, 충일한 정신의 힘의 왕국에 의식적으로 머물러야 한다. 물결을 타고 유영하는 오리가 되어...

정신은 안에 무엇을 담을 수 있는 힘이 있다. 정신의 삶에 호기롭게 자신을 내맡긴 인식하는 영혼은 흐르며 자아내는 정신의 형상에 담긴다. 경계 지어진 대상과 경직된 개념의 세계를 넘어선 영혼은 이제 더는 땅의 망상에 사로잡히지 않는다. 충일한 정신과 그 형성력을 체험하기 시작하면, 땅의 감각적 자연의 마력은 소멸한다. 감각 본성을 자기 것으로 만든 초자연적 의식은 이제 다시 땅의 집에 자유롭게 정주할 수 있다. 영혼은 정신의 집이 된다. 전에는 밤의 왕국에서만 통하던 생명과 작용이 깨어 있는 낮의 의식으로 들어간다.

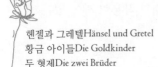

헨젤과 그레텔Hänsel und Gretel
황금 아이들Die Goldkinder
두 형제Die zwei Brüder

인간이 된다는 것

인간이 되는 것은 모험이다. 자칫 길을 잃으면 삶은 우리를 빛도 없고 빠져나갈 희망도 점차 사라지는 마법의 숲으로 인도한다. 젊은이(우리는 여기서 다시 인간의 두 가지 모습, 즉 영혼과 정신의 본질을 볼 수 있다)가 길도 없는 생소한 곳에 내던져진 상황은 자못 혹독하다. 젊은이는 캄캄한 숲에서 죽지 않으려면 혼자 힘으로 거처할 곳을 찾아야 한다. 그때 새 소리가 들리고...

　눈같이 하얀 새가 두 아이를 오두막으로 인도하고 그 지붕에 내려앉는다. 오두막은 빵으로 지어져 있고, 지붕은 과자로, 창문은 달콤한 설탕으로 만들어져 있다. 두 아이에게 얼마나 큰 유혹이겠는가!(『헨젤과 그레텔』)

젊은 인간 본질이 여기 땅에서 잠자고 있는 거죽, 즉 육신을 통해 움직이기 시작할 때의 상황은 헨젤과 그레텔의 처지와 같다. 정신은 우선 육신이 집이 되도록 육체, 특히 머리 형태를 짓고 만든다. 갓난아이의 두개골은 한동안 말랑말랑해서 형태를 잡을 수 있다. 초감각적 창조력으로서의 자아는 자신의 목적에 맞을 때까지 머리를 만드는 작업을 한다. 흡사 집의 지붕 형태가 드러나는 것과 같다. 영혼이 감각들의 체험에 발 딛는 열락! 창문을 깨고 들어가는 달콤함!

헨젤과 그레텔은 오두막으로 돌진해서 헨젤은 지붕을, 그레텔은 둥근 창문을 깨뜨려 먹기 시작한다. '달콤하기' 때문이다. 바로 그때 집안에서 "누가 내 집을 아작아작 깨물어 먹지?"라고 묻는 가는 목소리가 들리고 아이들은 "하늘의 아이 바람, 바람이에요."라고 답한다. 머리가 하얗게 센 할머니가 나타나 두 아이를 꼬드겨 집안으로 데리고 들어간다. 아이들은 아무 생각 없이 따라 들어가 푹신한 침대에서 잠든다. 마치 '천상'에 온 것 같다. 잠이 깨자 둘은 마녀의 집에 갇힌 것을 깨닫는다. 헨젤은 마구간에 갇혀 마녀의 먹잇감으로 가축처럼 살찌워진다.(마녀 키르케의 집에서 오디세우스가 겪는 것도 비슷한 의미다. 그와 함께 간 자들은 마녀에 의해 돼지로 변한다. 오디세우스는 적기에 허리춤에서 칼을 빼 자신을 구하고 마녀의 저주를 푼다) 그레텔은 일을 해서 오라버니에게 먹을 것을 마련해 주어야 하는 처지이고, 자신은 게 껍질밖에 얻어먹지 못한다. 헨젤이 더는 살찌지 않는 것처럼 보이자(헨젤이 자기 몸을 검사하는 마녀에게 늘 먹고 남은 작은 뼈다귀를 내밀고, 눈이 어두운 마녀는 그것을 알아채지 못한다) 마녀는 헨젤을 잡아먹기로 한다. 화덕을 준비해야 하는 그레텔은 용감한 행동으로 오라버니 대신 마녀를 뜨거운 화덕으로 밀어 넣는 데 성공한다. 마녀가 비참하게 불에 타는 동안 그레텔은 오라버니를 풀어 주는데 성공한다. 두 아이는 궤짝에 가득 들어있는 진주와 보석들을 꺼내 주머니에 담는다. 오누이는 부자가 되어 자신들을 학수고대하는 아버지에게 돌아간다. 아이들을 마녀의 숲으로 보낸 장본인 계모는 죽고 없다.

계모가 과자 집 마녀일까? 동화는 '불가능이 없는' 신과 같다. 가짜 엄마, 즉 물질은 인간 정신과 영혼의 궤멸을 노린다. 용감한 누이의 행동은 '푼데포겔'의 신의를 생각나게 한다.『푼데포겔』에서도 푼데포겔은 사악한 요리사로 인해 물을 끓이는 화덕에 타 죽을 신세가 되는데, 누이가 제때 사악한 의도를 눈치채고 오라버니의 구원자가 된다.

정신과학적 인식은 인간 본질을 구현한 형상을 새로운 시각으로 바라본다. 온갖 소질과 정신의 힘을 갖고 있는 인간을 단지 흙의 형상인 유전자의 힘으로 생각하는 편향된 시각을 극복하는 것이다. 부모에게 물려받은 인자가 아이의 성장에서 하는 역할은 매우 제한적이다. 인간의 정신과 영혼이라는 본질이 펼쳐지는 무대는 단지 물려받은 집, 즉 육신만이 아닐 것이다. 육신은 바깥에서 작용할 뿐이다. 즉, 인간의 정신과 영혼은 몸의 형태를 만들고 그 속에 영혼을 채우는 일, 특히 두개골의 형태를 마무르고 감각을 조직하는 일에 동참한다.

바로 이 지점에서 우리는 태어나 첫 시기인 영유아기 성장 과정의 신비의 핵심과 만난다. 이 시기는 정신의 초감각적 의식이 땅의 육신이라는 껍질에 다가가는 과정이다.

종교 경전에서 비둘기가 성령의 형상으로 얼마나 자주 등장하는가! 동화에서도 아직 감각에 때 묻지 않은 순수한 정신의 힘들은 비둘기나 다른 흰 새의 모습을 하고 있다. 매일매일 땅의 아이들에게서 벌어지는 천상의 기적은 훨씬 더 높은 차원에서 이루어지는 '요단강의 세례'이다. 즉 성령이 인간의 외피를 한 나사렛 예수 안에 내리는 것이고, 땅 너머의 생명이 마치 천상에서 내리듯 땅의 육신으로 들어오는 것이다. '하늘의 아이, 바람, 바람'이 거처가 될 지상의 집을 휘감아 돈다. 비둘기가 마법에 걸린 집 위를 날아다닌다. 이것이 바로 저 성스러운 사건을 나타내는 동화적 형상이다.

정신이 자기 존재를 자각하고 영혼이 정신에 감각적 경험의 자양분을 가져다주는 것은 바로 땅의 육신을 통해서다. 그렇게 해서 정신이 감각적 경험을 먹고 자라, 땅이 왕가의 자산, 즉 자신의 것임을 알도록 하는 것이다. 그 대가는 무엇일까? 집이 마법에 걸리는 것이다. 인간의 정신과 영혼은 감각적 삶에 눈뜨면서 애초의 목표를 망각한다. 정신의 관점에서 말하자면 인간의 정신과 영혼이 잠에 빠지는 것이다. 정신의 초창기 형성 과정이 묶이는 것이다. 육신의 한계에 갇힌 정신은 이제 별수 없이 감각을 자양분 삼아야 한다. 하지만 정신을 보좌하는 영혼은 이 세상에 만족하지 못한다. 정신을 감각에 비끄러매는 힘은 정신을 자기 목적에 이용하려 든다. 즉 정신을 파괴하려 한다. 원래 그 힘은 인간 안에 있는 영원성을 제대로 생성시키고 성장시키는 일에는 무지몽매하다. 그 힘은 정신의 수척한 모상, 즉 지성을 알고 있고, 그것으로 이미 정신의 실체를 손에 넣었다고 생각한다. 정신은 땅의 육신에 매이면 그 초감각적 본질이 파괴될 위험에 처하는데, 영혼이 이를 간파할 때에만 정신을 해방시킬 수 있다. 이기심으로 굳어 버린 저급한 감각을 정화하리라 결심하고 감각을 불로 다스릴 때, 영혼은 영원한 자아를 육신의 굴레에서 떼어 내 이와 연대해서 자기 근원으로 귀환할 수 있다. 그 과정에서 완전히 다른 의식으로 건너가는 용기가 필요하다. 정신을 향해 나아가는 사람은 발아래 땅이 사라지는 경험을 하게 된다. 그럼에도 계속 앞으로 나아가려면 삶의 흐름에 몸을 맡겨야 한다. 삶의 강을 건너는 '다리'는 없다. 정신의 날개를 타고 건너편으로 갈 수밖에 없다. 그래서 헨젤과 그레텔은 흰 새의 도움을 받고, 『푼데포겔』에서도 오리가 최종적인 해방을 안겨 준다.

'강'을 건너면 엉뚱한 길이었음이 백일하에 드러난다. 세상은 점점 친숙해져서 마치 '집'이 코앞인 것만 같다. 정신은 감각계의 마법에서 빠져나올수록 자신의 근원, 즉 고향을 기억해 내기 시작한다.

땅의 현신이 거치는 감각적 경로가 정신의 관점에서 잘못된 길이기만 할까? 좀 더 깊은 시선으로 봤을 때 그렇지 않다. 인간의 영원한 본질이 감각적 삶에서 가지고 돌아오는 경험과 인식이라는 자산은 땅에서만 주어지지, 피안에서는 주어질 수 없기 때문이다. 이것이 바로 서양 동화가 비추는 서양적 신념의 특징이다. 인간 정신이 지상의 삶으로 현현하는 과정을 거치는 것에 대한 전폭적인 **긍정**이다. 서양에서 말하는 인간되기(육화)의 모험은 동양의 지혜가 말하는 인간 존재의 기본 오류가 아니다. 요컨대 육화는 고통이나 죄, 엄청난 오해가 아닌 것이다. (오늘날에는 서양에서도 쇼펜하우어 등등의 정신적 흐름으로 인해 퍼지고 있는) 동양의 비관주의적 정신의 관점에서 이는 '마법에 사로잡힌', 지양되어야 할 안 좋은 상태다. 하지만 그리스도의 빛이 지상의 삶에 알게 모르게 의미와 새로운 방향을 제시해 준 곳에서 육화의 '모험'은 행복한 귀결이다. 마법에 사로잡힌 땅의 순례자는 금은보화를 가지고 아버지 집으로 돌아간다. 땅의 순례자가 깨어 감각적 삶을 뛰어넘을수록 이 감각적 삶은 자신에게 선물이 된다.

그렇다고 해서 『헨젤과 그레텔』 같은 동화를 처음 들려준 사람들의 영혼에 그러한 생각이 미리 살아 숨 쉬고 있었다고 결론지을 수는 없다. 동화는 단순히 정신적 인식을 상징이라는 외피에 싸 놓은 것이 아니기 때문이다. 제대로 된 동화의 원형은 상상의 경험에서 비롯한다. 물론 시간이 흐르면서 덧붙여지는 개별 요소들까지 다 그런 것은 아니다. 상상의 경험은 꼭 경험 당사자가 완전히 의식하는 인식은 아니다. 상상의 경험은 깨어 있음에서 잠으로 넘어가는 중간 지대의 영혼의 힘과 활동을 밖에서 본 형상이다. 인간의 정신과 영혼은 잠들어 육신의 껍질을 떠날 때 무슨 일을 할까? 잠든 상태로 이 땅에 발을 딛는 생애 첫 시기에 인간 정신과 영혼이 육신에 대해 지속하는 일과 똑같다. 그 시절 더 높은 차원의 자아가 그 정신과 영혼의 힘을 써서 제대로 된 (사고와 감정의) 집을 마련하기 위해 바깥에서 두개골의 형태와 감각 기관에 작용해 그 형태를 만든 것처럼, 인간의 초감각적 본질은 밤마다 잠든 육신의 거죽을 밖에서 휘감으며 아주 조용히 이 작업을 지속한다. 인간의 초감각적 부분은 적어도 보다 섬세한 에테르적 육신의 힘에 개입해서 작용하는 고결한 정신화의 작업을 지속하려 한다. 이로써 우리는 숲속 과자 집을 더욱 내적으로 규정할 수 있는 관점에 다다랐다. 이제 과자 집은 굳건한 땅의 집, 즉 눈에 보이는 우리 몸이 아니라, 자양분이 되는 충일한 생명의 힘으로 구성된 육신, 즉 에테르적 유기체, 다시 말해서 머리의 형성력이다. 감각의 삶이 더는 '편안'하지 않은 인간의 정신과 영혼이 의식적으로 머리의 형성력에 작용하기 시작한다.

그런 점에서 이 동화는 정화(헌신)의 길을 걷는 영혼의 활동에 대한 그림이기도 하다. 영혼은 숨어 있는 초감각적 육신을 더 높은 의식의 도구로 탈바꿈시켜 새로운 감각과 인식의 길을 모색한다. 이것은 모든 인간이 유년기에 땅의 육신에 행하는 일의 연장선상에 있다. 우리는 잠들 때마다 부지불식간에 생명의 시원으로 되돌아간다.(정신이 깨인 사람만이 이 과정을 **의식적으로** 행할 수 있다) 어떻게 보면 밤의 비밀은 삶의 시작이라는 기적을 드러내 보여 준다. 동화의 인물들에는 대체로 유년의 신비들이 반영되어 있고, 동시에 이러한 상상 속에서 이루어지는 정화의 경험들이 영혼의 시선에 노출된다.

밤의 왕국에서는 이러한 정화의 경험들뿐 아니라, 우리가 땅의 생명으로 내려오기까지 우주의 찬란한 비밀까지 드러난다. 태양의 신비인 인류, 신성한 빛 가운데 있는 인류의 기원이 동화의 인물들을 통해 영혼 앞에 모습을 나타내는 것이다. 그러려면 또 다른 체험 영역에 다다라야 한다. 다른 체험은 마법의 숲에 발을 들여놓는 것으로 시작한다. 땅과는 먼 세계의 광채를 간직한 형상들이 마치 심해에서 떠오르듯 부상한다. 이 광대한 정신세계의 인상들을 붙드는 법을 배워야 한다. 이 인상들을 낮의 의식으로 가져오기는 쉽지 않다. 그것들은 땅에 살 수 없는 것처럼 보인다. 정신세계 인상들은 우리 눈에는 보이지 않는 세계의 품속에서 떠올라 땅의 사고에 포획될 때 생명을 잃는다.

이러한 정신 체험의 단계에 이르면 인간은 자신을 **어부**의 형상으로 인지한다. 바닷가의 가난한 어부의 형상이다. 새벽에 잠을 깬 자는 눈앞의 꿈의 왕국에서 꿈이 아스라이 사라져 가는 것을 느낀다. 그는 광활한 밤의 바다가 자기 눈앞에서 **빠져나가고**, 땅의 낮이 올 때마다 완전히 빈털터리가 된 자신을 느낀다.

빛나는 꿈의 형상들을 밤의 깊은 골짜기에서 빈곤한 낮의 의식으로 끄집어내는 연습을 했던 옛날 사람들은 자신을 '어부'로 생각했다. 이들에게 아침은 출렁이는 감정과 흘러가는 형상들의 광활한 영지에서 천천히 물러나는 것이었다. 감각의 육신으로 돌연 깨어나는 것으로 느껴지지 않았던 것이다. 그래서 매번 '육지를 발견하는 것'이 필요했다. 그리스도의 첫 제자들도 '어부'로 일컬어진다. 이들의 '고기 낚는' 활약은 이들이 아직 밤의 왕국과 매우 친밀하다는 사실을 암시한다. 이 영혼들은 정신세계의 인상들을 밤의 골짜기에서 낮의 빛으로 끌어올릴 힘이 있었다. 이들의 활동은 '기적의 고기 낚기'였다.

예로부터 물고기의 형상은 땅, 죄 따위와 닿기 전 인류의 무구한 본성으로 읽히곤 했다. 물고기와 속칭 고등 동물의 차이는 무엇일까? 물고기는 스스로 체온을 만들지 못하기 때문에 자신을 주위 환경과 분리된 개체로 느끼지 못한다. 바다의 조류와 하나인 것이다. 피의 온기를 만들어 내는 모든 존재는 생활 감정이 분리되어 있다. 즉 이기적이 되었다는 뜻이다. 우리에게 그리스도는 일체 생명의 너른 지평을 아우르는 저 무구한 의식을 되살리는 존재일 수 있다. 그래서 원시 기독교의 예배에서 그리스도는 종종 '물고기'로 상징되곤 했다. 물고기는 어두운 카타콤에서 사람들이 절절히 간구하는 존재의 비밀스러운 상징이었다. 태곳적 인간 존재는 태양의 순수한 '금빛'으로 빛났다. 정신과학은 지상의 모든 것에 아직 태양의 생명이 스며 있던 저 땅의 시대를 되돌아보며 '하이퍼보리안 기'라는 표현을 쓴다. 바로 숱한 전설에 등장하는 '황금시대'이다.

땅의 운명이 시작됐을 때 사라진 것은 광대한 에테르 상태의 우주에 빛의 순수로 간직되었다. 의식은 못하지만 영혼이 세계의 가장 순결한 이 힘과 하나가 되는 것은 밤에만 가능하다. 이때 영혼은 상속받은 낙원에 가닿는다. 하지만 낮으로 가져갈 수 있는 건 그 잔영뿐이다. 영혼은 결국 땅에서는 이 순결한 힘들과 하나가 될 수 없다. 우리의 초감각적 부분이 육신의 옷을 입으면 저 원초적 태양의 의식은 산산이 부서질 수밖에 없고, 그 파편 한 조각만 땅의 육신에 흡수된다. 형제인 다른 천상의 부분은 뒤에 남겨진다. 요컨대 인류는 쌍둥이적 존재다.

『황금 아이들』은 인간이 되는 비밀을 암시한다. 이야기는 황금 물고기를 잡은 어부에서 시작한다. 어부는 황금 물고기를 놓아주고 호화로운 성을 약속 받는다. 한 가지 조건은 끝없이 음식이 채워지는 성이 어디서 났는지 아무에게도 발설하지 않는 것이다. 그러나 아내에게 이 신비를 털어놓을 수밖에 없었던 어부는 성을 빼앗긴다. 같은 일이 두 번 반복된다. 세 번째 다시 잡힌 황금 물고기는 자신을 여섯 조각 내라고 명한다. 두 조각은 아내에게 먹이고, 두 조각은 어부의 말에게 주고, 나머지 두 조각은 밭에 묻게 한다. 그런 뒤 어부의 아내는 황금 아이 둘을 낳고, 말은 황금 망아지 둘을 낳고, 밭에서는 황금 백합 두 송이가 움튼다. 성장한 쌍둥이 형제는 말을 타고 세상으로 나가기로 한다. 형제가 건강할 때 백합은 꽃을 피우고, 그중 한 명이라도 아프면 시든다. 집에 남은 부모에게 백합은 신호가 된다. 첫 번째 여인숙에 도착했을 때 '황금' 형제는 여느 사람들과 다른 외모 때문에 숙객들의 심한 조롱거리가 된다. 이에 한 명은 못 견디고 그 자리에서 말머리를 돌리고, 다른 한 명은 용기를 내어 세상으로 나아간다. 광활한 숲을 지나게 됐을 때 도적들에게 금을 빼앗길까봐 곰 가죽옷으로 위장한다. 그 뒤로 그는 사람들 사이에 갈 때는 곰 가죽을 입는다. 하지만 밤이 되어 곰 가죽을 벗으면 몸이 황금빛으로 빛난다. 우여곡절 끝에 아름다운 아가씨와 혼인을 하게 되는데, 혼례가 있는 날 그는 꿈에 본 사슴을 잡고픈 견딜 수 없는 욕망에 사로잡힌다. 다음날 종일 사슴을 쫓지만 잡지 못하고, 저녁이 되어 마녀의 집에 들어가게 된 그는 마법에 걸리고 만다. 그가 땅 위의 돌로 화한 순간 어부의 밭에 있는 백합도 시들고 만다. 그러자 먼저 집으로 돌아간 형제가 사라진 땅 위의 형제를 찾으러 길을 나선다. 그는 세상이 더는 두렵지 않다! 사랑이 그를 세상으로 나아가게 한다. 그는 돌로 화한 형제를 숲에서 찾을 때까지 여행을 멈추지 않는다. 그는 마녀로 하여금 마법을 풀도록 몰아간다. 두 형제는 서로를 알아보고 입을 맞춘다. 이제 이들은 다시 한 명은 아내에게, 또 한 명은 아버지의 집으로 돌아간다. 아내와 아버지는 이미 행복한 구원을 알고 있다. 돌이 된 형제가 마법에서 풀려난 순간 황금 백합도 다시 꽃을 피웠기 때문이다.

이와 비슷한 동화들의 출발점을 먼저 살펴보자. 가난한 어부가 물고기를 잡음으로써 이루 헤아릴 수 없는 부자가 된다. 누추한 오두막 대신에 끝없이 음식이 채워지는 기적의 찬장과 호화로운 성이 나타난다. '물고기'와의 만남이 마음 깊숙이에서 한층 깊은 의식을 일깨운다. 그리스인들은 마음이 '횡격막 아래'에 있음을 아직 의식하고 있었다. 복강 신경 다발 안에 우리의 몸 전체를 관통하는 다른 신경계의 의식이 감춰져 있기 때문이다. 이 신경계는 먹고 만드는 유기체의 과정들을 고차적인 법칙에 따라 지휘한다. 이 자율 신경계는 일상적인 낮의 의식이 접근할 수 없는 포괄적인 지혜의 영역이다. 태양의 힘(식물의 순정한 생장을 관할하는 것과 동일한 힘)이 인체 형성의 비밀스러운 과정에 미치려면, 무구한 지혜의 활동에 개인적인 땅의 소망과 지성의 전횡이 끼어들어서는 안된다. 깊이 감추어진 의식은 특별한 순간에 깨어나고, 이때 머리의 의식은 잠시 둔화된다. 그러면 영혼은 무한히 내어 주는 음식, 즉 생명력 안에 깃들 수 있고, 육신이라는 인간 속성 안에서 생명력의 활동은 복강 신경다발에 의해 규율된다. 기적의 찬장이 열린다. 잠에서 깬 영혼은 다른 동화에도 나오는 '마술 식탁'의 비밀을 보게 된다.

부자가 된 어부 모티브는 성배 전설을 떠올리게 한다. 크레티앙 드 트루아가 그린 페르스발은 '부자 어부 왕' 집에 숙식하게 된다. 찬란한 성배의 성은 밤마다 그에게 기적의 음식을 안겨 준다. (음식이 담긴 성배가 졸졸 따라다닌다) 이제 그만이라는 말을 견디지 못한다. 성배 기사 로엔그린은 출신을 물으면 위축될 수밖에 없다. 무한정 음식을 내주는 찬장과 호사스러운 성도 어디서 났는지 누설하면 어부에게서 사라진다. 어부 동화에서는 아직 성배 경험을 그리지는 않지만, 두 이야기에는 공통점이 있다. 태고의 깊이에서 나온 순결한 의식의 힘은 땅의 이성이 다가오는 즉시 다시 움츠러든다는 점이다. 질문으로 치닫는 이성의 충동은 본래 자율신경계에 있던 유연한 포괄적 의식의 빛을 약화시킨다.

저지 독일어로 된 동화 『어부와 아내』에서 물고기가 일으키는 기적은 영혼이 인간 존재의 한계를 넘어서려는 순간, 즉 야금야금 기대 수준을 높이다가 마침내 '신'이 되려 할 때 바로 사라진다. 에덴동산에서 하와가 넘어간 뱀의 꼬임이 '어부의 아내'에게서 되풀이된다. 루시퍼(기독교에서 사탄의 우두머리)는 신성한 원초 의식이 약화되는 순간 인간의 마음에 교만을 불어넣는다. 신이 되려는 인간의 욕망은 신성이 자기 안에 거하는 은혜를 받아들이도록 변화의 길을 걷는 대신, 집요하게 신의 지위를 넘본다. 이러한 욕망은 영혼의 몰락으로 끝난다.

『황금 아이들』에서는 이와는 다른, 즉 무구한 우주 의식이 인류에게 주어지는 길을 택한다.

황금 물고기는 희생을 각오한다. 인간이 되는 길을 준비하는 것이다. 어부가 겪는 의 출생과 운명은 태양의 세계에서 기원해 땅의 어둠으로 추락하는 인류의 역사를 반영한다. 우리가 인간으로서 자아가 되기 위해서는 먼저 커다란 희생이 있어야 한다. 천상의 의식이 스스로 죽음으로써 쌍둥이인 인간 존재의 원형을 그 손아귀에서 놓아준다.

고대 히브리의 지혜는 우주적 원시 인간, '아담 카드몬'을 언급한다. 사도 바울의 가르침은 첫 번째 아담과 두 번째 아담을 구분한다. 땅의 세계로 들어와 유한한 존재가 되어, 유한한 인간이라는 땅의 가계의 기원이 된 아담과, 천상에 남아 있다가 그리스도의 현현과 함께 내려와 우리에게 그리스도의 불멸성을 채워 주는 아담이다. 인류의 잃어버린 원형을 순수한 상태로 간직하고 있는 두 번째 아담은 우리에게 인류의 원형을 되돌려 주려 한다. 이것이 바로 예수 그리스도의 행동을 통한 인간의 '거듭나기'의 참된 의미이다.

아직 순수한 에테르계에 머물러 있던 낙원의 인간에게서 땅의 운명을 바라는 욕망이 눈을 뜬다. 그는 말을 타고 세상으로 나간다. 즉 육화의 길을 걸으려 한다. 이때 분리가 일어나는 것은 필연이다. 빛나는 인간 존재의 한 부분만 유한한 거죽 속에 내려앉을 수 있다. 그는 쥐도 새도 모르게, 즉 곰 가죽으로 온 몸을 싸고 감각계를 통과한다.<u>보완적 관점 3</u> 태양의 황금빛을 조롱하는 험악한 숙소를 알게 되었을 때, 보다 유연한 다른 부분은 부끄러워하며 물러난다. 동생은 육화를 거부하며 백합이 피어 있는 고향으로 되돌아간다. 동생은 천상의 주민으로 남고자 하지만, 그의 형제는 땅의 방랑자가 된다. 형은 신붓감을 만나 땅의 세계와 그 아름다움에 마음이 불타올라 홀딱 빠진다. 그를 좀처럼 놓아주지 않는 욕망으로 인해 죽음이 그의 일부가 된다. 그는 마법의 숲에서

인간이 되다는 것

온종일 사냥을 한 뒤 도리 없이 돌이 되고 만다. 자기 근원을 망각하고 무구한 천상의 본성을 잃은 것이다. 백합이 시든다.

이것이 인간이 되는 긴 여정이다. 태양의 힘이 유출되어 자아로 현현한다. 하지만 그 힘은 땅의 금속 성질에 갇혀 본연의 빛을 잃는다. 개인 인격이 된 인간 존재는 자기 이성에 갇혀 본래 사명을 잊는다. 그래서 불멸의 존재로 남아 있는 형제의 도움이 있어야 한다. 불멸의 형제에게 땅에 내려올 용기를 주는 것은 사랑이다. 이제 그도 유한의 영지에서 마법에 걸린 형제를 되찾기 위해 땅으로 내려온다.

그리스 전설에서 카스토르와 폴리데우케스(제우스의 쌍둥이 아들)는 땅 위를 떠돌다가 별이 된다. 이들은 레다의 자식이며, 그리스 정신으로 경배 받은 헬레네와는 남매 사이다. 그리스인들은 쌍둥이 형제를 영웅적 인간성의 비밀의 현현으로 여겼다. 이 둘은 뗄 수 없는 관계지만, 이들의 운명은 달랐다. 애초에 카스토르는 유한한 존재이고 폴리데우케스는 불멸의 존재로 지어졌기 때문이다. 카스토르가 상처를 입고 죽어 지하 세계로 떨어지게 됐을 때, 다른 형제가 카스토르까지 불멸의 존재로 만들어 달라고 제우스에게 간청한다. 하지만 이것은 세계의 법칙에 어긋나는 일이다. 가능한 조건은 단 하나다. 폴리데우케스가 자신을 바쳐 카스토르와 함께 사자들의 세계로 내려가면, 두 형제는 함께 다시 천상에 오를 수 있다. 폴리데우케스는 위대한 희생을 감행한다. 형제를 따라 죽음의 세계로 들어가 형제도 자신을 따라 불멸의 왕국에 들어오게 한다. 두 형제는 지하와 천상을 번갈아 오가며 영구 순환한다.

그리스인들은 겨울 밤하늘에서 형제를 찾았다. 어둠 속에서 길을 잃은 자들의 보호자, 외로운 바다의 사공들을 인도하는 위로의 등대인 '쌍둥이' 별자리는 겨울 저녁 동쪽 하늘에서 떠오른다. 그 뒤를 따라 고대 민족들이 다른 별들보다 더 성스럽게 여겼던 밝은 시리우스가 올라온다. 카스토르와 폴리데우케스는 크리스마스 별의 전령처럼 등장하지 않는가?

두 형제가 온 세상의 전설과 동화를 관통한다는 사실로 미루어 이 이야기가 태고의 성스러운 비의적 모티브임을 알 수 있다. 그림 형제도 이러한 형제의 예들을 열거한 바 있다. 그림 동화집에 나오는 형제에 관한 긴 동화(『두 형제』)가 눈에 띄는데, 그림 형제가 전하는 동화들 가운데 가장 길다. 여기에는 모티브들이 풍성하게 담겨 있다. 먼저 매일 아침 베개 밑에서 금조각을 발견하는 쌍둥이 형제의 행복한 측면만 이야기해 보자. 이들은 '잠을 잠으로써' 금을 얻는다. 이들이 낮으로 가지고 들어오는 것은 바로 꿈의 지혜이다. 하룻밤을 '자고 나면' 결정에 이르거나 중대한 의문을 해결한다는 옛 사람들의 말도 같은 경험이다. 저녁나절에 들었던 생각을 깊은 잠을 통과하게 하는 사람은 다음 날 아침 그 생각이 더욱 풍요로워진 것을 확인하게 된다. 영감의 세계에서 그 생각을 다시 찾아오는 것이다. 이들에게는 "아침은 금을 물고 있다."는 격언이 내적 진리가 된다.

가난한 빗자루 장수의 쌍둥이 아들은 꼬챙이에 꿰어 구운 황금 새의 심장과 간을 먹음으로써 이러한 은총이 주어진다. 아이들의 아버지는 욕심쟁이 금 세공사인 형의 명령을 따라 돌을 던져 나무에 있던 황금 새를 잡는다. 금 세공사는 이 새의 비밀을 알고 있다. 하지만 기적의 은총은 특별한 운명의 장난으로 인해 금 세공사가 아니라, 가난한 남자의 아무것도 모르는 아이들의 몫이 된다.(『두 형제』)

깨달음의 은총은 자기 개인을 위해 낚아채려 하면 소멸한다. 인류가 이어받은 태양의 빛은 땅의 중력 안에 편입될 수 없다. 먼 옛날에는 은총이 내리는 순간에 영감 어린 생각들이 영혼으로 다가왔었다. 이를테면 황금 새가 깃털을 떨구거나 둥지에 황금 알을 남겨두었던 것이다. 영감을 주는 정신세계는 지혜의 황금을 탐하는 이기적 욕망에 포획되지 않고, 땅의 이성이 범접하지 못하는 무구한 깊은 영혼 속으로 들어와, 무의식에 작용하는 힘이 된다. 이 힘은 밤의 세계를 통해서만 은총으로 온다. 그래서 인간 영혼은 일상의 이성이 작동할 때보다 잠들었을 때 훨씬 더 지혜롭다.

『두 형제』에서 쌍둥이 형제는 땅의 삶을 거치면서 동행하던 길이 나뉜다. 하나는 동으로 다른 하나는 서로 간다. 인류도 이 형제 같지 않을까? 동양은 지금도 낙원을 찾아 헤매고, 서양은 지구를 정복하고 물질계를 지배한다. 한 영혼이 자기 근원, 빛을 잊지 못했다면, 다른 영혼은 '세상으로 나아갈 용기를 내어' 개인으로 집약된다. 이는 인간이 기울이는 모든 노력의 이중적 형상이다. 이 동화는 끄트머리에 가서 『황금 아이들』의 냄새가 물씬 풍긴다. 서쪽으로 간 형제는 영웅적인 행동과 왕의 명예에도 불구하고 마법의 숲에 이르러 끝내 돌로 화하고, 오직 동쪽으로 간 형제의 도움으로 구원된다. 대별되는 인류의 계통은 서로 의탁 관계에 있고 다시 만난다.

그리스도를 마치 구름을 뚫고 나오는 태양의 위력을 가진 존재처럼 그린 라파엘로의 그림이 있다.(〈에제키엘의 환영La Vision d'Ezechiel〉으로 알려진 그림) '사람의 아들'이 뇌우로 뒤덮인 땅에 빛의 영광으로 찬란히 내려오는 모습이다. 그는 두 소년의 어깨를 타고 내려온다. 그리스도는 이 **두 소년**이 있어야 땅 위에 현현할 수 있다. 라파엘로는 아직 말로 공표할 시기가 아닌 세계의 비밀들을 형태와 색으로 선포했다. 동화와 신화의 형상들에도 인간은 쌍둥이적 존재라는 인식이 살아 숨 쉬고 있다.

전해지는 외경의 복음서에서는 그리스도가 그의 왕국이 언제 도래하느냐는 물음에 이렇게 답한다.

"둘이 하나 될 때"라고.

열두 사도Die zwölf Apostel
열두 오빠Die zwölf Brüder
열두 명의 사냥꾼Die zwölf Jäger
닳아빠진 구두Die Zertanzten Schuhe

12개의 세계 형성력

그림 동화집에 덧붙인 성담에는 열두 아들을 먹일 수 없어서 차
례차례 세상으로 내보내는 가난한 과부 이야기(『열두 사도』)가
있다. 그리스도가 탄생하기 삼백 년 전 일이다. 과부는 약속한 구
세주가 강림할 때 열두 아들이 모두 함께 있게 해 달라고 매일 간
구한다. 첫째인 베드로는 어두운 숲을 헤매다가 길을 잃고 굶어
죽기 일보 직전이다. 마침 천사 모습을 한 빛의 소년이 나타나 수
정 동굴로 그를 데리고 간다. 동굴 깊숙이에 황금 요람 열두 개
가 놓여 있다. 베드로는 아이처럼 작아져 요람에 눕고, 천사가 노
래로 그를 재운다. 다른 열한 형제도 방랑길에 같은 운명에 처한
다. 열두 형제는 전부 그리스도가 탄생하는 성스러운 밤에 깨어

나 열두 사도가 된다.

〈구약 성서〉에서 엘리야가 죽음에서 깨운 사람도 과부의 아들이다. 이 과부도 '하느님의 아들'이 오기 전까지 자식을 먹여 살릴 수 없었다. 옛날에는 땅의 어두운 운명을 애도하는 이들은 하나같이 자신을 가난한 과부의 자식으로 여겼다. 천상의 힘이 땅에서 물러갔기 때문에, 깊은 외로움과 어둠에 처한 이들은 방향을 바꿔야 한다고 느꼈다. 태고로부터 내려온 성스러운 정신, 영혼들의 임종 성찬은 끝났다. 정신의 유산을 간직한 지혜의 곳간들은 정신을 갈구하는 인류의 갈망에 더는 자양분이 되지 못했다. 지혜의 곳간은 지혜를 묻는 이에게 "땅의 세계를 탐색해 스스로 인식을 얻으라!"라고 이르는 게 고작이다. 하지만 인식을 찾아 헤매는 인류는 땅의 영역에 점점 깊이 빠져, 미로에서 빠져나오지도 못하고 영혼의 양식도 구하지 못한다. 인류는 육신의 경험에 매몰됐다. 이것은 인류의 더 높은 본질이 가려짐을 의미한다. 더 높은 본질은 수정 동굴에서 잠들었다. 정신의 삶은 결정을 만드는 땅의 생각으로 굳어진다. 이는 인간 본질의 매장을 의미하지만, 이 무덤은 황금 요람이 된다.

인간 영혼은 태곳적 지혜의 유산을 잃고, 땅의 영역에서 손수 생명의 양식을 얻어야 하는 처지가 되면서, 아이가 된다. 영혼과 그 힘은 자기 내면으로 물러날 때, 비로소 자신으로 돌아오게 된다. 이 순간에 자아는 잠자고 있는 싹에 불과하다. 그리스도의 강림은 이 싹을 깨우기 위해서다. 그리스도 이전의 문화, 특히 그리스도 강림 직전의 몇 백 년 동안 땅의 어둠을 향한 여정을 감내해 온 사람들은 그리스도의 강림으로 자기 영혼 내면의 힘을 키울 수 있게 된다. 그래서 이들은 이후 땅의 삶에서 깨어나기만 하면 온전히 자신을 펼칠 수 있다. 이러한 사람들이 그리스도를 만나게 되면, 경이의 눈과 받아들이는 마음, 새로운 시작에 대한 의지를 내면에 갖게 되고, 결국 그리스도의 제자가 될 수 있다. 다시 말하면 아이의 미덕을 되찾는 것이다.

이러한 영혼들은 그리스도가 자기 정체를 열어 보이는 12명의 제자이다. 동화는 그리스도 이전 시대에 이미 제자들이 그리스도를 진정으로 영접하기 위해서, 즉 **아이의 힘**으로 맞이하기 위해서 특별한 영혼의 길을 걸었다는 것을 말하고자 한다. 이 동화에서 우리는 그리스도의 강림(땅에 현현하심)과 기독교의 지혜로운 예비의 역사를 엿볼 수 있다. "배고픈 자들은 복되도다, 그들이 배부를 것이다."

열두 인물은 여러 종교 전래와 민족 전설들의 축이기도 하다. 이들은 태곳적 계시의 수호자이자 앞으로 올 빛의 예비자이다. 인도의 전래들에 나오는 지혜의 스승인 열두 보디사트바(보살)는 긴 간격을 두고 땅에 와서 인류를 보디사트바 수준으로 한 단계씩 끌어올린다. 아서왕은 멀린이 지구를 본떠 만들었다고 하는 원탁에 열두 기사를 모아 모험에 나서게 한다. 호렙산에서 내려온 엘리야는 열두 겨릿소를 앞세워 밭을 가는 엘리사를 후계자로 선정한다. 미래 인류의 씨앗을 뿌릴 땅이 될 감춰진 지혜의 곳간을 상상하면 되겠다.

이렇듯 하나가 되어 일을 도모하는 것은 늘 열둘이었다. 12라는 숫자를 세계 전체의 총합이라고 생각한 것이다. 그것을 세계의 섭리(법칙)로 간주했다. 요컨대 열두 사도도 전체적인 세계질서의 모상으로 볼 수 있다. 이들에게서 우리는 뭇 개인이 아니라, 12궁에서 나와 우리가 사는 땅의 삶에 작용하는 우주적 힘의 운반자를 보게 된다.

인간 존재 일체는 우주로부터 탄생했고, 모든 시대 예지자들은 이 우주 질서를 12라는 수로 경험했다. 인간 존재 자체가 이 우주(별)의 힘을 본뜬 것이다. 개별 인간부터 인류 전체가 그렇다. 양자리에서 나오는 힘은 황소자리나 물고기자리에서 나오는 힘과 다르다. 이들 별자리는 인간 존재의 주된 열두 형상이다. 동화 세계에서 친숙하게 볼 수 있는 이 열두 형상은 마치 어느 영혼에게나 친밀한 영원한 형제 같다. 동화는 이들의 운명, 즉 이들이 걸려드는 마법에 대해, 인간 영혼이 가지고 있는 속죄 능력을 통한 구원의 희망에 대해 이야기한다.

위대한 왕에게 열두 아들이 있었다. 왕은 딸을 간절히 원했고, 딸을 낳으면 왕국을 물려줄 생각이었다. 그러려면 아들들을 죽일 수밖에 없었다. 그래서 몰래 작은 관 열두 개를 미리 만들어두게 했다. 아들들은 상심한 어머니에게서 곧 닥칠 자기들의 운명을 듣고 숲으로 피신한다. 이곳에서 어머니의 출산을 기다려 태어나는 아이가 딸인지를 알아보려 했다. 아들을 낳으면 백색 깃발을, 딸을 낳으면 붉은 깃발을 내걸기로 어머니와 약속한 터였다. 마침 막내가 번을 서는 열두 번째 날 아들들은 제일 큰 참나무 꼭대기에서 핏빛 깃발이 내걸리는 것을 본다. 이들은 만나는 모든 여자 아이를 죽이겠다고 다짐하며 더 깊은 숲으로 들어간다. 어두운 곳에 이르렀을 때 이들의 눈앞에 마법에 걸린 작은 집이 나타난다. 빈 집이었으므로 이곳에서 살기로 한다. 이들은 주린 배를 채우기 위해 온종일 사냥을 하고, 저녁 때 돌아온 형제들을 위해 벤야민(성경에서 야곱의 막내아들의 이름이기도 하다)은 종일 집을 지키다가 사냥해 온 것으로 음식을 만들어 준다. 그 사이 왕의 딸은 마음씨 곱고 외모도 아름답게 자란다. 공주의 이마에는 황금별이 박혀 있다. 공주는 자기 때문에 고향을 떠나야 했던 열두 오빠가 있다는 사실을 까맣게 모른다. 어느 날 남자 속옷 열두 벌을 빨랫감 속에서 발견하고 어머니를 졸라 그 사실을 알게 된다. 아버지가 마련해 놓은 빈 관들도 발견한다. 연민과 자책감에 공주는 광활한 숲으로 향한다. 오빠들을 집으로 데려오겠다고 마음먹은 것이다. "어디라도 가서 찾을 테다..."(『열두 오빠』)

동화의 여정에 몰입하려면 **영혼의 각성**을 의미하는 상황에서 출발하는 것이 좋다. 인식의 불이 켜지고 이를 계기로 결의를 다지는 지점이다.

이마에 별을 단 공주라면 애초부터 정신의 각성에 이르도록 예정되어 있었다고 생각하지 않을 수 없다! 공주에게는 내면에서 빛나는 별빛, 즉 땅에 매어 있지만은 않은 인식의 힘이 내재해 있다.

공주는 그때껏 못 보던 흰 속옷 열두 벌을 발견한다. 그러자 의문에 눈뜬다. 어머니의 입을 통해 자신의 뿌리에 얽힌 비밀을 듣는다. 마음 밑바닥에서 올라오는 원초적 기억이 있다. 원초적 기억은 줄곧 봉인되어 있었다. '현재 나의 의식은 비싼 대가를 치르고 얻은 거야.' 인식하는 영혼은 자신에게 이렇게 말하고 있는 셈이다. '내 몸이 여왕이 되기 위해 다른 열두 사람은 집과 왕위를 포기해야만 했다. 그들이 먼저 왔고 나는 나중에 왔다. 하지만 우리 모두 왕족이며 형제자매다.' 세상 순리에서 연원하는 커다란 죄를 인식한 순간, 왕의 힘을 되찾고자 하는 갈망이 영혼 안에서 깨어난다. '나의 존재' 자체가 죄와 연루돼 있다는 통찰은 언제나 충격이다! 동화가 건드리는 지점은 바로 심오한 신비의 진리, 즉 종교에서 '원죄'의 이미지로 묘사하는 오래된 생각이다.

인간 존재에 국한된 의식이 아직 생기지 않은 시기가 있었다. 자신을 아직 '나'라고 하지 못하던 때였다. 인간 존재가 살아 움직였지만, 지금 상태와 달리 세계의 섭리와 떨어져 있지 않았다. 인간의 모양을 만들기 위해 12궁으로부터 조형의 힘들이 협력했고, 그런 다음 인간의 몸에 개개 감각 기관을 새겨 넣었다. 세계의 생명이 다채로운 형태로 현현하며 마치 열두 대문으로 쏟아져 들어오듯 인간 본질에 흘러들었다.

인간의 감각을 오감에 한정하는 것은 무리임을 오늘날 사람들은 다 알고 있다. 육신의 내부에 흡수되는 어렴풋한 감각들, 이를테면 균형 감각이나 열 감각 등을 인정하는 추세이다. 괴테도 〈색채론Farbenlehre〉 서문에서 이를 두고 "자연은 저 아래 다른 감각들, 알려진 것, 잘못 알려진 것, 알려지지 않은 것에게 말을 건다. 자연은 또 자기 자신과 대화하며 무수한 현상들을 통해 우리에게 말을 건다."라고 이야기한 바 있다. 열두 개의 감각은 서로 명확하게 구분되면서 동시에 서로를 담고 조건 짓는데, 이 12라는 수는 오늘날 루돌프 슈타이너의 정신과학이 구축한 인간 본성에 대한 포괄적인 인식을 우리에게 재차 열어 주고 있다.[11] 여기서 '재차'라고 말했는데, 옛 시대의 직관적 지혜는 이미 이러한 인식을 나름대로 가지고 있었기 때문이다. '열두 오빠' 말이다. 온전한 하나의 세계가 개개 감각을 통해 영혼의 내부로 틈입한다. 요컨대 흐르는 빛이 문을 찾다가 인간의 눈을 만들었다. 신성의 빛이 잦아들어 우리에게 음영의 형상으로만 전달되도록 인간의 눈이 유리관이 된 것 아닐까? 말소리는 인간의 귀를 만들었다. 그런데 그 귀가 신의 말씀의 죽은 껍데기만 겨우 들어올 수 있는 동굴이 되어 버린 것 아닐까? 감각을 유출한 근원과 감각이 내려온 이유를 떠올리기 시작한 영혼은 깊은 애도에 빠질 수 있다. 이

---

11 루돌프 슈타이너는 12감각을 촉각, 생명 감각, 고유 운동 감각, 균형 감각, 후각, 미각, 시각, 열 감각, 청각, 언어 감각(소리 연결을 단어로 포착하는 감각), 사고 감각(생각의 내용을 포착하는 감각), 자아 감각(타인의 자아를 인지하는 감각으로 심리학적 '감정이입'에 한정되지 않는다) 등으로 열거한다. 하위 감각들이 지금의 모양 그대로 내면을 향해 몸의 경험에 빠지는 반면, 상위 감각들은 비좁은 우리 자신을 넘어서게 한다.

때 감각은 전령, 즉 신의 영광(주권)을 전하는 사도가 되고자 한다. 감각은 형성 중인 인간 자아를 위해 온 세계에서 자양분을 그러 모아, 유일한 신의 생명을 열두 개의 문을 통해 영혼의 심층으로 나른다.

열두 감각은 어떻게 보면 시대 전환기가 다가오자 더는 식량을 구할 수 없게 된 전설상의 '사도들'이기도 하다. 수정 동굴에 잠들어 있으면서 세계 구원을 통해 깨어나는 순간을 기다리는 존재들인 것이다. 전설은 형제 동화와 일치하는 새로운 배경을 얻는다. 사람의 몸을 축조하는 저 왕의 세계의 힘은 퇴각해 모습을 감춘다. 마법에 걸린 숲속 오두막(『헨젤과 그레텔』에서 이미 본 바 있다)이 이 힘의 거처가 된다. 이 힘은 피의 온기 속에 살 수 없다. 피의 온기는 이기적으로 만들기 때문이다. 태어난 아기가 여자일 경우 성의 탑에 내걸릴 '핏빛 깃발'은 열두 형제를 위한 공간이 이젠 땅의 집에 없음을 말해 주는 신호이다. 우리 안에 지니고 있는 제2의 보이지 않는 조직체에는 우주의 형성력이 감추어져 있다. 이 우주의 형성력은 오늘날 인간의 낮의 삶이 의식하지 못할뿐, 항상 활동하고 있다. 우주의 형성력은 인간 육신을 인간이 의식할 수 없는 방법으로 만들어 가며, 광활한 세계 지평에서 온 에테르적 힘으로 인간 육신에 생기를 불어넣는다. 땅의 육신에 남게 된 감각은 진정한 생명을 잃은 '관'이다. 다채로운 우주의 삶이 퇴조했을 때, 영혼은 고착된 자아 형상으로밖에 자랄 수 없었다. 하지만 자아 성장의 필요조건은 필연적으로 자아를 빈곤하게 하고 위축시키는 결과를 낳는다. 자신을 자각한 영혼은 넓고 높은 세계와 관계 맺기를 요하며, 우주의 힘과 다시 관계를 회복하려 한다.

인식하는 영혼은 드러나지 않은 '열두 형제'의 삶을 찾아 나선다. 영혼이 열두 형제를 만나 교통하는 것은 에테르계의 생명과 활동이다. 저녁이 되어 감각의 의식이 퇴조하면 한 단계 위의 인지 능력이 활동을 개시하고, 상상력의 눈앞에 '형제들'의 세계가 모습을 드러낸다.

동화에서 이 영혼은 저녁때 마법에 걸린 오두막을 발견하고, 막내 벤야민이 정체를 묻는 과정에서 모든 것을 알게 된다. 벤야민은 형제들에게 여동생을 용서하라고 종용하고, 여동생은 대환영을 받는다! 이들은 마법의 집에 함께 살기 시작한다. 공주가 건사하고부터 질서와 청결함의 요소가 이 집에 들어온다. 그러나 행복은 오래 가지 않는다. 오두막집 앞 꽃밭에 백합 열두 송이가 피어 있었다. 아무것도 모르는 공주는 오라버니들에게 선사하려고 백합을 꺾는다. 그 순간 하늘에서 떠들썩하니 까마귀 열두 마리가 숲을 가로질러 떼 지어 나타난다. 공주로 인해 오빠들이 마법에 걸린 것이다. 백합은 바로 오빠들이었다.

동화와 종교적 상징체계에 등장하는 백합은 땅과 여간해서 완전히 합일하지 않는 힘, 즉 물리적 형태로 현현하기를 저어하는 힘을 가리킨다. 땅에 온전히 뿌리박고 땅의 물질을 여과해서 꽃의 수액으로 빨아올리는 장미에 반해, 백합은 구근을 만든다.

땅에 느슨하게 안착한 구근 속에 백합이 자신을 위해 마련한 토양이 들어 있다. 이런 이유 때문에 백합은 처녀성의 상징으로 간주된다. 백합과 우리가 만나는 곳은 땅의 본성과 담을 쌓은 신비의 울타리 안이다. 수태 고지의 천사 가브리엘은 백합과 함께 등장한다. 그는 아직 태어나지 않은 자들의 영역에 속하는 존재이기 때문이다. 초록뱀과 아름다운 백합이 등장하는 괴테의 동화는 우리를 감각 세계와 정신세계 사이의 대립적 모순으로 데려간다. 망각의 강이 이 두 영역을 나누고 있다. 왕자가 자신의 참 자아를 찾으려면 먼저 강을 건너야 한다. 뱀의 영토에 발 디뎠을 때 우리 모두 망각한 저 세계에 우리의 원형을 두고 온 것이다. 백합이 꽃 피우는 곳은 바로 우리가 잊은 저 세계이다.

백합을 꺾은 자는 천상과 연결된 자기 본질을 가리게 되어 있다. 『황금 아이들』에서 형제 중 하나가 숲에서 돌로 변했을 때 백합 하나가 죽는다. 즉 감각적 삶을 사느라 더 고차적인 자기 자아와의 고리를 송두리째 잃은 것이다. 백합 열두 송이를 꺾은 순간 더 고차적인 감각들의 은밀한 작용은 끝난다. 상상력의 세계는 땅의 이성, 즉 감각계에 묶인 사유와 닿으면, 빛을 잃어 영혼의 눈에 띄지 않는다. 그 옛날 직관적 예지력이 인간에게 살아 있던 것은 영혼의 힘이 타락하지 않은 채 남아 있었기 때문이다. 눈 뜬 이성(지성)이 영혼의 삶을 지배하기 시작하는 순간, 예지력은 죽음을 맞는다.

백합 대신 까마귀들이 등장한다.<u>보완적 관점 9</u> 소리 없이 꽃이 피는 대신 유령의 그림자들이 어른거린다. 우주의 감각들은 그림자의 삶을 영위할 수밖에 없다. 인간의 초감각적 본질 자체가 빛을 잃는다.

거친 숲에 홀로 남게 된 공주는 고독과 죄의식을 느끼게 된다. 선한 원초적 지혜는 구원의 길을 알고 있다. 어느 시대에나 정신으로 가는 길을 알려 주는 존재가 있었다. 이 동화에서도 나이든 여인이 소녀에게 다가와 "얘야, 무슨 일을 한 게냐? 왜 열두 송이 흰 꽃을 그대로 두지 않았지? 그 꽃들은 너희 오라버니들이란다. 이제 영영 까마귀로 변해 버렸구나."라고 말한다. "그럼 오라버니들을 구할 방도가 없나요?"라는 물음에 지혜의 여인은 "칠년 동안 침묵하라."고 조언한다.

중세 기독교에서는 세족례에서부터 신비로운 죽음과 부활에 이르는 일곱 단계 수난의 길을 알고 있었다. 이 일곱 단계는 정신이 눈을 뜨는 영혼의 길로 간주됐다.[12] 속죄를 마음먹은 인간 영혼이 속죄하는 사도가 된다. 인간 영혼은 요한이 한 대로 자기에게 침잠해서 그리스도의 수난을 추체험할 수 있다. 언어의 힘을 의식적으로 누르는 침묵은 내적 체험의 여지를 크게 늘린다. 하지만 이보다 한 단계 더 높은 침묵이 있다. 삶의 전횡에 대해 내적으로 침묵하는 것이다. 이는 운명의 시험들을 과거의 잘못을 탕

---

[12] 루돌프 슈타이너의 〈요한복음Das Johannes-Evangelium〉(GA 103)에 나타난 새로운 관점이다. 그의 강연들은 기독교에 대한 비의적 이해의 근대적 기초가 된다.

감하는 것으로 기꺼이 받아들이는 태도이다.

'7년의 침묵'은 일곱 단계 영혼의 길을 의미한다. 7년이 물리적 시간과 꼭 일치하는 것은 아니다. 그것은 영혼의 시간이다. 영혼의 침묵이 구원을 가져오려면 그 기간에서 단 하루도 빠져서는 안된다.

소녀는 7년의 침묵을 완수하리라 마음으로 다짐한다. 높은 나무 위에 앉아 '말하지 않고 웃지 않으며' 물레를 돌린다. 한 왕이 사냥을 나왔다가 소녀를 발견하고 그녀의 이마 위 황금별을 목격한다. 왕은 그 말없는 여인에게 청혼하고 왕비로 맞아들인다. 그러나 말도 하지 않고 웃지도 않는 그녀를 궁중에서는 사악한 마녀로 의심하고, 어머니의 모함으로 왕은 입을 다물고 있는 처녀를 도리 없이 사형에 처하는 지경이 된다. 장작더미의 화염이 그녀의 옷에 옮겨붙을 찰나에 7년이 종료된다. 하늘에서 날개 퍼덕이는 소리가 들리고, 까마귀 열두 마리가 내려와 땅에 발을 딛자마자 오라버니로 돌아온다. 그들은 불길을 끄고 여동생을 구한다. 왕은 그녀의 무고함을 깨닫고 모함을 한 어머니를 처형한다. 왕과 왕비는 마법에서 풀려난 오라버니들과 더불어 행복하게 산다.

신비적 침잠의 길은 영혼으로 하여금 한 차원 더 높은 영혼의 자아와 만나게 해 준다. 영혼은 신부가 된다. 기독교 제의의 용어로 풀자면 인간 영혼과 그리스도의 합일이다. 인간 영혼을 장작더미 위에 보내는 것도, 고차의 자아로 고양시키는 것도 동일한 존재이다. 하지만 영혼이 걷는 운명의 길은 저차원의 자아를 절멸하는 것이 아니라, 정화하는 것을 의미한다. 인간 영혼은 화형을 받아들임으로써, 즉 침묵으로 화형을 짊어짐으로써 오히려 죽음에서 벗어나는 것이다. 영혼이 세속적 이기심의 쓰레기에서 벗어나는 순간 12감각은 마법을 풀고 어두운 죽음의 골짜기에서 빠져나올 수 있기 때문이다. 12감각은 허망한 그림자의 삶에서 부활해 우주적 삶으로 나아간다. 인간 본질은 자신의 비좁은 자아를 넘어섬으로써 자기 근원의 힘들을 되찾는다. 인간 본질은 위대한 희생의 힘을 통해 우주로 확장되어 나간다.

동화는 보편적으로 형성 중인 인간의 성장 비밀을 표현한다는 사실이 이 동화에도 또 들어맞는다. 아이는 자신의 자아에 눈뜨기 전, 즉 내면에 '별'이 뜨기 전에는 은총으로 주어지는 우주의 힘으로 살아간다. 별들의 법칙에 따라 아이의 몸을 만드는 세계의 형성력이 육신의 집으로 들어온다. 세계의 형성력은 인간 아이의 육신을 통해 경험 가능해지는데, 이는 인간 아이가 자신을 경험하고 이해하는 법을 배우기 전 단계의 일이다. 그 뒤 형성력은 뒤로 물러나 자신에게 미리 예정된 '12개의 관'만 달랑 남긴다. 이것은 세계 형성력의 본질을 그대로 복사한 땅의 감각들이다. 이때부터 세계 형성력의 삶과 활동은 겉으로 드러나지 않으며, 아이 영혼의 마법도 이러한 은밀한 활동으로 나타난다. 아이 스스로 의식하지 못하는 영혼의 풍요와 아이 영혼이 가지고 있는 세계에 대한 예지적 이해력도 세계 형성력의 활동 결과였다. 아이 영혼이 더 깊이 하강해서 형태를 드러내고, 특히 2차 성징이 나타나면, 아이 영혼은 본격적으로 세계 형성력의 작용을 잃는다. 아이의 영혼은 백합을 꺾음으로써 자신이 무엇을 하는지 모르고 죄를 범하는 처지가 된다. 지력도 빛을 잃는다. 까마귀들이 날개를 퍼덕이며 날아가 버리는 것이다. 지력의 구출은 아이의 힘을 되찾음으로써만 가능하다. 창조적 세계 사고는 자아 안에서 창대하게 부활하는 순간을 고대한다. 인류 형성이라는 대 법칙이 개인의 삶에 반영되기 때문에, 이러한 동화의 상상력은 아이에서 지상적 성숙의 시기로 성장해 가는 단계들에 인류 형성의 대 법칙을 결부시킨다. 구원의 행위는 언제나 개별적 개인의 여정, 곧 눈뜬 개인의 자유로운 결단이 되어야 할 것이다.

　　우주로부터 와서 우리의 감각들을 만들고, 그 뒤 깨어나는 영혼에서 퇴각할 수밖에 없는 정신의 힘들은 동화에서 형제나 왕자를 빌려 이야기된다. 반면 깨어나기를 기다리는 의식의 힘인 감각들을 가리킬 때는 열두 처녀라는 상상물이 등장한다. 이를테면 '열두 명의 사냥꾼'이 등장하는 동화는 보다 내면적인 이러한 관점을 취한다. 이들은 사냥꾼으로 변장하고 진짜 신부를 배반한 왕자의 궁을 찾아온 처녀들이다. 공주는 사랑하는 마음으로 왕자에게 가는데, 사냥꾼 복장을 하고 생김새가 자기와 똑같은 처녀 열한 명을 대동하는 속임수를 쓴다. 한 치도 속일 수 없는

'사자'만이 변장을 꿰뚫어 본다. 사자는 낮의 의식을 인지하는 수준을 뛰어넘는 왕의 조언자, 곧 마음의 힘이 갖는 지혜이다.(『열두 명의 사냥꾼』)

땅의 감각에 가려지지 않은, 다시 말해서 순결한 영혼의 힘은 노력하는 인간 존재에게 모습을 드러내려 한다. 하지만 영혼의 힘은 일단 가짜 형상으로밖에 인간의 정신에 접근할 수 없다. 죽음의 인자가 아직 작용하는 인식의 힘은 동화에서 늘 사냥꾼의 모습으로 등장한다. 요컨대 영혼의 직관적 삶은 인식이 눈떠 가는 과정을 통해 죽음에 처한다. 지성은 예감의 확신으로 바뀐다. 마음의 깨어남을 겪은 사람에게서 지적인 힘은 직관적인 힘으로 바뀐다. 이렇게 해서 인식은 다시 죽음의 인자를 완전히 벗어 버리고 처녀가 된다. 정신에 다가가려 애쓰는 인간은 순수한 상태로 남아 있는 영혼의 힘으로 가득 찬다. 이 영혼의 힘은 인간 존재의 자아를 잃게 만든 저급한 지식 형태를 내칠 용기를 낼 때, 잃었던 자아를 되찾게 할 지혜이다. 왕자가 잊고 있다가 다시 알아본 진짜 신부에 대한 신의는 실상 하마터면 잃을 뻔한 더 높은 자아에 대한 신의이다.

『닳아빠진 구두』에 나오는 열두 처녀는 왕의 딸들이다. 아침마다 딸들의 구두가 닳아 있는 것을 목격하는 왕은 영문을 모른다. 이에 왕은 딸들이 남몰래 밤을 어디서 보내는지 알아내는 자에게 공주와 나라를 주겠다고 선포한다. 딸들은 잠겨진 공간에서 잠을 잔다. 밤을 뜬 눈으로 지샐 수 있는 한 병사가 딸들의 비밀을 엿듣는 데 성공한다. 병사는 왕의 딸들이 밤마다 비밀의 계단을 통해 사라지며, 마법에 걸려 자기들을 기다리고 있는 열두 왕자들과 함께 강을 건너가서 밤새 흥겹게 춤추는 것을 알게 된다.

무릇 밤마다 구두가 다 닳도록 춤추는 자는 낮에 땅을 굳건히 디딜 수 없다. 이 동화는 영혼의 비밀 중 한 가지를 알려 준다. 즉 밤의 왕국은 우주적 힘들이 지배하며, 이 힘은 감성적 삶이 땅과 멀어지게 만든다는 것이다. 우주의 힘은 영혼의 힘에서 땅의 육신과의 연결고리를 세차게 떼어 내서 그것을 별의 영역으로 보낸다. 이 시간 동안 영혼에 일어나는 일에 대해 낮의 영혼은 알 수가 없지만, 그 영향은 드러나게 마련이다. 수면 중에 별의 힘, 즉 '아스트랄'계에 너무 심하게 몰입하는 인간은 땅의 임무에 점점 더 무력해질 위험이 있다. 이들은 풍요로운 실재 세계를 무심코 지나치며, 감각적 현상에 대한 기쁨도, 삶의 요구에 대한 행동력도 더는 펼치지 못한다.

동화에서 묘사하고 있는 이러한 영혼의 상태는 생각보다 더 만연해 있다. 땅의 의무에 온전히 복무하는 것으로 보이는 사람도 이러한 영혼 상태일 수 있다. 이런 사람은 자신의 영혼의 힘을 온전히 간직하고 있을까? 또 자신이 하는 땅의 행동에 심장의 피(생명, 정열)를 흠뻑 적실 수 있을까? 영혼을 잃은 문명은 낮의 시간에서 시나브로 영혼의 힘을 몰아내는 결과를 초래한다. 낮의 영역에서 축출된 영혼의 힘은 밤이 되면 땅과 먼 영역으로 퇴각한다.

동화에 등장하는 병사는 자기 내면의 성장 과정에서 특별히 세계의 악한 힘과 대결을 해야 하는 인간이다. 병사는 삶의 역경과 싸우면서 힘을 기른다. 이런 인간상은 인식을 통해 보이지 않는 영역들에 다가간다. 그는 아스트랄계의 마법적인 작용에서 영혼의 힘을 떼어 내 낮의 삶으로 되가져 간다. 이러한 동화 형상들이 우리에게 보여 주는 것은 바로 의지의 시험이다. 온전한 인간 본질을 좀·더 강하게 구현하는 능동적인 힘들을 찾아내는 문제이기 때문이다. 병사는 별의 영역에 머물렀다는 징표로 왕에게 각각 은, 금, 다이아몬드로 된 나뭇가지를 바친다. 그는 우주의 고차적인 힘들을 땅의 삶으로 들이는 법을 익힌 것이다. 그는 왕국을 물려받는다.

꿀벌 여왕Die Bienenkönigin
불쌍한 방앗간 젊은이와 고양이Der arme Müllerbursch und das Kätzchen
황금 새Der goldene Vogel
세 가지 언어Die drei Sprachen

인간의 조력자, 동물

자연은 온전히 창조적 지성이다. 편견 없이 바라보면 단박에 드러나는 사실이다. 이 작동하는 지혜는 다양해서, 식물계에서 나타나는 지혜가 다르고, 또 동물계에서 드러나는 지혜가 다르다.

말벌은 놀랍다. 오늘날 일용하는 양식보다 더 긴요하다시피 한 종이를 인간이 생각해 내기 오래 전부터 만들었다. 또 숲속 개미탑에서는 어마어마한 무리를 단일한 건축 의지로 통합해 내는 조직의 이성과 마주치게 된다. 각 부문을 조직하고 움직이는 축은 지혜인데, 개체가 고안해 낼 수 없는 이러한 지혜는 한 국가 체제의 변화무쌍한 요구와 그 위기까지도 능히 감당한다.

지상적 두뇌(세속의 이성)에 묶여 있는 지력만 있는 것이 아님을 인정해야 한다. 집단 전체가 조직하는 이성의 빛 아래에 있는 것도 있다. 우리가 할 일은 인간에게 속하지 않는 고차적인 지성에 대해 겸손한 마음을 갖는 것이다. 그러면 눈으로 볼 수 없는 동물종이라는 영역에서 개체를 감각계로 끌어내는 개체 이면의 지혜로운 '**집단 영혼**'의 차원을 감지하는 길은 그리 멀지 않다. 우리의 지능에 걸려 넘어지지만 않는다면 이 집단 영혼들에 대해 경외를 품는 것도 가능하다. 인간 정신은 이러한 경로로 다른 종류의 지성들과 접촉하게 된다. 이때 경외심은 수용의 여지를 만들기 때문에, 부지불식간에 '다른' 종의 지성에서 무언가를 취해 이것을 인간 영혼으로 가지고 들어올 수도 있다. 요컨대 우리는 자연의 영역들을 통과해 가며 거기서 영감을 받을 수 있다. 그렇지만 독단에 빠져 경외심을 갖지 못하는 인간에게는 파괴욕이 나타나기 쉽다. 이 파괴욕은 기술에 의한 자연 착취에서만 나타나는 것은 아니다. 꽃을 꺾거나 재미로 개미탑을 들쑤셔서 미물들이 공포에 질리거나 혼비백산하는 모습을 보려고 하는 아이의 욕구에서 이미 발현된다.

『꿀벌 여왕』은 모험하기 위해 세상으로 나가는 세 형제 이야기를 들려준다. 손위 두 형제가 먼저 모험에 발을 내딛는다. 이들은 진짜 분별이 있거나 최소한 스스로 분별이 있다고 자부한다. 이들은 험난하고 거친 삶에 빠진다. '바보'라고 손가락질 받는 막내도 얼마 뒤 형들을 찾으러 세상으로 나간다. 막내가 형들을 발견했을 때, 형들은 막내의 어리숙함을 조롱한다. 개미탑을 발견했을 때 손위 둘은 개미탑을 헤집어 개미들이 혼비백산하는 광경을 보고 즐기려 한다. 하지만 바보 막내는 "개미들을 놓아 둬, 형들이 헤집는 걸 못 참겠어."라고 한다. 셋은 호숫가에 당도해 오리를 한두 마리 잡아 구워 먹으려 한다. 이번에도 바보 막내가 가로막는다. 세 번째로 이들은 나무에 달린 벌집을 발견하고 그 아래 불을 피워 벌들을 질식시켜서 꿀을 손에 넣으려 한다. 바보는 이번에도 내버려 두지 않는다.

이들은 흙, 물, 공기의 세 영토를 거쳐 왔다. 하지만 바보 막내를 빼고 아무도 이 세 가지 세계와 도덕적 관계를 맺는 방법을 모른다. 바보만이 반듯한 마음의 지혜를 태도로 드러낼 뿐이다.

페르스발도 성배의 영토에 발 들여 놓으려면, 마음을 움직여 동물계의 삶에 공감해야 했다. '혜안'을 틔워 주는 **연민**은 바보의 **순수함**과 한 짝인 셈이다. 백조를 쏜 일이 무엇이었는지 소년의 영혼이 처음으로 깨닫는 순간을 리하르트 바그너는 매우 인상적이고도 극적으로 형상화했다. 소년에게 이것은 성배를 통한 첫 깨달음의 순간이다.

세 형제는 이러한 영혼의 상태에서 마법의 성에 다다른다. 일체가 마법에 걸렸음을 말해 주는 그곳의 고요함을 동화는 적절하게 묘사하고 있다. 세 형제가 세 겹의 자물쇠가 달린 문 안에 있는 잿빛 난쟁이를 세 번 부르자 잿빛 난쟁이는 세 겹의 문을 열어 주고, 이들에게 성찬을 대접하고는 침실로 안내한다. 그 어간에 일절 말은 없고, 이튿날 시험이 시작된다. 성을 구원하기 위해 따라야 하는 임무들이 돌로 된 판에 새겨져 있다. 이것을 해내지 못하는 사람은 돌이 된다.

이러한 잠의 경험에 대해서 우리는 이미 여러 번 들은 바 있다. 야콥 그림도 '잠자다schlafen'라는 말이 '미끌어지듯이 빠져나가다schluepfen'에서 유래했음을 지적한 바 있다. 옛날 사람들은 잠의 상태로 들어가는 과정을 영혼이 육신이라는 그릇을 빠져나가는 것으로 경험했다. 잠드는 순간 육신에서 분리되었다가 의식과 함께 다시 육신으로 되돌아올 때 영혼이 마법에 걸린 성의 심상을 불러내는 것이다. 인간의 머리를 형성한 우주적 삶의 응결체인 에테르적 형성력은 수많은 홀과 방이 있는 성으로 확장돼 보이게 마련이다. 에테르적 형성력은 그 성질상 집중된 머리 조직 안에 한정된 땅의 의식이 보는 것보다 훨씬 넓고 풍부하다. 하지만 딱딱한 두개골 형태에 갇힌 이 강력한 구성물들은 마법에 걸려 돌로 둔갑한 죽음의 침묵처럼 보인다.

영혼이 몸에서 분리되는 순간 잠들게 되어 있는 인간의 의식은 정령의 도움으로 초감각적 각성의 힘을 얻게 된다. 돌로 화하지 않기 위해 무엇을 쟁취해야 하는지는 정령을 통해 현시된다. 돌판 위에 쓰인 세 가지 임무에는 의식의 초감각적 각성이라는 비밀이 담겨 있다.

현대 정신과학의 관점에서 말하면, 일상 생활에서 하나로 보이는 인간의 영혼은 영혼의 세 힘이 협력한 데 기초한다. 각각 독립적으로 움직이는 이 세 가지 힘은 보이지 않는 정신세계에서 그 동력을 가져와 우리 내면에 들여놓는다. 우리가 경험하는 건강한 삶은 모두 일차적으로 이 세 갈래 영혼 사이의 조화 덕인데, 이러한 조화는 본능적인 것이다. 루돌프 슈타이너는 이 세 갈래 영혼들을 '감성 영혼', '이성 영혼', '의식 영혼'이라고 불렀다. 슈타이너의 종교극(신비극)에서 이 셋은 필리아, 아스트리드, 루나라는 인물들로 등장한다. 괴테의 〈초록뱀과 아름다운 백합〉에서 세 영혼은 아름다운 백합의 세 몸종으로 나오고, 그의 〈소년동화Knabenmärchen〉에서는 춤추는 세 인물이 붉은 사과, 노란 사과, 초록 사과에서 자라난다. 이 세 영혼의 힘 중 첫 번째 힘은 인간 영혼이 풍부한 감성으로 자연의 힘들과 연결되어 작동하던 과거 시대의 삶을 간직한 채 우리 내면에 있다. 두 번째 영혼의 힘은 혜안의 세계 체험에서 출발해서 우리를 자연 및 인간 세계에 대한 이성적 인식으로 이끌었다. 이 힘은 그것이 가지고 있는 사고와 거기서 자란 깊은 감성으로 내면세계를 깨웠다. 세 번째 힘은 우리로 하여금 개인의식을 펼치도록 몰아간다. 지각과 행동이 분리되고, 그렇게 해서 우리 내면에 자유로운 자기의식을 형성해 주는 것은 모두 미래를 지시하는 가장 젊은 이 힘 덕분이다. 정신의 각성 과정에는 세 영혼의 힘의 조화에서 우리의 통일된 의식이 만들어졌던 경험이 반드시 끼여 있다. 이 세 힘 모두 우리에게 관여하고 있는 것이다. 단, 자기 내면의 노력이 의식의 영혼에 의해 규정되도록 하는 사람만이 세상의 미래의 힘들과 연결된다. 그런 사람은 스스로 의식적으로 책임지는 도덕적인 길, 즉 초감각 차원으로 향하는 길을 걷는다. 정신의 세계에 들어갈 때 그 과정에서 다시 깨어나려고 하는 영혼의 퇴행적 힘에 짐짓 몸을 맡기는 확신의 결단이 필요하다. 정신으로 가는 여정에서 이러한 능력들은 인간 존재를 부자유하게 만든다. 의식 영혼은 그 자매들보다 어리지만, 즉 형성 중인 힘이지만, 우리 세속 시대의 의미에서 더 높은 자아와 맺어지게 된다. 의식 영혼이 비로소 왕의 자유, 곧 정신을 매개하는 것이다.

하지만 은밀하게 활동하는 이 세 갈래 영혼을 감지하기 위해서는 고도의 자기 인식이 필요하다. 내면이 분열 상태에 있다면 아직 자신의 참 내면세계에 다다를 때가 아니다. 자아도취나 자책에 갇혀 자신의 능력과 약점에 빠지는 것도 도움이 안된다. 부침을 거듭하는 감정, 내면의 삶에서 꼬리를 무는 심상과 기억의 조각들 뒤에서 창조적으로 약동하는 영혼의 힘들을 감지해 내려면 **열쇠**가 필요하다. 어떤 심리 분석도 이러한 열쇠의 힘이 되지 못한다. 그 일을 해낼 수 있는 것은 오직 상상적 인식뿐이다. 그러니까 상상적 인식을 만들어 내는 것은 안으로 품어 들인 영혼이 아니라, 자연의 생멸과정에 완전히 몰입하는 상태의 영혼이다. 현상계 안에서 형상을 만드는 충일한 형상들의 왕국에 몸을 담금으로써 고정된 개념들을 넘어선다면, 우리 내면의 삶을 만들어 내는 영혼의 객관적인 힘들까지 직관해 낼 수 있다.<u>보완적 관점 10</u>

세계의 모든 운행 과정에서 초감각적 삶을 오롯이 추출하려면, 먼저 현상 세계를 세심하게 관찰하는 법을 배워야 한다. 고양된 인지 능력이 필요한데, 이는 감각계의 어둠 속에서 그 안에 담긴 은밀한 지혜의 빛을 포착하는 '촉수'라고 하겠다. 넘치는 현상들을 그러모아 상호 해명을 통해 그것을 보는 사람에게 그 의미를 열어보이게 하는 체계를 잡는 이성은 올바른 정신 속에서 초감각적 인식으로 올라가기 위한 건강한 사전 단계이다. 괴테는 '안도 없고 밖도 없다. 안이 곧 밖이기 때문'이라고 선언한 바 있다. 세계 현상들을 제대로 직관하면, 정신의 본질을 포착하는 일까지 인간 정신의 몫이 된다. 정신은 세계에 틈입하면서 자기 자신을 깨닫는다. 시성 괴테는 "지체 없이 비밀을 포착해서 성스러움을 드러내라!"고 앞의 격언을 마무리한다.

동화에서는 왕자들에게 세 가지 시험이 주어진다. 첫째는 공주의 무수히 많은 진주를 이끼 아래에서 찾아내는 것이다. 일몰 때까지, 즉 감각 의식이 깨어 있는 동안 해야 하는 일이다. 손위 두 형제는 이 과업을 이루지 못하고 저녁 때 돌이 된다. 바보 막내 역시 돌 위에 앉아 울 수밖에 없는 상황에 처한다. 그때 개미들의 왕이 오천 마리 개미 떼를 이끌고 진주들을 찾아 준다. 두 번째 과제는 공주의 침실 열쇠를 바다에서 건지는 것이다. 이것 또한 깊은 바다에서 열쇠를 건져 줄 수 있는 오리들의 도움이 있어야만 성공할 수 있는 일이다. 가장 어려운 세 번째 과제는 잠든 세 공주들 가운데 가장 어리고 가장 어여쁜 공주를 찾아내는 것이다. 세 공주는 완전히 똑같이 생겼고, 한 가지 다른 점은 잠들기 전에 각각 설탕 한 조각, 시럽, 꿀을 한 숟가락씩 먹었다는 것뿐이다. 합당한 공주를 찾아내는 일은 '맛'의 문제다. 인간이 아닌 꿀벌이 풀 문제다! 바보가 지켜낸 벌집의 여왕벌이 날아와 꿀을 먹은 공주의 입술을 핥는다. 그것을 보고 왕자는 가장 어린 공주를 알아낸다. 마법이 풀리고, 돌로 변했던 만물이 되돌아온다. 그 안에 형제들도 있다. 바보 왕자는 가장 어린 공주와 결혼하고, 나머지 형제들은 손위 자매들로 만족해야 한다. 막내는 왕국을 물려받는다.보완적 관점 11

　　노발리스는 〈단상Fragmenten〉에서 '자연은 돌로 화한 마법의 도시'라고 말한다. 자연의 형식들, 과정들 어디에나 창조하는 정신이 그 안에 포획되어 있다. 창조하는 정신은 세계를 일정한 지점까지 이끌어 왔고, 이제 창조 과정은 멈춘 것처럼 보인다. 오직 인간 내면에서만 성장이 지속된다. 영혼야말로 세계가 다시금 마법에서 빠져나올 수 있는 무대이다. 세계가 마법에서 탈피하는 것은 인간 영혼이 자신을 골똘히 응시하는 방법으로 이루어지는 것이 아니라, 세계에 담긴 지혜에서 출발하는 결실이어야 한다. 지혜는 세계의 영원한 자산이므로, 발견하기만 하면 된다. 그러려면 인간 영혼은 이미 획득한 인지력을 뛰어넘어야 한다. 개미 왕국에서는 살아 숨 쉬는 감각적 힘의 활력, 개별 지체들을 하나로 작동하게 하고 구성하는 사고의 힘에 주목해야 한다! 메시지는 바로 이것이다. 동물계의 집단 영혼은 자체 안에 아직도 커다란 본능적 능력들을 함유하고 있는데, 이 능력들은 인간 정신이 더 고차적인 영혼의 힘으로 성장하려 할 때 우선 되찾아야 할 항목인 것이다.

오리를 보자. 단단한 땅 위에 있는 오리는 우스꽝스럽고 기괴한 모습 아닌가? 오리는 흐르는 물에 들어가면 곧장 경쾌하게 물결을 헤치고 나아간다. 땅 위에서는 오리가 속수무책이라면, 물의 요소에서는 잠수부 같은 민첩함을 보여 준다. 오리라는 이러한 감각적 현상은 보다 고차적인 존재 형식으로 예정되어 있는 인간 영혼을 포착한 것 아닐까? 땅에 현상한 동물의 모습들은 때로 우리가 다다라야 할 정신적 과정의 모범이 된다. 요컨대 인간의 생각은 '물을 기피하는 성향'을 넘어서야 한다! 인식이 진전되려면, 유동하는 상상적 인식의 물결 속에 과감하게 뛰어들기 위해 감각적 현상들의 발판을 넘어서야 한다. 이러한 상상적 인식의 힘이야말로 영혼의 내면 왕국을 열어젖힌다. 상상적 인식은 이제 올바른 선택을 할 차례다. 즉 미래를 견인하는 가장 젊은 힘을 향해 갈 차례다. 동화가 전하는 메시지는 그러기 위해 여왕벌의 도움이 필요하다는 것이다.

그렇다면 벌의 고유한 능력은 무엇일까? 메테를링크Maurice Maeterlinck는 〈벌들의 일생Das Leben der Bienen〉에서 종 본연의 임무와 각 개체의 '불가결한 의무'는 생각보다 쉽게 찾을 수 있다고 주장한다. "다른 것보다 두드러져 다른 전부를 거느리는 기관들에서 언제든 종의 임무와 개체의 의무를 읽어 낼 수 있다. 벌의 혀, 주둥이, 위장에 꿀을 모아야 한다고 쓰여 있듯, 우리의 눈, 귀, 골

수, 머리의 온갖 섬유, 몸의 전 신경계 등에 우리 안에 흡수하는 모든 땅의 요소를 지구에서 유일무이한 특별한 힘으로 바꾸도록 설계되어 있다고 쓰여 있다…" 벌은 자연에서 가장 고결한 정수를 뽑아내 꿀이라고 하는 찬란한 음식으로 바꾼다. 인간은 정신적 차원에서 이와 비슷한 일을 한다. 즉 감각계에서 취한 모든 것을 정신의 찬란한 자양분으로 변모시킬 수 있다. 그러기 위해서 인간은 먼저 자기 내면의 빛의 본성을 자각해야 한다. 고대의 종교극에는 깨달은 사람들이 '벌'이라는 이름을 얻는 단계가 있었다. 이런 사람들의 정신은 온갖 무상한 세계의 경험들로부터 영원불멸의 성체를 얻어내는 능력을 이미 성취해 냈다. 이러한 사람에게서는 마주치는 모든 것이 영혼의 양식을 마시는 성배가 될 수 있다. 벌의 이미지가 쓰이는 경우 이것은 더없이 밝은 의식의 힘이 눈뜨는 것을 암시한다.

이집트인들이 동물의 머리를 한 신들을 묘사한 것을 보면, 신화나 동화에서 말을 하는 동물이 노력하는 인간의 조언자로 등장하는 것도 십분 이해된다. 이집트 제단화에서 호루스는 매의 머리를 하고 있고, 사랑의 마법을 주관하는 여신 바스트는 고양이 머리를 하고 있다. 사람이 머리로 얻는 지식보다 본능 안에 살아 있는 지혜가 훨씬 더 넓다고 느꼈던 것이다. 인간 영혼은 우선 본능에 귀 기울여야 이성적 생각이 줄 수 있는 것보다 더 높은 인식에 도달할 수 있다. 그래서 가난한 물방앗간 청년에게 고양이가 나타나 7년 동안이나 청년을 보좌하는 것이다. 청년은 고양이를 따라 마법에 걸린 성에 들어가 고양이들하고만 지내야 한다. 고양이는 그에게 은제 연장과 목재를 주고 은으로 된 집을 짓도록 한다.(『불쌍한 방앗간 젊은이와 고양이』)

혜안의 눈에는 달빛의 마법 아래 있는 것은 모두 은으로 된 것처럼 보인다. 알다시피 꿈의 의식에는(모든 본능적 지혜에도) 달의 힘들이 스며 있다. 꿈의 의식은 대뇌에 자리 잡은 것이 아니라, 오늘날에 비해 과거 발달 시기에 더 역할이 컸던 후두부 힘의 큰 활동성에 기대고 있다. 땅에 눈뜬 인간 지성을 촉진한 전뇌의 발달은 달의 영향 아래 있는 다른 의식을 점차 약화시켰다. 땅의 이성의 힘을 완전히 발달시키지는 못했기 때문에 똑똑한 친구들에게 바보로 취급당한 '아둔한 한스'에게는 저 '마법에 걸린 성'을 발견할 여지가 아직 완전히 사라지지 않았다. 낮의 의식에서는 상상의 힘을 통해서나 겨우 작동하는 몽상적 지혜의 힘들은 소뇌에서 약화된 상태지만, 아둔한 한스에게서 더 고차적으로 발전할 수 있다. 약해진 이 의식의 층들을 장악하고 있는 것은 일차로 본능의 동력들이다. 그렇기 때문에 맹목적으로 본능에 몰두하면 부자유한 상태에 빠지기 십상이다. 이러한 본능의 힘들이 고양이의 모습으로 등장한다. 고양이도 저녁때가 돼야 본능의 삶이 활기를 띠고, 감각들이 또렷이 깨어난다. 한스는 속수무책인 본능에 떨어지지 않고 거기서 교훈을 얻는다. 고양이가 춤을 청하자 한스는 "난 암고양이와 춤추지 않아."라고 말한다. 그래서 한스는 고양이에게서도 풀려나, 은밀한 영혼의 구역들에서 달의 힘들을 충분히 변모시키자마자, 즉 은제 연장으로 은으로 된 성을 짓자마자 고양이는 아름다운 공주의 모습이 된다. 이러한 몽롱한 꿈의 의식으로부터 더 고차적인 정신의 의식, 즉 상상적 인식을 끌어낼 수 있다. 이것이 충직하게 봉직한 '7년'에 대한 보상이다.

동화 『황금 새』는 여우를 영특한 조언자로 등장시킨다. 정신 구도자는 이 고상한 힘이 두드러진 모습으로 등장하는 여우 없이 어떤 일도 잘 해내기 어렵다. 그에게 여우는 상황 의식의 매개자다. 황금 새, 황금 말, 황금 성의 공주와 교유하고자 하는 사람은 현실의 탄탄한 토대를 잃기 쉬우며, 이로 인해 자신이 기울인 노력의 열매까지 빼앗길 수 있다. 그는 정신이 불안정하지 않으려면 땅에서 건강한 판단력을 가져가야 한다. 그는 목표에 도달하면, 본능이 인도해 온 이 판단력을 넘어서는 법을 배울 수 있다. 그래서 여우는 결국 왕자에게 자신의 머리와 앞발을 벨 것을 요청한다. 동화와 신화에서 머리를 베는 장면은 항상 특정한 힘의 사심을 없애는 것을 의미한다. 어떤 힘이 정신으로 고양되려면 개인의 울타리를 넘어서야 하는 것이다. 일례로, 초월로의 여정을 상징 언어로 그린 17세기 초의 지혜서 〈크리스티안 로젠크로이츠의 화학적 결혼Chymical Wedding Christian Rosenkreutz〉에서 왕들의 참수는 첨예한 사건으로 묘사된다. 적기에 자기주장을 하는 능력, 정신이 현재하는 상태에서 하는 결심과 행동은 우리가 땅의 삶에서 길러 내는 다소 자기중심적 본능이다. 그러다가 본능이 정신의 노력을 보좌하는 가운데 고결해지면, 그 저급한 성질을 털어낼 수 있다. 동화에는 머리를 베인 여우가 아름다운 공주의 형제로 탈각한다. 여우 자체가 왕의 힘이 되고, 이 힘은 정신 인간의 차지가 된다.

중세 말 서구 문화를 이끈 정신의 발원지들은 옛날의 의식 상태가 어땠는지를 똑똑히 느끼게 해 주는 장소다. 인간 영혼의 힘이 변한다는 사실을 알면, 종교 전통들이 사멸할 수 있다는 것도 알게 된다. 종교 문서, 상징어로 이루어지는 제의는 궁극적으로 더 높은 세계의 경험에 뿌리박고 있다. 이러한 문서나 제의들은, 그 원천인 영감을 받은 의식이 더는 작동하지 않고 이면에 숨은 생명력이 되면, 제 힘을 잃을 수밖에 없다. 옛날에는 하늘과 땅의 모든 사물에서 신적인 말의 원형이 울려 나왔지만, 이제 신의 소리는 들리지 않는다. 인간은 자기를 둘러싼 세계의 가장 내적인 본질의 소리를 더는 들을 수 없게 된 것이다. 인간에게 주위 세계는 낯선 대상이 되었다. 인간의 영혼은 제대로 된 '사물의 이름'을 잃어버렸다. 인간의 영혼에게 언어는 기껏해야 지적 소통수단에 지나지 않는 것이 되어 버렸다.

이에 인류를 위해 다시 직접적인 정신 경험을 얻으려는 집단들이 나타났다. 이들은 늘 '잃어버린 말'을 찾는 일을 입에 올렸다. 이러한 영혼들은 영감을 통한 세계 체험을 모색했다. 인류 문화가 진전되면서, 성숙해진 이성의 힘들만으로는 창조하는 정신과의 접점을 되찾지 못하리라는 것을 사람들은 알고 있었다. 노쇠해진 이성의 힘들은 인간을 젊고 싱싱하게 만들어 줄 아이의 영혼 능력을 필요로 하고 있다. 그래야만 의식은 다시금 정신을 받아들일 수 있는 상태가 된다.

닿을 수 없는 심연에 빠진 **영혼의 용기**, 세계가 처한 곤경에 자신을 받쳐 헌신하는 **연민의 힘**, 창조 과정에서 과거에 매이지도 또 전통에 오도되지도 않는다는 의미에서 최고도의 정신 차림이 되는 **자유로움**, 이 세 가지야말로 나이 들어가는 인간 의식에 두루 스며야 하는 덕목이다. 상아탑 지식의 판관 앞에 서면 이 세 덕목은 '우둔함'으로 비치지만, 바울의 표현을 따르면 '하느님 보시기에 지혜'이다.

동화 『세 가지 언어』는 외동아들을 둔 스위스 백작 이야기이다. 그 아들은 '우둔해서' 가르칠 수가 없다. 하지만 이 소년에게는 써본 적이 없는 정서와 의지의 힘들이 잠들어 있다. 무슨 수를 써서라도 무언가를 아들의 '머리에 집어넣어 주려는' 아버지에게 이 힘들은 이해할 수 없는 것이다. 그것은 순수함이 있는 페르스발식 '우직함'이다. 아버지는 교육을 위해 아들을 3년 동안 이름 높은 세 선생에게 순차적으로 보낸다. 그러나 이 도제 기간에 거둔 성과라고는, 아버지 눈엔 바보짓으로밖에 보이지 않는 일들에 통달한 것뿐이다. 아들은 개와 새와 개구리의 세 가지 언어를 배워 온 것이다. 늙은 백작은 아들을 자식이 아니라며 내쫓고, 소년

은 방랑을 시작한다.^{보완적 관점 12}

방랑자가 마주한 첫 번째 과제를 보면, 이 동화가 근대의 문
턱에서 더 높은 인식의 길에 나선 정신 구도자 이야기임을 대번
에 알 수 있다. 괴테가 그린 파우스트는 그러한 시대 전환기 인물
이다. 파우스트는 자신의 영혼을 종교 전래와 더는 일치시키지 못
한다. 속세에서 그를 찾는 '하늘의 소리', 즉 부활의 메시지가 마
음에 더는 온전히 와닿지 않는다. 이제 그의 관심은 땅의 힘들을
향한다. 저녁 어스름 속에서 푸들의 형상이 그에게 다가온다. 푸
들은 방랑자를 신비한 불꽃들로 휘감는다. 푸들은 방랑자를 따
라 조용한 방으로 들어가 방랑자가 명상을 통해 "태초에 말씀이
있었다."라는 영감 어린 하늘의 말에 영혼을 여는 것을 막는다. 파
우스트는 자기 영혼의 약동이 개 짖는 소리에 묻히는 바람에 〈요
한의 복음서〉를 이해할 수 없다. 지하 세계의 야단법석은 침묵의
소리를 몰아낸다.

동화에서 방랑을 시작한 젊은이는 성에 이르러 잠자리를 구
한다. 사람들은 그에게 오래된 탑을 가리키며 목숨이 두렵지 않
다면 그곳에서 잠을 청해도 된다고 말한다. 탑 지하에서 사나운
개들의 울부짖음이 들린다. 간간이 사람을 제물로 바쳐서 개들
을 달랠 수 있을 뿐이다. 젊은이는 두려워하지 않고 아래로 내려
간다. 그는 개의 언어를 알아들을 수 있기 때문이다. 이튿날 털끝
하나 다치지 않고 무사히 올라온 젊은이의 모습이 보인다. 그는
개들에게서 땅속에 엄청난 보물이 묻혀 있다는 얘기를 들은 터

다. 개들은 보물을 지켜야 하고, 오랜 세월 마법에 걸린 채 보물을 파낼 사람이 오기를 기다리고 있다. 성주는 젊은이가 해방의 임무를 완수하면 그를 아들로 받아들이겠다고 약속한다. 젊은이는 보물을 땅위로 가지고 올라오고 개들이 짖는 소리는 멈춘다.

개는 하계의 비밀을 지키는 수문장으로 간주되어 왔다. 헤라클레스가 맡은 12가지 임무 가운데 하나는 지옥을 지키는 개를 하계에서 데리고 올라오는 것이다. 명부로 가는 오딘을 향해 개가 짖지만, '마법의 주인'은 개의치 않고 말을 달린다.

땅에는 귀한 힘들이 잠들어 있다. 인간은 이러한 힘들이 필요하다. 하지만 거친 파괴자의 힘들이 땅 아래를 지배한다. 하계의 비밀을 알려고 하는 사람은 모두 이 파괴의 힘들과 마주친다. 물질의 세계를 탐구하는 사람은 인간 아래의 차원과도 접하게 된다. 이 인간 아래의 영역에 특별히 가까이 가 본 근대 인류는 물질의 위력과 접하면서(우리의 기술은 어디서나 땅속의 힘과 보물들을 써서 작동하므로) 인간성의 고갈을 목격할 수밖에 없다. 동화에서는 개들이 제물로 인간을 요구한다. 자연의 은밀한 언어에 정통한 사람만이 자연의 심연들을 탐색해서 그곳에서 무사히 금은보화를 취할 수 있다. 마법에 걸린 세계 의지는 자연의 심연에서 창조적인 인간을 기다리고 있다. 지혜로운 형상화 과정을 통해 세계 의지에 통달한 사람이 세계 의지의 주인이 될 것이다.

비의적 관점 하나를 더 이야기해 보자. 개별 감각을 연마하는 문제에서 동물들의 감각은 사람보다 앞서는 경향이 있다. 물론 그 대신 전체적인 조화에는 미치지 못한다. 개의 섬세한 후각을 생각해 보라. 개의 지력이 온통 코에 쏟아부어진 형국이다. 개는 사람이 남긴 물질이 미량일 지라도 그 냄새를 맡을 수 있다. 또 몰래 집에 들어오는 나쁜 의도도 알아챈다. 개는 본성 자체가 형사이다. 개는 '범죄적 음모의 냄새'를 잘 맡는다.

인간이 주위 사람의 행동에서 저급한 동기를 포착해 내는 감각과 재능이 커진 나머지, 보통의 인간적 면모를 '지나치게 인간적인(욕구와 연결된)' 것으로 본다면, 이는 '냉소주의', 즉 '개의 사고방식'이라 할 수 있다. 의식적으로 이러한 인식 관점을 만들어 낸 그리스 철학 학파도 있었다. 프로이트적 '정신 분석'으로 귀결되는 흐름과 동일하다. 프로이트 정신 분석은 기본적으로 관념적 욕구(예술, 종교, 인식욕구)를 어떻게든 자연 충동(본능)을 몰아내거나 세련화한 것으로 돌린다. 인간의 가장 고결한 면에서까지 인간 이하의 측면을 읽어 내는 것이다. 물론 어느 정도는 맞지만, 영혼에 대해 이런 원리를 유일한 원인으로 승격시키면, 인식을 구하는 자는 개의 수준으로 추락한다. 그의 지혜도 결국 통째로 승화된 후각으로 전락한다. 고대 지혜의 성소 대문에는 "개조심Cave canem!"이라는 말이 쓰여 있다. 이는 '은밀한 세계로 들어가는 문턱에서 심연의 힘들을 인식하기 시작할 때 네 안의 개의 종이 되지 않도록 주의하라! 신성한 인간 형상에 대한 경외를 항상 간직하라!'는 경고의 말이었다.

동화 속 젊은이는 자신이 겪고 이룬 것에 머물지 않고, 삶의 다른 면, 높은 세계를 인식하고자 한다. 중세식 표현으로 로마 순례를 하는 것이다. 로마는 고대 종교 전래의 파수꾼으로 간주됐다. 사람들은 인간 안에 있는 영원성, 즉 아래 땅은 아무것도 알려 주지 못하는 '영혼의 구원'을 구할 때 교회 전통에 기댔다. 동화의 줄거리는 우리를 역사상의 전환점으로 데려간다. 종교 전래들의 고리가 막 부서지려는 시점이다. 기독교가 지속되려면, '위로부터 오는 기적', '신적 세계들로부터 오는 다시 한 번의 충격(개입)'이 필요하다.

이 형상들은 중세의 외피를 걸치고 있음에도 불구하고 세계사적 전환의 분위기가 다분하다. 로마 순례 길에 젊은이는 개구리가 잇따라 울어 대는 늪지를 지나간다. 젊은이는 개구리의 말을 알아듣는다. 늪지에서 들은 말이 그에게 세계의 슬픔처럼 들린다. 마침 로마에서는 교황이 죽고 추기경들은 혼란에 빠져 있다. 후계자가 나타나지 않는다. 추기경들은 정통 후계자를 지정해 주는 징조를 내려 달라고 하느님께 간구한다. 그 사이 젊은이가 교회에 들어선다. 이 순간 그의 어깨 위에 비둘기 두 마리가 내려앉는다. 이것은 분명히 학수고대하던 하늘의 신호이기 때문에 이 이방인은 곧바로 축성을 통해 기독교의 수장으로 임명된다. 이제 그는 미사를 집전해야 하지만 미사에 대해서는 아무 것도 알지 못한다. 정신의 대 자유(공정함)가 필요하다. 성령의 직접적 현전을 믿어야만 단 한 마디도 배우지 않은 상태에서도 제단으로 나아가 성사를 집전할 수 있다. 어깨 위에 앉은 비둘기가 그의 귀에 하느님의 말씀을 속삭인다. 그의 입에서 울려 나온 말은 정신에서 새롭게 흘러나오는 다른 형태의 성사였을 것으로 추측할 수 있다.

동화가 보여 주는 전대미문의 대담함과 지극히 지혜로운 형식은 시대의 전환이 가까웠음을 말해 준다. 바야흐로 영감의 시대가 시작될 참이다. 기독교의 성스러운 전례도 개혁될 것이다. 정신이 선택한 사람은 성사를 집전할 때 더는 전례의 힘에 기대지 않는다. 정신의 직접적 현시로부터 그에게 미사의 언어가 흘러나온다. 그는 땅의 힘들을 쟁취해서 제어했기 때문에 하늘의 은총을 만난다. 옛날에는 미사의 말과 상징에 하늘의 언어가 살아 있었다. 인간의 말이 모든 땅의 삶을 속속들이 비추는 하느님의 지고의 행위를 알리는 전령이 될 수 있었다. 땅의 소산인 빵과 포도주에 정신이 깃들어 성화될 수 있었다. 땅의 사물들은 그 내면의 삶을 발설했다.

이러한 정신의 말의 힘은 시간이 흐르면서 사그라졌다. 그것을 다시 깨울 자는 누구인가? 용을 때려눕힌 그 옛날 지크프리트처럼 새의 언어를 이해하는 사람만이 그 일을 할 수 있다. 영혼의 내면에서 순정한 의미들이 떠오르기 시작한 사람은 땅의 말에서 하늘의 말이 울려 나오게 할 수 있다. 이런 사람에게는 순수한 에테르 세계에서 새로운 언어의 힘이 흘러나온다. 모든 피조물들이 소리로 그 본질을 드러내는 곳으로부터.

이 정신의 순례자는 '잃어버린 말(언어)'을 찾아가는 길에 시간의 징표들을 해석하는 법을 배웠다. 시간의 요구를 알아야만 새롭게 시작할 용기를 길어 올릴 수 있기 때문이다. 그는 전래되어온 것이 끝나고 새로운 것이 형태를 잡아가는 것을 예언자처럼 간파했다. '개구리들이 개골개골하는 말'을 알아듣는 것이다. 개구리는 주변의 힘들을 탄주하는 현악기처럼 기상 변화와 대기압과 더불어 살아간다. 개구리는 땅의 영혼의 과정들, 즉 공기가 움직이고 물이 오르내리는 것을 꿈꾸는 셈이다. 생성하고 벌어지는 모든 사태에 대한 공감 능력을 내면에서 깨우기 시작한 사람은 인류 발전에서 나타나는 곤경과 요구들도 인식할 것이다. 그는 '연민을 통해 아는 자'가 될 것이다. 그에게는 역사 생성의 기상 지표들이 모습을 드러낸다. "개구리들이 개골개골하는 것이다." 그때 그가 듣는 말은 그를 놀라게 한다. 하지만 그의 영혼에서는 정신을 받아들일 태세가 더욱 강렬하게 눈뜬다. 그래서 그는 하늘에서 내려오는 영감을 땅의 제단으로 다시금 가지고 내려올 수 있다.

수백 년 전부터 여러 식자가 서서히 도래하고 있음을 느껴온 사태, 즉 종교 전통에서 진정한 정신의 삶이 죽었다는 사실이 오늘날 만천하에 드러났다고 할 수 있다. 은총의 세계들이 종교 전통에서는 더 이상 말을 하지 않는다. 대신 상부 세계들이 새롭게 말하기 시작한다. 영감의 말은 기독교로 되돌아갔다. 찾고자 하는 사람에게는 새로운 봉헌의 힘과 투명한 정신의 빛이 있다. 비둘기가 다시 어깨에 내려앉아, 정신의 용기를 내는 사람의 귀에 하늘의 지혜를 속삭인다.

유랑 가인들이 유럽을 떠돌고, 동화와 전설에서 미래의 싹이 예민한 마음에 내려앉던 시절, 오늘날 도처에서 막 싹을 내민 나이 어린 인식의 힘들이 영혼의 품안에 아직 잠들어 있었다. 우리에게 그러한 동화들을 전해 준 사람들에게서 영혼이 '사라진 말'을 다시 품는 신비가 이미 그때 일어났었다. 이들은 영감의 새 시대를 예비한 사람들이었다. 루돌프 슈타이너는 "이 음유 시인들의 중심은 어디였던가? 그러한 형상들을 인간들 앞에 제시하는 것을 어디서 배웠을까?"라고 물은 바 있다.₁₃ "이들이 그것을 배운 곳은 장미십자회의 학교라 할 수 있는 사원이었다."라고 그는 답했다. 그러한 형상들은 흔히 말하는 민중의 상상력에서 나온 것이 아니다. 그러한 형상들의 얼개는 목표 지향적이었다. "옛날의 정신적인 세계 비밀의 표현인 옛 동화들은 그것을 만든 사람이 정신적 비밀을 이야기해 주는 사람에게 귀 기울이는 식이었다. 그래서 구성이나 얼개가 정신적 비밀에 적합했다. 그 안에는 전 인류의 정신, 즉 소우주와 대우주의 정신이 살아 있다고 말할 수 있다. 많은 것이 담긴 동화들을 이야기하기 위해 동일한 사원들로부터 음유 시인들이 보내졌고, 오늘 이 시대의 인식들도 동일한 사원에서 흘러나와, 인류가 필요로 하는 문화가 가능하도

---

13 〈마가 복음의 영역 속 부차 기록들_보론Exkurse in das Gebiet des Markus-Evangelium〉(GA 124), 1911. 6. 10. 베를린 강연 마가복음에 대한 부연 해제 또는 보론

록 사람들의 영혼과 마음 안에 들어온다. 인류의 저변에 있는 정
신은 이렇게 시대에서 시대로 전진한다."

개구리 왕자Der Froschkönig oder der eiserne Heinrich
괴물새 그라이프Der Vogel Greif
노래하며 날아오르는 종달새Das singende Springende Löweneckerchen
요린데와 요링겔Jorinde und Joringel

마법과 구원

괴테는 영혼이 자기를 넘어서는 것을 느끼는 무아경을 잘 알고
있었다. 이러한 예언의 경지에 오른 의식의 힘에 대해 괴테는 에
커만Johan Peter Eckermann에게 다음처럼 묘사한다. "우리는 모두
비밀 사이를 거넨다. 우리는 안에서 무엇이 움직이는지, 우리 운
명과 무슨 관계가 있는지 전혀 모르는 대기에 싸여 있다. 특별한
상태에서 우리 영혼의 촉수가 육신의 한계를 넘어설 수 있으며,
어떤 예감, 즉 미래를 정말로 보는 것이 허용된다는 사실만큼은
분명하다."

『세 가지 언어』에서 개구리와 연결해서 이러한 '대기의 의식'
을 봤다. 개구리는 종들의 유기적 성장의 중간 단계이다. 즉, 개구

마법과 구원

177

리는 아가미 호흡 동물에서 폐호흡 동물로 가는 중간에 머물러 있다. 어류의 무구한 삶의 단계는 떠났으나 아직 온혈 동물의 욕구 본성에는 완전히 이르지 못한 상태이다. 물고기처럼 물속에 들어갈 수 있지만, 완전히 물속에서 살아가지는 못한다. 즉 잃어버린 세계를 줄곧 애도하는 것처럼 보인다. 그래서 우리는 깊은 우울을 개구리의 본성과 연관 짓는다. 땅 위에서 직립 보행하는 형태를 획득하기 전 많은 존재 형식을 거치는 인간 본질도 자기 안에 이 단계를 간직하고 있지 않을까? 우리 내면 깊숙이 가라앉아 있는 의식의 층들이 꿈을 꾸면서 예외적인 영혼 상태에서 이따금 돌출하는 것은 아닐까? 여기에는 우주의 발전 단계들이 다소 혼돈스럽게 간직되어 있다. 단단한 땅의 육신성이 약화된 에테르적 힘을 기반으로 서 있는 허약한 체질들에서 오늘날 그러한 원초 체험의 조짐들이 다시 나타난다.

그림 형제가 하필 『개구리 왕자』를 동화 모음집 첫머리에 둔 것을 보면, 동화 정서의 정수에 제대로 촉수를 내렸음을 알 수 있다. 이로써 동화 체험으로 이끄는 효과적인 교두보를 확보한 셈이다. 영혼 안에서 먼저 기억하는 형상들, 또는 기억하는 감정만 깊은 샘에서 떠오르듯 올라온다. 후고 폰 호프만스탈Hugo von Hofmanasthal은 이러한 정서에 대해 "깊은 샘은 잘 알고 있다. 옛날에는 모두가 깊고 고요했음을, 모두 그것을 알고 있었음을..."이라고 묘사한다.

살아 있는 지혜의 황금이 감정에 넘치던 시절, 태곳적 의식 상태를 불러오는 기억이 영혼의 물밑에서 요동치면 우울감이 영혼에 내린다. 한때 영혼은 풍요로웠다. 은총 어린 태양의 힘들을 받았다. '타락(원죄)'이 어둠의 힘으로 아직 작동하지 않던 우주에 속해 있었기 때문이다. 동화에서 공주는 우물가에 앉아 '내 황금 공이 깊은 우물에 빠졌다'며 운다.

세계 황금시대의 재귀를 알리는 조용한 기억의 시작은 잃어버린 태양의 지혜에 대한 애도이다. 우리 모두의 내면에 잠들어 있는 빛나는 우주 기억의 형상들을 꺼내오기 위해 영혼의 깊은 곳까지 내려갈 수 있는 의식이 바야흐로 구도하는 영혼 안에서 날개를 편다.

우물 속 개구리의 형상에서 그러한 의식이 나타난다. 개구리가 흉측한 머리를 물 밖으로 내밀었을 때 공주는 "물 첨벙이 너로구나!"라고 말한다. 물가에 사는 사람이나 물의 요소와 친한 아이들은 발아래 늘 단단한 땅만 느끼며 집 벽 안에 영혼을 모으는 사람들에 비해 육신의 에테르적 연계가 느슨해지기 쉽다. 아이들을 물로 끌고 들어가는 물의 정령 전설이 많은 이유다. 옛날에는 에테르적 혜안에 물의 정령들이 모습을 드러냈다. 흐르는 물은 은근한 황홀경을 일으켜, 혜안을 가져다준다. 사람마다 '물의 정령' 본성이 숨어 있다. 여기에는 우리 자신이 거쳐야 했던 옛날의 성장 단계가 응축되어 있다.

리하르트 바그너의 〈라인의 황금Rheingold〉은 이처럼 물의 정령이라는 인류의 단계를 비추는 성스러운 상태로 우리를 데려간다. 라인강의 딸들은 깊은 물속의 황금 보물들을 가지고 논다. 그것은 빛이 충만했던 세계 상태의 잔영, 보존된 태양의 힘들이다. 하지만 물의 요정들은 그 무구한 깊이에서 빛나는 황금을 지킬 힘이 없다. 알버리히가 황금을 탈취하자마자 강물은 빛을 잃는다. 우주의 기억은 사그라지고, 황금 반지만 밝히는 잠깬 낮의 인간은 순수한 영혼의 깊이를 잃는다. 땅의 개성의 자체 완결적 의식, 즉 '반지'가 탄생하고, 이기심이 세계를 움직이는 힘으로 등극한다.

영혼은 오늘날 감각 의식의 좁은 경계를 넘어설 만큼 다시 자라나고 있다. 주의 깊은 관찰자라면 이를 알려 주는 많은 신호를 감지할 것이다. '물의 정령' 의식은 마치 깊은 꿈에서 나오듯, 처음에는 희미한 형상으로, 이성의 세례를 받지 못한 곳에서는 악몽처럼 강박적으로 되돌아오려 한다. 영혼은 '물의 정령' 의식과 친해져야 하며, 처음에는 물리치고 싶겠지만 이 의식과, 또 아직 모호한 상태의 두 번째 자아와 교류하는 법을 익혀야 할 것이다.

공주는 개구리를 피하려 하지만, 정신세계의 법칙들을 알고 보호하는 권능인 왕이 공주에게 약속을 지키라고 명하는 동화의 내용을 우리 모두 알고 있다. 공주는 할 수 없이 용기를 내어 개구리와 함께 밥을 먹었으나 개구리가 침대에서 같이 자기를 원하자 마침내 개구리를 냅다 벽에 던진다. 순간 저주에서 풀린 왕자가 공주 앞에 서 있다!

꿈의 거미줄에 걸려 있는 감추어진 자아를 깨우려면 의지를 강화해야 한다. 자아를 몽롱한 상태에서 떼어 내려면 영혼이 주도해야 한다. 그때서야 비로소 자아의 정신적 참 모습이 드러난다. 태고에서 출발해서 우주적 기억을 현재로 들여오는 초감각적 인간의 깨어남이다. 영혼 깊숙이에 있던 과거를 바라보는 꿈의 삶이 이제 풀려나서 앞을 바라본다. 여기에서 미래를 가리키는 '예언적' 정신의 힘들이 탄생한다. 정신에 드높은 복이 되는 자유 체험은 이처럼 초감각적 의식이 마법을 벗어나는 것과 연관되어 있다. 동화에는 주인이 마법에 걸려 있는 동안 충실한 하인의 심장에 감겼던 세 줄의 쇠 끈도 끊어진다. 신비로운 영혼의 길을 충직하게 걷는 정신 구도자는 우리 내면에 숨은 정신 인간의 하인이다. 자신은 불멸의 본질을 깨우는 데 온 힘을 다해야 한다는 것을 자각하고 있기 때문이다. 땅의 인간이 지닌 온갖 충동과 소망을 잠재워 마음의 깊은 고요를 얻어야만 이 길을 끝까지 갈 수 있다. 마음(심장)은 '쇠로 묶어야' 한다. 영혼이 정신과 결혼해서 정신의 왕국에 들어가는 것이 허락되자마자 죽음의 길을 걸었던 마음의 힘들은 기쁘게 부활하기 시작한다.

'철의 하인리히'는 마음의 헌신이 화두임을 말해 준다.

마음의 힘들과의 조우, 그 힘의 변화의 비밀은 종종 사자라는 상상물로 묘사된다. 우리는 이미 『생명의 물』과 『열두 명의 사냥꾼』에서 이러한 형상을 무섭거나 지혜로운 사자로 접한 바 있다. 보통 동화에서는 인간이 사자와 함께 살아가는 법을 배워야 한다는 모티브가 반복해서 등장하는데, 전설의 세계에서도 마찬가지다. 바빌론 유폐 시절 다니엘은 사자 굴에 던져진다. 그런데 이 괴수는 그를 갈가리 찢어 놓지 않는다. 또는 조용한 학자 히에로니에무스는 커다란 책들 위로 몸을 숙이고 앉아 있다. 그 곁에 사자가 얌전히 쉬고 있다. 마음의 평온, 즉 운명과의 화해는 참 깨달음이 영혼에 주어져야 비로소 영혼 안에 자리 잡게 된다. 히에로니에무스 같은 사람도 성경을 번역하는 데 이같은 참 깨달음이 있어야 했다.

베를린 박물관 섬의 동양관에서 볼 수 있는 위용에 찬 벽띠 장식은 매우 인상적이다. 행차 도로가 여신의 문으로 나 있고, 그 길은 좌우로 파랗게 색칠한 벽돌 벽에 에워싸여 있다. 벽돌의 파란색에서 사자들이 어슴푸레한 노란 빛으로 도드라져 나온다. 사자들은 보는 사람 가슴 높이에 있어서, 사원 문으로 걸어가면 사자들이 마치 눈앞에 다가오는 것처럼 느껴진다. 여신에 참배하는 신자들의 행렬이 이어지거나, 예배 행렬이 바빌론 거리를 따라 장엄하게 이어질 때, 꿈속처럼 스쳐 지나가는 파란 색 속에서 사자들이 꼬리를 물고 순례자들의 마음에 다가왔다. '사자에게서 벗어날 수 없을 거야'라고 신전을 순례하는 이들은 혼잣말을 했을 것이다.

정신에 눈뜬 사람은 예배를 통해 자기 육신의 형상을 내면에서 보기 시작한다. 오늘날 우리는 루돌프 슈타이너의 정신과학을 통해 이 점을 새롭게 배워 이해하게 된다. 이를테면 정신에 눈뜬 사람이 잠드는 순간 자기 영혼의 본질과 함께 껍질 밖으로 나오기 시작하면 몸의 개별 기관이 제 고유의 본성을 펼치기 시작한다. 그는 각각의 기관들이 저마다 온전한 동물 형상을 만드는 성향이 있었음을 깨우치게 된다. 이러한 성향에 들어 있는 동물의 형태들이 이제 에테르적 형상으로 자라날 수 있다. 고동치는 심장에는 사자가 의연함과 당당함, 맹렬한 힘의 가능성과 함께 숨어 있다. 숨 쉬는 폐에서는 언제나 독수리가 날아올라 중력을 벗어나려고 한다. 하지만 육신의 법칙은 독수리를 다시 주저앉힌다. 이제 심장과 폐의 조직이 정신의 시선으로 볼 때 서로 개입하면, '그라이프'의 상상물이 생성된다. 몸이 사자인 독수리다. 신화에서 유래하는 이러한 허구의 존재들은 기괴한 상상력의 소산이 아니라, 이 형상을 통해 지혜의 힘들을 체험하는 꿈속 장면을 지시해 준다. 이러한 지혜의 힘들은 대담함과 짝을 이뤄 사람으로 하여금 땅의 둔중함에서 벗어나도록 유혹한다. 루시퍼가 우리에게 불어넣은 빛에 대한 욕망은 영혼에 상상력과 투시력의 날개를 달아 그라이프 형상으로 현시된다. 그림 동화집에서 알레마니 말로 이야기되는 『그라이프 새』에서 이 존재는 구체적으로 묘사된다. 방패 문장이나 도시 이름에서도 그라이프를 만날 수 있다.(그라이프스발트, 그라이펜베르크 등등) 사람들은 혜안의 직관으로 그러한 존재들을 느꼈고, 특정 가문에 영향을 미치는 것을 볼 수 있었다. 가계나 종족, 또는 도시 영혼의 특성을 이루는 이러한 존재들의 형성력의 형체에서는 심장이 지닌 사자의 힘이나, 폐가 지닌 독수리의 힘, 또는 둘 다의 힘이 우세했다. 특히 그러한 씨족의 구성원들에게서 강력한 용기나 비상의 힘을 체험할 수 있었는데, 이것은 유전의 고리를 통해 영향력을 실감했던 혈족의 '토템'이었다. 토템에는 구성원들이 칭송하는 재능뿐만 아니라 온갖 위험도 다 담겨 있었다. 그래서 곰, 늑대, 사슴, 표범, 여러 가지 새 형상들이 문장의 동물로 등장한다.

물질 대사의 강력한 작용이 정신의 인지 앞에 등장하면 황소의 상상물이 만들어진다. 황소가 본능적 힘의 표현이라면, 먹여 키우는 힘은 암소로 등장한다. 독수리, 사자, 황소의 강력한 힘들로부터 인간의 머리가 솟아나는데, 이들의 상호작용은 '스핑크스' 형상을 만들어 낸다. 옛날에는 이집트 사람의 투시력을 가진 꿈에, 인간 육신의 비밀 즉 인간 육신의 저변에 깔린 형성력의 본성이 나타났다.

심장의 힘에 입문하는 데는 용기가 요구되는 한편, 운명에의 순응도 필요하다. 운명의 힘에 대한 반발로 영혼 깊숙이 살아 있는 거만함이나 병적인 자부심 같은 것이 상상력의 눈에(혹은 꿈에도) 반영되기 때문이다. 사자는 방랑자를 위협하며 그의 길을 막는다. 운명을 감내하겠다는 속죄 의지를 가리킬 때, "사자는 양이 되어야 한다."는 표현을 써왔다. 하지만 이것의 최고 의미는 온 땅의 죄를 짊어지고자 하는 유일한 존재가 갖는 희생의 힘이다.

모든 우울과 운명에 대한 거부를 극복해 낸 힘이 인간 심장에서 자유롭게 되기 시작하면, 기뻐하며 에테르로 올라가는 새의 형상이 나타난다. 이는 심장에서 구원의 힘들이 작동하기 시작한다는 것을 알리는 징표다. 감사의 인사로 솟아오르며 '뛰며 노래하고' 싶어 하는 무언가가 땅의 먼지에서 분리된다. 이것이 바로 '종달새Lerche'다.

과거 시대에는 종달새와 사자의 연관성이 매우 잘 드러났다. 'Leewerick', 'Lewercke', 'Leeuwercke' 같은 옛날 사투리도 쓰이고 있다.(Lew나 Leu는 사자Löwe의 옛날 형태) 그림 시대에만 해도 헤쎈 지방 말인 'Löweneckerche'가 사용됐다.

긴 여행을 계획한 남자가 세 딸에게 무엇을 가져다줄지 묻는다.(『노래하며 날아오르는 종달새』) 첫째 딸은 진주를, 둘째 딸은 다이아몬드를, 그가 가장 아끼는 막내딸은 '깡충깡충 뛰며 노래하는 사자종달새'를 부탁한다. 그는 여행에서 돌아오는 중이지만, 그때까지도 사자종달새를 발견하지 못한다. 마침 숲을 지나는데, 으리으리한 성 가까이에 있는 나무 꼭대기에 종달새가 포르르 날아오르며 노래하고 있다. 종에게 종달새를 잡아 오라고 시키려 할 때 나뭇잎 사이에서 사자가 뛰어나오며 "깡충거리며 노래하는 나의 종달새를 훔치려는 자를 당장 잡아먹겠다."고 소리친다. 구원책은 단 하나, 집 앞에서 처음 마주치는 것을 사자에게 주겠다고 약속하는 것이다. 집에 돌아왔을 때 그를 맞이하러 달려 나온 사람은 하필 막내딸이다. 그는 막내딸에게 '사자종달새',

즉 종달새를 선물하지만, 사자에게 막내딸을 주기로 약속했다는 사실도 같이 전해야 한다. 막내딸은 운명을 기꺼이 받아들이고 이별을 고한다. 사자는 조신들과 함께 그녀를 맞이한다. 사자는 실은 위대한 왕이기 때문이다. 밤이 되면 그는 사람의 모습이 된다. 두 사람은 결혼식을 올리고 밤에는 깨어 있고 낮 동안은 내내 잠을 자는 생활을 한다.

세 자매는 인간 영혼의 세 갈래가 현시된 것이다. 진주를 원하는 것은 감성 영혼의 특징이다. 진주는 꿈의 지혜를 나타낸다.(단테는 달을 하늘 바다의 '영원한 진주'로 부른다) 다이아몬드를 좋아하는 것은 이성 영혼의 특징이다. 이성 영혼은 분명하고 차가운 이념들로 세계에 대한 이해를 얻으려 한다. 영혼의 힘들 가운데 가장 어린 것, 우리가 의식 영혼으로 알고 있는 것은 더 많은 것을 원한다. 여기에서 자유 의지가 눈을 뜬다. 의식 영혼은 중력의 제압, 하늘로 내닫는 영원한 정신의 힘의 각성을 원한다. 의식 영혼은 자신이 가고자 하는 길이 모험과 희생을 뜻한다 해도 그 길을 갈 각오가 되어 있다. 의식 영혼은 개성을 정신적 목표에 투여해야 하는 것을 알고 있는 것이다.

루돌프 슈타이너는 동물 상상물이 등장한 것에 대해 우리가 지금까지 서술한 것 이상으로 상세하게 기술하고 있다. 슈타이너는 이 형상들이 스핑크스의 밤 체험을 빌려 특정한 도덕적 심상과 관계있다고 말한다. 영혼은 동물 형상에서 나중에 다음과 같은 점을 깨닫는다. "낮에 너를 개인적 관심으로 몰아간 것의 출발은 밤에 네가 본 너의 연속체, 즉 동물이다. 그 동물은 낮에는 네 게 안 보인다. 하지만 그 연속체는 여전히 네 안에 힘으로 상존한 다. 그것은 너를 끌어내려 개인적 관심사들로 유인해 가는 힘들 이다... 이러한 심상이 점점 많이 형성되면, 우리의 진화 과정에서 누가 진짜 루시퍼인지 깨닫게 된다. 낙원이라는 상상에 해당하는 시대로 혜안의 시선을 거슬러 올라갈수록, 이후에야 비로소 동 물성과 연결되는 형상이 더욱 미적 외관을 갖추어 간다. 낙원의 시대로 거슬러 올라가 보면, 우리가 황소, 사자, 독수리 등으로 부 르는 저 옛날의 형상들이 우리에게는 미의 상징이기도 하다고 말 할 수 있다."[14] 더 거슬러 올라가면, 루시퍼는 정신의 눈에 숭고한 미로 현현한다. 루시퍼가 모습을 드러내는 것은 이 순간이다. 루 시퍼는 '미의 정신인 한편 자기중심성의 정신'이기도 하기 때문이 다. 이것이 우리가 매일 밤 잠드는 순간부터 잠깨는 순간까지 함 께 있는 정신의 실체다. "어두운 밤의 장막이 걷히는 순간, 우리 는 루시퍼가 우리와 함께 있었음을 알게 된다." 루돌프 슈타이너 는 "잠에서 깨는 순간 스쳐지나가는 꿈처럼, 그러고는 점차 또렷 하게 '네 밤 동무는 루시퍼였어'라는 심상을 주게 될 미래를 향 해 인간은 나아간다."라고 말한 바 있다. 이를테면 그리스 사람들

---

14 〈인간의 신비학적 발달은 물질육체(육신, 물리적 몸체, 물질적 육신), 에테르체, 아스트랄체 등 인간의 껍질과 그 자아 층위에 그리고 자아라는 층위에 어떤 의미가 있는가?Welche Bedeutung hat die okkulte Entwicklung des Menschen für seine Hüllen – physischen Leib, Ätherleib, Astralleib – und sein Selbst?〉(GA 145) 덴 헤이그, 1913

에게 이 사실은 매우 익숙한 정화 체험이었다. 그리스인들은 이 형상을 '에로스'라고 불렀다. 그들은 영혼에서 미와 숭고에 대한 사랑을 일깨우지만, 동시에 영혼을 개인적이고 이기적인 감정들에 빠뜨리는 에로스를 인간과 신의 매개자로 묘사했다.(플라톤의 〈향연Symposion〉 중 디오티마의 말) 에로스는 프시케, 즉 에로스를 활활 타오르게 하는 인간 영혼이 올림포스로 비상할 때까지 쉬지 않는다. 아풀레이우스Lucius Apulejus가 이야기하는 고대 동화 〈에로스(아모르)와 프시케Eros(Amor) und Psyche〉는 바로 이러한 비밀을 비춘다. 빌헬름 그림이 각주에서 이미 지적한 대로, 무엇보다 그 모티브들과 동화의 유사성이 눈에 띈다. 빌헬름 그림은 둘을 비교하면서, "마음이 시험 받는다. 순수한 사랑 안에서의 인식 앞에 모든 지상적인 것과 악이 무너진다. 빛이 불행을 가져오고, 모든 것을 해방시키는 밤이 번번이 마법을 푼다는 점에서 우리 이야기는 일치한다."라고 말한다. 하지만 여기서 그림이 '불행'이라고 지칭하는 것은 지상적 판단 앞에서만 불행으로 나타난다. 프시케는 남편을 한 번도 못 본 상태에서 그의 사랑을 향유한다. 그들의 영토는 오직 밤의 왕국에 국한된다. '네 남편은 야수이고 그래서 네 시선을 피하려 한다'는 자매들의 설득에 솔깃한 프시케는 밤에 등잔에 불을 붙인다. "짐작했던 괴물 대신 프시케가 본 것은 무엇인가? 그녀 앞에는 자신의 아름다움을 찬란히 빛내는 사랑의 신이 누워 있었고, 등잔불은 더욱 밝게 타오른다..." 그때 뜨거운 기름 한 방울이 신의 오른쪽 어깨에 떨어진다.

그 바람에 잠에서 깬 그는 말없이 하늘로 올라간다. 아풀레이우스는 이렇게 이야기를 끌고 나간 뒤 프시케가 남편을 잃고 짊어져야 할 방황과 고통을 이야기한다.

　이 이야기는 불멸의 삶을 찾아가는 여정에서 인간 영혼이 통과해야 할 영혼의 시험과 정화의 단계들을 상징적으로 그린다. 영혼의 시험과 정화는 밤을 발견하는 체험에서 시작된다. 프시케가 불을 밝혀야겠다고 느낀 것은 바로 인식의 등잔이다. 이는 물론 의심에 찬 정화되지 않은 인식욕이다. 밤의 왕국에서 숭고한 미의 형상을 띠지만, 아직 영혼의 눈에 가려진 것들은 잠들거나, 잠에서 깨는 순간 정염(열정, 정열)에 사로잡힌다. 그래서 강력한 동물 형상으로 등장하는 것이다. 낮의 의식 앞에 나타난 스핑크스 형상은 기억의 형상처럼 보인다. 즉 자매들이 말하는 '괴물'이다. 동화에서는 낮의 의식에 상상 현상으로 잔류하는 것이 사자 형상일 때도 있다. 낮의 의식을 변화시켜 해방시켜야 하는 마음의 힘들은 왕 같은 사자 형상으로 나타난다. 밤의 왕국에서 영혼은 숭고한 형상을 동무 삼는다.

　『노래하며 날아오르는 종달새』에서도 사자는 촛불의 광채를 피한다. 그러나 두 번째 자매의 결혼식 날 아주 조심했음에도 사자는 빛에 노출된다. 사자는 사라지고 대신 흰 비둘기가 문을 향해 날아간다. 흰 비둘기는 그곳을 떠나기 전 "난 7년 동안 줄곧 세상을 날아다녀야 하오. 일곱 걸음마다 붉은 피 한 방울과 흰 깃털 하나를 떨어뜨릴 테니, 그 흔적을 따라오면 당신이 나를 구원할 수 있오."라고 말한다.

　　깊은 밤에만 일어나고 형상으로 나타나는 비밀에 빛을 비추는 것은 바로 인식의 횃불이다. 이제 비둘기가 길을 지시해 준다. 이것은 일곱 단계 신비의 길이다. 우리는 이미 『열두 오빠』에서 구원에 '7년'을 요함을 보았다. 성스러운 정신이 이 길을 인도한다. 하지만 동화는 영혼에게 방향을 알려 주는 것이 비단 정신의 힘만은 아님을 암시한다. 비둘기는 일곱 걸음마다 흰 깃털뿐 아니라 붉은 핏방울도 떨구는 것이다. 영혼은 피의 사랑에 붙들려 있는 와중에도 기어코 길을 간다. 에로스는 여전히 영혼의 심장에 날개를 달아 주는 힘이다. 에로스는 이때 비로소 부분적 정신화를 겪게 된다. 동화는 정결한 아내의 방랑을 시적으로 묘사해서 더 높은 진실의 숨결을 느끼게 한다. 7년이 거의 다 됐을 때, "아내는 기뻐하며 둘이 곧 구원될 거라고 생각했지만, 아직 이르다." 7년이 완성되기 전 흔적이 사라진다. 핏방울도, 깃털도 더는 떨어지지 않는 것이다. '불행'의 재연 같지만, 이것은 영혼의 해방을 알리는 신호이다. 인도가 필요 없게 된 영혼은 이제 가장 내적인 자유로 행동하는 것을 배워야 한다. 영혼은 해와 달과 네 방향의 바람에게 비둘기의 행방을 묻는다. 이것을 아는 것은 남풍뿐이다. 해와 달은 영혼이 곤경에 빠졌을 때 필요한 작은 함과 달걀을 내준다. 영혼은 우주의 삶을 살아갈 능력을 갖춘 것이다. 영혼은 인식의 여정에서 성장해 좁은 땅의 의식을 넘어섰다. 영혼은 이제 이 힘들을 갖추고서 본격적인 제압에 돌입해야 한다. 영혼은 '내면의 남쪽'을 체험해야 한다. 남풍은 비둘기가 다시 사자가 되어, 홍해에서 용과 싸우고 있노라고 영혼에게 알려 준다. 용은 사실은 마법에 걸린 공주다. 북풍은 영혼에게 홍해로 가서 용을 회초리로 다스려 사자가 용을 장악하도록 도우라고 충고한다. '내면의 북쪽'은 영혼에게 사고의 힘들을 전해, 영혼이 '내면의 남쪽'에서 정염의 본성을 제압하게 한다. 장차 피의 힘에서 풀려나야 할 심장(마음)은 머리의 지혜가 필요하다. 심장 혼자서는 '홍해'에서 벌어지고 있는 싸움에서 결코 이길 수 없다. 사자와 용이 원래의 사람 모습을 되찾으면, 구원자는 곧장 홍해에 있는 그라이프를 타고 남편과 함께 날아가게 되어 있다. 그라이프는 이들을 바다 건너 집으로 데리고 갈 것이었다. 사랑하는 여인은 충고를 따른다. 승리를 거머쥔 것처럼 보일 때 용이었던 공주는 젊은이를 품에 안고 그라이프를 타고 자기 왕국으로 가 버린다. '방랑하는 불쌍한 여인'은 다시 홀로 남겨지고, '오랜 여정을 거쳐' 두 사람이 사는 성을 발견한다. 여인은 성에서 마침 결혼식 준비가 한창이라는 얘기를 듣는다. 곤경에 처한 여인은 해에게서 받은 작은 함을 열어 해처럼 눈부신 옷을 꺼낸다. 여인이 그 옷을 입고 나타나자 모두 놀란다. 신부는 그 옷을 혼례복으로 달라고 청한다. 여인은 신랑의 방에서 하룻밤을 자게 해 준다는 조건을 붙이고 신부에게 옷을 내준다. 여인은 허락을 받지만, 여기에는 가짜 신부가 신랑에게 잠을 부르는 술을 건네게 하는 계략이 숨어 있다. 왕자는 밤새 침대 맡에서 자신이 7년 간 겪은 순례와 온갖 시험을 이야기하는 진짜 신부를 알아보지 못한다. 이 이야기들이 그에게는 나무를 스치는 바람 소리로 들릴 따름이다. 밤은 이용되지 못한 채 지나간다. 곤경에 처한 여인은 이튿날 아침 달걀을 연다. 그 속에서 암탉 한 마리와 황금 병아리 12마리가 나온다. 가짜 신부는 이 역시 탐을 내고, 사랑하는 여인은 조건을 내걸어 그날 밤 다시 한 번 왕자의 방에 들어가는 허락을 받아 낸다. 이번에는 왕자가 잠드는 술을 쏟아 버린다. 지난 밤에 들은 웅얼웅얼, 휘잉 소리의 정체가 무엇인지 시종에게 묻자 시종이 그에게 비밀을 털어놓았기 때문이다. 그는 진짜 아내를 알아보고 아내와 함께 그라이프를 타고 집으로 가 그곳에서 이미 아름답게 자란 아이들을 만난다.

　이 형상들에는 정신 구도자의 내적 경험들이 숨어 있다. 신비주의자는 저급한 본성을 제어하는 방법을 익혔을 때, 즉 용을 길들여 마법을 풀어 주었을 때, 감각의 모든 사슬을 뛰어넘어 정신에까지 올라가는 비상의 힘을 발견하게 되어 있다. 중세 신비학의 언어에서 그라이프는 신을 보는 초감각적 차원의 상징으로 간주됐다. 심지어 단테도 그리스도를 이러한 모습으로 등장시킨다.15 구원자의 양면성은 독수리와 사자로 나타난다. 신적 측면이 더 강했다가(독수리), 인간적 측면이 더 강했다가(사자) 시시각각 변하지만, 가장 깊은 의미에서는 변화가 없다고 단테는 말한다. 구원자에게서는 땅의 힘과 정신적 힘이 균형을 이룬다. 그리스도는 영혼의 균형 상태를 전달해 주기 때문이다. 전에 우리가 그라

---

15 〈연옥purgatorio〉 29, 31번째 노래

이프를 루시퍼의 비상력을 보여 주는 형상이라고 했는데, 이것이 구원자가 가지는 힘의 균형과 상치하지 않는다. '신비의 그라이프'로서 그리스도는 다름 아닌 '진정한 루시퍼', 즉 가짜 정신의 빛 대신 진짜 정신의 빛을 가져다주고자 하는, 참 빛을 가져오는 자로 간주됐다. 인간 마음의 구원은 도덕적 인간과 감각적 인간이 조화를 이루는 경지에 다다를 때에야 비로소 이루어질 수 있다.

여기에는 깨어 있음이 필요하다. 자신은 금욕을 통해 정염 본성에서 해방됐다고 철썩 같이 믿음에도 불구하고, 단지 교묘해진 감각성을 정신의 영역들에 가지고 올라온 것에 지나지 않은 신비주의자들이 얼마나 많은지! 성애적 색채의 수많은 신비적 환상, 어둠을 쏟아 내는 많은 마리아와 그리스도를 향한 찬가들이 그 증거다. 과거에 용이었던 공주는 그라이프를 타고 가서 젊은이에게 마법의 물약을 건넨다. 이는 심리분석 용어로 감각 본성의 '승화'이지만, 정말로 변한 것은 아니다.

신비주의자는 영혼의 집착 탓에 진짜 정신의 빛을 보지 못한다. 정신적으로 보이고 싶어 하는 저급한 충동의 힘들은 정화된 영혼의 힘의 광채에 의해 극복되어야 한다. 정화의 길을 걸어온 영혼에는 우주적 빛의 힘이 깊이 배어 있다. 이제 영혼의 외관은 태양처럼 찬란히 빛난다. 새로운 정신체의 신비가 영혼에 공표되고, 젊어져서 더욱 밝아진 감각들이 이 정신체로부터 펼쳐져 나올 찰나다. 영혼이 달걀을 열어 황금 병아리들이 빠져나오게 하는 것이다. 인간의 감각적 본성은 영혼이 드높은 우주에서 취한

이 초감각적 소여들과 접촉하면 힘을 잃고, 정신 의식은 자신을 영혼의 집착에 빠뜨린 저급한 충동의 마력에서 궁극적으로 해방된다. 그때서야 정신 의식은 영혼이 신비의 순례에서 획득한 경험을 수확한다. 이는 에로스의 자기 정화 경험이다. 그라이프는 연인들을 홍해의 권역에서 데리고 나오고, 사자는 순수한 인간 형상으로 탈바꿈한다.

동화에서 모든 힘은 가까스로 본능적 삶에서 빠져나와 각성된 인식 차원에 들어서는 순간, 바로 인간 형상이 된다. 힘이 마법에서 풀린 것이다. 영혼 깊이에서 일어나는 신비 중 가장 심오한 것은 에로스의 정신화이다. 즉 루시퍼의 위력이 성령의 빛으로 단계적으로 변하는 과정이다. 이와 함께 우리는 그리스도 신비라는 지반에 발 딛는다.

동화 『요린데와 요링겔』은 중심에 커다란 이슬방울이 반짝이는 핏빛 붉은 꽃의 이미지를 통해 피의 힘의 성화를 이야기한다. 목동이 된 요링겔은 꿈속에서 꽃을 보고는 길을 떠나 아홉 번째 날을 막 맞으려는 찰나다. 아홉 번째 날 새벽 요링겔은 꿈에서 본 꽃을 발견한다. 이 꽃에는 모든 것을 마법에서 풀어 주는 힘이 있다. 요링겔은 그 꽃의 힘으로 마법의 성에 나이팅게일로 갇혀 있는 요린데를 풀어 준다.

나이팅게일은 종달새(loeweneckerchen)의 대립 이미지로도 볼 수 있다. 종달새가 이른 아침에 소리 높여 찬미가를 부른다면, 저

녘에 목청을 높이는 나이팅게일의 선율에는 우울감이 배어 있다.

종달새에게서 해방된 마음(심장)의 힘이 울려 나온다면, 나이팅게일에게서는 아직 그렇지 못하다. 나이팅게일의 노래는 땅의 불안에 짓눌려 비좁은 육신의 삶에서 벗어나고 싶어 발버둥치는, 아직 구원받지 못한 동경이다. 나이팅게일은 아직 달의 힘의 영향 아래 있다.

요린데가 마녀의 마법으로 나이팅게일로 변한 것도 달빛이 비칠 때다. 이 동화는 우주적 비밀을 건드리고 있는데, 동경과 우울을 조성하는 것이 달의 작용이 아닐까? 달의 힘들은 영혼의 삶을 단단히 옭아맨다. 〈요한의 묵시록〉에 보면 태양의 옷을 입고서 달을 딛고 서 있는 여인이 하늘에 나타난다.(12장 1절) 달의 위력을 제압하는 것은 동시에 순결한 여인을 구원하는 것이다. 인간의 피는 달의 위력 아래 있으며, 혼자 힘으로는 그것을 끊을 수 없다. 그러려면 피의 흐름에 전달되는 위로부터의 은총의 힘이 있어야 한다. 이 은총의 힘이 감로처럼 땅의 감정과 소망 속에 깊이 내려앉아야 하는 것이다. 이슬방울을 함유한 붉은 꽃의 모티브에서 성배의 비밀, 즉 그리스도의 피가 갖는 구원의 힘이 울려 나온다.

그리스도만이 우울을 근원적으로 치유할 수 있는 힘이 있다. 우울이란 실존감의 뿌리에 병이 든 상태이기 때문이다. 육화라는 원초적 사실 자체의 아픔인 것이다. 나이팅게일을 마법에서 구해줄 수 있는 것은 오직 **하나** 기적의 꽃(분꽃)이다.

슈트라스부르크 시절 괴테의 소싯적 친구 융 슈틸링Jung-Still-ing은 이 옛날 동화를 자신의 유년기 기억에 엮어 넣었다. 이 동화가 보존된 것은 그 덕분이다. 아버지 슈틸링이 숲에 나무하러 간 사이 숲속 빈터에서 아주머니가 어린 하인리히에게 이 이야기를 들려준다. 그러는 동안 숲의 움직임에 들어 있는 마법의 힘들이 아버지 슈틸링의 마음속에 보다 높은 감각들을 일깨운다. 그는 순간적으로 초감각적 공간을 들여다보게 되는데, 거기에서는 죽은 자들이 드높은 삶을 살며, 죽은 자들의 집 같은 동화의 성들이 그에게 들어오라고 손짓한다. 그에게서 영혼 세계의 빛이 마치 태양처럼 떠오른다. 낮의 삶 한복판에서 열렸다 다시 닫히기도 하는 더 높은 세계들을 꿰뚫어 보는 형안이 저 옛날에는 전혀 희귀한 일이 아니었다. 이러한 은총의 순간을 겪은 사람들에게 낮의 의식으로 되돌아오는 것은 실로 '마법'이었다. 젊은 사람들이 동화『요린데와 요링겔』에 심취한다면, 옛날 사람들은 동화들이 정말로 일어나는 영역에서 살아갔다.

어둠의 힘

노발리스는 진정으로 도덕적인 사람은 시인일 수 있다고 말한 바 있다. 그는 시문학을 '도덕적 감각'의 현시로 여겼다. 도덕적 감각 은 미래에 올 것이 확실한 다른 세계의 질서와 가깝다. "진정한 동 화 작가는 미래를 보는 자이다."

이 도덕적 기관('정서'라고 흔히 부르는)은 눈을 떠 창조적이 되면, 곧장 제 한계 역시 경험한다. 인간은 스스로 내면세계, 이념 의 왕국을 지어내는 동시에 자신이 도처에서 땅의 질서에 얽매어 있음을 안다. 자연의 법칙은 인간의 도덕적 감각의 요구들에 아 랑곳하지 않는다. 자연의 법칙은 행동에 나서려는 이러한 내면의 '이념적 인간'을 무력화한다. 두 손 묶고 세계의 운행을 바라만 보는 것이 이들에게는 큰 고통이 아닐 수 없다. 이러한 상태에서 영혼은 스스로를 '손 없는 소녀'로 여길 수 있다. 영혼이 이렇게 무력함에 빠지게 된 것은 누구 탓일까?

동화『손이 없는 소녀』는 이렇다. 궁핍해진 방앗간 주인이 어느 날 숲에 있는데, 노인이 다가와 부자로 만들어 줄 테니 대신 물방아 뒤에 있는 것을 달라고 한다. 방앗간 주인은 그것이 사과나무라고 생각하고 조건을 받아들인다. 하지만 악마가 생각한 것은 그의 아름다운 딸이다. 그러나 딸은 워낙 신실하고 순수한 터라 악마는 딸을 데리러 오겠다는 3년이 흐른 뒤에도 소녀를 뜻대로 하지 못한다. 악마는 방앗간 주인이 자기 딸의 양손을 베게 하는 데까지는 가지만, 소녀의 영혼을 건드리지는 못한다.

옛 지혜의 풍요를 잃은 인간, 다시 말해서 '궁핍해진 자'는 첫눈에 의도가 간파되지 않는 힘과 계약을 맺는다. 괴테는 땅의 어둠에서 올라오는 이 힘을 메피스토펠레스로 그려냈다. 그는 낙원에서 온 악마(유혹자)가 아니다. 루시퍼를 통한 유혹의 활동 무대는 우리의 욕망 본성이다. 루시퍼는 원래 우리를 육화에 끌어넣은 힘이다. 하지만 루시퍼는 인간 영혼을 '마법으로 옭아맬 뿐', 아직 없애지는 못한다. 이 동화는 형상으로 그 차이를 암시한다. 방앗간 주인은 낯선 이가 말하는 것이 물방아 뒤에 있는 사과나무라고 생각한다. 사과나무는 그 옛날 뱀의 손아귀에 있던 '인식의 나무'다. 하지만 악마가 원하는 것은 그 이상이다. 악마는 아직 순수성을 간직하고 있는 영혼의 순결한 힘들을 장악해서 그것으로 인간 존재 안에 있는 영원성을 죽이려 하는 것이다.

새로운 이성의 힘들이 부상하고 사멸해 가는 옛 지식 대신 새로운 세계 인식을 약속하는, 중세에서 근대로 넘어오는 문턱에서 사람들은 이 힘에서 처음에는 알 수 없는 기분 나쁜 무언가를 느낄 뿐이었다. 이러한 결탁의 결과는 순전히 세속적인 법칙들에 따라 감각 세계를 탐구하는 것, 기계를 통해 이 세계를 지배하는 것이다. 루돌프 슈타이너의 정신과학에서 페르시아 신화에 나오는 아리만의 힘으로 묘사한 것이 바로 파우스트 전설에 등장하는 악마이다. 『곰 가죽 사나이Der Bärenhäuter』와 『악마의 때꼽쟁이 동생Des Teufels russiger Bruder』에서도 동일한 힘, 즉 부를 약속하는 힘이 등장한다.<u>보완적 관점 3</u> 이 힘은 감정의 깊이, '도덕적 감각'을 흐리고, 그럼으로써 인간의 노력이란 노력은 죄다 세속의 무상함에 내맡긴다.

어느 경우나 정한 기간이 있다.(7년 혹은 3년) 그 기간이 지나면 악마가 영혼을 거둔다. 영혼과 신적인 것의 결속은 지적이기만 한 지식에 헌신하는 가운데 서서히 사라져 간다. 방앗간 주인의 딸로 말할 것 같으면, 이 기간을 경건하게 죄 짓지 않고 보내고, 3년 뒤 자기 주위에 백묵으로 원을 그린다. 그래서 악마는 순수성을 간직한 이 영혼의 힘들에 범접할 수 없다. 흰색 힘들의 권역이 처녀를 지켜 준다. 인간을 온통 물질에 얽어매는 온갖 지식에서는 영혼을 죽이는 힘, 즉 '검은(악한) 마법'이 작용한다면, 그에 대항하는 '하얀(선한) 마법', 즉 정화와 성화의 길도 있기 마련이다. 이 동화가 묘사하려고 하는 것은 이렇다. 인간이 아리만의 힘의 본질을 꿰뚫어 보는 동시에 자신에게 있는 '도덕적 감각'을 고조시키려 노력한다면, 인간과 아리만의 힘의 결합인 땅의 지식에 헌신하더라도, 손끝 하나 다치지 않을 수 있다는 사실이다. 처녀는 구원받지만 제 양손을 희생할 수밖에 없다. 그래서 고차적인 인간은 의지의 마비를 겪는 것이다. 그는 신적인 것을 아직 생각할 수는 있지만, 더는 붙잡지는 못한다. 또 이상을 표상할 수는 있지만, 더는 실현할 수 없다. 괴테는 〈마호메트 단상Mahomet-Fragment〉에서 고차적인 인간의 양손에 대해 이야기한 바 있다. "나는 손발이 어둠에 붙들린 것을 느꼈지만, 나의 해방은 내 소관이 아니었다." 깨달은 자가 자신의 어머니와 이야기를 주고받는 장면이다. 어머니는 아들에게 '네가 상상하는 편재하는 신을 붙잡을 팔이 있는지' 묻는다. 깨달은 자는 어머니에게, '당신의 사랑에 감사하는 이 두 팔보다 더 강하고 뜨거운 팔이 있습니다. 아직 팔을 사용하라는 허락은 받지 못했지만'이라고 답한다.

　'손이 없는 소녀'는 이러한 정신의 손의 용법을 잃은 영혼이다. 이성의 힘들을 단단하게 만드는 아리만의 힘이 영혼에서 정신의 손을 앗아 간 것이다. 이제 동화는 소녀가 순례를 떠나는 이야기를 한다. 어스름 달빛 속에 소녀는 아름다운 열매들이 있는 찬란한 왕의 정원을 발견한다. 파수꾼이 배를 지키고 있음에도 불구하고 소녀는 천사의 보호 아래 정원에 들어가 배로 배고픔을 달랜다.

그 옛날 인간은 '인식의 나무' 열매를 먹고 천상의 정원에서 쫓겨나, '생명의 나무' 열매를 먹을 수 없게 됐다. 이 나무들이 하나는 보통 사과나무 형상으로 그려진다면, 미답의 다른 나무는 배나무 형상으로 나온다. 속이 단단하고 형태가 둥근 사과는 줄곧 인식의 열매로 간주됐다. 인간은 스스로 자기 고유의 존재를 의식하게 되고, 자신을 자아로 파악한다. 배의 모양새와 무른 성질은 사과와 대립된다. 꿈의 지혜, 땅에 눈뜨지 않은 인식은 배나무에서 익는 열매이다. 이기적인 땅의 의식의 손길에서 지켜야 할 세계가 여기에서 모습을 열어 보인다. 이는 천사의 지혜이며, 이 영토에 들어갈 수 있는 것은 밤의 영혼이다. 밤의 영혼은 이 왕국에서 왕비의 자리에 오른다. 아름답고 신실하기 때문에 왕비를 사랑하는 왕은 왕비에게 '은으로 된 손'을 만들어 준다. 달의 신비로운 빛에 깨어나 은밀한 세계에 들어갈 자격을 얻은 자는 '은제 손'도 받을 수 있다. 밤의 왕국이 '예감'을 북돋운다. 땅의 이성을 뛰어넘어 예술적 형상화를 통해 아직 눈에는 보이지 않는 세계를 포착할 수 있는 상상력이 눈뜨는 것이다.

　　다시 악마가 개입한다. 악마는 멀리 있는 왕에게 전령을 통해 사내아이의 탄생을 알리는 서신과 그에 대한 왕의 답신을 바꿔치기 한다. 젊은 왕비는 가짜 편지 때문에 궁에서 쫓겨난다. 정신과의 접촉을 겪은 영혼 안에서 깨어난 고차적인 삶은 물질주의적 사고에 눈먼 시대에는 백안시되기 마련이다. 고차적 삶은 우선 주위에서 배척당한다. 다시 시험이 시작되는 것이다. 동시에 천사의 인도가 다시 임박한다. 자신으로 퇴각한 영혼의 고독 속에 내적 인간은 비로소 참 자유를 발견한다. 아리만적 정신에 기대야 온전히 이해 가능한 땅의 현실과 우리의 본질의 영원성이 대립을 겪어야 고차적 자아는 강화된다. 고차적 자아는 자연법칙이 지양되고 완전한 자유가 관장하는 영혼의 내면에서 신성한 장소를 찾아낸다.

쫓겨난 왕비는 "이곳은 누구에게나 자유의 처소이다"라는 팻말이 걸린 외딴 오두막에서 7년을 산다. 이 기간 동안 하얀 순결한 여인의 모습을 한 천사가 왕비와 그녀의 어린 아들을 보살핀다. 어린 아들의 이름은 '고통 많음(슬픔이)'이다. 이 동화의 메시지도 영혼 정화의 길임을 쉽게 알 수 있다. 제노베바 전설은 많은 점에서 이 이야기를 연상시킨다. 왕이 7년의 순례 끝에 하얀(착한) 천사의 인도로 도달한 외딴 오두막에서 재회가 이루어진다. 이 부분이 이야기에서 차지하는 비중은 매우 크다. 왕은 처음에는 아내를 알아보지 못한다. 왕비에게 새로 자라난 진짜 손이 있기 때문이다. 천사는 징표로 간직해 두었던 은제 손을 왕에게 보여 준다. 영혼은 아주 내밀한 자유 속에서 제 힘을 쓸 수 있게 되자 다시금 온전한 힘을 발휘하게 된다. 영혼의 정신은 이제 상상력과 예감에 한정된 삶을 살 필요가 없다. 정신에는 변화의 힘이 들어 있다. '은제 손' 대신 '생명 있는 손'이 정신에게 주어진 것이다. 악한 마법의 활동이 끝긴다.<u>보완적 관점 13</u>

노발리스의 말이 결론이 될 성싶다. "우리가 요정의 세계를 보지 못하는 이유는 단 하나, 우리 신체 기관의 취약함과 '자기 접촉' 탓이다. 모든 동화는 어디에나 있으면서 어디에도 없는 고향 세계에 대한 꿈에 다름 아니다. 미래에 우리 의지를 실현해 줄 수호신, 즉 우리 안에 있는 더 높은 힘들은 이제 뮤즈가 되어 이 힘든 여정을 가는 우리에게 달콤한 기억들을 충전해 준다."

밖으로 깨어나는 것이 외부 접촉을 통해서라면(감각계와의 만남), 우리를 안으로 깨어나게 하는 것이 '자기 접촉'인데, 동화의 세계가 우리에게 자주 보여 주는 것이다. 이를테면 자아가 눈 뜨는 행위를 묘사한 『유리 관』이 그렇다.

숲에서 길을 잃은 재봉사는 밤을 보내기 위해 떡갈나무 꼭대기에 오른다. 그는 지니고 있는 인두의 무게 때문에 나무를 훑고 지나가는 바람에 날아가지는 않으나, 약간 두려워져 어둠 속에서 본 빛을 따라가 작은 오두막집에 당도한다. 거기서 백발이 성성한 작은 노인의 영접을 받는다. 훌륭한 숙소를 발견한 그는 아침까지 기분 좋게 자다가 난데없는 큰 소리에 놀라 깬다. 그는 벌떡 일어나 뛰어나간다. 밖에서는 거대한 검은 황소가 아름다운 사슴과 사납게 싸우고 있다. 땅이 울리고 우레 같은 소리가 허공에 퍼져 나간다. 마침내 수사슴의 뿔이 황소의 몸에 박힌다. 황소는 울부짖으며 바닥에 쓰러져 죽음을 맞고, 사슴은 놀란 재봉사를 뿔에 싣고 떠난다. 수사슴은 어느 암벽에 이르러 멈춰 서서 감추어져 있는 문을 뿔로 연다. 재봉사는 바위 속에서 울려 나오는 소리에 이끌려 바위의 비밀스러운 영토로 걸어 들어간다.

왜소한 체구의 마른 재봉사가 나무에 누워 잠든다면 바람에 날아갈 법하지 않은가? 인간의 이성적 의식이 몸에서 분리되기 시작하는 저녁마다, 이 메마른 의식은 바람에 날려가기 쉽다. 의식은 너무나 가볍다. 잠들 때 우리의 상상적 삶이 어느 결에 흩어지지 않게 하려면, 내면의 중력을 획득한 상태여야 한다. 정신 도야의 관점에서 말하면, 사고하는 힘을 농축하는 것이 필요하다. 그래야 수면 상태로 넘어가는 과정에서도 사고하는 힘을 깨어 있는 상태로 유지할 수 있다. 재봉사라면 늘 인두를 지니고 다니는 것이 좋지 않겠는가! 이 동화는 인간의 의식이 잠을 통해 정령의 세계로 들어가는 것을 구체적인 형상으로 보여 준다. 아울러 인간의 의식이 정령의 의식에 흡수되고, 다시 정령의 의식을 벗어나 깨어나게 되는 과정을 보여 준다. 인간의 의식은 이 과정에서 무엇을 인지할까? 인간의 의식은 잠에서 깰 때마다 동시에 몸(유기체)에서 벌어지는 어마어마한 싸움을 마치 밖에서 보듯 체험한다. 수사슴과 황소가 맞붙어 싸우는 형국이다.

이 두 동물은 형상화의 힘에서 대립적이다. 황소의 뿔과 수사슴의 가지 뿔이 그 대립성을 또렷이 보여 준다. 황소의 뿔은 피부 조직이 두꺼워진 것으로 볼 수 있다. 황소 안에서 아래로부터 머리로 치올라 가는 본능(충동)의 힘들이 뿔에서 멈춘 형세다. 해마다 새로 나서 가지에 가지를 더하는 수사슴의 가지 뿔은 황소의 뿔과는 완전히 다르다. 일찌감치 굳는 수사슴의 뼈는 회춘의 힘을 안에 담고 있다. 수사슴은 뼈대를 형성하는 형성력의 힘 일부를 신체적 무거움에서 취한다. 거기서 **빼낸** 형성력의 힘을 빛을 향해 위로 밀어 올린다. 보통 머리에서 아래쪽으로 작용하는 것은 죽음의 힘뿐인데, 그렇다면 수사슴의 두개골 형상을 빌려 모습을 드러내는 것은 부활의 힘이 아닐까?

전설에서 수사슴을 쫓는 사냥꾼에게 가지 뿔 사이로 빛의 십자가, 즉 그리스도의 힘의 형상이 나타나는 것은 그런 연유다. 이 성스러운 힘들을 알아본 사냥꾼은 동작을 멈추고 더는 수사슴을 겨누지 않는다. 수사슴의 형상을 깊이 들여다보면 성 후베르투스 전설에 수긍이 간다.

인간의 상위 본성은 우리에게 의식의 힘들을 전달해 준다. 이 상위 본성은 수면 상태에서 인간을 장악하는 대사 작용을 아침마다 그 한계선으로 돌려보내기 위해 싸워야 한다. 우리 머리가 (잠에서) 깰 수 있는지 없는지는 여기에 달렸다. 그렇지만 우리의 양분인 힘과 물질을 올려 보내는 저 아래 하위 본성으로부터 잠든 사이 모든 저급한 충동의 힘이 흘러나와 위로 향한다. 이 충동의 힘이 정신 의식을 어둡게 만든다. 이것은 흡사 밤마다 양분이 되는 힘과 함께 잠든 인간의 뇌로 올려 보내지는 은밀한 독의 강물 같다.

동화는 이 힘들을 정체가 섬뜩한 마법사인 검은 황소로 보여준다. 고조된 의식의 힘을 통해서만 이러한 어둠의 작용을 머리에서 다시 몰아낼 수 있다. 그리고 나면 매일 아침 몸이 잠에서 깨어나기 **전에** 정신이 깨어난다. 즉 수사슴이 황소를 제압하고 암벽 속에 있는 성에 들어간다.

'성배의 성'도 비밀스러운 방법을 통해서만 들어갈 수 있다. 성배의 성은 저녁 때 정신의 구도자 앞에 불현듯 떠오른다. 루돌프 슈타이너는 성배의 성은 잠드는 경험, 더 정확히 말하면 육신이 잠드는 동안 정신이 깨어나는 경험을 말한다고 한다. 잠자는 사람의 몸에서 형성력들이 활동하는 것을 보는 것은 상상의 눈이다. 정신이 잠을 통해 무의식으로 넘어가지 않고, 몸이라는 껍질을 떠나 있는 동안 의식과 함께 에테르체를 뒤돌아보는 데 성공하면, 아주 특별한 형상들이 나타난다. "이러한 자신의 에테르체에 접근하면 움찔 뒤로 물러서게 하는 무언가가 다가오는 것 같은 느낌을 갖게 된다. 흡사 정신의 암벽에 다다른 형국이다. 그 뒤로는 무언가에 들어가는 것이 허락된 느낌이 든다. 비로소 벗어난 것이다..." 이러한 순간들에 우리는 낮에 쓴 힘을 충전하고, 특히 뇌에서 소모한 물질들을 갱신하는 식물적 과정들을 느낀다. 이때 뇌는 해부학자들이 보는 모습이 아니라, 마법에 걸린, 즉 의식이 떠난 인간의 성으로 나타난다. "두개골 안에 있는 뇌를 상징화하면, 땅 위의 인간 본질은 우리 눈에 마치 마법에 걸린 채 성 안에 갇힌 인간 본성처럼 비친다. 우리가 자신의 인간 본성에 다가가 보면, 이 본성은 성벽들에 에워싸여 있다. 우리의 두개골 속 뇌는 갇힌 본성의 집약된 상징이다... 철옹성 같은 두개골 안의 인간을 지탱해 주는 힘은 유기체의 나머지 부분에서 솟구친다."[16] 루

---

16 각주14 참고

돌프 슈타이너는 이어서 (성배 전설의 의미에서) 검과 피 묻은 창이 어떻게 성 안으로 들어오게 되었는지에 대해 이야기한다. 창은 왕에게 아물지 않는 상처를 입히기 때문에 저녁마다 새로 상처가 나는 것처럼 보인다. 이 전설의 다른 두 작품(볼프람 에셴바흐와 리하르트 바그너)을 보면, 이 창상이 옛날에 사악한 마법사가 성배의 왕에게 입혔다고 전해지는 상처임을 알 수 있다.

『유리 관』에는 '마법사'도 나온다. 사실 이방인인 마법사는 친절한 손님인 척하며 백작의 성에 들어가 성주인 남매에게 사악한 마법을 건다. 사건은 노벨레적으로 보이지만, 의미심장한 상상물들이 빛을 발한다. 철문을 통해 암벽 안에 들어간 재봉사는 동화 같은 홀을 발견한다. 그곳에는 작은 모형 같은 성이 든 유리 상자와 아름다운 소녀를 위한 유리 관이 있다. 소녀는 눈을 감은 채 누워 있지만 아직 숨은 붙어 있다. 재봉사는 소녀를 깨우는 데 성공한다. 소녀는 그에게 자신이 마법에 걸린 내력을 이야기한다. 소녀의 남자 형제는 수사슴으로 변했고, 마법사는 수사슴을 물리치기 위해 검은 황소의 형상을 스스로 취했다는 것이다. 수사슴이 황소를 제압함으로써 모든 것이 마법에서 풀려 본모습을 되찾을 수 있게 된다. 소녀는 깨어나고 재봉사는 그 소녀와 혼례를 올린다.

이 동화가 영혼의 눈앞에 가져오는 것은 성배의 신비 자체가 아니라, 그러한 신비가 일어나는 영역이다. 뇌를 만들고 그 안에 스며든 에테르적 힘들은 처녀가 죽음 같은 깊은 잠에 빠져 정지해 있는 '유리 관'으로 모습을 드러낸다. 영혼은 자체의 지성으로 인해 경직된 상태다. 하지만 가사 상태일 따름이다. 즉 깨어나는 순간을 기다리고 있다. 독이 든 사과를 먹은 백설 공주가 누워 있는 곳도 똑같이 유리 관이다. 육신의 심연에서 피어올라 뇌의 섬약한 조직을 오염시키는 어둠의 힘은 정신 의식을 마비시킨다. 인류가 발전하는 과정에서 더 고차적인 직관적 인식 능력들은 잠에 떨어진다. 이 인식 능력들은 '마법사'를 제압함으로써 다시 해방되어 생명을 얻는다. 물질주의(유물론)의 극복은 이성의 사안을 넘어선 일이다. 은밀한 영혼의 구역들에 미치는 것은 바로 자아의 의지적 행동이다. 이것은 각성의 행위를 요한다.

하지만 이러한 행위를 하려는 자는 영혼이 어두워지는 정신적 원인들과의 대면을 피할 수 없다. 동화에서는 마법사나 마녀를 알아채는 것이 급선무다. 악이 활동하기 시작하는 그 순간에 내면의 인간이 처음으로 깨어난다. 악이 그 활동을 방해하는 교육자와 어머니들이 있다. 동화에는 땅의 힘을 지닌 사악한 존재들이 곳곳에 등장한다. 교육자와 어머니들은 아름다운 처녀와 고귀한 왕자 이야기는 들려주면서, 마녀, 사악한 계모와 힘센 마법사들은 숨기려 한다. 아이들에게 어두운 힘을 약화시켜 들려주거나 아예 배제하면, 부지불식간에 작용하는 동화 자체의 각성의 힘을 제거하는 꼴이 된다. 그럴 것이, 악에 대한 인식은 사람의 마음에 선한 힘을 불러오기 때문이다.

빛과 어둠을 현명하게 가르는 참된 동화의 방식은 듣는 이에게 현실에 대한 건강한 생활 감정을 형성해 준다. 동화의 결말에 묘사되거나 칭송되는 선한 힘들의 승리를 늘 마음에 깊이 새긴 사람은 악을 세계의 필연으로 겪는다. 악을 통해서 선이 본연의 고유성으로 깨어나게 하는 힘으로 느끼는 것이다. 인간의 왕권(왕국)은 어둠을 배경으로만 찬란하게 빛난다.

악에 대한 가차 없는 징벌을 담고 있는 모티브들도 마찬가지다. 근본적으로 묵시록적인 상상물들이 있는데, '최후의 심판' 같은 형상들이 그렇다. '최후의 심판'은 정신의 빛 속에서 보면 자기 심판의 모습을 띤다. 미망을 이기고 무상함을 멸하는 정신의 정화 작용은 다름 아니라 인간 존재의 핵인 영원성의 해방을 의미한다.

그래서 많은 동화는 악한 자들의 자기 심판으로 끝맺는다. 왕비를 참칭했던 『거위지기 아가씨』의 방자한 하녀가 그렇다. '흰 말들'이 하녀를 죽음으로 끌고 간다. 감각의 어둠을 죄다 털어 버린 지혜의 힘들은 저급한 이성이 자신의 땅의 무게를 느끼도록 만든다. 저급한 이성은 자신의 무게로 인해 죽을 것을 안다. 『하얀 신부와 까만 신부Die weiße und die schwarze Braut』에서 늙은 마녀와 그녀의 악한(검은) 딸의 상황도 비슷하다. 이 동화에서 사악한 여인은 '눈이 멀어' "이런 여자는 어떤 벌을 받아야 마땅하겠소?"라는 물음 앞에서도 '아무것도 알아차리지' 못한다. 여인은 마치 다른 영혼을 심판하듯 물음에 답한다. 죽은 뒤에 영혼의 세계에서는 우리가 우리의 행동과 생각을 마치 객관적 사건처럼 바라보게 되고, 더 높은 세계의 빛 속에서는 이러한 것들을 타인의 행동처럼 심판하는 상태가 된다. 『백설 공주』에는 사악한 왕비로 하여금 결혼식에 가게 만드는 내적 불안이 묘사되어 있다. 왕비는 마음이 불안하지만, 그럼에도 모습을 드러낸다. 내적 충동을 좇을 수밖에 없는 왕비는 불타는 슬리퍼를 신고 죽음에 이르도록 춤을 춘다. 『노간주나무』에는 최후의 심판의 내적 본질이 아주 구체적으로 표현되어 있다. 새의 노래가 울려 퍼지자 죄를 범한 계모의 의식이 바뀐다. 계모는 처음에는 눈과 귀를 닫지만, 바람 소리가 귀를 파고들고 눈앞에 번개가 번쩍인다. 집이 진동하며 불타오른다. 이것은 〈파우스트〉에서 그레첸이 겪는 것과 같은 "진노의 날, 바로 그날"[17]의 천둥번개가 치는 분위기다. 죄를 의식하게 된 계모는 '세상이 멸망할 것'이라고 생각하고 내적 불안에 쫓겨 집 밖으로 나온다. 그 순간 연자매에 깔리고 마는 운명이 계모에게 닥친다. 세계의 멸망인 동시에 새로운 형성을 의미하는 도덕적 현실들이 미래에, 그것도 세속의 삶의 테두리 안에서 인간 영혼을 넘어설 것이다. 처음에는 어느 정도 영혼 앞에 감추어져 있던 양심의 차원이 점점 세차게 뚫고 나와, 들어 올려 행복하게 하거나 짓눌러 절멸시킬 것이다. 이러한 체험들은 자연재해의 위력 이외에는 견줄 데가 없다. 앞서 언급했던 '참다운 동

---

17 Dies irae, dies illa_최후의 심판을 노래하는 라틴어 미사곡의 첫 부분, 위령 미사 때 진혼곡의 반복되는 구절

화 작가는 미래를 보는 자'라는 노발리스의 말도 같은 이야기다.

게르만족의 묵시록적 예언에서 거대한 늑대는 어둠의 힘의 사슬을 모조리 끊어낸 상태를 나타낸다. 북유럽 신화에서 오딘의 권력은 로키가 만든 괴물 '펜리스 늑대'에 위협당하고 신도 최후의 싸움에 휘말린다. 그 뒤 '신들의 황혼'이 시작된다. 늑대라는 상상물은 힘을 암시하는데, 이 힘은 인간의 내면에서 나오는 것이 아니라, 인간이 제 의지로 물질계에 빠져 점점 신성한 빛의 세계를 부정하면서 인간 내면에 들어온 힘이다. 페르시아 사람들이 말하는 아리만, 즉 빛의 힘을 섬기는 인간이라면 싸워 물리쳐야 할 대상, 인간 본성에 숨어 있는 형성력들 안에서 뼈처럼 단단하게 만드는 작용을 하기 때문에 펜리스 늑대로 묘사된다. 게르만의 성직자들은 에테르 조직에서 일어나는 과정들에 더 주목해서 거기에서 아리만의 소모성 힘들을 알아냈다. 오딘 종족의 성스러운 사명은 인간 존재와 세계가 신에게서 벗어난 것에 대항해 싸우는 것이다. 게르만 종족은 세계사적 운명을 지니고 있다. 이들은 물질주의의 깊은 골짜기를 거쳐 가야 할 운명이지만, 그 골짜기에서 나와 세계를 다시 새로운 정신 계시의 길로 이끌어야 한다. 후자가 바로 '비다르'의 임무, 오딘의 죽음을 초래한 펜리스 늑대에 복수하고 그럼으로써 신들의 세계를 끌어올리는 임무이다.

신화가 민족의 운명 또는 시대의 운명으로 선포하는 내용은 동화의 상상력 관점에서 보면 내면의 사건이다. 그렇기 때문에 작은 모형 형상을 취한다. 늑대가 새끼 염소 일곱 마리를 삼키려 한다든가, 빨간 모자와 그의 할머니를 먹어 치우는데, 여기에는 보이지 않는 영혼의 성장이 반영되어 있다.

인간 아이의 유연한 형성력들이 점점 경직되어 가는 것이 현실 아닐까? 청년기 성장 과정에서 무구한 감각의 힘들이 약해지다가 끝내 탁한 땅의 욕망에 먹히지 않는가?

아주 어린 아이들은 알려져 있듯 동화『늑대와 일곱 마리 새끼 염소』를 좋아한다. 이 이야기에서 아이들은 영혼의 운명을 보기 때문 아닐까? 아이 영혼의 어린 충동들은 아직 어둠의 손길이 닿지 않은 순수한 상태이다. 이 시기 아이들은 어머니의 보호 아래 성장한다. 형성 중인 인간을 초감각적 관점에서 보면, 첫 7년은 얇은 에테르 껍질이 아이의 유연한 충동과 형성력을 감싸고 있다고 할 수 있다. 이 시기가 끝나갈 무렵 젖니가 탈락하고 자체의 형상화 충동이 몸에서 영구치를 밀어 올리기 시작하고, 동시에 표상의 삶도 어머니라는 껍질에서 나오듯 자유로워진다. 이때가 학령기다. 아이는 세계를 갈구하며 외부의 감각적 풍요에 자신을 연다. 암염소는 알려져 있다시피 호기심이 많다. 아이의 영혼의 삶에서 밖으로 치닫는 것은 무구한 욕망 아닐까? 무엇이든 다 알고 직접 경험하고 싶어 한다! 영혼의 힘들을 덮고 있던 꿈의 베일이 산산이 찢어지는 형국이다. 그러나 땅의 세계에 눈뜨는 것은 동시에 물질적인 어두운 힘들과 만나는 것이기도 하다. 동화에는 늑대가 어린 염소들을 삼켜 버리는 것으로 나온다. 늑대는 위장을 잘하기 때문에 염소들이 문을 열어 준 것이다.

영문을 모르는 감정들을 엉뚱한 길로 이끌고, 인간 안에 있는 빛의 본성을 집요하게 파괴하려고 하는 기만의 힘은 늘 늑대로 묘사되어 왔다. 〈에다Edda〉에서도 펜리스 늑대는 거짓의 힘이다. 펜리스 늑대는 그 옛날 신들의 현현 무대였던 형성력체를 어둡게 만든다. 늑대의 힘은 그 입에 있다. 침묵의 신인 비다르만이 유일하게 늑대의 입에 칼을 꽂아 늑대를 침묵하게 만든다.

어미의 보호 아래 성장하는 것이 왜 하필 일곱 마리 염소였을까? 동화에서 7은 언제나 행성계의 운행을 가리킨다. 12감각이 12궁의 별들의 운행에서 나온 것처럼, 행성계는 인간 본성에 일곱 겹의 영혼의 충동을 심어 놓았다. 우리는 내면에 자아, 즉 불멸의 개별성의 싹을 받아들이기 전, 감정의 유기체(아스트랄체)를 이루는 충동의 힘들을 받았다. 인간의 모든 감정의 삶을 갈무리하는 이러한 법칙성은 7음계로도 표현된다. 7중의 행성의 힘은 고차적인 영혼 능력들과 저급한 본능들에 공통적으로 반영된다. 동화마다 상상물이 다르게 나타나는 까닭이다. 일곱 마리 까마귀도 있고, 일곱 난쟁이, 일곱 마리 염소, 머리가 일곱 개인 용도 있다. 옛 지혜는 7중의 행성 운행이 인체의 주요 일곱 기관을 만들었다고도 가르친다. 옛날 의학은 뇌, 폐, 신장, 심장, 쓸개, 간, 비장(지라)을 달, 수성, 금성, 태양, 화성, 목성, 토성의 소우주적(인간) 모상으로 간주했다. 종교적 상징 세계에서 '일곱 촛대'로 표현되는 인간 영혼의 7겹 빛 본성이 이 일곱 기관들에서 다시 생명을 얻는다. 머리의 의식만 있는 것은 아니다. "심장과 신장에 걸고 시험하다."[18]는 표현에는 뇌가 아닌 기관들도 신념과 감성의 힘들을 담고 있다는 인식이 들어 있다. 하지만 빛으로 가득 찬 무구한 영혼의 충동들은 육화 자체의 운명에 따른다. 밝은 영혼의 충동들은 땅의 육신의 물질 본성으로 들어가면서 소멸한다. 그것들은 묶인 채 인간 본질 깊숙한 잠재의식 속에서 멈춘다. 동화에서는 새끼 염소들 중 가장 약하고 어린 염소만 이 운명에서 벗어나는 것으로 그려진다. 운명을 떨친 새끼 염소는 시계 상자 안에 숨어 있다 기어 나온다. 어느 인간이나 예외 없이 죽음의 시간을 알리는 종이 울리면 그때서야 멈추는 '시계'를 지니고 있지 않은가? 영혼의 모든 힘 가운데 가장 아이다운 힘은 심장에 숨어 있다. 그 힘은 늑대도 없앨 수 없기 때문에 아직도 쉬지 않고 말을 한다. 그 힘만이 '엄마'를 부르고 다른 형제자매들이 어떻게 되었는지 엄마에게 이야기해 줄 수 있다. 먹히지 않고 살아남은 심장의 힘은 영혼의 깊은 어머니 품에서 다시 깨어날 수 있는 지혜와 연대해서 약화된 영혼의 다른 힘들을 다시 만날 수 있다. 인간의 초감각적 본성이 다시 깨어나는 것은 괴물의 뱃속에서 새끼 염소들을 구해 내는 행복한 결말로 묘사된다. 그러나 음습한 물질 본성은 완전한 경직의 상태로 치닫는다. 죽은 이성의 사고, 이기적 감정, 눈먼 의지의 힘들은 의식을 중력으로 끌어내리는 돌처럼 작용한

---

18 매우 철저하게 시험한다는 뜻.
(우리말 예시;간이 콩알만 해지다._편집자)

다. 이러한 힘들은 악몽(가위눌림)과 흡사하게 저급한 육신 의식을 내리누른다. 빛의 기관들을 지닌 정신 본성은 물질의 혼수상태를 벗어날 수 있다.

　『빨간 모자』의 형상들에도 익숙한 요소가 등장한다. 빨간 모자가 징표인 젊은 영혼의 힘, 즉 피에서 체험되고 피에서 목소리를 내기 시작하는 자아 감각이 할머니를 찾아간다.<u>보완적 관점 13</u>
　방랑자 릭Rig이 부르는 고대게르만의 노래에는 순례길에 오른 신이 아이와 에다를 찾아가는 이야기가 나온다. '에다'는 선조라는 뜻이다. 하지만 게르만어로 성스러운 원초적 지혜도 '에다'이다. 이것은 인도의 원초적 지식, '베다'와 흡사하다. 영혼의 깊은 곳에 잠들어 있는 조상의 의식은 성스러운 인류 기원의 기억을 담는 그릇이었다. 그것은 순수성을 잃지 않은 영혼의 형성력들 안에 간직된 신들에 대한 기억이었다. 신들에 대한 기억은 사멸을 피하려면 보호가 필요하다. 기억은 늘 새로운 양분을 필요로 한다는 말이 있다. 이를테면 스칼데skalde는 신화의 숭고한 형상들을 두운으로 연결해서 부족에서 부족으로 전해 주었는데, 그것을 듣는 이들의 깊은 영혼은 늘 새 생명을 얻었다. 그렇게 해서 인간의 뿌리인 신들의 세계에 대한 기억은 강화됐다. 모든 종교 교리와 동화의 형상들은 감정의 수면 아래 자리 잡은 '에다', 즉 시조가 살아가기 위한 자양분이었다.
　'빨간 모자'는 인간 발달의 전환점을 알리는 신호탄이다. 자아를 인식하게 된 영혼은 감각 세계의 자극들에 빠진다. 영혼은 밖으로 시선을 열고, 그 과정에서 태고의 정신 의식을 잃는다. 원초적 지혜가 영혼의 수면 아래로 가라앉으면, 영혼은 '에다', 즉 원초적 지혜를 더는 찾을 수 없다. 영혼 대신 늑대가 잠재된 형성력들을 장악한 것이다. 어린 자아까지 집어삼키려 하는 어둠이 인간 본성의 하계에서 튀어나온다. 이 하계에는 신들에 대한 성스러운 기억 대신 맹렬한 욕망이 자리 잡고 있다. 그래서 우리 자신의 심연에서 짐승이 우리를 응시하게 된다.

하지만 늑대를 뒤쫓는 각성한 인식력만으로도 구원은 아직 가능한 단계다. 신화에서 신들의 숭고한 자손 비다르가 펜리스 늑대의 입에 칼을 꽂아 신들의 귀환을 준비했다면, 동화는 할머니 집 앞을 지나가다가 늑대의 코고는 소리를 듣는 사냥꾼을 등장시켜, 잠든 괴물의 배에서 '빨간 모자'와 선조를 꺼내 준다. 신화에서는 신들의 형상이 게르만족의 발달 선상에서 장차 일어날 엄청난 사건에 대한 예언적 암시라면, 동화의 미시적 형상은 개개인에게서 일어나는 영혼의 눈뜸에 대한 암시이다.

어린 인간 자아의 아이다운 힘은 둔중한 땅의 의식에 갇힌 상태에서 벗어날 때를 기다린다. 하지만 태곳적 지혜의 전통들만으로는 역부족이다. 자아가 정신세계의 끈을 잃기 전에 이미 태곳적 지혜의 전통들 자체가 약화됐기 때문이다. 시조, 즉 '에다'가 먹힌 것이다. 그런 탓에 '빨간 모자'도 덩달아 먹힌다. 자신의 성스러운 근원에 대한 기억을 잃은 사람은 결국 자신의 참 인간

됨도 잃기 마련이다. 짐승이 그를 먹어 버리는 것이다.

숨통을 조이는 물질주의에서 인간 자아를 구해 내는 일에는
참다운 원초 지식의 부활, 즉 '에다'의 깨어남이 수반된다.

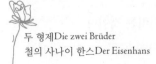

두 형제Die zwei Brüder
철의 사나이 한스Der Eisenhans

동화의 옷을 입은 대천사 미카엘

인간의 참 본질상 자기 영역이라 주장하기 어려운 힘들의 영역
에 인간이 발을 들여놓은 것은 땅의 몸을 갖게 되면서부터다. 어
둠의 위력은 크다. 일단 인간 영혼이 저항할 수 있는 범위를 넘어
선다. 인간 영혼은 자신에게 저주와 마법이 가해지도록 속수무
책 내버려둘 수밖에 없으며, 심지어 어두운 힘에 먹히기까지 한
다. 눈먼 충동에 휘둘려 영문도 모른 채 마법의 손아귀에 들어가
는 것이다. 마법이 감각들의 영역을 완전히 장악한다. 마법을 풀
고, 영혼을 갇힌 상태에서 빼낼 수 있는 힘은 어디에 있을까? 기
적이 일어나야 한다.

　우리는 갖가지 구원 모티브를 알고 있다. 동화는 난데없이 친

절한 존재들을 등장시켜 이들에 대해, 그리고 이겨 내야 하는 시험, 남을 대신하는 희생 행위 등에 대해 이야기를 들려준다. 그러나 인간 존재가 거대한 어둠에서 빠져나올 수 있게 힘을 주는 저 정신의 권능은 좀처럼 맨얼굴을 드러내지 않는다.

파트모스 섬의 예언자는 인간의 영원성을 위한 싸움의 원형을 우리에게 보여 준다. 대천사 미카엘이 별 왕관을 쓰고 태양의 옷을 입은 잉태한 처녀를 위해 천상에서 싸움을 벌인다. 머리 일곱 달린 핏빛 용이 처녀 앞에 나타나 아이를 잡아먹으려고 출산을 기다린다.(〈요한의 묵시록〉 12장) 인간성을 유한한 힘들로부터 구해 내기 위해 땅 위에서 벌이는 정신을 위한 싸움들은 모두 미카엘의 초월적 행동의 모상이다. 이를테면 안드로메다를 해방시키는 페르세우스는 그리스 전설에 등장한 정신의 기사이며, 파이톤을 죽이는 아폴로는 그리스의 미카엘로 느껴진다. 처녀를 용에게서 구한 성 게오르기우스는 기독교 전설에 나오는 성인과 동일 인물이다. 전설에 보면, 도시 근처 호수에 사는 용이 소년이나 소녀를 매일 한 명씩 데려오라고 한다. 사람들이 추첨으로 제물을 뽑는데, 마침내 공주까지 차례가 온다.

우리 문명의 기초는 매일같이 소년이 죽고 처녀가 제물이 되는 것 아닐까? 아이마다 주어지는 천상의 마법, 즉 땅의 삶에 들어와서 청소년에게 날개를 달아 정신을 날아오르게 하는 그 마법은 사그라진다. 욕망의 본성이 처녀인 영혼의 빛의 힘을 스러지게 한다. 땅의 것이 된 지성은 정신의 신적 예지 능력들을 경직되게 만든다. 일상이 이상의 신성을 앗아 간다. 땅의 자아가 성스러운 하늘과의 관계를 파기하면 용이 소년소녀를 잡아먹는다.

이러한 용의 위력 앞에서 인간의 원형은 재건되어야만 한다. 이것이야말로 미카엘 전사의 사명, 즉 일깨우는 행위이다. 전래 동화에도 이처럼 처녀를 구하는 영웅들이 등장한다. 이 모티브는 이야기가 아주 긴 『두 형제』에서 가장 잘 드러난다. 운 좋은 두 형제 중 하나, 특히 서쪽으로 길을 떠난 형제는 검은 베일에 싸인 도시로 가는 중이다. 영문을 묻는 그에게 여관 주인은 내일 왕의 외동딸을 용에게 바친다고 얘기해 준다. 용이 해마다 처녀 한 명씩을 요구하는데, 처녀를 바치지 않으면 나라를 쑥대밭으로 만들고, 용과 싸우러 간 용감한 기사들은 모두 용에게 죽었다는 것이다. 이튿날 젊은이는 용의 산에 오른다. 그곳에는 작은 교회가 있고, 그 제단에는 술이 담긴 세 개의 잔이 보인다. 그 옆에 "이 잔들을 비운 사람은 땅에서 가장 힘센 사람이 돼서 문턱 앞에 묻혀 있는 칼의 주인이 될 것이다."라는 글귀가 있다. 젊은이는 술을 마시지 않고 땅속에서 검을 찾아내지만 검은 옴짝달싹도 하지 않는다. 젊은이는 교회 안 제단으로 다시 들어가 잔들을 비운다. 그러자 검을 땅에서 뽑아 자유자재로 휘두를 만큼 힘이 세어진다. 용에게 처녀를 바칠 시간이 되고, 젊은이는 머리가 일곱 달린 괴물과 싸워 이긴다. 젊은이는 갖은 모험을 거친 뒤에야 공주와의 혼인과 왕위 계승이라는 보상을 받는다.

용의 제압을 도운 검과 검을 취할 힘은 성소에 간직되어 있다.

용과 싸우기에 인간의 힘은 태부족이다. 용의 힘은 인간 영혼의 힘보다 세다. 구원을 행하는 인간 자아가 최고의 힘을 받을 수 있는 곳은 제단뿐이다. 젊은이가 마시는 것은 바로 제단의 포도주다. 잔의 개수 3은, 정신 구도자가 얻어야 하는 그리스도의 힘들이 세 번에 걸쳐 실현되는 것에 대한 상상물이다. 동화나 종교적 상징어에서 3이 거론되면, 구원의 힘을 얻는 데 이성이나 예감만으로 충분치 않다는 뜻이다. 3이라는 수는 인간의 생각과 느낌과 의지, 요컨대 인간의 온 존재에 신적인 힘들을 삼투시키라는 촉구다. 인간의 존재 전체의 그리스도화야말로 최고의 힘을 얻는 근간이다. 검은 그 과정의 일부다. 게르만 전설에서도 신들의 검을 나무에서 꺼낼 수 있는 인물은 딱 하나, 벨중족의 자손뿐이다. 리하르트 바그너의 〈발퀴레Walküre〉는 큰 곤경에 빠진 지크프리트가 검을 발견하고 쟁취하는 장면을 극적으로 묘사한다. 지크프리트는 쟁취한 검에 '노퉁'이라는 이름을 붙인다. 인식은 의지로 넘어가야 해방의 힘을 발휘한다. 즉 이기심과 죽음 같은 무상한 힘들로부터 인간 존재의 영원성을 구해 내는 것이다. 그렇다! 이것은 영혼 스스로 자신이 신에게서 연원했으며, 운명적으로 영원하다는 것을 아는 것이다. 이러한 자각은 최고의 신성으로 가는 문턱, '산정'에서 마주친다. 이러한 자각은 정신이 용맹한 자를 기다린다. 정신을 세상을 등진 머리의 지식, 또는 경건한 기분 정도로만 알고 있는 사람이 처녀를 구하는 일은 없다. 정신은 검의 힘으로 체험하기를 원하는 것이다.

인간을 물질에만 결부시키는 저급한 지식은 투명한 정신 앞에서 붕괴된다. 일곱 층으로 된 충동의 힘에서 올라오는 이기심은 정신의 빛에 와해된다. 제단 근처에 있는 검을 발견해야 우리는 미카엘 성전에 들어갈 수 있다.

노발리스는 방대한 계시 동화인 〈푸른 꽃〉에서 세계 운행의 의미심장한 순간을 그리고 있다. 별자리들 사이의 상호작용을 보고 인류 운명의 법칙들을 푸는 왕이 특정 지점에 이르러 "철이여, 너의 검을 세상으로 던져라, 평화가 어디 거하는지를 그들이 알도록!"이라고 외치는 순간이다.

다시 말해서, "영웅은 허리춤에서 검을 빼 칼끝을 하늘로 향하게 하고는, 열린 창밖으로 도시와 빙하 너머로 던졌다. 흡사 별똥별처럼 불꽃들로 떨어져 내리는 것을 보니, 칼은 공중을 날아 산허리에서 경쾌한 소리를 내며 산산조각 난 것 같았다..."

노발리스는 미카엘의 힘이 인류의 영혼의 삶에 혼입되는 것을 우주적 광경으로 보여 준다. 신의 검은 운석에 섞여 별들의 세계에서 땅으로 내려온다. 그것은 운석의 철광석에 담겨 떨어진다. 시인은 '아름다운 쇠막대'가 발견되어 잠든 소년 에로스의 요람에 옮겨지는 장면을 묘사한다. 에로스는 그 바람에 잠에서 깨어 쇠 보물을 쥐고 성장한다. 그는 쇠의 인도로 세계를 편력한다.[19]

알려져 있다시피 인체는 철을 필요로 한다. 철은 적혈구 속에

19 〈요한의 묵시록〉 전체를 품고 있는 이 동화에 대해서는 저자의 책 〈노발리스, 그리스도 체험과 새로운 정신의 계시Novalis, Das Christus-Erlebnis und die neue Geistesoffenbarung〉(슈투트가르트, 1972) 참조

서 작용한다. 철이 없으면, 인간은 땅의 삶에서 저항력을 잃을 것이다. 그러면 창백해지고, 세계를 부정하고 소극적이 될 것이다. 반면 철은 사람에게서 활력을 북돋운다. 인간은 활력을 여러모로 이용할 수 있다. 활력이 전사의 용기를 만들어 내기도 하고, 또 못 말리는 호전성을 만들어 내기도 한다. 핏속의 철의 힘을 **정신**으로 가져갈 수 있다면, 그것은 정신의 권능을 일깨우는 역할을 한다. 이러한 강력한 정신적 우주적인 철의 작용을 지니게 된 인간은 어린 시절부터 두 가지 면에서 두각을 나타낸다. 하나는, 관습과 운명의 강제에 순응하지 않고, 내적 자유를 향한 꺾이지 않는 의지를 드러내고, 또 하나는 학교 지식을 맹목적으로 받아들이는 대신, 전방위적으로 활발하게 인식하려고 노력한다. 그 대가로 인간은 이러한 온전한 정신의 힘이 청년기 성장 과정에서 신적이며 아름다운지를 볼 수 있는 눈을 잃어버렸다. 정신의 힘을 보려면 반드시 동화의 눈을 빌려야 한다.

『철의 사나이 한스』 동화는 바로 이러한 성장의 비밀을 보여 준다. 왕은 음산한 숲 근처에 성을 가지고 있다. 사냥꾼들이 하나둘 숲에서 사라지는 불가해한 일이 벌어지고, 숲에 들어가는 것이 금지된다. 그러던 어느 날 다시 모험에 나서겠다는 용감한 사냥꾼이 왕궁에 나타난다. 그는 숲 한복판 늪에서 녹슨 쇠 빛깔의 피부와 봉두난발한 야만인을 발견하고 그를 붙잡아 특별 제작한 쇠창살 우리에 가둔다. 야만인은 우리에 갇힌 채 전시된 야생 동물처럼 성 안뜰에 앉아 있다. 왕비가 나서서 우리의 열쇠를 감춘다. 어느 날 여덟 살 배기 왕자가 공을 가지고 놀다가 공이 우리 안으로 떨어지자 야만인에게 공을 밖으로 내 달라고 부탁한다. 야만인은 소년의 부탁을 거절하며, 먼저 우리를 열어 주면 공을 주겠다고 말한다. 야만인은 왕비가 열쇠를 보관한 장소까지 알고 있다. 결국 그는 소년을 꼬드겨 행동에 옮기게 한다. 우리에서 벗어난 순간 야만인은 탈출해 소년을 자신의 숲으로 데리고 간다. 거기서 왕자는 황금 샘을 지키는 임무를 받는데, 깨끗한 샘에 아무것도 빠뜨려서는 안된다는 지시를 받는다. 무언가를 빠뜨리는 날에는 샘이 더럽혀진다는 것이다. 왕자는 이를 지키지 못한다. 첫날 그는 손가락이 불덩이처럼 뜨거워서 식히려고 자기도 모르게 손가락을 물에 담근다. 그 순간 손가락은 바로 도금이 되어 아무리 문질러도 금이 떨어지지 않는다. 저녁이 되자 야만인 '철의 한스'가 샘으로 돌아와 왕자가 시험을 통과하지 못했음을 알게 된다. 두 번째 날에는 물속에 머리카락 한 올이 떨어져 금으로 변한다. 세 번째 날에는 물에 비친 자기 모습에 반해 샘 위로 몸을 숙이자 소년의 곱슬머리가 떨어져 내린다. 그는 금빛 머리칼을 얼른 손수건으로 묶는다. 하지만 철의 한스는 금빛 머리칼을 발견하고는 그를 내쫓는다. 왕자는 어쩔 수 없이 세상으로 나가 떠돌며 가난이 어떤 것인지 알게 된다. 하지만 그는 마음이 악하지 않기 때문에 호의를 받을 수 있다. 극심한 궁핍에 처하면 숲으로 가 "철의 한스!"라고 이름을 외쳐 부른다. 그러면 그에게 도움이 주어진다. "나의 권능은 크다. 네가 생각하는 것보다 더. 내겐 금과 은이 넘치도록 있어."

우선 원리를 살펴보자. 동화와 전설들을 보면 대개 14세가 된 소년은 놀라운 시험을 거쳐 행동을 하도록 부름을 받는다. 페르스발은 이러한 '순수한 바보들'의 원형이다. <u>보완적 관점 14</u> 페르스발도 거대한 세계와의 관계에서 떨어져 나오고, 그의 어머니 헤르체로이데는 숲에 고립된 상태에서 교회 전통과 기사도를 완전히 무시하고 그를 훈육한다. 14살이 지나자 어머니는 그를 홀로 숲과 초원에 사냥을 보낸다. 그러면서 온몸에 쇠를 두른 사람들을 보면 피해야 한다고 귀에 못이 박히게 이른다. 그런 사람들을 만나면 성호를 긋고 도망가라는 것이다. 그는 철로 완전 무장한 기사 다섯 사람이 숲에서 나오는 것을 보고도 도망가지 않는다. 그들의 갑옷과 창이 밝은 햇빛에 빛나고, 그들의 방패가 덜거덕거린다. 그는 하느님의 천사라고 믿는다! 그래서 땅에 엎드려 경배한다. 중세 서사시는 젊은 사람에게서 이상의 힘들이 깨어나는 것을 이렇게 그린다. 철갑옷을 입은 기사! 14세는 인간이 땅에서 완수해야 할 신의 사명에 대한 예감이 깨어나는 시기다. 철갑옷을 입은 기사 형상을 통해 이 연령기 소년은 자신이 지상적 성숙의 시기가 되었고 땅의 소명이 있음을 체험한다. 이제 아무것도 그를 멈춰 세울 수 없다. 그는 어머니로부터 분리된다. 어머니는 아들에게 어릿광대 옷을 입히고 달랑 투창 하나만 쥐어 준다. 그는 호숫가 성에 다다르고, 성문 아래에서 조롱하며 싸움을 거는 붉은 갑옷의 기사를 만난다. 자신의 무구한 힘을 믿는 페르스발은 보잘 것 없는 창을 던져 붉은 갑옷의 기사를 맞춘다. 그는 굴복한 기사에게서 갑옷과 무기를 벗겨 입고 무장한다. 페르스발이 '붉은 기사'가 된다.

순진한 바보의 힘이 우직하고도 거침없이 인간의 땅으로 향해 갈 때, 전투력 시험을 통과한 많은 기사도 좀처럼 해내지 못하는 어떤 것을 해낸다. 붉은 피의 불꽃을 지배하는 힘을 간단히 요리하는 것이다. 불의 힘을 제압한 승자 페르스발은 이제 다른 모험들도 이겨 낸다. 붉은 기사를 때려눕힌 것 하나로 블랑쉐플뢰르(흰 백합)도 해방시키고, 또 그녀를 찾아냈다는 이유 하나로 성배의 성까지 가게 된다. 피가 정화된 상태에서 성배를 받는 것이다. 젊은 영혼이 이러한 영혼의 작용의 전모를 꼭 다 의식하는 것은 아니다. 이러한 영혼의 작용들은 젊은 영혼에게서 강렬한 감정의 소용돌이와 인류의 숭고한 목표에 대한 예감으로 나타난다. 성배는 당연히 젊은 영혼에게서 다시 빠져나간다. 하지만 젊은 영혼은 운명의 결전에서 재차 성배를 찾아 나서고, 고통에 찬 인식들을 통해 끝내 성배를 찾아낸다.

『철의 사나이 한스』에 나오는 소년도 마찬가지다. 그는 겨우 여덟 살이다. 이 나이 때 핏속에서 일어나는 철의 작용은 양상이 다르다. 젖니를 갈고 난 무렵 아이의 상상적 삶은 발랄한 학습 욕구로 분출된다. 아직 인식의 한계에 좀처럼 갇히지 않은 어린 질문 욕구, 세상과 그 풍요로운 현상들, 세상이 용감한 자를 위해 준비한 모험들 따위를 향한 채워지지 않는 충동, 이 모든 것이 괴물로 튀어나온다. 인간 본성 안에 있는 모든 철의 빛은 인간을 적극적으로 만들지만, 난폭하게도 만들기 때문이다. 철의 빛은 주위 세계에는 편치 않은 요소다. 주위 세계는 잘 갖추어진 제도들이 흔들리는 것을 원치 않으며, 아무리 머리를 써도 스스로 답을 찾을 수 없는 물음들로 인해 그 권위가 동요하는 것도 원치 않는다. 옛 유산을 지켜야 하는 왕에게 '야만인'은 만만한 존재가 아니다. 당장 야만인을 죽이려 들지는 않겠지만, 그를 우리에 가두는 것이 전체적인 안전의 감정을 높이는 길이다. 기성의 교육 규칙들은 특히 이성주의 학교 교육의 시대에는 '철의 한스'를 궁성과 철창 뒤로 보내는 것이 전부라고 할 수 있다. 감히 우리를 여는 자는 슬프도다!

소년은 옥에 갇힌 남자 때문에 황금 공을 잃어버린다. 영혼이 자신에게 있는 아이의 꿈들, 즉 동화의 황금을 어찌 잃지 않겠는가! 열쇠를 찾아내 야만인의 철창을 여는 자는 소수에 불과하다. 젊은 영혼의 힘은 관습의 강제에 순응하지 않고, 만물의 본질을 묻는 질문 욕구를 압살하지 않고, 미답의 영역을 향한 모험심을 가라앉히지 않으려면 먼저 자기 목숨을 걸어야 한다. 경직된 인간 세계가 답을 주지 않으면, 자기 영혼의 토대들이 나설 것이다! 젊은 영혼 한 구석이 고독해지기 시작한다. 젊은 영혼은 이따금 고독을 자처해서 자기 삶을 내면으로 이끌어 간다.본완적 관점 15

감정의 맨 밑바닥에서 솟아나는 동화의 샘은 아직 샘 속의 황금을 거절하지 않는다. 황금은 동화의 샘 안의 신비로운 빛을 쏘아 올린다. 이 빛은 시선을 유혹해서 마법에 가둔다. 자신의 깊은 속을 줄곧 들여다보는 영혼은 옛날 나르키소스가 그랬듯, 물에 비친 자기 모습에 마음을 빼앗긴다. 그 순간 샘도 꿈의 숲도 거울 상도 사라진다. 황금은 그것을 잡으려 손을 뻗치는 욕망과 오로지 즐기려고만 하는 자기애를 견디지 못한다.

황금 샘을 지키는 소명을 받지만 그것을 '더럽히고마는' 소년은 세상으로 내쫓겨 부엌데기 일(재투성이 아셴푸텔)을 해야 한다. 물론 그의 황금 머리칼은 아무도 가져갈 수 없다. 황금 머리칼은 성스러운 유년기 꿈의 유산으로 그에게 남아 있는 것이다. 하지만 그는 모자로 연신 머리칼을 감춘다.<u>보완적 관점 13</u> 그러지 않고 어떻게 사람들 사이에서 살아갈 수 있겠는가?

왕자는 방랑의 길을 떠난다. 그가 거치는 길에는 '사람들이 갔던 길도 가지 않았던 길'도 있다. 그는 마침내 왕궁에 다다르고, 사람들이 불쌍히 여겨 부엌데기로 써준다. 어느 날 왕의 식탁을 차리게 되었을 때도 그는 모자를 쓰고 있다. 왕은 모자를 벗으라고 명한다. 머리에 흉측한 부스럼이 있다고 둘러대자 왕은 그를 부엌에서 내보내라고 명한다. 정 많은 요리사가 소년 정원사와 바꿔치기한다. 이제부터 그는 정원에서 꽃을 가꾼다. 어느 날 더운 나머지 모자를 벗자 그의 황금 머리칼이 햇살에 반짝이고, 그 빛이 공주의 방까지 비춘다. 공주는 놀라 일어나 정원사 소년을 보게 된다. 그는 공주에게 꽃다발을 바쳐야 한다. 이번에도 역시 특이하게도 그는 가꾼 꽃 대신에 야생의 들꽃 한 아름을 선택한다. 정원사가 이런 그의 행동을 타박하자 소년은 "야생 꽃이 더 향이 진해요."라고 답한다. 소년이 공주의 방에 들어서자 공주는 단박에 그의 머리에서 모자를 벗긴다. 공주는 그의 금빛 곱슬머리를 보고 그에게 금화를 한 움큼 준다. 그는 곧바로 뛰어나가 아무 생각 없이 금화를 정원사의 아이들에게 가지고 놀라고 준다. 둘째 날도 셋째 날도 비슷한 상황이 벌어진다.

정신의 빛을 찾아가는 순례자에게 영혼이 땅의 금이 됐든, 지혜의 금이 됐든 '금'에 대해 취하는 입장이 중요하다. 영혼은 금을 보고 욕망에 눈뜬다. 물질적 금이든 정신적 금이든 금에 대한 욕망을 완전히 잠재운 사람만이 정신세계의 은총을 받을 수 있다. 그에게 숨은 힘의 원천들이 자신을 열어 보이는 것이다. 이기심을 털어 버린 영혼만이 이러한 힘들을 받아 운용할 수 있다. 그는 **신의 마법사**가 된다.

자신의 연금술을 떠벌리는 가짜 연금술사가 아닌 중세 말의 진짜 장미십자단은 자기들이 쟁취한 지혜를 개인의 허영이나 안위를 위해 쓰지 않는 것을 기본 신조로 삼았다. 황금 머리칼을 감추는 것, 즉 비천한 일을 해서 왕가의 혈통을 부정하는 것, 합당치 않은 금을 거절함으로써 타인에 대해 자신의 자유를 지키는 것, 이러한 것들이 정통 장미십자단 사도들의 특징이다. 이러한 엄격한 조건들을 충족한 뒤에야 가장 높은 우주의 힘들을 받고, 미카엘의 의지의 힘들이 인간 영혼을 비출 수 있었다.

문제는 정신적 노력의 실마리를 찾는 일이다. 이때 아직 욕망 본성에 접하지 않은 영혼의 힘들이 내면을 지배하던 유년기까지 삶의 감정을 되짚어 올라가야 한다고 느끼게 된다. 그 지점과의 연결이 절실한 것이다. 이는 내 안에서 소년을 다시 찾아내는 일이다.

피를 다스리게 될 심장의 힘들에 접속하려면, 세상을 포괄하는 감정들이 영혼에서 처음 눈뜨는 14세나 15세 어름까지 거슬러 가야 한다. 학교 지식으로 뭉뚝해지지 않고 이기적 계산에 오도되지 않은 젊은 인식의 힘들을 출발점으로 삼으려면, 대략 여덟 살짜리에게 남아 있는 저 소년다운 생각과 순진한 감정을 다시 깨우는 것이 필요하다.

인간 내면의 젊은이 또는 소년은 고치를 지어 영혼의 밑바닥에 가라앉아 있다. 그것은 같이 성장하지 않았다. 되돌아가서 내면의 젊은이 또는 소년을 새 생명으로 불러내야 한다. 내면의 소년은 인간 본성을 형성하는 숨은 힘에서 솟아나 상상의 형상으로 현현한다. '순수한 바보'의 성배에 대한 상상물들이나, 철의 한스를 해방시키고 황금 샘가에 앉아 있다가 세상으로 내쫓긴 소년의 동화 형상들도 이렇게 해서 탄생한다.

부엌데기 노릇과 정원사 생활의 형상으로 암시되는 정화의 단계들이 이어진다. 그런 뒤 정신의 행동에 눈뜨고, 그러고 나서야 본격적인 정신의 은총 단계들이 묘사된다.

이 동화에는 땅이 전쟁에 휩싸이는 이야기가 나온다. 왕은 적들을 대적할 힘이 없다. 그때 젊은이가 철의 기사 무리를 이끌고 적진에 들어가 그들을 물리친다. 왕의 군사 중 어느 누구도 승리를 쟁취한 기사를 알아보지 못한다. 기사가 전투를 마치고 사라진 탓이다. 하지만 '철의 한스'를 숲에서 불러내 힘센 말을 요구한 것은 정원사 소년이었다. '철의 한스'는 바로 나타나 정원사 소년이 요구한 것 이상을 준다. "철로 완전무장한 전사 민족 대군과 그들의 검이 햇빛에 번쩍였다..." 소년은 대승리의 날 저녁 철의 한스에게 대군을 되돌려 주고 아무도 모르게 집으로 가 정원사 소년으로 복귀한다.

인간 내면의 왕이 극한의 곤경에 빠질 때가 바로 행동의 시간이다. 곤경은 인류의 정신 유산이 위협받는 상황이다. 땅의 힘이 우세하고, 도움이 되는 미지의 젊은 정신의 힘이 성숙되지 않는다면, 인류의 정신 유산은 땅의 힘에 파괴되고 말 것이다. 땅의 심연을 통과하며 강해져서 욕망을 말끔히 털어 버린 자아 의지는 제일 강한 세계의 힘들을 불러올 수 있다. 이 힘들은 정신이 용맹한 자에게 쓰이기만 기다린다.

이 힘들은 철 속에 잠들어 있다. 철은 붉은 피를 관장하고, 피에 저급한 자기 주장 충동을 뒤섞는다. 내면의 철은 모든 '황금 욕망'과 거리를 둔 지혜를 통해서만 정신화되어 드높은 도덕적 힘들을 실어 나를 수 있다. 철은 인간 본성에 정신의 용기를 삼투시킨다. 루돌프 슈타이너는 이러한 내면의 철의 빛을 핏속에 내리는 별똥별로 그린 바 있다. 핏속의 유성우는 땅 위에 비처럼 내리는 철, 즉 운석이 쏟아져 내리는 거대한 우주적 사건의 소우주적 상응물이다. 인간의 자유는 좀 더 깊은 의미에서 보면 그러한 힘들의 전개에 기초한다. 핏속에 이러한 철의 작용이 없다면, 자아의 창조적 근원에서 나오는 참 도덕적 행동은 가능하지 않을 것이다.

이제 이 동화가 승자의 세 차례 현현을 말할 차례다. 왕은 대향연을 연다. 공주는 황금 사과를 던진다. 낯선 기사가 등장할 시점이다. 젊은이는 철의 한스에게 사과를 잡을 수 있게 은총을 베풀어 달라고 간청한다. 그는 승낙과 함께 붉은 갑옷과 타고 갈 밤색 말까지 얻는다. 그는 붉은 기사 차림으로 향연에 나타나 황금 사과를 잡는다. 그러고는 곧바로 바람처럼 사라진다. 연회 둘째 날 그는 흰 갑옷을 입고 백마를 타고 나타난다. 셋째 날에는 검은 갑옷 차림에 가라말을 타고 나타난다. 왕은 낯선 기사가 정체를 드러내지 않는 것이 꺼림칙해 이번에는 그의 뒤를 밟게 한다. 추격자들은 그를 잡지는 못하고 그의 다리에 상처를 입힌다. 젊은이는 말을 급하게 달리느라 머리에서 투구를 떨어뜨리고 만다. 그 순간 그의 황금 머리칼이 찬란하게 빛난다.

결국 정원사 소년은 정체가 탄로 난다. 공주가 그의 머리칼의 비밀을 알고 있기 때문이다. 그는 왕 앞에 불려나가 그가 잡은 세 개의 황금 사과를 보여 준다. 청을 말해 보라는 말에 그는 공주를 원한다고 말한다. 왕국을 구하고 정체가 밝혀지자 왕은 그에게 공주를 허락한다. 결혼 피로연 동안 문들은 열려 있고, 한 왕이 위풍당당하게 큰 무리를 거느리고 성으로 들어온다. 마침 저주에서 풀린 철의 한스다. 그는 젊은이를 얼싸안고 '내 보물들은 다 네 것'이라고 말한다.

황금 공을 가지고 있다가 잃어버렸던 소년은 이제 황금 사과를 잡았다. 인간 존재를 불멸로 만드는 생명의 나무 열매들이 그의 손에 주어진 것이다. 공주의 참 의미는 여기서 드러난다. 황금 사과를 주는 사람이다. 공주는 인간이 뱀에게 굴복했을 때 추방당한 저 영역에 속한다. 공주 자체가 원죄에 연루되지 않은 인간 영혼의 영원한 부분이다.

젊은이는 승자가 되어야만 공주에게 손을 뻗을 수 있다. 그가 승자가 된 것은 자기 안에서 힘들이 무르익기를 기다릴 수 있었기 때문이다. 그는 '붉은 기사' 모습으로 등장함으로써 자신의 피가 가진 불의 힘들을 제패한 자로 드러난다. 우리는 여기서 다시 페르스발의 단계를 만난다. 순수한 사고의 힘들에 대한 지배는 두 번째 단계다. 그것은 백마의 모습으로 현현한다.(우리는 이미 〈요한의 묵시록〉에 등장하는 '백마 탄 기사'를 이야기한 바 있다) 정신이 어두운 물질 본성으로 내려와, 물질적인 것 전부를 정신화하는 것이야말로 완전한 승리의 징표다. 흑기사가 나타나 자기 정체를 드러내는 일이다. 정신에 눈뜬 사람의 진면목은 정신 편에서 땅의 세계를 지배할 수 있다는 사실로 드러난다. '적 기사'로서 자신의 감정 본성을 정화하고, '백 기사'로서 자신의 지식을 정신화했다면, 자신이 가진 땅의 의지를 완전히 그리스도화 함으로써만 그는 '흑 기사'가 될 수 있다. 이 단계에 이르러야 비로소 처녀와의 혼인이 성사된다. 그는 '왕의 결혼식'을 올린다. 그에게 진면목을 드러낸 적 없는 섭리의 정신도 이 결혼식에서 정신의 포괄적인 왕권을 드러낸다. 철을 관장하는 자, 즉 성 미카엘 대천사는 자유를 부르짖는 우주적 의지력들을 매개하는 자의 현현이다.

지빠귀 부리 왕König Drosselbart
별별털북숭이Allerleirauh
재투성이 아셴푸텔Aschenputtel
개암나무 가지Die Haselrute

신비의 결혼식

"불가능한 하나가 가능해지면, 동시에 다른 불가능한 또 하나가 가능해지고, 인간이 자기 자신을 넘어서면, 그는 동시에 자연도 넘어서게 되며, 상대편 불쾌가 쾌가 되는 순간 인간에게 상대편의 쾌를 허하는 기적이 일어난다." 노발리스의 말대로 이런 특징들이 도드라지는 동화들이 많다. 이를테면 마법에 걸린 대상을 차츰 좋아하게 되면 마법이 풀린다. "인간이 악을 서서히 좋아하게 되면 비슷한 변화가 일어나지 않을까"라고 노발리스는 되묻는다.

중세가 알린 '마법의 결혼'의 비밀과 맞닿는 지점이다. 성 프란치스코가 '가난'이라는 부인을 칭송하며 가난과 결혼하는 것은 이러한 영혼의 노력의 본보기다. 영혼의 노력은 주된 동화 형상들로 나타난다. 아버지에게 쫓겨난 거만한 처녀를 왕족의 신분에서 끌어내리는 『지빠귀 부리 왕』을 생각해 보라. 왕 자신이 거지 차림새로 처녀와 함께 옹색하고 가난한 오두막에서 산다. 그는 그녀의 거만함을 꺾을 요량으로 여러 단계의 시험을 준비한다. 마침내 그녀는 왕족의 위엄을 빼앗긴 채 왕이 베푸는 성찬에서 하객들의 비웃음에 내맡겨져 뼛속 깊이 모욕을 당한다. 그 순간 지빠귀 부리 왕은 그녀를 자기의 동렬로 끌어올린다. 한때 거지 행색으로 그녀를 도왔지만, 이제 왕의 정체를 드러낸다. 둘은 결혼한다. 처녀는 화려한 차림으로 등장한다. 이것은 겸손의 광채다. 인간 영혼의 참 아름다움은 겸손에서 비로소 빛을 발한다.

너를 사랑하고 괴롭히는 에로스는
네가 기뻐하고 정화되기를 원하느니라

이러한 신비를 그린 시인 콘라드 페르디난트 마이어Conrad Ferdinand Meyer의 시구이다. 〈에로스와 프시케〉의 기본 모티브를 기독교적 운명의 지혜로 승화시키고 있다.

『별별털복숭이』와 『재투성이 아셴푸텔』은 부엌데기 일에 따라오는 영광을 더 확실하게 보여 준다. 여기에서 그리는 정화의 단계들은 인간 본질을 유한에서 끌어내 영원함과 맺어 주는 역할을 한다.

'별별털복숭이(Allerleirauh_갖은 험한 일)'라는 이름부터 인간 영혼이 땅에서 감내해야 하는 사태, 즉 자신의 참 본질을 제대로 알아보지 못하는 사태를 암시한다. 인간 영혼이 겪는 고난의 모티브는 『지빠귀 부리 왕』의 경우와 전혀 다르다. 『지빠귀 부리 왕』에서 공주는 두 번이나 혼인을 물린다. 거만함 탓이다. 왕들과 영주들이 공주의 마음에 차지 않는다. 공주는 구혼자마다 다 비웃는다. 처녀인 인간 영혼은 자신에게 들어와 자신을 비추려는 우주의 높은 힘들과의 결합을 거절한다. 자신의 특별함을 의식하는 것이다. 우리를 이기적 빛과 이기적 의지로 이끌고자 하는 정신인 '루시퍼'가 영혼 안에서 활동하기 때문이다. 영혼의 비극은 '원죄(인류의 타락)'다. 영혼은 죄에서 벗어나 서서히 다시 올라갈 수밖에 없다.

'별별털복숭이'의 운명은 좀 다르다. 공주는 자진해서 왕국을 포기하고 땅의 궁핍으로 들어간다. 이 결단은 옛 지혜의 힘들을 포기하는 것을 전제한다.

아버지인 왕은 황금 머리칼을 지닌 배우자를 잃고 같은 황금 머리칼을 가진 아름다운 두 번째 배우자를 구하지만, 세상 어디서도 찾지 못한다. 왕은 제 엄마와 모습이 똑같은 자기 딸에 대한 사랑에 불탄다. 하지만 딸은 이 결혼을 거부한다. 그럴 것이, "신은 아버지가 제 딸과 혼인하는 것을 금지했고, 죄에서 선이 나올 리 만무하며, 왕국은 멸망하게 되기 때문이다."

영혼의 태곳적 지혜의 힘들은 사멸했다. 자라나고 있는 미래의 지혜의 힘들은 못지 않은 빛의 힘을 가지고 있지만, 자라서 완전한 독립에 이르려면 먼저 땅의 세계를 통과해야 한다. 미래의 지혜의 힘들은 초감각적 삶의 왕국에서 떨어져 나와야 한다. 왜냐하면 각성한 인식의 부름을 받은 이 젊은 영혼의 힘이 옛날의 투시적 의식으로 퇴행해 그 힘들을 이용하고자 한다면, 그것은 신의 발전 계획에 대한 위반, 요컨대 정신을 거역한 죄가 되기 때문이다. 퇴행적 영혼은 라푼첼과 비슷하게 영매 역할을 하게 될 것이다. 인류 진보를 위해 일하는 모든 전문가가 알고 있었듯, 초감각적 체험은 특정 시기에 영혼의 성장을 가로막는 요인이 된다. 영혼의 성장은 모든 정신적 우주적 힘들을 고스란히 내면으로 가져가서 기다렸다가, 자아가 자유를 획득하는 순간 그 힘들을 새로운 양상으로 펼친다.

이 단계의 인간은 자신의 우주적 근원을 망각하고 자신을 죽어 가는 땅의 육신으로 체험한다. 자기 본질을 탐구하려는 사람들은 근본적인 기만에 빠지는데, 인간의 육신 본성의 낱낱의 특징 전부가 이런 저런 동물 종을 생각나게 하기 때문에, 인간 전체는 온전히 땅 위에서의 동물적 성장의 결과에 불과하다고 믿는다. 이들은 이렇게 '다윈주의자'가 된다. 이들은 에른스트 헤켈 Ernst Haeckel처럼 우리의 동물적 가계의 계통수를 세운다.

이것을 동화의 언어로 말하면 이럴 것이다. 황금 머리칼을 한 공주가 아버지의 왕국에서 달아날 계획을 꾸민다. 아버지 왕국에서 사냥한 온갖 동물 종의 가죽들을 모아 털옷을 지어 달라고 아버지에게 부탁해서 그 옷을 입고 얼굴과 손에 검댕을 칠한 뒤 밤을 틈타 도망간다. 도중에 공주는 속이 빈 나무에 기어들어 간다. 이 숲의 주인인 왕이 사냥하는 중에 나무 그루터기에서 잠든 공주를 발견했을 때, 왕과 그 휘하 사냥꾼들은 그녀를 희귀한 동물이라고 여긴다. 그녀는 자기 집안과 이름을 기억하지 못하는 것으로 나온다. 그래서 그녀는 입고 있는 동물 가죽 탓에 '별별털복숭이'로 불린다. 사람들은 그녀를 데려가 부엌데기로 쓴다.

속빈 나무에서 처녀를 발견하는 모티브는 『성모 마리아의 아이』에도 있다. 그것은 지상적 성숙을 경험하는 것을 의미한다. 소녀는 14세에 하늘에서 내쫓긴다.<u>보완적 관점 14</u> 14세는 육신 본성 안에 땅의 의식이 본격적으로 눈뜨는 나이다. 즉 '속이 빈 나무' 안에 있는 것이다. 인식의 나무는 위에서 아래로 가지를 치는 신경 조직에 대한 상징이다. 하지만 이 조직은 굳어 있다. 그것을 지배하는 것은 사멸의 힘들이다. 그러니까 신경 조직은 속이 빈 나무다. 그 안에서 더 높은 의식은 잠들고, 반면 땅의 감각적 의식은 깨어난다. 그것은 동물적 충동에 빠지는 것으로 체험된다.

감각의 과학은 우리에게 인간의 거짓 형상만 이야기해 준다. 자기 자아의 가장 내적인 본성, 도덕적 삶에 뿌리박고 인식을 통해 스스로 단계적으로 해방되는 자기 정신의 개성을 의식할 수 있는 사람이야말로 이러한 감각의 가상을 넘어선다. 이런 사람은 우주적 힘들로 직조된 자기의 원형이 자신의 참 자아에 숨어 있음을 발견하고, 자기 원형의 전개를 모색해 볼 수 있다. 그러면 우주의 힘들과 연결돼 있는 초감각적 인간 형상이 자기 앞에 나타나기 시작하며, 이 과정을 투시적 혜안으로 보여줄 수 있는 것은 자연 과학이 아니라 정신과학이다. 말하자면 "내가 참 자아에서 출발해서 땅의 충동들에 빠진 육신의 욕구로 인해 허약해진 영혼의 삶을 점진적으로 정신화하면, 내 안에서 좀 더 순수한 새 감정 세계들이 환하게 밝아올 것이다. 나는 그 감정 세계들을 투명하고 따사로운 햇살처럼 느낀다." 햇살의 직조 같은 감정의 유기체가 정화되어 어렴풋한 영혼의 삶으로부터 떠오를 것이다. 이는 정화된 '감정체(아스트랄체)'의 발견으로 귀결된다. 우리는 인간 본성에 한 발 더 깊이 들어감으로써 모든 성장 과정에 작용하며 생각의 형성에도 작용하는 숨은 형성력, 즉 보다 섬세한 조형의 힘들의 삶을 발견할 수 있다. 이러한 형성력들은 한 데 모여 모든 성장이 그렇듯 우리 내면에서 일정한 달의 작용에 따르는 두 번째 숨은 유기체를 이룬다.(에테르체) 인간 존재를 더 깊숙이 꿰뚫을 때 비로소 우리의 물리적 육신도 땅의 유전적 힘들의 결과에 그치는 것이 아니라, 내밀한 법칙성에 따라 전 우주로부터 지어진 것이라는 인식을 얻을 수 있다. 즉 우리의 물리적 육신은 그 하나하나 기관들과 형태의 힘들에 이르기까지 하나의 소우주, 하늘의 별 12궁의 온갖 작용들의 모상이라는 인식이 형성된다. 흔히 이야기되는 이 '대우주와 소우주의 일치'는 초감각적 인간 본질을 온전히 인식할 때 비로소 접근이 가능하다. 중세의 별자리와 의학 서적들에만 해도 인간 형상을 이처럼 12궁의 형상에 따라 나누어 놓은 것을 볼 수 있다. 파라셀수스Paracelsus, Phillippus Aureolus는 인체에 대한 직관적 인식에서 '우리 인간은 보이지 않는 사람들'이라고 말했는데, 맞다. 왜냐하면 우리의 물리적 육신의 참 모습조차 감각의 눈에 감추어져 있기 때문이다. 별들의 우주에서 태어난 이 인간 원형은 그 성질상 파괴될 수 없다. 인간 원형은 그리스도 부활이라는 맥락에서 '부활의 육신'이 된다. 바로 이 육신에서 영원한 자아가 승리를 거둔다. 영원한 자아는 장차 육신에서 자신을 깨우는 자와 결합해서 동물적이 된 자신의 본성의 환영을 궁극적으로 탈각하게 된다.

모든 참된 인식을 위한 노력은 학설과 개념적 도식들의 총합이 아니다. 핵심은 영혼에서 일어나는 내적 각성 행동이다. 인간 자아가 우주의 초감각적 힘들로부터 받아서 무의식에 감춘 채 자기 안에 가지고 있는 세 겹의 껍질의 비밀은 세 단계의 각성 과정을 통해 비로소 모습을 드러낸다.

동화의 형상이 표현하는 진리도 같은 내용이다. 공주가 아버지에게 거미줄처럼 섬세한 옷 세 벌을 지어 달라고 한다. 하나는 해처럼 금빛이고, 또 하나는 달처럼 은빛이고, 나머지 하나는 별처럼 반짝인다. 이 세 벌의 옷은 호두 껍데기 하나에 접어 넣을 수 있어야 한다. 아버지는 공주의 소원을 받아들여 왕국의 모든 처녀에게 옷을 짜도록 한다. 공주가 도망친 뒤 하찮은 부엌데기 일을 하고 있는 나라의 왕이 큰 연회를 연다는 얘기를 들었을 때에야 별별털복숭이는 호두 껍데기 안에 숨겨 두었던 옷들을 입고 연회에 등장한다. 연회는 세 차례 열린다. 공주는 해처럼 빛나는 옷, 달처럼 은은한 빛의 옷, 별처럼 반짝이는 옷, 이렇게 세 번에 걸쳐 옷들을 펼친다. 왕은 모든 처녀들 중에 가장 아름다운 그녀와 춤춘다.

그런 뒤에는 어김없이 부엌데기 옷을 다시 입고 검댕을 묻힌 다음 왕에게 수프를 끓여 준다. 수프에 처음에는 금반지를, 다음에는 작은 황금 물레를, 마지막에는 작은 황금 얼레를 넣는다. 이세 보물은 그녀가 아버지 나라에서 가지고 나온 것이다. 감정체를 정화로 이끈 영혼(해 같은 황금빛 옷)은 자신을 정신에 받칠 것을 맹세한다. 즉 영혼은 정신에 반지를 바친다. 에테르적 형성력들을 지배하는 법을 익힌 영혼(달 같은 은빛 옷)은 정신과 연합해 신적 사고를 할 수 있다. 즉 영혼은 정신에게 작은 황금 물레를 바친다. 물리적 육신의 우주적 형상의 비밀을 알게 된 영혼(별처럼 반짝이는 옷)은 자기의 사고를 초감각적 세계 기억으로 확장한다. 이를 통해 신적 우주에 있는 그 근원을 기억해 낼 수 있다. 영혼이 왕에게 작은 황금 얼레를 바친다. 이것으로 실들을 합쳐 긴 실타래를 만들 수 있다.

그 뒤 왕이 공주를 부를 때마다 그녀는 하녀 복장으로 왕 앞에 나타나 지극히 겸손한 답을 내놓는다. "머리를 장화로 맞는 일말고는 잘하는 게 없나이다." 신비주의자들은 초감각적 의식이 깨어나는 것은 일단 교만과 영혼 집착의 온갖 힘들을 고조시킬 위험이 있음을 늘 알고 있다. 그렇기 때문에 거듭 겸허히 땅의 의식에 빠질 각오가 되어 있다. 자기에 대한 평가에 관한 겸손한 태도에서 진정한 정신의 제자임을 알아볼 수 있다. 각성의 세 번째 단계에 와서야 정신에서의 완전한 인식에 다다른다. 세 번째 각성 단계는 왕의 결혼으로 완성된다.

『재투성이 아셴푸텔』의 출발점은 다르다. 동화는 '어머니의 무덤'에서 시작한다. 감정의 깊이에는 원시 지혜가 잠긴 채 쉬고 있다. 옛날에 인간은 원시 지혜의 빛 속에서 살았다. 그들은 원시 지혜에서 힘을 길어 올렸고, 그 덕분에 '풍요'로웠다. 그 힘이 죽고 겨울이 인류를 뒤덮는다. 눈 이불이 어머니의 무덤을 덮었다. 세상은 추워졌다.

동화에서는 부유한 남자의 부인이 임종을 앞두고 어린 딸을 머리맡에 부르는 것으로 시작한다. 어머니는 딸에게 '신심과 선함을 잃지 말 것'을 당부한다. "하늘에서 너를 내려다보며 네 주위에 있겠다." 소녀는 매일 어머니의 무덤을 찾는다. 신심과 선함을 유지하는 것이다. 하지만 남편은 이듬해 새 부인을 얻는다.

종교는 '어머니 무덤'에 대한 신의가 아니면 무엇이겠는가? 심오한 예감이 세계의 차가움과 이성의 어둠에 덮여 있는 시대에 파묻힌 지혜를 **기억하는 것**, 인간 영혼이 무상함의 티끌 속에 어쩔 수 없이 헌신하는 동안 세계 영혼의 편재를 믿는 것 아니겠는가?본완적 관점 16

계모의 거만한 딸들이 집에 들어온 때부터 '아셴푸텔'은 멸시를 견뎌야 한다. 계모의 딸들은 바람을 얘기함으로써 자기 본질을 드러낸다. 아버지가 길을 떠나는 참의 일이다. 하나는 '예쁜 옷'을, 다른 하나는 '진주와 보석'을 바란다. 하지만 아셴푸텔은 "아버지, 집으로 돌아올 때 아버지 모자에 처음 부딪히는 잔가지를 꺾어다 주세요."라고 말한다. 동화에서 악한 영혼의 힘들은 종종 불화로 묘사되고는 한다. 여기에는 인간 본질이 두 방향으로 길을 잃을 수 있다는 직관적 지식이 드러난다. 교만과 헛된 가상에 대한 사랑이 영혼 안에 분란을 일으키거나, 물질의 힘들에 빠져 영혼을 내적으로 경직시키는 두 가지 길이다. 정신과학 언어로 말하면 '루시퍼적' 길 잃음과 '아리만적' 길 잃음이다. 영혼의 참다운 삶은 자기 안에서 더 높은 힘들을 깨우기 위해 그 깊은 본질로 내려가지 않으면, 이 두 힘의 틈바구니에서 질식할 위기에 처한다. 신비주의자라면 인류의 원죄에 사로잡히지 않은 무구한 영혼의 힘이 하나 더 있다고 할지도 모르겠다. 이것을 찾을 지어다! 이 무구한 영혼의 힘은 예수 그리스도, 새로운 아담을 통해 땅의 삶으로 나타났다. '이새jesse의 뿌리'에서 튀어나온 쌀이 바로 이 예수 그리스도다. 그것은 어느 인간 영혼에나 뿌려져, 뿌리를 내리고 나무가 될 수 있다. 민요는 이렇게 노래한다.

우리의 사랑스러운 여인네들
그네들 심장 아래
나무 한 그루 자란
꿈을 꾸었네

그 나무 그늘 드리워
온 나라 덮었네
주 예수 그리스도, 구주
그의 이름이라네...

그림 모음집에도 채록된 어린이 전설 『개암나무 가지』에는 신의 어머니가 아기 그리스도가 잠든 사이 아기 그리스도를 위해 숲에 산딸기를 찾으러 가는 이야기가 나온다. 가장 아름다운 산딸기를 향해 몸을 굽힌 순간 풀숲에서 뱀이 공중으로 튀어 오른다. 신의 어머니는 놀라 개암나무 덤불로 달아나 그 뒤에 몸을 숨긴다. 뱀은 물러간다. 그때부터 개암나무 가지는 뱀을 퇴치하는 가장 확실한 방책이 된다.

땅바닥에서 자라는 빨간 딸기 주위에는 붉은 피 주위처럼 뱀이 도사리고 있다. 반면 개암나부 덤불은 원죄에 포획되지 않은 가장 순수한 생명의 힘들을 가리킨다.

아버지가 여행에서 돌아올 때 가져온 것으로, 아셴푸텔이 어머니 무덤 위에 심은 것도 개암나무 잔가지다. 그녀는 그 가지 위에 눈물을 쏟는다. 잔가지는 자라 아름다운 나무가 된다. 아셴푸텔은 매일 세 번 그 나무 아래에 간다. 그녀가 기도하면 작은 흰 새가 나무 위로 날아와 그녀가 청한 것을 떨어뜨린다.

아셴푸텔은 기도에 대한 응답을 체험한다. 그리스도는 "내 아버지께서 아버지께 성령을 간구하는 자들에게 성령을 보내시리라."고 말하기 때문이다. 요단강 세례 때 인류의 순정한 자손인 예수 위에 정신의 비둘기가 내려앉았듯, 신비주의자도 비슷한 것을 경험한다. 즉 정신의 은총이 영혼에게로 내려오는 경험이다. 영혼은 규칙적으로 단련하는 명상 속에서 저 무구한, 즉 뱀의 독으로 약해지지 않은 영혼의 힘을 보호하며, 영혼의 힘의 뿌리는 은밀한 감정의 깊은 골짜기에서 양분을 끌어낸다. 가장 순정한 생명의 싹은 심장 아래에서 자라 나온다. 영혼의 품은 이 어린 신의 힘에게 어머니가 될 수 있다. 기독교 신비가는 우리의 비밀스러운 영혼의 밑바닥은 신을 낳은 '마리아'의 거처라고 말하고는 한다. 하지만 동화는 '어머니의 무덤'만 거론한다.

『별별털복숭이』에서처럼 왕은 또 3일간 잔치를 벌인다. 여기에는 성경의 비유가 말하는 '왕의 결혼' 연회의 여운이 다분하다. 왕의 아들은 나라의 처녀들 중에서 신부를 선택해야 한다. 처녀들은 다 올 수 있다. 이 동화의 결정적인 물음은 딸들이 연회에 갈 '결혼 예복'을 가지고 있는지 여부다. 거만한 의붓 자매들은 최대한 예쁘게 치장한다. 아셴푸텔은 춤출 옷과 신발이 없어서 같이 가지 못한다.

아셴푸텔이 계속 조르자 계모는 또 조건을 내건다. 콩 한 대접을 재에 쏟아붓고는 두 시간 안에 콩을 골라내라는 것이다. 여기에는 노발리스가 말한 모티브가 명백하게 도드라진다. '불가능한 **하나**가 가능해지면, 동시에 또 다른 불가능한 하나가 예기치 않게 나타난다는 것'이다. 불가능을 향한 의지는 동화 속 남자 주인공들의 용기이며, 여자 주인공들의 감동적인 미덕이다. 소녀는 정원을 향해 외친다. "말 잘 듣는 비둘기들아, 잉꼬비둘기들아, 하늘 아래 모든 새들아, 어서 와서 콩 고르는 것을 도와다오. 좋은 것은 단지에, 좋지 않은 것은 먹어라."

문제는 선별 능력이다. 판단력 시험을 통과해야 한다. 정신 구도자는 본질적인 것과 비본질적인 것, 영원성과 무상함을 판별하는 법을 배우는 것이 내적 영혼 성장의 상수적 기본 조건으로 간주됐다. 정신의 사도는 독일 신비주의의 용어로 '본질적인' 인간이 되어야 했다. 이 동화에서는 흰 비둘기들이 도우러 오는 장면을 아름답게 묘사하고 있다. 시험을 통과한 뒤 임무는 더 어려워지고, 또 다시 임무를 무사히 완수한다. 선한 정신의 힘들이 아셴푸텔을 뒷받침한다. 그녀는 글자 그대로 은총의 힘, 즉 '정신이 현재하는 상태'를 획득했다. 악한 계모가 거만한 자기 딸들과 함께 아셴푸텔은 집에 둔 채 서둘러 출발하자, 아셴푸텔은 개암나무 아래 어머니 산소로 가서 "나무야, 몸을 흔들어 내 머리 위에 금과 은을 뿌려다오."라고 외친다. 그러자 흰 새가 옷과 신발을 떨어뜨려 주고, 아셴푸텔은 그 옷을 입고 신을 신고서 결혼식 무도회에 모습을 나타낸다. 하객들은 아셴푸텔을 이방의 공주로 여기고, 왕자는 아셴푸텔하고만 춤을 춘다. 저녁이 되자 아셴푸텔은 왕자를 떠나 비둘기장으로 숨어들어 가 그곳을 통해 부엌으로 돌아온다. 사람들이 찾을 때 아셴푸텔은 다시 재와 검댕투성이가 되어 있다.

영혼의 옷들이 발하는 밝은 빛 속에서 초감각적 지각은 본질의 정화를 볼 수 있다. 잠든 육신에서 인간의 영혼-정신의 부분이 떠오르는 저녁이면, 영혼의 껍데기(아스트랄체)는 빛을 발하기 시작한다. 그것은 그 시점 인간의 내적 성장과 정신화에 상응하는 것이다. 이렇게 영혼이 빛을 발함으로써 정신의 시선 주위로 초감각적 세계가 모습을 드러내기 시작한다. 영혼은 더 높은 영혼의 자아와 만난다. '정신 자아'가 영혼과 합일하는 찰나다.

바울은 지상 천막집이 허물어지고, 우리가 '헐벗게' 될 때, 우리를 기다리는 하늘의 '덧옷'을 이야기한다.(〈고린토전서〉 5장) 우리가 이야기하는 동화의 형상들에는 기독교 신비주의가 가장 복된 경험으로 묘사하는 정화의 체험들이 반영되어 있다.

영혼은 일찌감치 밤의 왕국에서 정신과의 접촉을 경험했으나, 세속적 영혼 의식으로는 그 접촉을 인지하지는 못하는 독특한 사태가 벌어진다. 낮의 삶에서 어렴풋하게 기분과 새로운 결의 형태로 나타나기도 한다. 하지만 체험한 것을 완벽하게 의식하고 잠으로부터 기억으로 이송하기에 영혼의 힘은 아직 충분하지 않다. 인간은 습관상 머리만 깬다. 그러면 감각의 지각과 상상력의 삶이 밤의 왕국의 여린 인상들을 덮어 버리고, 더 높은 자아와의 결합은 다시 깨진다. 더 높은 단계의 각성은 감정의 삶에서 일어난다. 그러면 밤의 상상물들은 의식 아래 우리의 꿈의 삶이 전개되는 보다 섬세한 제2의 신경계를 통해 매개된다. 그러나 제2의 신경계로도 정신세계가 낮의 의식에 들어가도록 기억을 일깨우기에는 충분치 못하다. 의지의 깊은 곳에서 깨어남이 일어나야, 즉 의지가 땅의 의식에서 체험된 초감각적 차원을 포착해야 비로소 영혼의 삶과 더 높은 자아의 결합이 가능해진다. 영혼이 깨어나면서 다시 땅의 육신에 가라앉기 위해 어두운 단계들을 타고 내려갈 때, 초감각적인 것의 금빛 자취를 인식하는 것이 중요하다. 체험한 것이 영혼을 빠져나가려는 찰나, 영혼은 체험한 것을 지각으로 가져오는 법을 배워야 한다.

동화에서 결혼 예복 차림의 아셴푸텔은 왕자와 춤춘 뒤 어김없이 왕자에게서 사라진다. 첫 번째는 비둘기장을 통해(생각이 불현듯 날아 들어오고 날아서 나가는데 우리가 마음대로 드나드는 이 생각들을 멈출 수 없다면, 사람의 머릿속과 비둘기장이 다를 것이 없지 않을까?), 두 번째는 배나무를 통해(우리는 이미 『손 없는 소녀』에서 배나무를 사과나무와 대비시켜 보았다) 사라지고, 세 번째는 왕자가 계단에 묻혀 놓은 역청에 달아나듯 뛰어가던 그녀의 황금 신 한 쪽이 붙어 버린다. 왕자는 이 우아한 신발이 맞는 처녀를 수소문한다. 먼저 거만한 두 자매가 신에 발을 밀어 넣지만, 두 자매의 발은 너무 크다. 한 사람은 발가락이 너무 길고, 또 한 사람은 발꿈치가 너무 크다. 두 자매는 어머니의 충고를 따라 너무 긴 발가락과 너무 큰 발꿈치를 한 치씩 잘라내고 왕자를 따라나선다. 왕자가 자매와 함께 말을 타고 '어머니의 무덤'을 지날 때 개암나무 위에 앉은 비둘기들이 자매 뒤에서 신발에 피가 있다고 소리친다. 왕자는 자매를 다시 데려온다. 숨었다가 왕자에 의해 마침내 발견되는 아셴푸텔만 발이 황금 신발에 맞는다. 왕자는 진짜 신부를 알아본다. 왕자가 말을 타고 앞을 지날 때 개암나무 덤불 위 비둘기들이 추인한다.

왕자를 통해 발을 시험케 하는 지점에 이 동화의 심오함이 있다. 사람이 발을 움직여 걷는 양상에서 그와 땅의 관계가 드러난다. 걸을 때 이를테면 발가락을 더 쓰는지, 발꿈치를 더 쓰는지의 문제다. 땅을 밀어내는 걸음걸이가 있는가 하면, 땅에 붙이는 걸음걸이가 있다. 여기에는 또 인간 본질에 임박한 두 갈래 영혼의 길 잃음(루시퍼적 길 잃음과 아리만적 길 잃음)이 표현되어 있다. 땅을 극복했기 때문에 균일하고 리듬 있게 땅을 걸어 다닐 수 있는 걸음걸이는 구원받은 영혼의 걸음걸이다. 구원받은 영혼은 '무거움의 정신'을 이겨 냈기 때문에, '춤추는 자'가 된다.

인간의 참다운 성숙, 그리스도의 정신에 담긴 초감각적 세계에 대한 인간의 관계는 인간이 **땅과 맺는 관계**로 명징하게 드러난다.

왕자가 신부를 교회로 데려갈 때 그들의 양 어깨에 비둘기 두 마리가 앉는다. 요컨대 이 동화는 『세 가지 언어』처럼, 성령강림절(오순절) 비적에서 최고조에 이른다. 자신의 더 높은 자아와 혼인하는 영혼은 승화되어 영감의 단계에 오른다. 기독교 신비주의의 의미에서 성령(성스러운 정신)이 영혼 내면에 임한다고 표현할 수 있겠다.

'신발에 피를 묻힌 채' 왕자와의 결혼을 낚아채려는 두 자매는 처형된다. 두 자매가 교회로 향할 때 비둘기들이 그들의 눈을 쪼아 **뺀다**. 영혼이 저급한 감각 본성을 미처 극복하지 못하고, 정화되지 않은 채 억지로 초감각적 세계와의 합일을 도모하면, 눈 먼 상태로 정신세계를 걷게 된다. 그러면 영혼은 점점 커지는 어둠 속으로 굴러 떨어진다. 동화는 정신에 이르는 도취의 길을 가르쳐 주지 않으며, 초감각적 세계를 향한 어떠한 이기적 욕망도 다 물리친다. 동화는 적재적소에 깊은 진지함을 은총으로 덧붙인다.

충성스러운 요하네스Der treue Johannes
황금 새Der goldene Vogel
수정 구슬Die Kristallkugel

처녀 소피아

앞에서 살펴본 동화들이 정신을 받아들일 자격을 갖추기 위해 노력하는 인간 영혼의 시험 과정을 구체적으로 보여 주었다면, 이번 동화들에서는 영혼의 순수한 원형을 회복하고자 하는 자아, 즉 자기 인식에 목말라 하며 싸우는 인간 정신에 더 무게를 둔다. 영혼이 신비한 몰입의 길을 걷는 감정적 출발점을 보여 주는 동화가 있는가 하면, 사고하는 인간으로 하여금 세계를 탐구하고 자기 내면을 규명하도록 몰아가는, **인식**의 수수께끼를 보여 주는 동화도 있다. 『충성스러운 요하네스』에서는 이 같은 정화의 길을 장엄한 아름다움의 형상들로 보여 준다. 이 동화는 무한한 비밀의 열쇠를 지키는 문지기 인물과 바로 맞닥뜨리게 한다. 처음에는 정체가 드러나지 않는 그는 젊은 왕자에게 유산을 보여 주려고 하는 스승이자 영감의 제공자이다. 한 동화의 방에서 다른 동화의 방으로 젊은 왕자를 이끌어 왕자가 자신이 가지고 있는 빛나는 보물을 깨닫도록 하는 것이 문지기의 임무이다. 그의 이름은 '요하네스(요한)'이다.

중세 교회 전례가 '베드로의 교황권'이었다면, 동화의 형상들이 말해 주는 지혜는 **요한의 교황권**의 선포다. 동화가 말하는 지혜는 늘 있어온 비의(은밀하게 작용하는) 기독교의 증거이다. 베드로가 부활하는 그리스도에게서 "내 양들을 먹이라!"는 계명, 즉 교회를 세우라는 명을 받았다면, 그리스도가 사랑하는 제자에게 주어지는 몫은 다른 유산이다. 이 제자는 십자가에서 내려오는 말을 듣는다. "보라, 저기 너희 어머니시다!" 복음은 "그 시각부터 제자는 어머니를 받아들였다."라고 덧붙인다. 몇 마디 안 되는 이 말들은 가장 내면적인 영혼의 한 사건을 가리킨다. 후기 기독교 시대만 해도 인간의 마음은 십자가 아래 설 수 있을 때까지 침잠의 힘을 통해 그리스도가 겪었던 수난의 단계들을 따라 체험하려고 거듭 노력했다. 이 체험에서 인간의 마음은 '신비의' 죽음을 경험했다. 그러나 영혼은 저급한 자아 본성이 사멸하는 과정에서 더 높은 비밀을 받아들이는 데 자신을 열게 된다. 신비주의자는 스스로 '요한'이 되고, '어머니'를 받아들일 수 있었다. 이 어머니를 '처녀 소피아'라고 불렀다. 루돌프 슈타이너는 〈요한의 복음서〉에 대한 여러 강연에서 복음서 안에 그리스도의 어머니 이름이 거명된 적이 없다는 점을 짚었다. 그리스도의 어머니는 딱 세 번 언급되는데, 그리스도와 함께 첫 번째 '징후'를 일으킨 가나의 혼례(〈요한의 복음서〉 2장 1절)에서, 그리고 다음 장에서 그녀는 '신부'로 명명된다. 그리고 세례 요한은 자신을 '신랑의 친구'로만 칭한다. 십자가 아래에서 그녀는 한 제자에게 가장 성스러운 유산으로 맡겨진다. 하지만 〈요한의 복음서〉의 저자는 그녀를 '마리아'라고 명시한 적이 없다. 요한이 깊은 침묵을 통해 기리는 것을 다른 원시기독교 문서들은 형상으로 표현한다. 이를테면 비둘기로도 나타나는 '높은 곳에 어머니'(소피아)를 거명하며, 부활한 자가 직접 세속의 마리아에게 '물질화한 나의 어머니, 내가 머물렀던 당신'이라고 말하도록 한다. 기독교 영지학은 빛의 처녀의 운명들, 천상으로부터 내려온 것, 길을 잃고 물질세계를 걷는 것, 신성한 남편을 부르는 것, 그리스도를 통해 집으로 돌아오는 것 등으로 이야기할 수 있었다.(페르세포네가 납치되고 디오니소스를 통해 구원받는 엘레우시스의 신비 의식) 반대파 신도들에 의해 광포하게 뿌리 뽑히거나 격문의 조금씩 왜곡된 인용들에 간신히 남아 있는 저 비의의 문헌 조각들은 그 옛날 기독교의 초기 몇 세기 동안 빛의 처녀 소피아가 무슨 의미였는지를 어느 정도 짐작하게 해 준다. 고문서 〈피스티스 소피아Pistis-Sophia〉는 소피아의 방대한 수난 신화를 전해 준다. 부활한 자가 스스로 제자들을 위한 빛의 왕국 가르침에 소피아 신화를 끼워 넣는다. 처녀가 숨은 빛의 보물을 찾아 나설 때, 빛을 훔친 자는 그녀에게 '그녀가 구하는 것은 깊은 곳에서만 찾을 수 있다'는 식으로 가장한다. 그래서 그녀의 시선은 아래로 향한다. 그녀는 홀린 채 자기 자신의 빛 본성을 가린 욕망의 세계로 들어간다. 그리스도가 그녀의 명성을 듣고 내려온다. 그리스도는 자진해서 수난을 택해 정화의 비적 하나를 인류 앞에 내놓는다. 예로부터 개개인이 비적의 장소들을 통해 구한 것, 즉 거대한 '카타르시스', 바로 영혼의 정화이다. 이때 이래로 누구든 수난의 단계를 따라 체험하는 데서 거대한 카타르시스를 발견할 수 있게 되었다. 영혼은 자발적으로 겪는 고통을 빛나는 지혜로 변화시킨다. 삶의 황금 보물을 감춘 상부 세계들이 지혜에 빛나는 영혼에게 다시 문을 열어 준다. 영혼은 '빛의 보물'을 얻고, 이 안에는 존재 일체를 새롭게 창조할 수 있는 권능이 감추어져 있다. 빛의 보물은 그 주인에게 부활의 비밀들을 열어 보인다. "부활한 이가 말하기를, 그러므로 너희는 온 인간 종족에게 설교해 말하라. 정화의 비적을 찾을 때까지 쉬지 말고 밤낮으로 구하라." 정화의 비적들을 발견한 자는 순수한 처녀 소피아도 맞이하게 된다.

　이러한 빛의 비적들은 3, 4세기 마니교의 지혜로 명맥을 잇는다. 마니교도들은 외적으로 핍박받고 거듭 파문당하면서 중세 내내 그들의 지혜 교리들을 비밀 경로들로 이식해 왔고, 이 비밀들은 이러한 비밀 경로를 통해 동화의 형상 세계에도 흘러들었다. 『황금 새』에서 왕자가 쟁취하는 '황금 성의 공주'가, 또는 젊은이가 '수정 구슬'의 마법의 힘을 통해 구원해야 하는 '황금 태양 성의 공주'(『수정 구슬』)가 등장한다.

동경과 용기를 일깨울 기적의 지식은 공주로부터 나와 땅을 가로지른다. 이러한 기적의 지식을 아는 사람들은 그러한 형상들을 통해 수많은 마음에 예감의 씨앗을 뿌린다. 개개인은 인식욕에 떠밀려 길을 떠난다. 알베르트 슈테펜Albert Steffen은 그의 극 〈마니교도들Die Manichäer〉에서 스승의 입을 통해 이렇게 말한다.

...최고의 힘, 동경을 일깨우려
이 전설을 전하노라.
진심으로 우리를 찾아 우리 땅
찾는 이들 막은 적 없도다.

우리 자신도 이들과 한 가지라
끝없이 변하고 영혼을 다시 빚으며
저 바닥에서 올라와 위에서 위로
끝내 신들과 같아지리...

공주는 왜 금빛 외양을 하거나, '금빛 태양의 성'에 가는 걸까? 공주, 즉 처녀에게서 자신의 우주적 근원인 빛을 기억하는 인간의 모습이 드러나기 때문이다. 이러한 형상들은 인간 본질의 일부만 육화되었음을 말해 준다. 그리고 나머지 부분, 즉 '우리의 나은 반쪽'을 우리는 해가 있는 하늘에 놓아둘 수밖에 없었다. '영원한 여성성'의 부분이다. 이 영원한 여성성은 태초부터 우리에게 있어온 것인데, 우리가 땅의 욕망에 연루되면서 망각한 부분이다. 이는 땅의 인류가 행한 우주적 이혼이다.(자신이 깨운 발퀴레를 부르군트 궁에서 망각하는 지크프리트는 이러한 초감각적 '이혼' 비극에 굴복한다) 초감각적 정신 의식을 깨우는 것은 자신의 참 본질에서 자신을 되찾는 것이다. 남녀 간의 세속적 결합은 아무리 고결해 보여도 영원한 각성 과정으로서의 삶에 대한 무상성의 비유에 지나지 않는다. 이러한 끝없는 각성은 인간에서 인간으로 이어지며, 영혼들이 서로 자신의 원형을 보여 주는 과정이다. 세속의 사랑은 이런 요소를 뺀 '마법' 정도밖에 되지 않을 것이다. 자신의 원형을 드러낼 우리 머리 위 영혼 공간은, 이상을 창조하는 영혼의 감정들을 열정을 통해 모조리 빨아들여 삼켜 버리는 감각적 형상으로 꽉 찬다.

『수정 구슬』에서 '인간의 눈'으로만 보는 젊은이에게 공주는 추하고 시든 모습으로 보이고, 그래서 그는 어려운 시험에 든다. 젊은이는 산 아래 샘가에서 씩씩대며 울부짖는 들소를 칼로 제압해야 한다. 들소에서 불새가 떠오르고, 불새에서 불타는 알이 떨어진다. 이 알 속에 수정 구슬이 들어 있다. 이 수정 구슬로 마법이 풀리고, 참 아름다움으로 빛나는 공주가 정체를 드러낸다. 저급한 열정으로 인해 가장 깊은 원천들이 약해진 영혼은 그 초감각적 원형에 다다를 능력이 없다. 지혜를 추구하는 영혼은 죽음의 힘들이 작용하는 감각의 지식만 찾아낸다. 영혼은 감정과 충동들의 소용돌이에서 명징한 사고의 힘의 결정체를 끌어낼 수 있을 때 비로소 자기 안에서 새로운 삶의 중심을 발견한다. 타오르는 이기심으로부터 자아의 순수한 핵이 초감각적 힘의 구조물로 풀려나온다. 영혼이 수정 구슬을 얻는 것이다. 사고의 힘들의 정화 작용을 통해 저급한 감각 지식은 극복되어, 찬란한 지혜로 되돌아간다. 로마 군단으로부터 독일로 들어온 제의의 유산인 페르시아 미트라 비의들에서도 영웅을 통해 황소를 제압하는 것이 모든 정신 시험의 중심이다. 대천사 미카엘의 행위가 고대 페르시아의 지혜의 의미에서 변화한 것이다. 이 동화의 형상들에 그 흔적이 남아 있다.

『충성스러운 요하네스』는 명징한 상상물로 초감각적 삶의 법칙들에 대한 지식을 제공한다. 선한 진지함이 지혜의 얼굴을 하고 우리를 응시한다.

늙은 왕이 임종의 자리에서 가장 아끼는 종, '충성스러운 요하네스'를 불러 아들을 부탁한다. 젊은이를 가르쳐 이끌라는 명이다. 왕자는 자신이 받은 유산 전부를, 즉 성의 모든 공간, 모든 보물을 볼 수 있다. 하지만 "긴 복도 끝에 있는 방은 보여 주면 안 된다. 그곳에는 황금 성의 공주 초상화가 있다. 공주의 초상을 보면 왕자는 공주에 대한 격한 사랑을 느껴 무력감에 빠지고, 큰 위험에 처할 것이다. 그러지 않도록 그를 보호하라." 충직한 시종은 목숨을 걸고 명을 받들겠다고 약속한다. 늙은 왕이 죽은 뒤 시종은 왕자에게 아버지의 온갖 찬란한 유산을 보여 주는데, 젊은 왕은 충직한 요하네스가 늘 마지막 문을 그냥 지나치는 것을 이상하게 여긴다. 결국 그 문을 열 것을 요구하며, 막무가내로 억박지르며 뜻을 굽히지 않는다.

시종은 무거운 마음으로 큰 열쇠 꾸러미에서 맞는 것을 뽑아 문을 연다. 불행이 닥친다. 젊은이는 초상을 보자 쓰러진다. 기절 상태에서 깨어난 젊은 왕의 첫마디가 "저 아름다운 초상은 누구인가?"이다. "그녀에 대한 내 사랑이 너무도 크구나. 나무의 잎들이 전부 혀라도 그것을 다 말할 수 없으리라." 그는 공주를 데리러 가려 하고, 충직한 요하네스는 황금 성에 있는 공주한테 다가가는 방도와 길을 생각해야 한다.

정신의 높이에서 추락한 인류는 원시 의식을 잃었다. 원시 의식 상태의 인류는 자신을 창조의 모든 보물을 지배하는 왕으로 느꼈다. 덩달아 태곳적 정신의 힘들도 죽었다. 그러나 신의 유산을 지키는 살아 있는 지도자들이 인류에게 나타났고, 삶의 비밀들을 푸는 힘이 이들에게 맡겨졌다. 늙은 왕의 임종의 자리에서(땅의 삶에서 물러난 정신적 힘들이 직접 위임해서) 인류에 봉사하도록 위임받은 자가 축성을 받는다. 그의 영혼에 책임의 무게가 놓인다. 인류의 인식 충동이 그에게로 향할 때, 그의 직분이 시작된다. 그는 인식을 구하는 자가 태곳적 지혜 자산이 들어 있는 모든 금고들을 섭렵하도록 이끈다. 이 모든 것이 인식을 구하는 자에게 돌아갈 유산이라고 이야기해 준다. 이때 인식을 구하는 자는 자신의 숭고한 근원을 인식하게 된다. '그래, 나의 정체는 **왕자**

야!' 하지만 주의 깊은 사람만이 마지막 하나가 닫혀 있음을 간파한다. 그의 시선이 그곳을 뚫고 들어가 가장 은밀한 방에 있는 초상에 닿지 못한다면, 정신의 온갖 보물도 그에게는 흡족하지 못하다. 비의를 묻는 깊은 데서 나오는 물음은 인도자로 하여금 성전의 문을 열게 할 힘이 있다. 하지만 설익은 영혼이 진리에의 예감, 즉 형상에서 보는 진리를 만나게 되면 그것에서 생명력들을 완전히 마비시키는 힘이 나온다. 영혼은 금빛 지혜로 빛나는 더 높은 삶을 예감한다. 더 높은 삶은 영혼 안에서 미지의 사랑의 힘을 흔들어 깨운다. 열정은 지혜의 이상과 만나 원초적인 힘으로 불타오른다. 이것이야말로 정신의 참된 제자가 됐음을 알리는 신호다. '빛의 처녀'의 수호자는 그러한 인간이 향후 나아갈 길들을 개척해 줄 수 있다. '빛의 처녀'의 수호자가 그런 일을 맡는 것이 정신의 법칙이다. 보완적 관점 17

〈요한의 복음서〉 말씀에 침잠한 영혼들은 그 복음서 저자를 신비로 인도해 줄 참 지도자로 느꼈다. 살아 있는 영혼 인도자로서 요한이라는 형상은 구도자를 회생시킬 수 있었다. 영혼들은 '이 제자(사도)는 죽지 않는다'는 것을 알고 있었다. 영혼은 요한이 가진 인도의 힘과 내적으로 결합해서, 글자 너머의 자유로운 정신의 영토들을 가리키는 길을 찾는다. 영혼은 **인도자 요한**의 조언에 기대어 땅을 떠나 트인 바다로 나아갈 수 있다. 이 기분을 노발리스는 이렇게 표현한다. "성령은 성경 이상이다. 성령은 기독교를 가르치는 우리의 스승이 될 것이다."

동화는 이겨 내야 할 영혼의 시험에 모험 여정의 형상을 입힌다. 왕자는 황금 성의 공주에게 도달하기 위해 아버지의 유산에서 금 5톤 중 1톤을 빼내 왕국의 금 세공사를 시켜 갖가지 환상적인 연장과 동물을 만들도록 한다. 그리고 만든 것들을 배에 싣고, 상인으로 변장한 충직한 요하네스와 함께 바다를 건너 먼 도시로 간다. 시종은 계책을 내 공주를 꾀어 배에 태운다. 그리고 공주가 금 세공품들을 보고 놀라 아이처럼 넋을 잃고 있는 사이 미리 돛을 올려놓는다. 파고가 높아졌을 때에야 공주는 납치된 것을 알고, 처음에는 어쩔 줄 모른다. 그렇지만 왕자가 공주에게 자신의 진짜 혈통과 헤아릴 수 없는 사랑을 드러내자마자 공주는 사랑에 빠진다.

오늘날 정신과학에서는 이렇게 말할 것이다. "초감각 영역들에 숨어 있는 너의 원형을 보고 싶다면, 먼저 네가 정신적 세계의 내용을 네 의식으로 데리고 오기에(거의 포획이라고 말할 만한) 적합하도록 내적으로 튼실한 살아 있는 표상들을 만들어야 한다. 너의 원형은 빛나는 지혜의 요소 속에 떠돌고 있다. 너의 영혼 깊숙이에서 이 요소와 가까운 것을 찾아보라. 풍요로운 지혜의 유산이 네 안에 쉬고 있는 것을 발견할 것이다. 과거의 문화들(더 정확히 말하면 정신과학에서 말하는 다섯 번의 큰 시대)이 인류를 형성해 왔다. 다섯 문화가 인류에게 '금 5톤'을 가져다주었다. 다섯 문화가 인류에게 정신의 힘들을 차곡차곡 내려 주었고, 오늘날 네가 그 힘들을 다시 끄집어낼 수 있다. 너의 관할인 이 의식의 힘들을 포착해서 그 힘들과 연대한 내적 활동으로 정신세계와 가까운 새로운 표상을 조각해 내면, 너의 영원한 자아가 정신의 빛으로부터 네게 다가올 것이다. 너의 영원한 자아는 아름다움으로 현현해 너에게 안길 것이다."

인식을 구하는 사람이라면 건너뛸 수 없는 영혼의 참된 시험들이 이때 비로소 시작된다. 동화에서 충직한 요하네스는 바다를 항해하는 동안 하늘에서 말하는 소리를 듣는다. 왕자의 귀향을 알리는 까마귀 세 마리의 소리다. 육지에 내릴 때, 성에 들어갈 때, 결혼식 때 세 차례 위험이 그를 기다린다. 하선할 때 적갈색 말이 그에게 달려올 터이니, 그것을 타면 말이 그를 하늘로 낚아챌 것이다. 성으로 들어갈 때에는 금은으로 된 아름다운 셔츠가 그의 앞에 빤짝일 것이다. 그것을 입으면 역청과 유황으로 만든 것이기 때문에 뼛속까지 탈 것이다. 결혼식 무도회 때는 신부가 창백해져서 그의 품에서 쓰러질 것이다. 하지만 매번 구원책이 있다. 그걸 아는 자는 말을 그 자리에서 쏘아 쓰러뜨리고, 셔츠를 불속에 던지고, 신부를 일으켜 그 오른쪽 가슴에서 피 세 방울을 빨아냈다가 다시 뱉어 내는 방책을 쓸 수 있다. 하지만 알고 있는 것을 발설하면 그 자신이 머리부터 발끝까지 돌로 화하게 된다.

새의 언어를 아는 충직한 요하네스는 온갖 것을 다 듣는다. 그는 자기 주인을 구하기로 마음먹는다. 하지만 그의 영혼은 슬프다. 불행이 다가오고 있는 것을 예감하기 때문이다. 일행이 땅에 내렸을 때 예언이 실현된다. 충직한 시종은 세 번 구원책을 쓴다. 다른 시종들이 그를 모함한다. 젊은 왕은 두 번 그를 변호하지만 세 번째에는 마음이 흔들린다. 젊은 왕은 자기를 인도하는 사람의 행동을 더는 통찰하지 못하고 인도자에게 교수형을 내린다. 불행이 닥치기 직전 충직한 시종을 한 번 더 설득한다. 이제 그는 자기 행위의 이유를 밝힌다. 하지만 왕의 은전도 별무소용이다. 충직한 요하네스는 마지막 말을 한 뒤 돌이 되어 땅에 떨어졌기 때문이다.

왕은 깊은 후회 속에 자기 침대 밑에 줄곧 석상을 세워 두도록 한다. 석상이 다시 살아나는 것이 그의 유일한 소망이다. 그는 시도 때도 없이 석상을 응시한다. 왕비가 쌍둥이를 낳는다. 쌍둥이는 그의 발치에서 논다. 그때 석상이 말을 하기 시작한다. "폐하께서 가장 사랑하는 것을 바치시면 저를 다시 살릴 수 있습니다." 왕은 최선의 희생을 각오한다. 석상이 아이들의 목을 베어 그 피로 돌을 닦으라고 요구하자 왕은 제물을 바친다. 이로 인해 충직한 요하네스는 깨어나 다시 생명을 얻는다. 아이들에게 아무 일도 없었다는 듯, 요하네스는 아이들을 치료한다. 그 사이 왕비는 교회에 있다. 왕비의 기도는 일편단심 충직한 요하네스의 불행에 대한 생각으로 가득하다. 왕비가 돌아왔을 때 왕은 왕비에게 같은 희생을 할 수 있는지 시험한다. 왕비는 그럴 각오가 되어 있다. 그때 왕은 충직한 요하네스와 되살아난 아이들을 숨긴 곳에서 데리고 나온다. 그들 모두에게 복이 충만하다.

신화나 종교 문서에서 까마귀는 대개 정신세계에 있는 자에게 땅의 지식을 가져다주는 임무를 맡는다. 오딘, 엘리야, 바바로사의 까마귀는 양쪽 세계의 매개자다.<u>보완적 관점 9</u> 충직한 요하네스는 왕자를 삶의 피안에서 감각의 세계로 다시 데려간다. 이때 그가 듣는 것은, 정신 체험이 땅의 의식과 결합하기 위해서 따라야하는 법칙들이다. "그는 공주를 황금 성에서 집으로 데려가지." "그래, 공주는 아직 그의 것이 아니거든." 이는 정신이 낮 의식의문턱 뒤에서 하는 대화이며, 인도자는 정신의 대화로 들어간다.그는 정신의 대화를 듣고, 초감각 영역의 모든 체험이 육신의 의식과 섞이기 시작하면 곧 바로 비극의 위험이 도사리고 있음을알게 된다. 초감각 영역 체험은 소멸하거나 순수한 정신 직관을왜곡하는 허상들로 가득 찬다. '땅에 내리는 것'은 그 자체에 위험 요소들이 있다. 인도자는 그 위험들을 통찰하기 때문에, 위험들과 제대로 만난다.

　인간 자아는 찬란한 정신 체험의 경지에 잠시 다다를 수 있다. 하지만 인간 자아는 그 성질상 밤의 삶을 주관하는 피의 힘들에 다시 떨어진다. 정신적 형상 세계가 일순간 스쳐 지나갈 때,피의 충동 본성이 이를 잡아채고, 곧바로 직관이 가려지기 때문이다. 순식간에 지나가는 정신적 형상 세계는 흡사 기사를 태우고 지나가는 적갈색 말과 같다. 대신 소망 본성에서 올라오는 환영들이 생성된다. 영혼에서 초감각적인 것과 정열의 요소가 섞이면, 환영들은 영혼 안에 마치 강박 관념처럼 작용한다. 그렇기 때문에 그러한 순간에 깨인 인식은 피를 완벽하게 통제하는 본연의 힘을 유지해야 한다. 깨인 인식은 저급한 충동의 힘이 죽음을 거치도록 끌어갈 수 있어야 한다.

정신 구도자가 육신을 벗고 자기 껍데기를 내려다볼 때, 두 번째로 그에게 강렬한 환영이 닥친다. 에테르체가 숭고한 지혜로 반짝이는 것을 보는 것이다. 과거에 이 숭고한 지혜는 그에게서 땅의 몸을 형상화하는 활동을 했었다. 그런 만큼 그는 더욱 다시금 숭고한 지혜에 포섭되고 싶어진다. 그는 빛의 옷을 입기를 갈망하는 것이다. 하지만 그는 이 에테르적 형성력들이 감각 본성과 결합해 소망의 힘들에 잠식되고, 물질로 인해 약해졌음을 꿰뚫어 보지 못한다.(동화는 이것을 '유황과 역청'으로 표현한다) 초감각적 의식의 섬세한 구성물들은 이 힘들과 접촉될 때 연소된다. 환각들이 밀려오고, 헛된 가상의 마법은 제압되지 않는다.

이제 정신 경험들이 땅의 의식과 결합에 성공해, 초감각 세계가 기억에 흡수되면, 인식하는 자에게 세 번째로 반드시 환멸이 일어난다. 정신적인 것의 퇴색이다. 정신적인 것을 땅의 생각 안에 붙잡아 두려고 하면, 정신적인 것은 그 내적 생명의 충일함을 잃는다. 그런데 사람들은 정신적인 것의 육신적 실재를 감각으로 포착할 수 있도록 상상하고자 했다. 그래서 이념 영역인 더 높은 생명력에 대해서는 아직 보는 눈을 얻지 못한다. 그렇지만 정말로 현명한 자는 순수한 원형으로부터 피의 실재를 고대한다. 충직한 요하네스는 창백해진 신부에게서 피 몇 방울을 빨아낸다. 그때서야 신부는 충동과 거짓에서 자유로운 삶을 얻는다.

괴테의 파우스트도 강렬한 욕망 가운데 나타난 헬레나 형상을 향해 손을 뻗친다. 하지만 헬레나 형상은 세찬 몸짓으로 그에게서 빠져나간다. 그는 넋을 잃고 주저앉는다.

갈망의 힘이여, 나는
그 유일무이한 형상을 살려야 하지 않을까?

그는 뒤돌아보며 이렇게 반문하고는, 헬레나를 다시 손에 넣기 위해 고전적 발푸르기스의 밤의 '기이한 모험' 길을 떠난다. 동화에서 왕자도 파우스트와 같은 말을 하지 않을까.

이제 나의 감각, 나의 본질이 완전히 포위됐구나
그 여인을 얻을 수 없다면, 나는 산 것이 아니야

예언자 만토는 단언한다. "불가능한 것을 욕망하는 자를 나는 사랑하노라." 괴테의 가장 깊은 영혼의 경험들은 이 동화의 지혜와 얼추 맞아떨어진다. 이러한 영혼의 경험들은 같은 체험 원천에서 나온다.

이제 신적인 삶과의 결혼에 이른다. 신적인 삶은 인간 의식에 일단 순수한 사고 형상으로 전달된다. 인식을 구하는 자에게 사고의 순수한 이념 세계는 따뜻하고 활기차기보다, 차갑고 메마르게 보인다. 사고의 발전이 전적으로 기대고 있는 정신의 인도에서 사고의 입장에서 봐줄 수 없는 것이 하나 있다. 정신은 사고가 소망에 기초해 만들어 낸 초감각적인 것의 환영을 파괴할 수밖에 없고, 가장 순수한 형태의 인식을 사고에 선사하기 위해 정신적 실재의 감각적 외피를 모조리 떼어 낸다는 점이다. 지금까지의 인도에 대한 사고의 신뢰가 뿌리째 흔들린다. 의심이 그의 영혼을 좌지우지하게 된다. 그때까지는 비적에서 출발해, 모든 전래의 계시에 작용하고 있던 정신의 권위에 대해 사고는 결별을 선언한다. 이야말로 현 의식의 표식 아닐까?

철학과 근대의 학문적 모색을 통해 순수 사고의 세계를 정복하는 근대 인류의 정신 성장에는 이미 정화가 기본으로 깔려 있다. 그것은 눈뜬 자아를 쟁취하고, 그럼으로써 성년임을 주장하는 것이다. 그래서 한때 자아(Ich)를 통해 인간을 인식과 자유로 이끌었던 정신의 힘들은 독립한 자 앞에서 자기 존립 근거를 대야 한다. 비적의 지혜는 '형리'에게 넘어간다. 비적의 지혜는 자신의 참 본질과 정신적 조건을 알려면, 근대의 지적 인류가 살아가는 형식들을 파고들어야 한다. 땅의 의식은 금속의 세계에 붙들려 있다. 즉 죽은 지성이 된 것이다. 더 높은 지혜의 수호자도 자신의 행동을 설명하고, 자신의 비밀들을 인간의 판단력의 시험에 맡기려면, 금속이 된 땅의 의식으로 내려가야 한다.

그 자신이 '돌로 변해야' 한다. 동화는 인류 해방의 임무를 띤 위대한 인도자의 수난의 길을 묘사한다.

산 정신의 계시는 죽은 사고의 형식들을 통해 겨우 전달된다. 정신 계시의 본래 언어는 침묵이다. 이것은 정신의 계시가 흡사 입상으로 굳은 꼴이다. 이제 자유에 다다라 옛날식 이끎을 거부

치뉘 소피아

267

하는 사람은 반대 제물을 바쳐야 한다. 이 제물은 지혜를 다시 깨울 수 있는 행동을 가장 내적인 자유로부터 실행하게 한다.

영혼 내부에서 이념 세계로만 빛나던 환한 정신 현실과 인간의 지혜 모색이 결합하는 데서 젊은 힘이 탄생한다. 이 힘은 새로운 자아, 그러니까 이중적 존재다. 새 자아는 인식과 행동에서 본연의 자유를 펼친다. 이 '쌍둥이'(다른 동화에서는 땅의 세계를 거쳐야 하는 금빛 쌍둥이로 나온다)는 제물이 되어야 한다. 젊은 정신의 힘들은 아주 깊은 개인 체험에서 나왔음에도 불구하고 개인적인 차원을 넘어서야 한다. 동화에는 이를 두고 피를 흘려야 한다고 이야기한다. 인식하는 자가 바칠 준비가 되어 있는 자신의 체온은 정신의 초감각적 삶을 돕는다. 인도자의 계시적 본성은 모든 추상적 사고 위를 감도는 마력, 즉 죽음의 경직으로부터 구원받아, 살아 있는 영감이 된다. 영원한 정신 형상으로서 요한은 변화한 인식 구도자의 의식 앞에서 마법을 벗고, 영감을 주는 자로서 환생한다. 눈뜬 인간 정신과 인류를 이끄는 지혜 사이에 자유와 희생에 기초한 관계가 생겨날 수 있다. 이와 함께 비적들의 재탄생이 일어난다. 비적들은 '요한의 시대'를 끄집어낸다. 요한의 시대에 인식의 힘들은 영혼을 영원히 비적에 바침으로써 정신으로 부활할 것이다.

동화는 인간의 정신 추구가 걷는 운명의 길을 예언적으로 미리 그려 보인다. 동화는 인식 노력의 **목표**인 처녀 소피아를 드러내 보여 준다. 또 동화는 가장 성스러운 유산의 **수호자**를 주인을 따르는 요한으로 지목한다.

　금빛 지붕의 공주를 신부로 맞이하러 가는 길은 노발리스가
예언한 저 세속 시대의 문턱에 가닿는다.

　고통의 긴 꿈은 지나갔도다
　소피는 영원히 영혼의 사제로다.

땅의 마법을 푸는 시

요링겔이 말하기를,

영롱한 이슬 속 붉고 푸른
꽃 꿈을 꾸고부터
목자의 지팡이와 초원을 놓아두고
서둘러 동쪽으로 향했다.
구름 가장자리로 여명이 비칠 때
금빛 속에 일어나
산정을 오르며 골짜기에서
깊은 침묵의 장소를 찾아 헤맸네

북쪽을 뒤지고 남쪽을 훑으며
꽃 흐드러진 정원들을 보았네
감각을 홀리는 꽃들
향기 흐르고 색색깔 눈부시다
발이라도 지칠라치면
알알이 진주로 울긋불긋 빛나며
꿈꾸는 사람을 부드럽게 매혹하는
꽃 한 송이 보지 못하네

성전을 찾아 헤매며
지쳤다가도 다시 날개를 달아
엄격하게 정화하고 부드럽게 구속해
피의 순환은 더욱 고요해졌다...
아침이 오고, 순정한 곳에
이슬 왕관 쓴 꽃,
난 그 꽃을 꺾었네! 꽃의 마법 앞에
모든 문이 열렸네

요린데가 말하기를,

저 마법에 걸리고부터
나는 감옥 창살 안 신세
내 삶은 노래와 동경
나이팅게일 꼬락서니
반은 체념한 채 다시 희망
늘 너의 발소리를 쫓지
너를 쫓아 공간과 시간들을
거쳐 마법의 나라로 갔네

네 꿈을 노래하는
환희와 탄식에
마침내 그 꽃은 피어나
고결한 꽃받침의 달콤한 빛,
금빛 나날들의 귀환!
순정한 이, 고요한 이들에게서
동화들이 실현되도다
땅의 피 속 천상의 이슬이로고
나이팅게일의 깃털로 나는
땅의 볼을 어루만지네

네 피가 마법을 깨고부터
나는 능히 한 세계를 품지
힘차게 자라나는 사지는
불의 팔과 정신의 날개로다
날아가는 나를 뒤쫓으면
천체들 사이를 통과하리!

정령(님프)의 삶Liber de nymphis
신 에다Jüngeren Edda
황금 머리칼 백작Grafen Goldhaar
열세 번째 아들, 트레데신 이야기Die Geschichte von dem dreizehnten Sohn, dem Tredeschin
불쌍한 방앗간 젊은이와 고양이Der arme Müllerbursch und das Kätzchen
짐플리치시무스의 모험Der abenteuerlicher Simplissimus
뉘른베르크의 마이스터징어Meistersingern
칼레발라Kalewala
운디네Undine
마법에 걸린 왕자Verwunschenen Prinzen
두 황금 아이Goldenen Kindern
공정한 대부Gerechten Goetti
바가바드기타Bhagavadgita
사이스의 베일에 싸인 초상Verschleierten Bild zu Sais
사이스의 도제들Lehrlingen zu Sais
페로닉Peronnik
까마귀Die Krähen
두 나그네Die beiden Wanderer
연못 속의 요정 닉세Die Nixe im Teich
미녀와 야수Beauty and the Beast
황금 전설Goldenen Legende
물렛가락과 북과 바늘Spindel, Weberschiffchen und Nadel
요술식탁과 황금 당나귀와 자루 속의 몽둥이Tischchen deckdich, Goldesel und Knüppel aus dem Sack
엄지둥이의 여행Daumerlings Wanderschaft
엄지 동자Daumesdick
하얀 뱀Die weisse Schlange
은화가 된 별Die Sterntaler
세 개의 황금 머리카락을 가진 악마Der Teufel mit den drei goldenen Haaren
힘센 한스Der starke Hans
고슴도치 한스Hans mein Igel
당나귀 왕자Das Eselein
운 좋은 한스Hans im Glück
홀레 할머니Frau Holle
대부로 삼은 저승사자Der Gevatter Tod

272

개개 모티브에 대한 보완적 관점

동화가 품고 있는 체험은 기본적으로 소박한 '이해' 저 너머에 있다. 꼭 '이해'되지 않더라도 개개인과 관계 맺으며 더불어 살아가듯, 동화에 담긴 체험도 등장 인물들과 그냥 어우러져 **살라고** 촉구한다. 동화의 '수수께끼'가 '이해'로 풀릴 수 있다는 인상을 주지 말라는 얘기다. 이런저런 모티브를 설명할 때, 표상을 부러 똑부러지게 규정하지 않은 이유이기도 하다. 간혹 **접근 방향**만 시사하고, 읽는 이가 창조적 상상력에 기대어 동화 속 인물과 친밀하게 교감하며 이야기를 이어 나가는 선에서 그치기도 했다.

특별히 이에 부합하는 모티브와 형상들을 좀더 이야기해 볼 터인데, 기본적으로 그림 동화집의 모티브를 벗어나지는 않을 것이다. 여기서 다루지 않거나 잠깐 스쳐 지나간 동화들도 그 주요 소들이 앞으로 기술할 상상물의 관점에서 보면 이해 가능하다는 것을 어렵지 않게 알 수 있을 것이다. 다른 한편으로 동화의 언어에 동화되다 보면, 여기서 이야기한 것과는 전혀 다른 맥락들이 열린다는 것도 바로 알게 될 것이다. 우리가 이러쿵 저러쿵 말한다고 해서 누구든 발견의 기쁨을 **빼앗길** 염려가 절대 없다는 것이야말로 동화의 세계가 열어 보이는 풍부한 상상 형상 세계 특유의 매력이다. 동화는 약속 이상을 지키는 사람과 비슷하다.

요즘 문헌학과 민족학에서 동화의 세계를 다루는 이들에게 말해 두고 싶은 바가 있다. 열성적인 동화 수집가와 연구자들이 지난 몇 십 년간 이 분야에서 이루어 놓은 광범위한 작업들을 폄훼할 생각은 없다. 이를테면 그림 형제의 〈어린이와 가정을 위한 동화〉 3권의 〈각주〉에도 들어 있는 볼테Bolte와 폴리프카Polivka의 저작에서 영감을 받지 않은 사람이 어디 있겠는가? 작금의 연구자들이 천착하는 지점, 즉 어떤 동화가 문화권에 따라 변형을 보이거나, 시간이 지나며 모티브에 살이 붙는 현상은 내적 시선에 의외의 맥락을 밝혀, 우리를 동화의 숨은 발원지로 데려갈 수도 있다. 그러나 이러한 방법들은 궁극적으로 구전(민간) 동화의 진정한 근원과 의미에 대해 아무것도 말해 주지 않는다는 점을 일러둔다. 근원으로 뚫고 들어가 발전 과정의 **법칙성**을 밝히는 것, 이것이야말로 모든 학문의 참다운 첫 번째 목표가 아닐 수 없다. 문체 따위나 형식 위주의 연구도 전설, 신화, 동화 등의 체험 내용을 밝힐수록 훨씬 생산적이 될 터이다.

<u>보완적관점1</u> 교육학적 관점

아이를 대해 본 사람은 옛이야기가 아이의 정서 발달을 깊이 각인하는 대체될 수 없는 요소의 원천임을 체득하게 된다. 오늘날 어린 영혼들이 점차 강고해지는 기술 환경 탓에 지나치게 빠르게 지능이 발달하고 땅에 눈뜨는 상황에서 동화는 영혼을 감싸는 마법, 곧 유익하고 필수적인 균형추가 된다. 이야기로, 또는 동화를 예술로 구현한 인형극으로 조이고 풀어 주며 다양한 밝고 감동적인 기분을 북돋을 때, 아이들 영혼에서 감정의 힘들이 강화된다. 감정의 힘은 인상에서 인상으로 날아다니는 산만한 아이들을 집중하게 하는 중요한 수단이 된다.

아이 스스로 같은 내용의 이야기를 들려 달라고 거듭 요구할 때 아이는 동화의 인물들과 올바른 관계를 맺게 된다. 아주 어린 아이들은 『늑대와 일곱 마리 새끼 염소』를 아무리 들어도 물려 하지 않으며, 『빨간 모자』를 극처럼 꾸미기도 한다. 동화의 인물들은 아이들이 보살피고 꾸미고, 또 모성과 세심함으로 감싸는 인형처럼 삶의 동반자가 된다. 물론 인형이 '정말' 살아 있지 않다는 것을 알고 있다. 그럼에도 불구하고 아이는 자신의 상상력에 귀 기울여 인형에 더 높은 현실성을 부여하는 온갖 것을 장착한다. 중요한 점은 이야기를 들려주는 사람이 동화의 진실성 차원과 굳게 연결되어 있어야, 아이는 기본적으로 자신에게 주어진 것의 내적 진실성이나 동화 주인공의 실재를 의심하지 않는다는 것이다. 그러나 오늘날 이야기를 들려주는 많은 엄마나 교사가 형상화된 사건들의 진실에 대한 직관적 체험을 더는 담아내지 못하기 때문에, 우리 시대 아이들은 동화에 대해 너무나도 일찍 의심하는 태도를 취한다.

영혼을 건강하게 성장시키는 데 무엇보다 중요한 것은, 오늘날 아이들이 안타깝게도 점점 기계화되어 가는 장난감과 교류하는 탓에 너무나 일찍 파고드는 기계주의 세계상에 대항해, 영혼이 깃든 자연관을 세우도록 돕는 것이다. 이는 육화를 보조하는 중대한 문제다. 유연한 영혼의 힘들은 영혼 없는 세계의 유령 같은 작동과 만나면 충격을 받고, 그 앞에서 겁먹고 움츠러든다. 아이들에게 상상력을 통해 자연 정령들의 작용, 이를테면 땅속에 사는 부지런한 뿌리 인간들, 샘과 연못에 사는 신비한 요정들, 세계에 향기와 색을 불어넣는 부드러운 빛과 꽃의 요정 등과 만나도록 해서 삶에 영혼을 불어넣을 수 있다.('자연 정령' 장에서 자연 정령들과 식물계의 다채로운 삶의 관계를 짚어 본 바 있다) 아이와 뜰이나 숲, 들판을 거닐 때 정령들의 활동과 습성을 그때그때 즉흥적으로 생생하게 이야기할 수 있으면 좋다. 현대 의술의 개척자로 의학계에 진지하게 받아들여지기 시작한 파라셀수스에게는 우리 시대 관점에서 보면 아주 이상한 면모를 갖고 있었다. 동화와 구전 설화에서 활약하는 자연 정령들에 대한 믿음이다. 선입견 없이 난쟁이, 운디네 같은 자연 존재들에 대한 파라셀수스의 서술을 따라가 보는 것도 좋겠다. 그는 물의 인간, 산의 인간, 불의 인간, 바람의 인간, 그리고 거인과 바다 요정에 대해 이야기한다. 이들은 '모두 사람처럼 생겼지만 아담에게서 비롯하지 않은 존재들'이라는 것이다. 이는 위대한 의사이자 자연 학자의 입을 통해 말하는 직관이라 하겠다. 식물 학자가 식물을, 또 동물 학자가 동물을 종에 따라 나누듯, 파라셀수스는 〈정령(님프)

의 삶Liber de nymphis〉에서 자연 정령들을 분류, 기술하고 있다. 그는 자신이 예지적 인지 능력이라고 명명한 '자연의 빛'으로 인식하는 자였다. "자연은 빛을 주고, 그 빛을 통해 고유한 가상(드러남)으로 인식될 수 있다. 인간에게는 자연에서 태어난 빛 바깥의 빛이 또 있다. 그것은 인간으로 하여금 초자연적인 것들을 경험하고 배우며 규명하게 하는 빛이다..."

오늘날에는 교육학적 견지에서 구전 동화에 대해 이런저런 이의들을 제기하기도 한다. 이는 동화가 도덕적 또는 비도덕적으로 작용할지 모른다는 속 좁은 생각의 소산이다. 그림 형제는 이미 자신들의 동화집 서문에 그러한 걱정꾼들을 위해 적절한 답을 해 두었다. 그림 형제는 구전 동화의 중심을 가로지르는 순수성을 강조하며, 이 모음집을 '교육용 책'으로 보려 했다. "매일 삶에서 일어나는, 감추고 싶으나 그럴 수 없는 어떤 상태나 관계에 연루되는 것을 불안한 나머지 배제함으로써 순수성을 얻는다면, 그런 순수성은 교육용 책이 추구할 바가 아니다. 아울러 우리는 활자화된 책에 실려 있는 행동이나 사건이 실제 삶에서도 일어날 수 있다는 식의 거짓에 싸여 있다. 우리가 구하는 순수성은 옳지 않은 어떤 것도 뒤에 감추지 않겠다는 정정당당한 이야기의 진실성에 있다. 더욱이 우리는 이 개정판에서 아이 연령에 맞지 않는 표현을 세심하게 살펴 삭제했다. 그런데도 이런저런 것이 부모에게 당혹스럽고 거슬려서 아이들 손에 이 책을 쥐어 주고 싶지 않다고 항변할 수 있다. 사안마다 염려의 이유가 있을 수 있다. 그렇다면 부모는 가볍게 선별하면 된다. 하지만 전반적으로, 즉 건강한 상태를 기준으로 할 때 선별은 단언컨대 필요치 않다. 우리를 지키기에 꽃과 잎들이 그러한 색과 모양으로 자라도록 하는 자연 그 자체보다 나은 것은 없다. 특정 욕구 때문에 그런 색과 모양의 꽃과 잎이 싫은 사람도 그렇다고 꽃과 잎을 다른 색으로 물들이고 다른 모양으로 재단하라고 할 수는 없는 노릇이다... 하물며 우리는 걱정의 소지가 비교도 안 되게 많은 〈성경〉을 한 민족을 이끌어온 건강하고 힘 있는 가장 좋은 책으로 치지 않는가. 올바른 사용이란 나쁜 것을 빼는 것이 아니라, 거기서 우리 마음의 소리를 추출하는 것이다. 미신을 쫓는 어른들은 별을 손으로 가리키는 것을 천사들을 모욕하는 행위로 인식하지만, 아이들은 두려움 없이 별을 가리킨다.”

아이가 동화를 통해 너무 많은 끔찍한 요소에 접한다는 비판이 오늘날 종종 일곤 한다. 특히 악한 자들을 벌하는 장면이 너무 노골적이라는 지적이다. 이러한 걱정 어린 경계는 대개 동화에 숨은 정신의 법칙성에 대한 상상적 묘사를 이해하지 못한 데에 기인한다. 우리는 ‘어둠의 힘’ 장에서 이러한 비밀들을 상세히 다뤘다. 세계의 존재 안에는 아이도 느껴야 할 가차 없는 지배 정의가 있다. 이야기를 들려주는 사람이 끔찍함을 즐기지 않고, 관용과 은총과도 배치되지 않는 세계 운행 고유의 위대한 진지함의 편에서 묘사하기만 한다면, 아이는 이러한 지배 정의도 의미 있는 것으로 느끼게 된다. 선한 요정과 기타 삶을 도와주는 존재들 형상이 됐든, 주인공이 고난과 혼란을 거쳐 끝내 자기 목표를 이루거나, 인간의 마음 속 깊은 갈망이 이루어지는 길을 통해서든, 모든 신의와 희생 정신은 보상받고 궁극적으로 정화에 도달한다. 현실의 엄연한 한 면, 즉 어둡고 수상쩍은 측면을 가린 채 키운 아이들은 환상적 성향의 인간으로 자란다. 온전한 삶의 현실을 감당할 건강한 능력이 약해지는 것이다. 삶의 모순이야말로 아이들이 가공해야 할 재료다.

동화에 나오는 마녀와 마법사들이 아이들의 정서를 공포로 채운다는 반론도 있다. 이는 대개 동화를 들려주는 사람의 영혼 분위기 탓이다. 어두운 힘을 제압하는 것에 대해서는 설득력 있는 묘사가 필요하다. 신성이 땅 위에 자신의 영광스러운 권능을 세우기 위해 겸손한 사람, 신실하고 순수한 사람들을 통해 승리하는 과정이어야 한다. 감정이 건강한 동화 이야기꾼은 상황을 유머러스하게 묘사해서 심각한 진지함이나 시적 분위기와 균형을 맞추려 노력할 것이다. 또한 동화를 들려주는 사람은 동화에 땅의 힘을 가미하고, 생활력 있는 싱싱한 젊음이라는 좋은 양념을 치는 일을 빠뜨려서는 안 될 것이다.

특히 '악한 계모'상은 동화 이야기꾼에게 성가신 난제다. 아이 영혼에 선입견을 심어 두 번째 엄마에게 한없는 어려움을 안겨 주기 십상이기 때문이다. 우선 동화는 그 형상들을 실제 삶에서 취한다고 하겠다. 아무리 노력해도 엄마를 대신하는 것은 쉽지 않다. 선한 의도와 바른 생각으로 충분치 않다. 이러한 운명의 문제들은 **보이지 않는 세계들과의 연대를 통해서만** 풀린다. 다시 말해서, 눈에 보이지 않는 죽은 자의 현존과 의식적으로 연결해야만 된다. 이를테면 엄마 역할을 대신하려고 하면서 아이와 죽은 엄마에 대해 이야기하기를 꺼린다면, 양육에서 줄곧 난관에 부닥칠 것이다. 죽은 자의 세계, 특히 죽은 아빠나 엄마는 의식적으로 땅의 삶의 맥락으로 끌려들기를 원한다. 사고와 신념에서 죽은 자의 침투를 허용하는 사람은 죽은 자의 조력도 경험할 수 있을 것이다. 동화가 말하는 계모는 생모를 완전히 가려, 즉 보이지 않는 엄마를 덮어 버려 더는 지상 세계에 작용해 들어오지 못하게 막는 사람을 가리킨다. 오늘날 우리가 살아가는 물질세계는 이런 식으로 신적 세계를 가려 막아서, 우리의 정신적 고향을 잊게 만든다. 물질주의는 우리의 영원한 인간 본질에 대해 마치 '사악한 계모', '무정한 엄마'처럼 행동한다. 꼭 들어맞는 이미지다.

하지만 내면에서 죽은 자와 제대로 관계 맺는 사람은 실마리가 되는 말을 찾아내 그런 운명에 처한 아이에게서 **신뢰**를 얻을 수 있다. 인과율에 대한 욕구가 눈뜨기 시작해 동화의 '진실성'에 의문이 많아지는 성장기 젊은 영혼들에게도 적정한 말은 의구심 해소에 도움이 된다. 동화에 담긴 더 깊은 지혜를 머리로 분석하는 것이 아니다. 만물이 자연법칙에 따라 정확하게 움직이는 세계의 바깥에 영혼의 참 고향인 다른 영역이 있다는 지시만으로도 왕왕 충분하다. 이러한 경이의 왕국 문을 연 복된 이들이 늘 있었다고 할 수 있다. 동화에 나오듯 누추한 차림새로 외진 곳에 사는 이런 사람들과 마주치는 일이 옛날에는 훨씬 흔했다. 오늘날에도 깨달음을 주는 사람들이 없지 않으며, 짐작컨대 이러한 지혜로운 남녀 없이 세상은 지탱할 수 없다. 또한 땅의 왕권이 흔들리거나 많은 나라에서 왕정의 전통이 급속도로 허물어지는 시대에도 왕과 왕비는 존속할 것으로 예상된다. 정치적 시선으로 동화에 나오는 왕들과 매혹적인 공주들을 소멸시키려 해서는 안 된다. 이것이 아이 영혼에 좋은 일이다. 그럴 것이, 보이지 않는 왕관을 쓴 왕이 제일 좋은 왕이며, 오늘날에도 그러한 인물이 이 땅에 온다면 은총이라는 것을 아이 영혼이 알게 될 때, 외경의 힘들이 깨어나기 때문이다. 어디에선가 그런 사람들을 직접 만나게 되지 않을까? 눈에 띄지 않는 땅의 외피를 두르고 있어도 알아볼 수 있기를!

보완적 관점 2 '말'

『거위지기 아가씨』에서는 공주의 말 '팔라다'를 항상 '말'이라고 지칭했다. 하지만 그림 형제의 〈각주〉에는 공주와 말 머리 사이의 대화가 다르게 표현되어 있다.

오, 새끼 암말Fohlen이여, 너는 멈추고
오, 아름다운 소녀여, 너는 가는구나...

여기서 '팔라다Falada'의 어원이 '새끼 암말Fohlen'임을 추정할 수 있다. 롤란드의 말 이름도 '발렌티히Valentich'이다. '팔란드 Faland(또는 Valand, Voland)'는 악마의 이름으로 많이 사용됐다. 악마가 사람 형상으로 나타나도, '말발굽'을 가지고 있기 때문에 알아볼 수 있다는 민간 속설이 있다. 이름 '팔란드'는 바로 이런 점을 가리킨다. 〈신 에다Jüngeren Edda〉에는 로키가 암말로 변해 망아지를 낳고, 이 망아지가 모든 말 중 최고의 말, 오딘의 말 '슬레이프니르'가 되는 이야기가 나온다. 이는 본능적으로 작용하며, 피를 주관하는 힘이다. 이 힘은 루시퍼적 성질을 가지고 있지만, 오딘을 받드는 정신의 인도를 받는다. 그런데 고대 게르만족이 성스러운 존재로 받들던 말은 점점 저급한 영리함, 즉 인간을 마비시키려고 하는 악마적 간계의 형상이 되어 갔다. 여기에는 (〈요한의 묵시록〉에 나오는 네 마리 말처럼) 지성의 성장 비밀이 표현되어 있다. 처음에 지성은 인간에게서 매우 지혜로운 본능으로 작용했다. 옛날 시대에 영혼은 아직 사고를 자유자재로 다룰 수 없었다. 머리보다 훨씬 영리한 충동들이 영혼을 가르치고 인도했다. 그렇게 해서 반인반마인 '켄타우로스'라는 상상물이 탄생했다. 그리스 영웅들의 현명한 스승 케이론도 켄타우로스였다. 그러나 그가 말하는 것은 인간 이성이 아니라, 자연 충동들에서 올라오는 지혜였다. 말과 서로 연결되었던 단계를 극복하고서야 인간은 **기사**가 되어 말 다루는 법을 배웠다. 이로써 인간은 자기 자아로써 충동적인 지혜의 힘들을 제어하기 시작했다. **어떤** 신념이 그 사람의 생각에 향방을 정했는지는 타고 있는 말의 색이 말해 준다. 이를테면 우리는 지금도 '기마 원칙들'을 곧잘 입에 올린다. 어떤 사람이 자기 세계관을 제시할 때, 그가 타고 오는 것이 하얀 말인지, 붉은 말인지, 검은 말인지를 꼭 문제 삼아야 할 것이다. 이 단계들이 두드러진 의미로 부각되는 『철의 사나이 한스』는 따로 이야기하겠다.

『믿을 수 있는 페르디난트와 믿을 수 없는 페르디난트Fere-nand getrü und Ferenand ungetrü』에는 젊은이에게 현명한 조언을 전하는 말하는 말이 등장하고 『곰 가죽 사나이』와 이 동화의 변형인 〈황금 머리칼 백작Grafen Goldhaar〉이라는 스위스 그라우뷘덴 동화에도 비슷한 의미의 말이 등장한다.('다른 민족의 동화 세계_스위스 그라우뷘덴 동화' 참조) 젊은이는 초록 옷을 입은 자(악마)의 마구간에 갇혀 있는 이 흰말을 대담하게 타고서 마법의 영역을 벗어난다. 그 대가로 말은 그가 곤경에 처할 때마다 조언을 하고, 마침내 영광스러운 승리에 이르도록 한다.

〈페르스발〉의 전구로 보이는 '페로닉'에 대한 브르타뉴 동화에서 주인공은 모든 위험을 극복하기 전에 먼저 어린 망아지를 제어해야 한다. 이 망아지는 매일 검은 말을 타고 숲을 지나는 위대한 마법사 로젤이어를 수행한다.(〈페로닉〉) 이 망아지는 '편자 박지 않은 말', '재갈을 물리지 않은 말'이라는 언급이 중요하다. 아이 같은, 즉 길들이지 않아서 아직 지적 교육이 범접하지 못한 영혼 능력을 이른다. 마치 소박한 본성으로 인해 삶의 온갖 상황에서도 마음의 확신을 작동시키는 '천진난만한 자'로 등장하는 페로닉 같다. 엥가딘 본과 테신 본이 있는 〈열세 번째 아들, 트레데신 이야기Die Geschichte von dem dreizehnten Sohn, dem Tredeschin〉에는 '방금 내린 눈처럼 하얗고, 바람처럼 빠른' 말이 등장한다. 백마는 위대한 마법사의 것인데, 트레데신이 섬기는 왕이 이 말을 탐내다가 병이 든다. 제아무리 강력한 왕국이 있다고 해도, 이러한 준마를 자기 것이라고 말할 수 없다면 왕이라 한들 무슨 소용인가! 왕에게 준마를 가져오는 사람은 공주를 아내로 맞고 왕국의 절반까지 받게 된다. 눈처럼 하얀 준마를 지키는 일은, 핏빛 붉은 코의 검은 준마들과 함께 그것을 지키는 마법사의 마구간 하인들의 몫이다. 하인들은 어두운 충동의 힘들을 포박해 두고 있다. 이들에게서 이 흰 준마를 빼내려면 그들을 잠들게 하는 방법을 알아야 한다. 트레데신은 저녁에만 마법사의 집에 접근해, 속임수로 그들을 잠에 빠뜨려 흰 준마를 빼낼 수 있다. 요컨대 이 흰말은 분명 낮의 깨어 있는 삶이 진행되는 동안에는 감각의 삶 안에 감추어져 있는 능력을 가리킨다. 이 능력이 없으면, 우리 안에 살고 있는 정신의 인간은 제 아무리 넓은 왕국을 다스린다 하더라도 자신을 실제의 왕으로 체험하지 못한다. 동화의 언어는 이것으로 감각의 족쇄에서 완전히 풀려나 정신의 왕국에서 자유롭게 움직이는 사고의 힘을 나타낸다. 이 사고의 힘은 정신의 인간의 수중으로 넘어가기 마련이다. 깨어 있는 낮의 삶 동안 우리의 사고는 일단 몸에 매어 있다. 즉 우리의 표상들은 감각 세계의 테두리 안에서 움직인다. 이제 감각 체험이 사라지는 잠드는 순간, 표상들이 풀려나고 정신은 사고의 순수한 빛의 힘들로부터 육신의 삶 너머로 건너간다. 트레데신은 새로이 깨어난 이러한 능력들의 운반자를 자임한다. 그는 정신의 왕국으로 부름을 받은 일종의 음유 시인(트루바두르)으로 묘사된다.

'바람보다도 빠른 황금 말'도 있다.(『황금 새』) 영혼은 감각 본성에서 빠져나왔을 때 세계 사고에 몸을 실을 수 있다. 영혼은 공간과 시간에 대한 자유를 획득했다. 이는 태양 입문을 암시한다. 태양의 순수한 영역에서 나오는 사고의 힘들은 자신을 인간 정신에 내주려는 경향이 있다. 사고의 힘들을 통해서만 인간 정신은 아직 정신의 높이에서 나부끼고 있는 자신의 더 높은 자아와의 합일에 다다를 수 있다. 왕자는 황금 말을 타야만 '황금 성의 아름다운 공주'를 집으로 데려올 수 있는 것이다.

『불쌍한 방앗간 젊은이와 고양이』에서 늙은 방앗간 주인은 세 청년에게 최고로 좋은 말을 집으로 데려오는 사람에게 방앗간을 주기로 약속한다. 손위 두 도제는 스스로 매우 영리하다고 자부하지만, 하나는 눈먼 말을, 다른 하나는 절름발이 말을 데려온다. 7년을 고양이 시중을 든 바보 한스만 한 번도 본 적이 없는 아주 근사한 말을 그 보상으로 받는다. 우리는 이곳저곳에서 얻은 우리 자신의 세계관을 얼마든지 자랑스러워할 수 있다. 문제는 자신의 세계관으로 삶의 수수께끼를 꿰뚫어 보고, 삶에서 진정한 진전을 이루는가이다. 데려온 것이 '눈이 멀었거나', '절름발이' 비루먹은 말임을 떠들썩한 학식과 약삭빠른 원리로는 알아 차리지 못할 것이다.

지성이 아직 본능적으로 작동하는 우리 시대에 지성은 저급한 이기주의에 봉사하기 십상이다. 충동은 세련돼 가고, 정신 분석가가 즐겨 말하는 '그것'은 제 모습을 드러내며 수단 방법을 가리지 않고 목적을 실현한다. 깨어 있는 인간은 더는 행동하지 않고, 아래로부터 지배받는다. 그러나 '말발굽'은 자신이 하는 모든 일에서 앞을 내다볼 수 있다. 또렷이 주의만 기울이면 된다! 이것은 옛날 켄타우로스의 잔재이다. 정신 분석은 기본적으로 인간 안에 잠재되어 살아 있는 **이 켄타우로스에 대한 학문**이다. 잠재의식적 영혼의 삶의 본능적 지혜는 시간이 가면서 충동 본능의 잠행성 책략이 되어 버렸다. 즉 '팔라다'는 인간의 발 대신 말발굽을 가지고 있는 것이다.('다른 민족의 동화 세계_북유럽 동화'에서 이러한 관점에 대한 보완으로 **당나귀**에 대해 언급한 내용 참조)

<u>보완적관점3</u> 곰 가죽을 쓴 사람

정확히 말하면 곰이라는 상상물은 인간 이성이 논리 규칙과 이른바 사실 증거의 철갑을 두를 때 등장한다. 인간 이성이 물질주의적 사고 형태라는 구속복 속으로 기어들어 간 격이다. 일어서려고 하지만 땅의 무게를 벗지 못하는 이 인간 논리는 직관적 만능 이성 덕에 구구한 추론이 필요 없는 정령들의 왕국에서는 우습기 짝이 없다. 행보가 불안정한 인간 사고는 정령들에게는 오락거리다.

정신 구도자는 땅의 사고를 연마할 때 엄밀한 방법들로 일관해야 한다. 즉 곰 가죽을 입을 결심을 해야 하는 것이다. 두 '황금 아이' 중 하나가 곰 가죽을 입는다. 땅의 삶에 풍요로운 빛의 황금을 가져온 영혼은 물질주의 시대에 자신을 관철하려면, 잠시나마 지적 사고 형식에 발을 들여놓아야 한다. 7년 동안 악마와 계약을 하는 그림 동화 『곰 가죽 사나이』 내용도 이와 비슷하다. 인간 정신이 이를테면 현대 자연 과학에 헌신하면, 그것은 메피스토펠레스적 힘과의 계약을 의미한다. 인간 정신이 나중에 의사, 기술자, 화학자로서 자연 과학을 선한 목적에 쓰려고 한다 해도, 땅의 힘들을 제어하는 법을 배우기 위해서는, 자기 영혼의 삶을 일단 어둡게 하고 황폐하게 하는 수련 과정을 거쳐야 한다. 그 와중에 직관적–예술적 능력들이 마비되고, 감정의 힘들이 얼마간 위축된다. 동화에서 '병사'(악에 대항하는 전사)는 7년간 곰 가죽을 쓰고 살아야 하는 것으로 나온다. 그 기간에는 씻지도, 또 머리를 빗지도 못하고, 손톱을 깎거나 '주의 기도문'을 외워서도 안된다. 이 마지막 조건이 뜻하는 바는 자신의 감정의 삶을 돌아보지 말아야 한다는 것이다. 물질주의 시대정신에 걸맞게 학문적 노력과 탐구에 완전히 몸을 담그는 것은 정신의 관점에서 보면, 일단 영혼의 삶이 피폐해지는 결과를 가져온다. 내적 성장에는 늘 모험인 것이다. '병사'를 자임하는 사람이라면 이러한 정신의 모험을 짊어지지 않을 이유가 있겠는가? 그로 인해 자신이 '곰가죽을 입은 사람'이 된다는 사실을 동시에 통찰하면 그것은 유익하다. 영원히만 아니라면!

앞서 그라우뷘덴 지방의 풍부한 동화 자산들 중에 곰 가죽을 입은 사람과 관련한 다른 동화(〈황금 머리칼 백작〉)를 언급한 바 있다. 이 동화에는 말과 곰이 나란히 나온다. 말과 곰은 마법에 걸린 상태로 녹색 옷을 입은 자, 즉 악마의 마구간에 있다. 악마의 '견습' 도제가 말과 곰을 먹이는 일을 하는데, 말이 말을 하기 시작하자 두 동물을 풀어 주기로 마음먹는다. 말과 곰이 녹색 옷 입은 자에게서 벗어나자 말은 도제에게 숲에서 곰을 죽여 가죽을 벗기라고 말한다. 곰 가죽을 뒤집어써서 자신의 황금 털을 감춰야 하기 때문이다. 세상은 지혜를 추구하는 영혼의 밝은 빛을 견디지 못한다. 더 높은 지식을 배우는 입문자는 응당 겸손을 익혀야 한다. 젊은이가 자신의 이상과 정신적 능력들을 관철하는 근대적 요구를 따르고자 할 때, 먼저 꾸준한 노력으로 획득해야 하는 것이 바로 땅의 이성을 다루는 법, 감각적 학문의 지식이다. 더 높은 정신의 힘들은 잠시 가장 내밀한 영혼의 내부로 후퇴할 수밖에 없다. 세상의 눈에 지혜의 참 제자는 '곰 가죽을 입은 사람' 모습으로 보인다. 정신의 사도가 정신이 자신과 물질세계를 완벽하게 제어함을 보증하는 시험들을 통과했을 때 비로소 곰 가죽을 벗고 본래의 찬란한 금빛을 드러낼 수 있다.

'곰 가죽을 입은 자'라는 표제는 1670년 처음 나온 저 유명한 〈짐플리치시무스의 모험Der abenteuerlicher Simplissimus〉에서 저자 그리멜스하우젠Hans Jakob Christoffel von Grimmelshausen이 특정 신비적 흐름에서 '곰 가죽을 입은 자'라는 제목을 썼다. 이 이야기는 〈첫 번째 곰 가죽을 입은 사람. 밑에 감춘 기이하고 교훈적인 비밀이 없지 않음. 늘 질책하고 질책당하는 모든 이와, 그밖에 무식쟁이, 바보로 치부되는 모든 이를 위한...Der Erste Beernhäuter. Nicht ohne sonderbare darunter verborgene Lehrreiche Geheimniss...Idiota〉이라는 제목으로 세상에 나왔다. 분명 『곰 가죽 사나이』의 내용상 줄기가 된 이 이야기는 문헌학이 판단하듯 조롱으로 기획된 것이 아니다. 저자는 무식한 문외한을 자처하며, 일찍이 니콜라우스 쿠자누스Nicolaus Cusanus가 '유식한 무지'라고 상찬한, 장미십자회 전통으로 이어져 온 정신의 흐름에 온전히 몸을 싣고 있다. 페르스발적 인물인 주인공 짐플리치시무스도 같은 방향이다.

보완적 관점 4 직업

『두 나그네Die beiden Wanderer』에서 재봉사와 구두장이가 우연히 마주친다. 한 사람은 쾌활한 호인이다. 다른 한 사람은 식초를 마신 것 같은 표정을 늘 하고 다닌다. 유머라고는 없다. 그에게서는 땅의 무게가 느껴진다. 동화에서 재봉사는 무엇이든 하려고 하는 사람으로 묘사된다. 좋든 나쁘든 낙천적이다. 반면 사람들에게 발밑에 땅 같은 단단한 밑창을 만들어 주는 구두장이는 둔중하다. 흡사 사람들이 통과해야 하는 땅의 길들의 운명을 짊어진 모양새다. 제대로 된 구두장이라면 자신이 신발 밑창을 깔아 주는 사람이 땅을 어떻게 딛는지 알고 있다. 밑창이 닳는 양상에서 걸음걸이가 드러나고, 아울러 이들의 땅의 운명에 대해서도 제법 알게 된다. 인간 영혼은 자신이 관계하는 것과 무의식으로 연결된다. 구두장이는 자신의 수공 작업을 통해 자기 안에 받아들이는 것이 자신의 영혼에 우울 기질로 나타난다. 그것을 자기 선에서 어떻게 해결할 수 없는 경우 성마름으로 귀결될 수 있다. 이 동화에서 구두장이는 재봉사의 어두운 분신처럼 보인다. 구두장이는 밝은 영혼에 어둠을 흩뿌려 악한 기운으로 그 영혼을 괴롭히는 악령적 힘의 상징으로 볼 수 있다.

하지만 구두장이가 내면에 선의를 품으면, 인간 운명의 어두운 길을 자기 안에 흡수해 함께 구원할 수 있다. 리하르트 바그너의 〈뉘른베르크의 마이스터징어Meistersingern〉에 나오는 '구두장이 겸 시인' 한스 작스는 이러한 마음의 소유자로 묘사된다. 그는 누구든 '신발을 통해 어느 부분이 아픈지'를 아는 사람이다. 아닌 게 아니라 구두장이인 야콥 뵈메Jacob Böhme는 중세시대 신비주의자들처럼 신비의 빛에만 취해 있지 않았다. 그는 깊은 명상을 통해 그리스도의 빛과 땅의 무거움을 하나로 만드는 법을 터득했다. 그는 악의 수수께끼와, 빛이 드러나려면 어둠이 필요한 이유를 간단없이 성찰한다. 『노간주나무』에도 이러한 구두장이가 나온다.

우리가 살펴본 동화들에는 어부, 군인, 금 세공사, 사냥꾼, 목동 등 여러 직업이 묘사된다. 여기서는 방앗간 주인까지만 살펴보자. 어느 사람이나 다 자기 안에 비밀스러운 물레방아가 있다고 할 수 있다. 물레방아는 우리가 매일매일 흡수하는 감각 인상들과 운명의 체험들을 가공해서 그것을 인간 본질의 숨은 부분의 자양분으로 변화시킨다. 우리가 경험을 해야 하는 이유는 그것을 통해 현명해지기 위해서다. 또 운명을 직접 겪어 내는 것은 그로 인해 강해지기 위해서다. 정신과학 용어로 에테르체라는 단어가 있다. 이것은 우리의 물질적 신체 안에서 작용한다. 마치 보이지 않는 조형가가 자신이 삶에서 받은 인상과 자극들을 기준 삼아 우리의 내적 형상을 만들어 내는 것과 같다. 핀란드 민간서사시 〈칼레발라Kalewala〉는 소금, 밀가루, 금을 만들어 내는 신비한 물레방아 '삼포'를 만드는 이야기다.(저자의 글 〈핀란드의 정신적 유산Das Geisteserbe Finnlands〉에서 상세한 묘사 참조) 방아는 에테르체를 상징한다. 우리 안에서 비밀스럽게 작용하는 더 높은 의식은 이 에테르 조직에서 작동한다. 더 높은 의식은 먹을 것을 만드는 방앗간 주인의 형상으로 나타나기도 한다. 에테르적 형성력의 영토에서 깨어나 물질 변화의 비밀들을 보는 영혼은 『룸펠슈틸츠헨』에서 보듯, 자신을 '아름다운 방앗간 집 딸'로 경험한다. 그래서 『불쌍한 방앗간 젊은이와 고양이』의 요점은 누가 낡은 방앗간을 가지게 되는가이다. 바보 한스가 배워야 하는 것은 인식의 길이다. 은제 연장들을 가지고 은으로 된 집을 짓는다. 그는 인간을 형성하고 부단히 변화시키는 에테르적 형성력들에 대한 지배력을 쟁취한다. 방앗간은 최고의 말을 데려온 한스에게 돌아간다.

<u>보완적 관점 5</u> 물의 요정

전래 동화는 우리를 운디네나 닉세라고 불리는 물의 존재들의 왕국으로도 안내한다. 에테르적 혜안으로 보면 이들은 인간적인 것을 동경하는 존재들이다. 이들은 정령의 힘에 빠진 꿈꾸는 인간을 자기 영역으로 끌어들이려 한다. 물에 기대어 살아가는 사람들은 꿈의 작용에서 벗어나 깨어 있는 또렷한 낮의 의식으로 온전히 넘어가지는 않은 영혼 상태를 좀 더 오래 유지한다. 매일 긴 시간 물결을 바라보면 영혼의 폭이 넓어지는 것이다. 이는 육신에서 섬세한 에테르적 힘들을 부드럽게 끌어내는 활동이다. 그 과정에서 상상물들이 함께 섞여 들어가 활동하는, 경계가 확실치 않은 의식이 형성되어 나온다. 고정된 몸의 형태를 얻지는 못하고 물-에테르의 요소로 남아 있는 형상들이 이 의식 앞에 부단히 모습을 바꿔 가며 자신을 드러낸다. 영혼은 이 형상들을 인지하기 시작할 때, 이것이 과거 자신의 상태였음을 알게 된다. 태곳적 인간 본질은 유동적인 생명 요소로 땅을 맴돌았다. 인간 본질이 중력의 지배를 받는 땅의 육신 형상을 미처 얻지 못한 때였다. 신비학에서 말하는 '물의 인간' 단계이다. 이 성장 단계에서 인간 영혼은 개인 내면의 삶을 펼칠 수 없었다! 삶이 아직 피의 자체 온기로 완결되어 있지 않았기 때문이다. 충동들은 무구하지만, 인간 존재의 풍요와 아름다움을 만들어 내는 따뜻한 내면성은 갖추지 못한 채, 꿈의 삶을 잣고만 있었다. 동화의 지혜가 '운디네들은 영혼이 없다'고 말하는 이유다. 푸케Friedrich Heinrich Karl Fouqué는 자신의 동화 작품(〈운디네Undine〉)에서 이러한 뒤떨어진 존재들의 동경을 묘사한 바 있다. 정령의 영역들은 순수한 인간 영혼의 힘을 통해 변화되어 구원받기를 갈망한다. '운디네'는 아직 따뜻한 피의 삶을 모르며, 따뜻한 피에서 무엇이 꽃피는지 알지 못한다. 운디네는 이제 막 사랑의 힘을 쟁취하려는 찰나다.

동화의 형상들은 다채롭게 빛난다. 운디네의 성질을 아직까지도 간직하고 있는 인간들도 있지 않은가? 아직 에테르계의 마법에 붙들려 있고, 그래서 감정은 순수하지만, 인간의 따뜻한 삶에는 무심한 사람들도 있지 않은가? 이들은 내면성을 충분히 성장시키지 못한 상태이다. 이들이 이러한 꿈의 속박을 돌파하려면 그 전에 마음의 체험이 필요하다. 사랑의 힘이 깨어나고 운디네가 사랑을 아는 인간 존재로 변화하는 동화 내용은 많은 인간 영혼에 흔적으로 남아 있는 다른 숨은 요정에도 적용된다.

『연못 속의 요정 닉세Die Nixe im Teich』는 이런 특징들을 그리고 있다. 한 젊은이가 연못 요정의 교활한 속임수로 인해 불안하게 성장해 간다. 그는 물을 멀리 한다. 그는 깊은 사랑의 운명이라는 행운을 체험하게 됐을 때, 이 숨은 마력에서 풀려난 것처럼 보인다. 그러던 어느 날 연못 요정의 수중에 떨어진다. 뒤에 남은 그의 아내는 꿈 체험을 통해 남편을 구할 방책을 얻는다. 요정이 납치된 남자를 물에서 풀어 주게 만들려면, 아내는 연못가에 금 빗, 금 피리, 금 물레를 가져다 놓아야 한다. 인간의 사랑이 바친 지혜의 빛은 정령의 세계에 구원을 가져온다. 에테르계 존재들은 인간의 마음이 건네는 정신의 빛이 충만한 영혼의 선물을 갈구한다.

동화는 의식에서 일어나는 사건, 즉 마법에 걸리는 것과 구원받는 것의 반영이다. 동화는 사후 삶의 비밀들로 시선을 끌어가기도 한다. 사랑하는 아내가 죽은 자의 영혼에 정신의 도움을 가져다준다. 영혼은 그러한 빛의 선물들을 필요로 하기 때문이다. 죽은 자의 영혼은 아직 물의 요정의 마력 안에 있다. 흐르는 물로부터 죽은 자의 머리, 가슴, 전체 형상이 차례로 솟아오른다. 동화에서 죽은 자들의 왕국에서 일어나는 깨어남은 세 단계로 일어난다.

하지만 두 사람은 흐르는 물결로 인해 헤어지고 만다. 이들은 본격적인 변화를 거쳐야 한다. 마른 땅에서 새로운 인간 형상으로 돌아온 이들은 자신들의 고향을 모르는 낯선 사람들에게 에워싸인다. 이 둘 사이에는 산과 골짜기가 가로놓여 있었고 이들의 영혼에는 상실의 슬픔과 동경이 자리 잡는다. 땅 위에 새 봄이 올 때 이들은 '운명이 이끄는 대로' 만난다. 하지만 서로를 알아보지 못하고, 더는 혼자가 아님을 기뻐할 따름이다. 이들은 목동으로 살아간다. 어느 저녁 보름달이 떴을 때 목동이 피리를 꺼내 아름답고도 구슬픈 노래를 부르자 비로소 아내가 그를 알아본다. 그 옛날 남편을 닉세에게서 빼내기 위해 자신도 이 노래를 불렀던 것이다. 둘은 서로의 낯선 모습에도 불구하고 서로를 알아본다.

영혼이 물의 존재들의 세계와 교류할 수 있으면, 변화의 비밀들이 영혼 앞에 환히 드러난다. '인간의 영혼은 물을 닮았기...' 때문이다. 괴테는 라우터브루넨의 슈타우프바흐 폭포를 바라보며 '물을 노래하는 정신들의 노래'를 지을 때, 운디네들의 왕국에서 영감을 받았다. 그는 인간 영혼이 지금 땅의 삶에서 다른 땅의 삶으로 바뀌는 큰 신비를 경험한 것이다.

보완적관점6 겨울의 신비

고대 히베르니아의 성소에서 거행하던 비의들에서는 정신의 길에서 특정 단계에 이르면 직관하는 영혼 앞에 장대한 풍경 형상들이 떠올랐다. 루돌프 슈타이너는 이 상상 체험이 일단 사멸해 가는 경직된 세계 속으로 빠져드는 과정을 보여 준다.[20] 정신의 사도는 자신의 감각 기관들의 본질을 체험하기 시작하면, 눈과 얼음에 뒤덮인 겨울 풍경을 보게 된다. 이 풍경은 옛날에 우주로부터 형상화되어 들어와, 이곳 지상에서 땅의 육신으로 굳은 것이다. 그에 비해 정신 구도자가 자신을 감각의 현란한 직조가 아닌 통일된 존재, 즉 일체를 아우르는 마음으로 자각하면, 여름 형상이 경이로운 자연의 꿈으로 떠오르는 것을 보게 된다. 거기서 미래가 그에게 모습을 드러냈다. 물질로 허물어져 가는 정신의 힘들이 상상력의 시선에 눈의 결정체로 나타났다면, 여름의 꿈 형상들에서 상상력의 시선에 잡힌 것은 미래 우주의 싹이 가진 힘들이다. 인간은 굳어가는 세계와 새로 태어나고 있는 세계 사이의 매개자로 개입한다. 『노간주나무』는 바로 이러한 겨울 분위기에서 여름 분위기로 넘어가는 이행기를 매우 시적으로 그리고 있다. 벡H. Beckh 교수가 『백설 공주』를 논한 논문의 관점도 이와 비슷하다. 이야기 자체를 그리스도의 관점에서 계절 순환 체험으로 보는 것이다. 하늘에서 내리는 눈송이에서 영혼이 신의 아이가 천상에서 오기를 기다리는 '대림절'의 분위기가 배어난다. 영혼은 불멸의 씨앗을 자기 안에 받아들일 준비가 되어 있다. 이야기는 '성탄절'의 탄생으로 이어지고, 거기서 '사순절'과 '수난절' 분위기로 넘어간다. 통절한 수난절의 운명적 분위기에서 장엄하고 고요한 장례로 넘어가고, 마침내 유리 관에서 깨어나는

---

20 〈신비의 형성Mysteriengestaltungen〉(GA 232) 1923

영혼의 '부활절'을 맞는다. 여기서 외적 절기들을 떠올릴 필요는 없다. 절기들은 영혼이 걷는 길의 비유이다. 영혼의 **내면 달력**을 읽어 낼 줄 알아야 한다. 백설 공주의 본질이 거치는 운명적 단계 들은 이러한 내면 달력을 반영한다.

겨울의 신비를 의미심장하게 묘사한 다른 예는 그림 형제의 『노래하며 날아오르는 종달새』에서 보여 주는 탈 마법 동화의 변주로, 영국 동화 〈미녀와 야수Beauty and the Beast〉와 비슷하다. 이 동화는 슈발름 지역에서 나왔는데, 대목장에 가는 상인이 세 딸에게 무엇을 사올지 묻는다. 첫째는 예쁜 옷, 둘째는 신발, 셋째는 장미 한 송이라고 답한다. 마침 겨울이라 막내의 소원은 실현 불가능해 보인다. 상인은 돌아오는 길에 정원의 반은 여름이고 반은 겨울인 성에 이른다. 한 쪽에는 온갖 꽃이 만발해 있다. 그는 장미 덤불에서 딸을 위해 장미를 한 송이 꺾는다. 그런데 도중에 무시무시한 시커먼 짐승이 목숨을 위협하며 그의 뒤를 밟는다. 그가 빠져나올 길은 '세상에서 가장 아름다운 소녀'인 막내딸을 이 짐승에게 주기로 약속하는 것뿐이다.

이러한 장미 모티브는 그라우뷘덴 동화 〈마법에 걸린 왕자 Verwunschenen Prinzen〉에서 더욱 깊이 있게 변주된다. 아버지가 마법에 걸린 거대한 성에 묵게 되는데, 매서운 한 겨울인데도 정원에 봄꽃이 만발한 것을 보게 된다. 그는 우물가에서 제일 아름다운 장미를 꺾는다. 대신 그는 느닷없이 우물에서 튀어나온 징그러운 뱀에게 막내딸을 저당 잡힐 수밖에 없다. 기독교 신비주의 언어에서 활짝 핀 장미 형상은 인간의 정화된 피의 본성을 나타낸다. 그래서 장미는 늘 그리스도 사랑의 신비한 상징으로 여겨져 왔다. 그리스도 사랑의 현현은 깊은 대조적 체험에 기초한다. 즉 장미는 봄이 관장하는 차원에서 피어나는데 주위는 온통 눈이다. 여기서 우리의 감각은 『숲속의 세 난쟁이』에서와 비슷하게 성탄절의 신비로 인도된다. 막내딸을 위해 아름다운 장미를 꺾은 방앗간 주인은 흐드러진 장미꽃 덤불가 우물에서 징그러운 뱀이 튀어나오는 것을 겪어야 한다. 동화는 장미의 신비를 구하는 자는 뱀과의 만남도 겪어야 한다고 역설한다. 영혼은 자기 인식을 회피해서는 안된다는 것이다. 먼저 자신의 피를 지배하고 있는 힘들과 친해져야 한다. 뱀과 결혼해야 하는 것이다. 밤에 촛불을 밝히고 더 높은 인식의 광채를 통해 뱀 본성에서 마법을 벗겨내는 용기를 내야 한다. 이는 바로 방앗간 집 딸에게 부과되는 겸손의 시험이다. 이 시험은 명백하게 기독교 신비의 길을 가리키는데, 그 길의 최종 목표는 사랑의 힘을 정화하는 것이다. 즉 뱀을 마법에서 구하는 것이다.

보완적관점7 사과

사과는 동화 세계에서 다채롭게 변주되는 모티브이면서, 모든 민족의 신화와 전설들을 가로지른다. 사과 모티브에서는 상상적 언어의 법칙성이 드러나는데, 〈신 에다〉에 나오는 사과가 유명하다. 이둔이 상자에 보관하는 사과는 신들의 황혼이 닥칠 때까지 먹을 때마다 신들을 젊게 만든다. 사과는 〈성경〉에서 하느님이 인간의 접근을 금지한 저 생명의 나무 열매로, 인간은 이 인식의 열매를 먹고 죽음에 발 들이게 된다. 음유시의 1인자에게 이둔을 아내로 짝지어 주는 게르만 신화는 의미심장하다. 인간에게 쉴 새 없이 성스러운 생명력을 흘려 넣고, 그럼으로써 늙음과 죽음과 관계된 지적 성장에 일정한 균형을 맞추는 것이 바로 시문학, 노래의 신적인 힘이기 때문이다.

먼 대서양 연안 헤스페리데스의 정원에서 신적 존재인 처녀들이 지키고 있는 저 그리스 전설 속 황금 사과를 어찌 빼놓으랴! 불멸의 삶을 쟁취하려는 주인공 헤라클레스는 가장 어려운 시험 중 하나로 헤스페리데스에게 가는 시험을 통과해서 그들에게서 사과 세 개를 얻어 집으로 가져와야 한다. 아틀란티스의 원시 지혜를 지키는 수호자 아틀라스는 헤라클레스를 대신해서 그 임무를 떠맡는다. 이 거인은 천궁을 자기 어깨 위에 짊어진다. 여기서 천궁은 그가 온 우주를 아우른 저 우주적 의식을 아직 기억처럼 가지고 있다는 의미이다. 그것은 분명 헤라클레스에게 발달 과정에서 인류가 잃어버린 힘들을 쟁취하는 것을 뜻한다. 인류가 잃어버린 힘들은 익히 알고 있는 세계에서 멀리 떨어진 세계의 서안, 가라앉은 아틀란티스 근처의 은밀한 성소에 간직되어 있다. 황금 사과는 생명을 갱신하는 힘의 비밀을 상징한다. 생명을 갱신하는 힘들은 신의 명령에 따라 인간의 욕망을 벗어나, 자기 안의 불멸성을 깨우고자 하는 사람의 몫으로 돌아간다. 전설은 정원에 접근을 막는 무서운 용에 대해 이야기한다. 황금 사과나무로 가려면 용을 먼저 잠들게 해서 죽여야 한다. 아틀라스는 이 일을 할 수 있다.

아틀란티스 사람은 기억을 통해 원초의 빛으로 다시 거슬러 갈 능력을 아직 간직하고 있었기 때문이다. 은총의 순간 아틀란티스 사람에게 낙원의 문이 열렸다. 헤라클레스는 그러한 성소의 문으로 가는 정신 순례의 길에서 영혼의 시험들을 통과해야 한다. 용을 제압하는 것은, 삶의 숨은 비밀들로 가는 통로를 가리는 욕망 본성에 대한 승리를 의미한다.

이 전설은 생명을 젊게 만드는 힘의 추구를 다양하게 변주하는 동화들의 원형이다. 선량한 어린 농부가 병든 아버지를 위해 마법에 걸린 정원에서 '황금 사과 세 개'를 가져오는 그라우뷘덴 지방 동화가 있다. 『생명의 물』과 비슷하다. 어린 농부가 저주받은 정원과 황금 사과로 유명한 궁정에 온다. 그는 감정의 빛을 받아 아직 옛 정신 지식의 잔재를 내면에 간직하고 있는 소박한 인물 중 하나다. 『생명의 물』에서는 밤의 정적 속에서만 비밀을 쟁취할 수 있는 데 비해, 여기서는 한낮에 저주받은 정원에 들어간다. 이는 영혼이 빛의 세계에 몰입했음을 암시한다. 밤의 왕국에서 일어나는 시험이 내면으로 가는 길, 인간 영혼의 심층을 가리킨다면, 정신적인 것은 광활한 우주에서 구하고 찾아질 수 있다.

여기서 샘가의 처녀는 '해처럼 밝은' 모습을 하고 있다. 이는 정신 구도자가 성스러운 에테르 영토에서 재회하는 인간 자체의 순수한 빛 본성이다. 정신 구도자는 인간의 빛 본성을 구출한다. 이는 빛 본성을 자신의 깨어 있는 자아 의식과 결합하는 법을 배우는 것을 의미한다. 처녀가 알려 주는 위험은 정원에서 새들의 달콤한 노래에 취해 자기 목표를 잊고 시간에 더는 신경 쓰지 않게 되는 것이다. 정신 구도자는 세상과 먼 축복, 즉 낙원의 열락을 탐닉해서는 안된다. 육신을 벗고 에테르에서 자신을 체험하는 동안에도 땅과 자신의 인간적 의무에 대한 기억을 깨어 있도록 해야 하는 것이다. 아담의 아들, 세트의 〈황금 전설Goldenen Legende〉에서부터 비슷한 모티브들이 전해져 내려온다. 세트는 병든 아버지를 위해 관용의 나무에서 은혜의 기름을 얻기 위해 낙원으로 순례를 떠난다. 하지만 그는 대천사 미카엘에게서 수천 년 뒤 구원자가 이 땅에 올 때까지 은혜의 기름을 구할 수 없다는 암시를 받는다.

한 정신 분석 계열에서도 전설과 동화를 해석한다. 이때에도 사과 이상으로 정당화하는 상징은 없을 거다. 사과의 상징은 언제나 욕망의 힘들이 눈뜨는 맥락에서 등장한다. 『괴물새 그라이프』에서처럼 병든 공주를 '치유'하는 저 아름다운 사과만 봐도 그렇다. 백설 공주를 죽음 같은 잠에 빠뜨린 독 사과를 떠올려도 된다. 이런 계열의 심리학이 범하는 오류는 젊은이의 지상적 성숙을 성적 성숙이라는 한 면으로만 평가하는 데 있다. 루돌프 슈타이너가 제시한 정신과학의 의미에서 인간 성장을 영적 관점에서 보면, 청소년은 이 성장 단계에 이르러서야 비로소 감각계를 온전히 인지할 수 있다. 이성(다른 성)에 대한 감각은 이러한 포괄적 영혼 성장에 포함된 한 현상일 뿐이다. 이 현상은 아이에서 청소년기로 넘어가는 문턱에서 일어나며, 동화 형상들 속에 멋지게 반영되어 왔다. 문제는 천상의 근원을 인식하는 일이다. 거칠게 몰아치는가 하면 동경으로 치닫는 이러한 영혼의 충동들에 천상의 근원이 들어 있다. 이때 영혼 안에서 성숙한 감각 체험 능력, 즉 영혼이 요구하거나 손을 뻗치는 과실은 이 성장 단계에서 특히 피의 힘들에 붙들릴 위험이 있다. 그렇게 되면 영혼의 사랑 능력은 감각의 욕망으로 화하고, 영혼의 사랑 능력은 그 원래 본질과는 전혀 다른 생리학적 사실이 되어 버린다. 성욕은 사랑의 힘을 일으키는 진짜 원인이 전혀 아니다. 그렇기는커녕 사랑의 힘을 왜곡하는 원인이 된다. 성은 에로스의 신적인 힘을 어둡게 한다. 그로 인해 사과는 '독'이 든 상태가 된다. 이러한 성장의 사실을 성경의 상상물 맥락으로 바꾸면, '뱀'이 낙원의 경험에 끼어든 것이다.

사악한 계모가 백설 공주의 뒤를 밟아 난쟁이들의 영토까지 찾아내, 독 사과를 먹여 정신을 잃게 만들고, 백설 공주는 이 열매로 인해 죽을 운명이었다. 동화에는 "백설 공주가 예쁜 사과가 먹고 싶어졌다."라고 나오는데, 이는 감각의 욕망을 깨우는 것을 암시한다. 백설 공주는 인간에게 보이지 않게 내재하는 순정한 빛 본성이다. 난쟁이들은 백설 공주가 불멸의 존재임을 안다. 그렇기 때문에 백설 공주를 '검은 땅속'에 묻으려 하지 않는다. 깊은 마법의 잠에 빠진 백설 공주는 자기 본성과는 사뭇 다른 독 사과를 토해 내자 곧장 유리 관에서 깨어나 새 생명을 얻는다. 이러한 맥락에서는 사과가 모든 인간에게 보편적으로 있는 이기적 본성의 상징으로 느껴진다. 감각 본성에 너무 깊이 빠진 자아가 사과의 상징으로 나타난 것이다. 더는 생명을 젊게 만드는 '황금 사과'가 아닌 것이다. 황금 사과는 용과 싸워 이긴 사람만이 은밀한 장소에서 딸 수 있다.

황금 사과가 『철의 사나이 한스』의 도제 정원사나 또는 그라우뷘덴 동화에서처럼 젊은 '황금 머리칼 백작' 같은 젊은이에게 은총으로 주어지는 경우, 이 젊은이들은 자신이 감각 본성의 주인임을 증명해 줄 진위 시험들을 추후 통과해야 한다. 반면 '인식의 나무' 열매는 죽음의 힘으로 가득하다. 『노간주나무』에서 죽음을 가져오는 사과 형상은 무섭다. 스위스 발리스 지방 동화에는 이와 비슷한 〈어린 남매〉 이야기가 나온다. 엄마가 두 아이를 장작을 모아 오라고 숲으로 보낸다. 장작을 짊어지고 먼저 돌아오는 사람에게 아름다운 빨간 사과를 상으로 주기로 한다. 소년이 첫 번째로 돌아오자 엄마가 그를 방으로 꾀어 상자에서 사과 하나를 꺼내게 한다. 소년이 순진하게 몸을 구부리는 동안 엄마는 무거운 뚜껑을 소년 위에 내려 그의 머리를 자른다. 이 동화가 암시하고자 하는 것 역시 일련의 성장 사건이다. 어린 남매 모습을 한 젊은 영혼의 충동들은 자신을 자각하는 도정에 있다. 영혼의 충동들의 모체는 감각 본성이다. 그래서 '엄마'(대개 '계모'로 나온다)는 이기적 욕망을 일으키는 장본인으로 등장한다. 엄마는 소년을 불러 사과를 집으라고 한다. 이로써 엄마는 젊은 정신의 의지를 죽이려 한다. 소년의 '머리'를 없애는 것이다. 즉 그를 음습한 충동 본성으로 떨어뜨린다. 나중에 집에 있던 소녀가 죽은 소년이 놓인 관을 열자 흰 새끼 비둘기가 나와 하늘로 날아올라 가는 감동적인 장면이 나온다. 여러 단계의 수난을 통과한 정신의 비둘기가 사과를 품은 죽음의 고요로부터 해방의 날갯짓으로 날아오른다.

현대 영혼 연구가 감각적 욕망을 지상적 성숙의 시기에 눈뜨는 소망의 힘들의 원초적 형상으로 본다면, 이는 근본적 오류이다. 젊은이의 영혼이 마음에서 깨어나는 사랑의 힘에서 올라오는 이상들을 지키지 못할 때, 비로소 성욕이 힘을 얻는다. 정신 분석학에서 '리비도'라고 하는 것은 성장 중인 영혼의 힘들의 참된 근원이 아니다. 이 점을 똑똑히 알아야 한다. 동화의 지혜는 이러한 통찰로 우리를 안내한다. '리비도'는 영혼이 더 높은 세계의 값진 유산으로 땅의 삶에 가지고 들어온 힘들을 집어삼켜 없앨 뿐이다. 이 힘들은 영혼이 성장하는 과정에서, 특히 청소년기에 접어드는 문턱에서 깨어난다.

보완적관점8 천상의 쌍둥이

발라카이 지방 동화에도 〈두 황금 아이Goldenen Kindern〉 이야기가 있다. 이들은 아버지와 젊고 아름다운 엄마 사이에서 태어난다. 질투심 많은 하녀가 두 아이를 죽이고 대신 요람에 강아지를 넣어 놓는다. 남자는 아내를 내쫓고 하녀와 결혼한다. 하녀가 황금 아이들을 암매장한 성벽 근처 무덤에서 가지와 열매가 황금으로 된 사과나무 두 그루가 자란다. 두 그루 사과나무는 살해당한 황금 아이들의 심장에서 올라온 것이다. 자신의 범행이 발각될 것이 두려운 나머지 이 사악한 여인은 사과나무들을 베어 내게 한다. 그런데 남자가 아끼는 양이 황금 사과들 중 하나를 먹고, 황금 양 두 마리를 낳는다. 하녀는 새끼 양 두 마리도 도살한다. 하녀가 강가에서 죽인 새끼 양들을 세척할 때 내장이 양에서 빠져나와 흐르는 물결을 타고 건너편 강가에 닿는다. 내장들 가운데 하나에서 황금 사내아이 둘이 태어난다. 이들은 빠르게 자라 찬란하게 아름다워진다. 이들은 쫓겨난 엄마를 찾은 뒤, 엄마와 함께 거지 차림으로 아버지 집에 돌아온다. 아버지가 이들을 알아보고, 기쁨으로 맞이한다. 인간의 태양같이 밝은 두 가지 본질(본성)이 감각의 삶에 빠지면 죽음을 경험하게 된다. 하지만 인간의 밝은 본질은 파괴되지 않는 것으로 드러난다. 즉 인간 영혼의 성장이라는 테두리 안에서 **여러 변화**를 통과하는 것에 지나지 않는다. 황금 사과나무는 낙원의 원초적인 빛이 아직 빛나는 낙원의 나무인 것이다. 하지만 그 열매는 땅의 인간에게 있는 그대로 주어지지 않는다. 열매는 봉헌(희생)을 거치고, 그렇게 해서 내면화를 거쳐야 한다. 빛의 신부를 밀어낸 '하녀'의 살해 의지는 태양의 지혜를 없애려 하지만, 그것을 완전히 없애지는 못한다. 신비롭게도 태양의 지혜는 희생될 황금 양 두 마리의 형상으로 번식한다. 이는 분명 원시 지혜가 기독교 비적으로 변화한 것을 가리킨다. 기독교 비적은 원시 지혜를 구출해 인류의 발달 과정에서 온전한 형태로 재탄생하게 하는 통로다.

동화의 형상 세계 덕에 내면의 눈이 트여 영원한 인간 본성의 쌍둥이 본질을 보게 된 사람은 그리스도의 위대한 신비도 이해할 수 있다. 알려진 대로 〈마태오의 복음서〉와 〈누가의 복음서〉는 아기 예수 탄생을 서로 다르게 이야기한다. 이 두 이야기는 아기 예수를 오직 한 명으로 상정하는 한 풀리지 않는 모순으로 남는다.(비판적 해체 신학의 맥락에서 그리스도 탄생 이야기를 단순하다는 이유로 전설로 치부하지 않는다면) 루돌프 슈타이너는 복음에 대한 강연에서 기원(서기) 시작점에 태어난 예수를 둘로 상정해야 한다고 상세히 설명한 바 있다. 하나는 지혜의 왕으로, 동방 박사들이 경배한 아기 예수(마태오), 다른 하나는 가난의 아이로서, 위로 하늘이 열리고 순박한 목자들만 구유를 찾은 아기 예수(누가)다. 전자는 지상적 성숙의 시기에 도달한 모든 인류 문화가 응축되어 탄생한 성장 초기의 개성이며, 반면 후자는 먼저 마음의 깊은 심연에서 사랑의 눈으로 세계를 바라보는 영원한 아이다. 둘을 합해야 비로소 완전한 인간됨이 나온다! 성숙한 개성의 힘과 영혼의 영원한 상속분이 이 둘로 만나는 것이다. 전자는 다른 한 쪽, 즉 천상의 본질을 통해 젊어지는 것을 경험하지 않으면, 경직에 이르러 자기 성장의 종점에 다다르게 된다. 둘이 서로를 찾아 만나는 것, 신비한 합일, 이를 통해 성숙해진 인간만이 그리스도 정신의 담지자가 되는 것, 이러한 일련의 과정들이 정신 연구의 관점에서 상세히 설명되고 있다. 전통에 발 딛은 종교 감정으로 보면 낯설게 들리겠지만, 인간의 진화 발달 법칙들을 보다 깊고 폭넓게 이해하고자 한다면 그리스도 존재와 그 형성에 대해서도 새로운 관점이 생길 것이다. 이를테면 동화에 나오는 '두 황금 아이'나 동서로 갈려 큰 곤경에 처했을 때 달려가 서로 돕는 '두 형제'를 이해하게 된다면, 어린 예수의 수수께끼에도 새로운 관점으로 다가갈 준비가 된 것이다. 그만큼 비적의 전통과 두 아이 이야기는 늘 가까웠다.

보완적 관점 9 까마귀

게르만의 이미지 저장고에서 까마귀의 비중은 크다. 까마귀는 신의 사자다. 민족 정신은 까마귀를 통해 땅의 사건들을 알게 된다. 오딘은 세상 너머로 '후긴과 무닌'(이성과 기억)을 보낸다. 무슨 뜻일까? 루돌프 슈타이너는 정신과학의 관점에서 고차의 정신들이 자기 힘의 작은 편린을 초감각세계에서 감각 차원으로 어떻게 내려보내는지를 이야기한 바 있다. 고차 존재들은 자신에게 있는 신적 의식 한 자락을 이 세상에 접해야 땅의 세계에 작용할 수 있다. 내려보낸 이 힘들이 그 자체로 매듭지어져 독립하면 새의 형상으로 탄생한다. 제우스의 독수리와 오딘의 까마귀는 물질주의적 '계몽주의'가 몽상하듯 상상의 민족 표상이 아니다. 독수리는 더 높은 포괄적 정신 의식이 더 높은 정신적 지각에 이르기 위한 촉수다. 이는 초감각적 대기권까지 뻗어 있는 기관들이다. 이들이 취하는 형식과 태도는 그 자체만으로는 이해 가능하지 않다. 신적 존재는 독수리를 통해 땅의 세계에 탐침을 내린다. 가니메데스처럼 제우스의 독수리에게 납치되어 신의 터전에 올라간 자는 말하자면 정신세계의 삶에 받아들여진 것이다. 신적인 생각들이 마치 날개를 단 듯 그를 태우고 자신을 넘어선다.

이에 반해 형제가 까마귀로 변하는 동화 언어는, 더 높은 지혜의 힘을 일부 잃으면서 자의식을 펼치는 것을 의미한다. 초감각적 대기권에 있는 까마귀는 인간 영혼 안에도 살아 있다. 민족 정신은 신적인 힘들을 인간 영혼 속에도 넣어 놓았다. 오딘은 자기 민족에게 사고의 힘과 기억, 즉 우리를 땅의 존재로 내려보내 전령으로 삼은 신의 세계에 대한 기억을 내려 주었다. 이제 사고가 정신의 삶에서 분리돼 우리 존재의 숭고한 기원에 대한 기억을 떼어 내면, 오딘은 자기 까마귀들의 귀환이 요원해짐을 염두에 두어야 한다. 그래서 〈신 에다〉의 '그림니르의 노래'에서 방랑

하는 신이 불길한 예감을 토로한다. "후긴이 돌아오지 않을까 두
렵지만, 나는 무닌이 더 걱정이다." 영혼들과 신의 연결이 항상 유
지됐던 성스러운 원시 기억은 사라졌다. 영혼에 신적 세계의 '황
혼'이 찾아든 것이다.

신화에서는 신이 까마귀를 잃는다. 반면 동화에서는 인간의
지혜의 힘들이 까마귀로 변해 날아가 버린다. 이는 서로 다른 두
개의 관점이다. 신화의 신적 관점은, 사고의 힘과 기억이 집으로
돌아오는 길을 더는 찾지 못한다는 것이다. 인간 의식이 정신세
계와 멀어지는 것은 신들에게는 상실이다. 동화에서는 영혼의 성
장을 강조한다. 초감각적 사고의 힘들이 자기 자신에 눈떠가는 인
간을 떠나간다는 관점이다. 그 사고의 힘은 바깥 세계에서는 '까
마귀'로 작용한다. 하지만 영혼의 내면에서는 그렇지 않다. 영혼
은 땅의 권역을 아직 관장하고 있는 그 힘들을 자기 안에서도 다
시 깨워야 한다. 그러면 영혼은 신적인 지배자의 힘들과 새롭게
연대 맺을 수 있다. 영혼이 다시금 정신의 사명을 감당할 자격을
얻는 것이다.

『열두 오빠』에서 까마귀로 화하는 것은 12개의 우주 감각들
이다. 반면 『일곱 마리 까마귀』는 '아스트랄계'에서 나온 영혼의
충동인, 일곱 힘을 묘사한다. 소녀는 별들, 특히 일곱 겹으로 보
이는 행성들의 세계에도 발을 들여 놓는다. 예로부터 신들의 사
자, 즉 정신을 밝히는 별로 통한 '금성(샛별)'은 소녀에게 일곱 형
제, 즉 자신의 초감각적 의식의 힘들을 되찾을 수 있는 저 세계

의 열쇠를 준다. 인간의 사고에 다시 신들의 사고가 스미기 시작
하는 것이다.

그림 형제는 또 다른 동화 『까마귀Die Krähen』에서 어린 공주
가 엄마에 의해 저주받는 이야기를 풀어놓는다. 아이는 까마귀
로 변해 창밖으로 날아가 어두운 숲에 숨는다. 어느 날 숲을 지나
가던 남자가 도움을 호소하는 까마귀 소리를 듣는다. 까마귀는
그에게 자기는 원래 공주인데 마법에 걸렸으니, 그가 자신을 구원
할 수 있노라고 밝힌다. 그는 첫 시험에 실패한 뒤, 가팔라서 올라
갈 수 없는 유리 산 위의 '슈트롬베르크 황금 성'에서 그녀를 발견
한다. 그는 싸워서 얻은 신비한 물건들로 마침내 유리 산에 올라
성에 잠입한다. 그는 성의 홀에서 황금 포도주 잔 앞에 앉아 있는
처녀를 발견하고, 옛날에 처녀에게 받은 반지를 빼 황금 잔에 던
져 넣는다. 처녀는 그 반지를 보고 자기를 구해 줄 사람이 가까이
있음을 알아차린다. 인간의 더 높은 정신 본성은 그림자로 살아
가야 한다.(동화에서 마법에 걸려 까마귀로 변해 마법의 숲에 머
물고 있다고 표현한 대목) 그러지 않으려면 정신 구도자는 이 정
신 본성과의 연결을 복원해서 그 연결이 온전히 생명을 얻도록
깨워야 한다. 다시 말해서 더 높은 정신 본성을 머리 차원에서 가
슴 차원으로 가져와야 한다. 포도주가 가득 담긴 황금 잔에 반지
를 빠뜨리는 것은 이를 뜻한다. 이상에 대한 표상과의 결합은 처
음에는 사고의 체험에 불과하지만, 영혼에서 기억의 작용으로 연
결된다. 그런데 구원이 일어나려면, 이 생각상의 체험이 마음 깊

이 들어가 그곳으로부터 다시 태어나야 한다. 술잔(성배)의 신비는 그에 대한 성스러운(종교적) 형상이다. 구원을 신비한 영혼의 여정으로 매우 인상 깊게 묘사하고 있는 그라우뷘덴 동화 〈까마귀〉는 다음 장에서 더 살펴보자.

보완적관점10 세 가지 영혼의 힘_ 사고, 감정, 의지

부엌데기가 금반지, 물레, 방추(얼레)를 왕의 수프에 넣어 왕과 내밀하게 연결한 것처럼(『별별털복숭이』), 동화에는 영혼의 능력을 드러내는 세 가지 마법의 선물이 등장한다. 그때그때 활동을 보고 그 상상적 의미를 끌어내야 하겠지만, 이 세 가지 선물이 사고, 감정, 의지 또는 인간-자아가 거처하는 세 육신에 대한 정신의 지배를 말하는 것은 분명하다. 『물렛가락과 북과 바늘 Spindel, Weberschiffchen und Nadel』을 봐도 그렇다. 사실은 가장 부자인 가난한 소녀의 집에 구혼자를 불러들이는 이 세 마법의 도구들에서 영혼의 힘 세 가지가 드러난다. 첫째, 정신의 빛으로 밝게 비친 사고가 영혼 안에서 활성화되어야 한다.(동화에서 소녀는 15세다) 영혼은 정신의 빛을 쏘인 사고를 통해 비로소 자신의 참 자아에 도달하고 자신의 참 자아와 연결하는 법을 배운다. 둘째, 영혼은 지혜로 가득한 감정을 성장시켜야 한다. 이러한 감정은 풍요로운 내적 이미지들을 가지고 낙원의 꿈을 잣는다. 셋째,

전 인간 본질을 정화하는 능동적인 의지 차례다. 의지는 영혼과 육신을 정신의 집으로 변화시킨다. 동화에서는 물렛가락이 황금실을 잣고, 이 실이 왕자를 쫓아 다니다가 집으로 데려온다. 북은 왕자가 집에 들어올 때 밟을 값진 그림 양탄자를 짠다. 바늘은 보이지 않는 정신의 조력처럼, 온 방을 벨벳과 비단으로 덮어 구혼자를 정중하게 맞게 해 준다. 사고와 감정과 의지의 사명은 영혼이 정신의 신비를 온전히 받아들일 수 있게 준비시키는 것이다. 그러고 나서야 '왕의 혼례'가 치러질 수 있다.

재봉사의 세 아들이 세상에 나가 소목장이, 방앗간 주인, 선반공에게서 수공을 배우는 것도 세 가지 영혼 능력의 또 다른 예다.(『요술 식탁과 황금 당나귀와 자루 속의 몽둥이Tischchen deck dich, Goldesel und Knüppel aus dem Sack』) 도제 기간을 마쳤을 때 이들은 각자 집으로 가지고 올 신비한 선물을 얻는다. '요술 식탁', '황금 당나귀', '자루 속 몽둥이'이다. 앞의 둘은 옛 시대의 능력이다. 이러한 옛 능력을 자기 안에서 다시 깨우는 사람은 이기적 영혼의 힘들로 인해 이 능력이 남용되지 않도록 주의해야 한다. 이러한 능력들은 망상으로 넘어가기 십상이다.

또 우리는 다른 동화에서 먹을 것을 주는 기적의 찬장을 보았다. 황금 물고기가 어부와 그의 아내에게 기적의 찬장을 주었다.(『어부와 아내』) 기적의 찬장은 '요술 식탁'과 비슷하게, 인류의 공통 자산이었지만 오늘날 낮의 의식 성장으로 약해진 태곳적 재능이다. 우리의 깊은 잠재의식에는 우주적 힘이 활동하고 있다.

양분을 주는 우주의 힘들을 자기 안에 받아들여 그 힘들로부터 새로 육신을 만들고 재생하는 활동이 이루어지고 있다. 그런데 인간 안에 눈뜬 이기심이 우리 존재의 무구하고 지혜로운 부분을 가렸다. 이러한 숨은 생명력들의 활동을 차단하거나 없애지 않으려면, 이기적 자의가 이 생명력에 접근하지 못하게 해야 한다.

황금 당나귀는 또 다른 본능적 능력을 가리킨다. 문제는 육신의 본성에 매인 옛 지혜의 힘이다. 옛 지혜의 힘은 물려받은 소질에서 나온다. 우리가 땅의 세계에 점점 빠져들 때, 예감을 가리고 꿈 체험을 어지럽히는 많은 것이 전통적인 지혜에 끼어든다. 당나귀는 금을 쏟아 낸다. 자신의 지혜를 알려 주는 것이다. 하지만 당나귀의 지혜는 옛 유산에서 나온 것으로, 시대에 맞지 않는 능력은 소멸할 수밖에 없다. 땅의 세계를 통과하는 동안 인간은 금을 쏟아 내는 당나귀를 잃는다. 황금 당나귀는 주인이 알아채지 못하는 사이에 보통 당나귀가 된다. 더 이상 금을 쏟아 내지 않는 것이다.

충동과 감각의 모호한 삶 너머로 자유롭게 솟아오르기 위해서는 건강한 판단력을 가져야 한다! 판단력은 처음에는 고귀함과 은총이 덜한 사안처럼 보일 수도 있다. 하지만 판단력은 제일 먼저 그것을 다룰 줄 아는 사람에게 자기 영혼의 힘들에 대한 깨어 있는 지배력을 준다. 판단력은 '영혼들을 구별'하는 법을 가르친다. 미래는 '자루 속 몽둥이', 즉 어린 개성의 힘에 있다. 이 개성의 힘이 아직은 거칠게 행동하겠지만, 인간이 스스로 자유를 위해 싸우게 하는 임무도 띠고 있다. 개성의 힘은 영혼의 무의식을 장악해서 영혼에게서 정신의 유산을 빼앗으려는 힘들과 싸워야 한다. 이 힘들은 인간 본질을 약화시킨다. 의지의 힘찬 비상을 포함하는 사고가 정화 작용의 출발점이다. 의지가 실린 사고는 삶의 실제 상황에서 판단의 확실성을 쟁취한다. 동화는 손위 두 형제가 여인숙에서 잠든 사이 주인에게 속는 상황을 들려준다. 여인숙 주인은 이들을 속여 '요술 식탁'과 '황금 당나귀'를 다른 것으로 바꿔치기한다. '자루 속 몽둥이'를 가지고 돌아온 셋째는 여인숙 주인을 심판한다. 그는 두 형의 두 가지 마법의 선물도 되찾아 온다.

정신과학에서 인간 영혼의 성장을 분류하는 기준을 적용하면, 과거 '감각 영혼' 시대 인간에게는 아직 숨은 생명력에 접근하는 통로가 있었다고 할 수 있다. 그 시대 인간은 '요술 식탁'을 손에 넣을 수 있었다. '이성 영혼' 시대도 물려받은 마지막 혜안을 여전히 사용할 수 있었다. 전래된 지혜의 황금이 그 시대의 생명이었다. '의식 영혼', 즉 내적 자유의 힘을 쟁취하는 근대 인간은 하찮고 조악해 보이지만 완전히 새로운 능력의 출발점에 서 있다.

보완적관점 11 엄지 소년

아직 어린 '의식 영혼'의 힘은 정신의 왕국에서 아직 난쟁이다. 하지만 이 힘은 내부에 정복욕을 가지고 있다. 세계를 향한 용기가 있는 것이다. 세계를 탐색하고 그 속에 몸을 담그고, 지칠 줄 모르고 세계에서 거듭 되살아나는 것, 이것이야말로 파우스트적 개성의 기본 특징이다. '재봉사의 아들'로 태어나는 이 새로운 자아의 힘은 '엄지둥이'로 불린다.(『엄지둥이의 여행Daumerlings Wanderschaft』) 그러나 엄지둥이는 집안에 틀어박혀 있지 않다. 이는 지적인 영혼의 삶으로부터 떨어져 나오려 분투하는 새로운 의지의 힘이다. 하지만 이것은 단순한 본능(자연적 충동)이 아니다. 영혼의 삶에서 깨어나기 시작하는 이 새로운 기관을 정신적 향도의 힘이라고 일컬을 수 있겠다. '엄지둥이'는 없앨 수 없다.(〈엄지 동자Daumesdick〉 동화에서도 비슷하다) 엄지 소년이 세상에 등장하는 것은 혁명이다. 그에게는 옛 지혜의 보고들에 대한 존중 따위는 없다. 엄지둥이는 보물 창고에 잠입해 왕의 금화를 창밖 도둑들에게 던져 준다. 그에게 두려울 건 아무것도 없다. 그는 보물을 도둑들에게 내주고, 자신은 달랑 '십자가가 새겨진 금화 한 닢'만 가져간다. 빈손으로 세상을 알고자 하는 것이다. 그가 삶을 대하는 태도는 실험적이다. 그에게는 경험이 전래보다 가치가 있다.

그가 암소의 캄캄한 뱃속에 들어가는 것은 당연하다. 물질세계가 그를 집어삼키려는 찰나인 것이다. 하지만 인간 개별성의 힘은 '낮'의 삶이 잠깐이라 해도, 궁극적으로 어두운 물질의 수중에 떨어지지는 않는다. 인간 개별성은 파괴의 힘에서 빠져나오려고 분투한다. 엄지둥이는 식칼 아래 놓이는 극한의 와중에 재치를 발휘한다. 이 동화에서는 "궁하면 통한다."는 표현을 쓴다. "궁지가 기도를 가르친다."는 옛말도 있다. 전적으로 이성 영혼에서 나온 말이다. 보호하는 정신세계의 힘들과 완전히 분리된 채 땅의 세계와 겨루는 어린 자아는 비로소 힘을 얻는 방법을 익힌다. 어린 자아는 물질의 깊은 골짜기로부터 되살아난다! 이 동화는 예언적이다. 현 인류가 한창 겪고 있는 모험이 행복한 결말을 선취할 것이라 예견하는 것이다. 엄지둥이가 집으로 돌아올 때 가지고 오는 것은 거의 없다시피 하다. 그가 여행길에 얻은 것은 '십자가'다. 그는 온갖 시험을 거치면서 십자가를 충실히 지켜 낸다. 십자가는 그 주인에게 결코 없앨 수 없는 생명의 힘을 주는 부적처럼 보인다. 십자가가 새겨진 소박한 금화 한 닢...

핀란드 전설에도 엄지 소년이 있다. 〈칼레발라〉 두 번째 노래에서 엄지 소년은 자기 목숨을 지키는 힘을 염원해 주는 바이나모이넨의 기도에 따라 바다에서 육지로 올라온다. 엄지 소년은 이 노인의 거대한 참나무 베는 일을 돕는다. 참나무 가지가 아름다운 천상의 빛을 가려 땅의 삶을 온통 어둡게 한다. 핀란드 신화를 낳은 옛 시대의 형안으로 보면, 몽롱한 꿈속에서 요소들의 활동에 몸을 맡긴 인간들은 거대한 형상을 하고 있다. 그에 비해 자신의 힘을 응축해서 자기 안에 모을 수 있는 존재는 엄지만한 크기로 나타난다. 이들은 **사고의 힘**을 성장시키는 인간이다. "인간의 모습/영웅의 본질/엄지 길이라네/소 편자의 높이는 아니지." 요컨대 이들은 겉모습만 소인이다. 이들은 자기 생각의 힘들을 힘차게 가동시킬수록 점점 더 큰 영웅이 되어 간다. 이렇게 엄지 소년은 거친 힘들을 제어한다. 그는 거대한 참나무를 베는데, 이는 아직 전사의 충동으로 자신을 나타내고, 이를 통해 정신적 삶의 모든 작용을 뒤덮어 버리는 옛 종족의 힘을 극복하는 것을 뜻한다. 아틀란티스 시대로부터 내려온 이러한 종족 유산들을 길들여야 비로소 민족의 드높은 수호신이며 현명한 교육자인 바이나모이넨이 자신의 정신의 힘들을 수오미 민족(핀란드)에게 내려줄 여지가 생긴다. 거대한 참나무를 베어서 민족 성장에 개입하는 '엄지 소년'은 이 길을 준비하는 역할을 하게 된다. 이는 몽롱한 꿈에 빠진 민족의 영혼에 최초로 지성이 강력하게 비집고 들어온 것을 가리키는 상상물이다.

보완적 관점 12 뱀

『하얀 뱀Die weisse Schlange』에서도 『꿀벌 여왕』에서처럼 땅아래, 땅, 땅 위 세 영역의 동물들이 정신 구도자를 돕는다.(물고기, 개미, 까마귀) 이 동화는 젊은 시종과 동물들의 관계를 더욱 내밀하게 묘사한다. 『세 가지 언어』에서처럼 그는 동물들이 처한 곤경에 대해 듣는 것이다. 그는 바울이 말하는 '피조물의 탄식'을 알아들을 수 있다. '하얀 뱀'을 먹은 덕분이다. 왕의 시종으로서 그는 매일 점심 식사가 끝나면 뚜껑 덮인 그릇을 가지고 나와야 했다. 온 나라에 지혜로움으로 명성이 자자한 왕 자신 말고는 그 누구도 이 그릇 속에 무엇이 있는지 알지 못한다. 어느 날 시종은 왕이 수라상을 물린 뒤 그 그릇의 뚜껑을 열었는데, 흰 뱀을 보게 된다. 뱀 한 쪽을 먹은 그는 그때부터 동물들의 말을 이해한다. 지크프리트가 용의 피를 혀에 적신 뒤 새들의 언어를 이해하게 된 것과 같다.

뱀 형상은 저절로 영원히 갱신되는 인간 본성의 힘들을 가리킨다. 뱀은 에테르적 형성력의 본질을 이루는 저 마르지 않는 가능성을 자기 안에 간직하고 있지 않은가. 하지만 성경의 표현을 빌리자면, 인간에게서 '뱀은 몸을 곧추 세우고' 있다. 뱀은 인간 유기체 안에서 척추에 묶여 있는 것이다. 인체에서 뱀은 척수에서 나오는 저 본능적 의식의 힘들을 나른다. 욕망 본성이 이 본능적 의식의 힘들에 둥지를 틀었기 때문에, 유혹하는 힘이 뱀의 형상으로 나타나는 것이다. 하지만 이 저급한 충동에 침해되지 않고, 무구하고 지혜로운 상태로 남은 생명력들이 있다. 이러한 생명력들이 '하얀 뱀'으로 인지된다. 머릿속에 깨어 있는 우리의 정신은 자양분을 밖에서 오는 감각의 지각들을 통해 받아들인다. 하지만 저 위 꿈 차원에서 또 다른 지식이 정신에 줄곧 건네진다. 이 지식은 정신을 내밀하게 약동시킨다. 이 지식은 은밀한 경로(척수신경계)로 위로부터 머릿속으로 보내진다. 왕이 '지혜로울' 수 있는 것은 이를 통해서다. 왕은 더 높은 포괄적 정신 의식으로서 인간 본성의 내면을 다스리는데, 이 정신 의식은 아직도 모든 피조물 영역들과 내밀하게 연결되어 있다. 왕은 이러한 연결을 통해 세상의 지혜로부터 영감을 받는다. 그러나 그를 매일매일 젊게 하는 이 과정은 일상의 의식에 엄격하게 가려져 있다. 그릇을 열어 보는 왕의 시종처럼 이 과정을 '발견'하는 사람은 그때까지는 오로지 본능적으로만 작용해 온 지혜를 한 입 베어 문 셈이다. 이제 문제는 이 새 능력들을 어떻게 대하느냐이다. 그는 모습을 드러낸 세상의 지혜와 도덕적인 관계를 맺어야 한다. 그래야 그의 이후 행로가 축복받게 된다. 그렇지 않으면 그가 접근 통로를 찾아낸 초감각적 차원이 그를 파괴할 것이다.

보완적 관점 13 모자

모자와 두건은 인간이 자신의 머리가 닫혀 있다고 느끼게 돕는다. 인사할 때 모자를 벗는 것은 '자기주장'을 내려놓겠다는 뜻으로, 자기 위에 있는 것에 대해 자신을 여는 것이다. 숭배의 자세로 넘어가는 것이다. 인간 자아의 위쪽을 닫아 주는 두건이 일정한 역할을 하는 것은 『은화가 된 별Die Sterntaler』에서 볼 수 있다. 두건은 아이가 넓은 세상으로 나갈 때 포기해야 하는 옷들 가운데 첫 번째다. 영혼이 정신으로 승격하려면, 우리의 머리를 세계의 빛으로부터 차단해 우리를 자기 세계 안에 잡아 두는 모든 땅의 사고 형식들을 영혼에서 털어 내야 한다. 『거위지기 아가씨』는 방자한 쿠르드 소년에게서 모자를 날려 버리는 바람을 이야기한다. 『재투성이 아셴푸텔』에서는 개암나무 잔가지가 서둘러 집으로 돌아오는 아버지의 머리를 쳐 모자를 벗긴다. 인간에게서 뇌에 묶여 있는 이성을 퇴각시키고 그 자리를 차지하려고 하는 정신력을 말하는 것이다. 그래야 비로소 인간은 지혜로운 세계 사고를 자기 안에 받아들이는 새로운 감수성을 갖게 된다. 인간에게서 '사고'가 일어난다. 물론 자신의 '빨간 모자'에 너무 깊이 빠진 사람은 자기 개성 체험 바깥으로 나오기 힘들다. 자기 이념들에 대한 자부심이 너무 강한 나머지 더 이상 위로부터 오는 깨달음(빛)을 수용할 수 없기 때문이다. 그런 사람은 성스러운 정신(성령)의 개입, 즉 은총에 저항한다. – 자신의 황금 머리카락을 감추려고 모자를 벗지 않으려고 하는 『철의 사나이 한스』에 나오는 도제 정원사의 상황은 물론 다르다. 공주는 늘 그의 모자를 벗기고 싶어 한다. 하지만 그는 공주의 행동을 제지한다. 이 지점에서 더 높은 차원의 겸양이라는 마음가짐이 드러난다. 소년은 우선 땅의 개성과 땅의 사고의 힘들을 자기 안에서 길러 완전히 성숙시키려 한다. 그 동안은 '모자'를 써서 자신의 금발을 가리는 것이다. 그는 정신을 통해 땅의 물질 차원을 완벽하게 통제하게 되기 전에는 이미 자기 손에 넣은 숨은 정신의 빛을 인간의 땅에서 드러내지 않는다. 이는 장미십자단 입문의 이상으로 간주됐다.

보완적 관점 14 '14세'의 비밀

페르스발의 영혼에서 벌어지는 상상 체험의 단계들이 (특히 크레티앵 드 트루와의 묘사에 따르면) 동화에 여러 형태로 반영되어 있다. 이 성배 여정 모티브를 정신과학 관점에서 이해하면, 놀랍게도 다른 사건들까지 동시에 조명된다. 우리가 이미 이야기했던 바보 동화들 외에 저지 독일어로 된 『믿을 수 있는 페르디난트와 믿을 수 없는 페르디난트』도 거론할 수 있겠다. 가난한 두 사람에게 아이가 생기는데, 대부를 구하지 못하자 다른 고장으로 대부를 구하러 가는 도중에 아버지는 대부가 되어 주겠다는 가난한 남자를 만난다. 교회에서 이 신비한 이방인은 대부로서 소년에게 '믿을 수 있는 페르디난트'라는 이름을 지어주고 열쇠를 아이에게 선물로 남기며, 열네 살이 될 때까지 그대로 보관하라고 이른다. 그러고는 소년이 장차 광야로 나가 이 열쇠로 열 수 있는 성을 찾아낼 것이며, 그 안에 있는 것은 모두 소년의 것이라고 말해 준다. 모든 일은 다 때가 있는 법이다. 때가 되어 그 성을 찾아가자 성에서 백마가 나오고, 믿을 수 있는 페르디난트는 그 말을 타고 세상으로 나간다. 사람의 말을 할 수 있는 백마는 그에게 조언을 하고, 마침내 그는 어려운 시험들을 통과하고 왕이 된다. (우리는 '팔라다'를 통해 말을 하는 현명한 말을 알고 있다) 어떤 사람이 깨어 지상적 성숙의 시기가 되면, 즉 열네 살이 되면 천상의 지혜의 힘을 받을 수 있는지 없는지는 그의 내밀한 운명에 달려 있다. 그가 땅의 삶으로 가지고 들어와 사춘기가 시작할 무렵 자기 안에서 포착하는 법을 배워야 하는 힘들, 즉 태어나기 전 삶의 정신적 힘들이 있다. 이 동화는 어떤 특정한 정신의 힘이 무의식으로 내려오는 **세례**의 신비를 이야기한다. 이 정신의 힘은 성장의 후기 단계(종교적으로 말하면 견진 성사)에 의식적으로 포착되고 발전된다.

이 시기에 믿을 수 있는 페르디난트는 세상 여정에서 또 한 사람을 만난다. 그는 '믿을 수 없는 페르디난트'라고 자칭한다. 이 인물은 믿을 수 있는 페르디난트를 쫓아 다니며 한시도 놓아주지 않는다. 말하자면 그는 동행자의 생각을 간파한다는 얘기다. 그는 함께 섬기게 된 왕을 끈질기게 졸라 믿을 수 있는 페르디난트를 말도 안 되는 실현 불가능한 임무에 투입하게 한다. 그런데도 믿을 수 있는 페르디난트는 말의 도움을 받아 이 임무를 완수한다. 이 지점은 인간의 '도플갱어'의 비밀을 이야기한다. 도플갱어는 우리의 내밀한 생각을 간파하고 왜곡하는 우리의 저급한 대립상이라고 할 수 있다. 동화 언어에서 '믿을 수 있는'이라는 말은 자신의 더 높은 자아와의 연결 고리를 끊지 않은, 요컨대 항상 신적 세계와 연결된 상태에서 행동하는 사람을 일컫는다. 반면 '믿을 수 없는'이라는 말은 우리를 우리의 참 사명에서 빼내 근원인 빛을 망각하게 만들려 하는 저급한 영혼의 힘을 말한다. 14세로 대변되는 문턱을 넘으면서 젊은 영혼은 이상으로 가는 가능성을 받아들이고, 다시 말해서 우주적 정신의 힘(말하는 백마)이 젊은 영혼에 전달되는 한편, 영혼으로 하여금 그 참 본질을 '배반하게' 만드는 더 어두운 땅의 힘들과 결합한다. 어떠한 숭고한 노력도 다 왜곡된 상으로 뒤바꾸는 일종의 '거울 인간'이 은밀한 적수로서 영혼 속 깊이 침투하기 시작한다. 이 '거울 인간'은 메피스토펠레스의 마력에서 나오는 악마적 힘이라고 할 수 있다.

여기서 『세 개의 황금 머리카락을 가진 악마Der Teufel mit den drei goldenen Haaren』를 이야기해야겠다. 이 동화는 지상적 성숙의 시기 즈음 젊은 사람에게 나타나는 영혼의 경험을 심오한 형상들로 묘사하고 있기 때문이다. 물론 우리는 요람에 누워 있을 때 이미 열네 살이 되면 공주와 결혼한다는 산파의 예언을 들은 '행운아'임에 틀림없다! 이러한 행운아는 이 시점에 다다랐을 때, 청소년들이 느끼는 저 유명한 '지구적 고난'이라는 감정으로 자기 감정을 표현하는 체험들을 통과해 간다. 동화에 나오는 상상적 체험들은 우리 세속 시대의 깊은 당혹감, 즉 인간 전 존재의 죄라는 질병의 반영이다. 그 옛날 포도주가 샘솟던 광장의 샘은 봉인되었고, 황금 사과가 열리던 나무는 말랐다. 늘 이동해야 하는 뱃사공은 교대해 줄 사람을 찾지 못한다... 하지만 행운아는 '모든 것'을 안다. 그는 영혼의 삶의 지하, 즉 지옥으로 들어가는 길을 찾아내, 그곳에서 꿈꾸는 악마의 황금 머리칼 세 가닥을 얻는다. 그의 깊은 꿈으로부터 세계의 수수께끼의 해법이 떠오른다. 이 수수께끼는 세 가지 곤경이라는 상상의 형상으로 표현된다. 악몽으로 영혼을 짓누르는 어둠에서조차 예감의 지혜를 얻어 낼 수 있다. 골똘한 사고의 실타래를 풀고 우울을 제압하는 지혜의 황금이 있기 때문이다!

보완적관점 15 늦게 꽃피는 힘

페르스발이 어머니의 교육 방식을 통해, 또 『철의 사나이 한스』에서 소년이 내면에서 눈뜬 자유의 힘을 통해 관습과 지적 경직에 너무 빨리 빠지는 것을 모면한 것처럼, 『힘센 한스Der starke Hans』에서 한스는 영혼의 힘이 전개되는 것을 비상하게 억제함으로써, 어느 날 자연 요소적 힘으로 영혼의 힘의 성숙에 이르고, 그 힘들은 행동 욕구에 눈뜬다. 이 행동 욕구는 어떤 세상의 힘을 통해서도 위축되거나 제압되지 않는다. 『힘센 한스』는 그림 형제가 스위스 바젤에서 채록한 동화다. 외진 계곡에서 외동으로 태어난 한스는 두 살 때 강도들에게 어머니와 함께 납치되어 동굴로 끌려간다. 그곳에서 어머니에게 옛날 기사 이야기책으로 글자를 배운 한스는 외롭게 성장해, 마침내 자기 출신에 대한 참을 수 없는 의문에 사로잡혀 강도들을 제압한 뒤 동굴을 박차고 나가 어머니와 함께 아버지 집으로 돌아온다. 하지만 그가 가져온 보물 주머니를 아버지의 오두막에 내려놓자 오두막이 무너지려한다. 아버지는 오두막을 무너뜨리는 열두 살 아이의 힘에 놀란다. 영혼은 지상적 성숙 무렵 자기에게 남아 있는 유산과 전통의 족쇄를 모조리 부숴 버리는 것이다. 한스는 다시 모험에 나서는데, 거인 동무 둘과 합류한다. 전나무를 꼬아 장작더미를 묶을 밧줄로 만드는 '전나무를 꼬는 자'와 바위를 깨서 집을 짓는 '바위를 깨는 자'이다. 한스는 이들과 함께 자연 정령 세계에서 벌어지는 활동을 반영하는 행동을 완수한다. '전나무를 꼬는 자'와 '바위를 깨는 자'는 사나운 폭풍우와 지진 활동으로 표현되는 힘들이다. 인간 본질 안에서도 바깥 자연의 거인 같은 힘들이 광포하게 풀려 나올 수 있다. 눈떠가는 젊은이의 정열은 저 질풍노도의 거인, 즉 '전나무를 꼬는 자'로, 또 지령들의 경직된 면모에 대항하는 혁명적 욕구는 '바위를 깨는 자'로 표출된다. 이들은 모두 사회적 삶의 모든 고정된 질서와 전래된 형식들을 뒤흔들고자 하는 충동이다. 성장 중인 인간은 청소년기의 요소 세계를 경험할 수 있는 능력이 있는 경우, 이 두 동무를 사귀어야 한다. 이들에게 압도당하지만 않으면 된다. 이 동화는 한스가 온전한 자기 영혼의 힘에서 그와는 다른 힘들로 뚫고 나가, 내적 자유를 체험하고 충동의 힘들을 제압하는 과정을 보여 준다.

『고슴도치 한스Hans mein Igel』가 묘사하는 영혼의 성장 과정은 더 독특하다. 여기서는 타고나기를 초기의 힘들이 견고해지기 전인 첫 유년기에 머물러 있는 한 영혼을 만난다. 강력히 '보류되는 상태'로 육화하는 영혼이 있다. 이 동화는 외적 특징까지 제시한다. 즉 부모가 오랜 기간 고대해 왔지만 얻지 못하다가 늦은 나이에 아이를 얻는다. 아이는 엄마 젖을 거부한다. 아이가 제 가시로 어미를 찌르기 때문에 어미젖을 먹을 수 없음을 뜻한다. 요컨대 한스는 '고슴도치'다. 가시로 인해 아이는 8년을 난로 뒤에 웅크리고 있을 수밖에 없었다. 그러고 나서야 그의 내면세계가 움직인다. 이제 아이는 '제 길'을 간다. 아이는 주변 세계와 분리되어자기 꿈의 세계로 퇴각한다. 『철의 사나이 한스』의 소년도 여덟살 때 부모에게서 달아나 동화의 황금 연못을 들여다본다. 영혼에 온통 음악뿐인 '고슴도치 한스'는 아버지에게 부탁해 가죽 피리를 갖게 되자, 대장간에서 수탉의 발바닥에 징을 박아 달라고한다. 그는 수탉을 타고 영원히 떠나고 싶어 한다. 부모는 그를 이해하지 못하기 때문이다. 인간 차원에서 보면 그는 '재능 없는 아이'이다. '자부'할 수 없는 아이인 것이다. 초감각 차원에서 보면 '통상적인 방법'으로 물질 육체 속에 있을 수 없는 영혼 특성이다. 이러한 영혼 자질은 가시 돋친 고슴도치처럼 꺼칠꺼칠하다. 이로인해 성장하는 내면의 삶에는 특별한 개성의 힘과 순수한 영혼의 풍요가 깃든다. '고슴도치 한스'는 내면에 선율이 있다. 그는 꿈의 왕국의 주인이며 내적 세계의 왕이다. 그는 우여곡절 끝에 배필이 될 공주를 발견한다. 이때 고슴도치 허물을 벗는다. 온전한자아로 육화할 수 있게 된 것이다. 일반적인 사람이 된다! 이러한영혼은 '보통의' 또는 조숙한 다른 아이들이 내면에서 너무 빨리소모해 버리는 유년의 힘들을 나이 들어서까지 고스란히 간직하고 있다. 이는 음악가이자 시인이며 정신적 세계 비밀의 선포자인청소년기의 성장 소묘가 아닐까?

『당나귀 왕자Das Eselein』도 비슷하다. 그는 왕자로 태어났고, 음악을 매우 좋아한다. 손가락이 너무 커서 연주할 수 없을 거라는 우려에도 불구하고 열심히 연습해서 유명한 대가에게서 라우테 연주를 배운다. 그는 세상으로 나가 음악의 힘으로 왕궁에 들어가 공주의 마음을 얻고, 마침내 공주와 결혼함으로써 당나귀 허물을 벗는다. 이러한 동화들은 **상상력이 쓴 전기**이다. 이 상상의 전기는 오늘날 젊은이가 시험이나 일자리를 위해 제출하는 '이력서'보다 훨씬 예술적이다.

동화가 늘 특별히 애호하는 대상은 '바보', 즉 아이 상태에 머물러 있는 본성들이다. 7년 동안이나 주인을 시봉하고 그 대가로 자기 머리만 한 금덩이를 받은 『운 좋은 한스Hans im Glück』를 모르는 사람이 있을까? 한스가 얻은 것은 순수하게 머리의 지식이다. 하지만 그는 이것을 인생의 짐으로 느낀다. 그래서 되도록 빨리 버리려 애쓴다. '엄마에게 돌아가는' 길이기 때문이다. 한스는 몸소 겪고 배워 얻은 것을 영혼의 잡동사니로 부여안고 가지 않고, 그것을 형성력으로 변형할 줄 아는 행복한 천성의 소유자에 속한다. 마지막에 그는 칼을 가는 사람에게서 무거운 숫돌을 얻는데, 처음에는 좋았으나 점차 무거워졌다. 집으로 향하던 한스는 물 한 모금을 마시려다가 숫돌을 샘에 빠뜨린다. "네가 가진 가장 무거운 것을 저 깊이 던져 버려라! 잊어라! … 망각의 기술은 신성하다…"라고 말한 니체를 떠올려 보라. 한스가 무거운 짐을 빠뜨리는 곳은 바로 레테의 강이다. 이 일은 매일 저녁 잠드는 동안

우리에게도 일어난다. 이때 체험하고 배워 얻은 낮의 일이 무의
식으로 넘어간다. 낮의 일은 무의식으로 넘어감으로써 우리 본질
의 저 깊은 저변들을 수태시킨다. 망각을 통과해야 비로소 능력
으로 변형되어 본능적 힘이 된다. 깨어 있는 꿈 속에서 잠드는 순
간을 의식하게 되면, 낮의 삶의 형상들이 망각의 영역으로 넘어
가는 이 과정을 일련의 상상물로 포착할 수 있을 것이다. 이때 사
고의 힘에 대한 통제력을 잃는 상태가 먼저 찾아온다. 사고의 망
실이 온다. 한스는 말을 탄다. 말은 한스를 태우고 질풍처럼 냅다
달린다. 그는 말을 제대로 제어할 수 없고, 끝내 말이 그를 떨어
뜨린다. 그는 말을 암소와 바꾸고, 암소를 돼지와, 돼지를 거위와,
거위를 무거운 숫돌과 바꾸고는, 이 숫돌이 샘에 빠지는 것을 행
복한 마음으로 지켜본다. 이제 그는 홀가분하게 어머니에게 돌아
갈 수 있다. 그는 회춘하는 생명의 샘을 발견한다. 땅에서는 이러
한 사람들을 비웃는다. 그러나 땅의 지성 앞에서는 우둔함이지
만 그렇기 때문에 신 앞에서는 지혜인 것이 있다.

보완적관점 16 죽은 자들의 세계

동화가 죽은 자들의 세계에 대해 이야기하는 방식에서 많은
것을 배울 수 있다. 『재투성이 아셴푸텔』에서 죽은 엄마는 정신
에 다가가려 노력하는 구도의 영혼에게 영감의 샘이 되어 준다.

그런데 형상 언어는 이중성을 용인한다. 신비주의자에게 '어머니의 무덤'은 자기 영혼의 저변에 대한 상상물이다. 그러나 직접적인 종교 체험에서 고아가 된 소녀가 영혼의 인도자이자 자기 인생 여정의 보호자로 경험하는 것은 죽은 어머니와의 실제적인 연결일 수 있다. 『은화가 된 별』도 그렇다. 영혼이 우주로부터 별 옷과 은화를 받을 수 있는 저 신비의 단계들, 즉 영혼에 요구되는 자기 부정 행위들을 묘사한다. 영혼은 영혼의 외피, 즉 땅 위에서 획득한 힘을 내주어야 한다. 중세 신비주의자들이 말하는 완전한 '벗어남'이 시작돼야 비로소 내면 공간이 생기고, 그 안으로 초감각적 세계가 모습을 드러내며 쏟아져 들어온다, 이는 '상상(생명을 불어넣은 형상 의식)'까지 뛰어넘는 영혼 상태를 가리킨다. 상상의 체험들을 제지해서 다시 사그라지게 하는 상태이다. 상상물들을 만들어 내는 데 여전히 우리의 표상력이 개입한다면, 그 다음 높은 인식 단계는 오히려 순수한 은총으로 체험된다. 루돌프 슈타이너는 정신과학 관련 글들에서 이 인식 단계를 '영감'으로 지칭한다. 죽은 뒤 영혼이 진입하는 의식 상태는 정신적 우주가 그 힘들을 영혼에 은총으로 내리기 시작할 때와 근본적으로 같다. 이러한 의식 상태에서도 땅의 삶의 형상들과 또 땅의 삶과 연관되는 소망의 힘들이 차차 사라지면 곧바로 '비어 있는 의식'이 출현한다. '비워진' 의식이 있어야 비로소 별의 은총을 받아들일 수 있다. 그렇기 때문에 『은화가 된 별』은 죽음 뒤에 영혼이 걷는 운명의 길이라고 말해도 무방하며, 이야기 얼개 하나하나는 영혼의 운명과 연결지을 수 있다.

　『홀레 할머니Frau Holle』도 비슷하다. 이 동화의 형상들은 신비 수행 길의 경험들을 말해 주는 동시에 죽음 이후 삶의 **변화의 비밀**을 세밀하게 비춘다. 부지런한 한 소녀가 우물가에 앉아 실을 잣다가 실수로 실패를 우물에 빠트린다. 소녀는 실패를 찾아 우물에 뛰어들었다가 정신을 잃는다. 우물은 망각의 샘이다. 소녀는 아름답게 꽃 핀 낯선 들판에서 깨어나 걷기 시작한다. 소녀는 빵들이 다 구워져 있는 화덕과 열매들이 잘 익어 있는 사과나무에 다다른다. 소녀는 화덕에서 빵들을 꺼내고 나무에서 사과를 털라는 요구에 순순히 따른다. 이러한 수확의 형상에는 사후의 첫 여정이 객관적으로 묘사되어 있다. 인생을 거꾸로 돌리듯, 우리가 겪은 땅의 경험들의 총합이 우리에게 다시 다가와, 더 높은 세계의 빛 속에서 말하자면 후숙을 거친다. 땅의 경험들은 정신의 순례 길에 드는 노자, 즉 죽은 자들의 왕국에서 빵과 과일이 된다. 큰 앞니로 소녀를 놀라게 하는 홀레 할머니 집에 도착하는 것이야말로 죽음의 힘들과의 조우를 나타낸다. 이의 형상은 뼈처럼 딱딱해지는 힘을 가리킨다. 홀레 할머니 집에서 소녀는 일을 한다. 소녀가 이부자리를 털면 땅에 눈이 내린다. 이제 영혼은 정신세계에서 일어나는 비밀스러운 사건들에 열중하기 시작한다. 이러한 사건들은 눈송이를 만드는 놀라운 순수한 결정화 과정과 비교할 수 있다. 곧 정신적인 것이 응축되어 물질이 되는 아주 섬세한 과정이다. 죽은 자들로서는 그러한 활동을 펼치면서 동시에 이를 통해 새로운 땅의 삶을 준비하는 것이 축복이 된다. 땅이 영혼을 아무리 못 살게 굴었다고 해도 땅을 향한 강렬한 향수는 다시 깨어난다. 홀레 할머니는 새로운 땅의 삶으로 떠나고자 하는 성실한 소녀의 소망대로 이 소녀를 흔쾌히 내보낸다. 홀레 할머니는 소녀에게 실패를 되돌려 준다. 이것 없이는 끊어진 삶의 실마리를 다시 찾을 수 없기 때문이다. 홀레 할머니는 처녀에게 황금비를 내리는 문을 통과하도록 한다. 소녀는 땅 위로 돌아와서 '황금 아가씨'라고 불린다. 반면 게으른 딸은 모든 면에서 그 대립상인데, 역청을 뒤집어쓴 채 그 문을 통해 돌아온다. 이것은 새 삶에서 '많은 불운'을 겪게 될 영혼이다. 이 영혼의 운명은 지혜의 세례를 받지 못하며, 그런 탓에 부조화 상태가 될 것이다. 이전 삶에서 자기 실패를 일부러 우물에 던져 버리고 그 뒤를 쫓아 샘에 뛰어들었다. 그래서 이 영혼은 자기 삶의 열매에 대한 관심을 키울 수 없고, 결정화하고 있는 순수한 지혜에 관여할 수 있는 홀레 할머니의 영역에서 다가올 삶을 사랑 없이 준비한다. 이러한 영혼은 땅에 충실하지도 않고, 인간의 의무에 대한 사랑도 없기 때문에 감각이 흐려진 상태로 새로운 자기 삶의 행로를 시작할 것이다. 동화의 세계가 우리에게 그려 보여 주는 것은 바로 변화의 숭고한 법칙들이다. 동화는 이러한 법칙들이 어떻게 드러나는지 보여 주며, 동시에 반복되는 땅의 삶들과 운명의 보상(카르마)의 비밀들을 넌지시 가리킨다. 중세 기독교 세계 내부에서 이 비밀들은 도그마(교리)로 엄격하게 금기시됐다. 하지만 이러한 비밀들은 곳곳에서 영혼의 눈앞에 되살아났다.

마찬가지로 『대부로 삼은 저승사자Der Gevatter Tod』에서도 생사의 비밀을 분명하게 지시하고 있다. 세례 때 저승사자를 대부로 삼은 소년(이 유서 깊은 모티브는 여러 이야기로 전해 온다)은 대부에게서 모든 병을 고치는 능력을 받는다. 그는 기적의 약초를 손에 넣는다. 스위스 동화 〈공정한 대부Gerechten Goetti〉에는 치유의 힘이 있는 생명수가 담긴 유리잔이 등장한다. 소년이 생명수를 쓸 수 있는 것은 죽음이 병자의 머리에 보일 때 한해서다. 병자의 발에 죽음이 보일 때는 사용할 수 없다. 이 이야기의 요점은 의술의 비밀에 입문하는 것이다. 파라셀수스에 따르면 정통한 의사는 '운명을 거슬러' 치료해서는 안된다. 혜안을 가진 의사는 환자의 몸에서 죽음의 힘이 지배하는 것을 본다. 정신의 눈으로 보면 죽음의 힘은 인간 본성 안에서도 늘 활동한다. 죽음의 힘은 경직시키는 힘들 안에서 작용한다. 경직시키는 힘들은 신체 조직을 위로부터 아래쪽으로 훑는 데 비해, 모든 치료 작용의 기본인 형성하는 과정들은 육신의 아래에서 위쪽으로 생명을 불어넣는다. 저승사자라는 상상물로 모습을 드러내는 죽음이 병상의 머리맡에 있다면 환자는 '정상'이다. 죽음이 발치에 있을 때, 즉 환자의 전 조직을 쥐었을 때 환자는 죽음에 임박한다. 정통한 사람은 이 법칙을 존중해야 한다. 이 동화는 젊은 의사가 '운명을 거슬러' 치료하고자 하는 유혹에 굴복하는 이야기다. 젊은 의사 자신에게 그 운명이 되돌아온다. 죽음이 얼음처럼 차가운 손으로 그를 지하 동굴로 이끈다. 그곳에서 그는 사람들의 크고, 반쯤 타버리고, 아주 작은 생명의 불빛들을 보아야 한다. 대부인 죽음이 그에게 보여 준 너무나도 작은 자신의 생명의 불빛으로 인해 그는 충격을 받는다. 대부에게 당장 새로운 큰 불빛을 점화해 주십사 애원하지만 소용없다. 죽음 자체는 그럴 힘이 없다. "하나가 꺼져야 다른 새 불을 붙인다."가 대부의 답이다. 의사는 자기 촛불이 꺼지고 자신이 죽는 것을 겪어야 한다. 죽음의 가차 없음, 삶의 법칙들의 성스러움, 거기에 더해 생명의 불빛이 알 수 없는 이유들로 불붙어 새로운 빛으로 점화되는 저 비밀에 대한 암시 등을 동화는 나름의 형상들을 통해 우리에게 전달하고자 하는 것이다.

보완적관점 17 **감추어진 초상**

『충성스러운 요하네스』에 나오는 이 모티브는 『하얀 신부와 까만 신부』에도 있다. 『충성스러운 요하네스』에서 초상화를 지키는 사람의 이름은 '레기너'로, 말뜻은 '조언자'이다. 그는 왕의 마부이며 문제의 초상화를 그린 장본인이다. 이 초상화는 해처럼 순수하고 아름다운 그의 여동생의 모습이다. 그는 이 초상화를 자기 방에 남의 눈에 띄지 않게 걸어 두는데, 여동생에 대한 사랑이 지극해서 걸어 두고 늘 보고 싶기 때문이다. 궁인들이 왕에게 이 사실을 고자질한다. 초상화를 본 왕은 '상사병'에 걸릴 만큼 사랑에 빠진다. 왕은 화려한 옷을 하사하며 오빠인 레기너에게 그림 속의 아름다운 처녀를 데려오도록 한다. 그녀와 결혼하려는 것이다. 그런데 사악한 계모가 그 신부 자리에 '밤처럼 시커멓고 죄악처럼 흉한' 배다른 딸을 슬쩍 끼어 넣는 술책을 쓴다. 실망한 왕은 아무 잘못 없는 레기너를 살모사와 독사가 우글거리는 방에 처넣게 한다.

이는 입문한 자가 처해야 하는 운명이다. 그는 남몰래 '하얀 신부'의 초상화를 간직한다. 그는 순수한 인간 원형의 수호자다. 그러나 인식을 구하는 자가 순수한 인간 원형을 요구하면, 입문자는 그가 '신부'를 손에 넣도록 조력해야 한다. 『개구리 왕자』에 나오는 '철의 하인리히'도 그러한 마부다. 〈바가바드기타 Bhagavadgita〉에서 아슈나 왕에게 비밀을 털어놓는 사람도 마부다. 마부를 통해 크리슈나 신이 제 모습을 드러낸다.

더 높은 인식의 매개자가 지혜의 구도자에게 지식을 전할 때, 그 지혜의 구도자는 처음에는 실망한다. 그럴 것이 이 여정에서 그가 처음 마주치는 것은 지혜의 저급한 모습, 곧 영혼을 흉측하게 만들고 희미하게 하는 이성의 지식이기 때문이다. 지혜가 자신에게 오기까지 겪는 왜곡과 마법에서 지혜의 순수한 형태를 구출하는 것은 결국 **자신의** 행동임을 겪어서 알 수밖에 없다. 초상화 속 여인이 곧 지혜인지라 이제 쫓겨난 레기너도 다시 제자리를 회복한다. 저급한 형식을 극복한 사람은 더 높은 인식의 매개자, 즉 입문자를 다시 인정하기 때문이다.

이집트에 전해 오는 〈사이스의 베일에 싸인 초상Verschleier-ten Bild zu Sais〉 이야기는 유명하다. 『충성스러운 요하네스』의 밀실에서 초상을 본 왕자가 기절해 쓰러지듯, 사이스 여신 초상을 본 소년에게도 같은 일이 일어난다. '유한한 인간은 대가 없이 그 베일을 올릴 수 없는' 것이다. 노발리스의 〈사이스의 도제들 Lehrlingen zu Sais〉은 이 경고에 대해 오로지 인간다운 답을 내놓는다. 『충성스러운 요하네스』가 상상력의 언어로 내놓는 답도 바로 이것이다.

"그러니 우리는 불멸의 존재가 되도록 애써야지!"

다른 민족의 동화 세계

{ 러시아 동화 }

　현 지구상의 민족들이 당면한 과제는 서로를 이해하고 상호 인정함으로써 인류를 유기체로 인식하고 연대하는 것이다. 이렇게 하지 않으면 서로 다른 민족은 힘으로 만날 수밖에 없다. 그렇게 만나도 인식하게 되었다고 느낄 수는 있지만, 그것은 고통이다. 민족들이 서로에 대해 갖는 심상은 왜곡된 상이기 십상이다. 폭력을 통해 만나면 공포가 끼어들기 때문이다. 유럽의 민족 영혼들이 정화된 분위기에서 서로 바라보고 진정으로 이해하는 것을 배우려면 선행돼야 할 것들이 많다.

　오늘날에는 누구나 '이반' 하면 떠오르는 상상과 감정이 어떤 것인지 안다.

　옛 민족 자산에서 나온 동화들은 민족 영혼, 그 꿈과 동경, 그 펄떡이는 높은 이상, 들끓는 배고픈 욕망과 구출되지 않은 힘의 신비한 직접적 현현이다. 러시아 동화에 등장하는 '이반'이 그러한 인물이다. 그는 차르의 아들로, 또 농부의 아들로 동화의 주인공이 되어 여러 모험을 통과해야 한다.

그림 형제를 본떠 19세기 중반 아파나시예프Aleksandr Nikola-yevich Afanasjev가 만든 방대한 동화 모음을 이야기해야겠다. 그가 모아 놓은 동화에는 이반이 '요한'이라는 인물로 전면에 비중 있게 등장한다. 사랑하지 않을 수 없는 본질! 처음에는 선의의 미소로 바라보다 놀라운 특질을 더 발견하게 된다. 요한의 정신적 노력의 빛이 배어나는 것이다.

민족 전래에 대한 외경심에 가득 찬 아파나시예프는 옛날 동화의 내적 진실과 형상 세계 이면의 정신을 감지하고, 그 어조와 이야기풍을 되도록 건드리지 않았다. 그는 "민족은 그것을 생각으로 꾸며 내지 않았다. 민족은 자신이 믿는 것을 이야기하고, 그렇기 때문에 민족의 이야기들에는 초감각적인 것이 들어 있다... 자신의 상상력이 선을 넘어 이상한 표상들로 가득한 세계에 빠지는 것을 허락하지 않았다."라고 말한다.**21** 이 다채로운 동화에서 종합적으로 성격적 특징들을 추출하면 러시아의 정신 구도자의 원형을 눈앞에 되살아나게 할 수 있다. 바로 이반이 '말로 할 수 없는 아름다움' 또는 '바실리사, 전지적 존재들', '갇혀 있거나 아홉 번째 왕국에서 구혼자를 기다리는 공주', 즉 '빛의 처녀 소피아'를 찾아가는 사람이기 때문이다. 요컨대 이반은 인류의 지혜로운 영혼을 지키는 요한, 그리스도의 사랑하는 제자이다. 이반

---

21 발췌본 〈이반-요하네스, 가장 아름다운 러시아 동화들 30편Iwan-Johannes, Dreißig der schönsten russischen Märchen〉(슈투트가르트, 1957)과 번역 및 프리델 렌츠 해설본이 있다. 앞에 말한 동화가 들어 있는 모음집 〈러시아 민간동화Ausgabe Eugen Diederichs〉도 있다.

은 기독교에서 인류의 성장을 이끄는 지도자로서, 영혼들에게 성령의 시대를 준비시킨다. 러시아 민족 정신의 소임은 이러한 미래의 과업에 복무하는 것이다. 러시아 민족의 주위를 감도는 이같은 약속이 요한 동화에 배어 있다.

이반이나 왕자 요한은 세 아들 중 막내로 나오기도 하는데, 많은 독일 동화, 이를테면 『괴물새 그라이프』에서처럼 대개 바보다. 그런 그가 가장 높은 임무에 적합하게 보이는 것은 그의 마음의 힘 덕분이다. 그는 때로 성장이 지체되었다가 특정 시점에 폭발적으로 발달이 일어나는 두드러진 양상을 보이기도 한다. 동화 〈난 몰라Ich weiss es nicht〉에서 농부의 아들 요한은 서른세 살이 되어도 걷지 못한다. 부모는 아들에게 건강한 발을 내려 달라고 하느님에게 쉴 새 없이 기도한다. 예배를 드리러 교회에 가려 할 때 거지가 오두막의 작은 창문에 다가와 동냥한다. 요한은 적선을 하고 싶지만 일어설 수 없다. 거지는 그 자리에서 "네 발이 나아 건강하니 어서 일어나 적선해 다오."라고 말한다. 그러자 농부의 아들은 벌떡 일어나 거지를 오두막에 초대한다. 거지는 소년이 건넨 꿀술을 마시지 않고, 소년에게 마시라고 요구한다. 이것을 마시는 자에게 엄청난 힘이 임한다! 그 순간 낯선 이는 사라지고, 집으로 돌아온 부모는 기뻐하며 그 거지가 '성스러운 사람'임에 틀림없다고 생각한다. 이 형상은 서른세 살 무렵 영혼에 그리스도 힘들로부터 일어날 수 있는 정신적 각성을 그린다. 요한은 세상으로 순례를 떠날 때, 귀에서 짙은 연기가 피어오르고, 콧구

명에서 불꽃이 이는 준마를 발견한다. 인간의 말을 하는 이 준마는 33년을 온 힘을 다해 그를 기다려 왔다. 준마의 나이는 그의 나이와 정확히 같다. 다름 아니라 그의 지체된 정신의 힘, 특히 불타는 지성이 그를 숲과 산과 골짜기들을 넘게 한다. 정신의 힘은 익히 아는 동화의 목표 지점들로 향한다.

낯선 왕국에 온 왕자는 보통 "자발적으로 왔는가, 강제로 왔는가?"라는 질문을 받는다. 영혼의 길은 내면이 자유로워야 갈 수 있는 길이다. 이 지점에서 왕자가 진정한 정신 구도자임을 확인할 수 있다. 바깥에서 그를 강제하는 것은 아무것도 없다. 습관이나 전통에서 비롯한 육신에 매인 인간의 욕망 본성에서 나온 것이 아닌 내적 강제는 정신성에 의해 높은 결단으로 나타난다. 요한의 대답은 "나는 온전히 자유 의지로 여기 왔노라."이다. "어머니를 찾는 중이지. 금빛 머리채를 가진 아나스타샤 왕비를. 일진광풍이 정원에서 어머니를 휩쓸어 가서..." 질풍 같은 정열에 휘둘린 인간 본질은 그 옛날 영혼의 자궁 속에서 빛나던 저 원시 지혜로 가는 길을 잃었다. 아나스타샤라는 이름은 '부활절 여인'이라는 뜻이다. 이는 러시아의 영혼이 부활절의 비밀과 깊이 연결되어 있음을 말해 준다. 즉 인류가 놓쳤던 정신이 부활한다는 것을 아는 것이다.

구리와 은, 금의 세 왕국은 편력을 거쳐야 재탈환할 수 있다. 우리는 고대 전통에서 지금 이전의 금, 은, 청동의 세 세계 시대론을 알고 있다. 헤시오도스Hesiodos가 그리스인들에게 이 이론을 설파했다. 괴테의 사원 동화 〈초록뱀과 아름다운 백합〉에서 마법에 걸린 채 지하 사원에서 깨어나기를 기다리는 세 왕도 금의 왕, 은의 왕, 청동의 왕이다. 인간이 참된 자기 존재로 깨어나 최고의 자기 가치에 이르려면 낙원 시대 인류의 태곳적 세계 지혜와 힘들을 되찾아야 한다. 세 왕국은 영혼 저 깊은 곳에 가라앉아 있고, 마법에 걸린 왕국의 힘들은 비상을 원한다. 이러한 세 왕국처럼 금, 은, 동의 세 왕이 어머니를 찾아 헤매는 사람에게 현현하고, 홀연히 목소리가 들린다. "눈으로 보지 못하고 귀로 듣지 못했던 러시아 정신이, 이제 내 눈앞에 나타났구나." 왕자 이반은 이렇게 영접받는다. 추구하는 인간 정신과 맺어질 '말로 표현할 수 없는 아름다움', '처녀 소피아의 차원'을 향해 이처럼 쉬지 않고 내닫는 가운데 참된 러시아적 본질과 그 사명의 세계 의미가 비로소 드러나는 것이다.

황금 머리칼의 황후를 얻는 〈이반 쿠존Iwan Kuhsohn〉 동화에서 "이들은 결혼하고 **전 세계에** 향연을 베푼다." 세상과 맺어지는 영혼의 힘은 아직 많은 시험을 거쳐야 하지만, 장차 성숙해져 찬란한 정신으로 빛날 것이다.

영혼의 힘은 먼저 죽음의 힘과 대결해야 한다. 죽음의 힘들은 '불사의 사신' 형상을 하고 있다. 이는 불사의 사신이 자신을 옥죄고 있던 12개 쇠사슬을 끊고 '바다의 딸, 마리아'를 낚아채고 요하네스 왕자를 낱낱이 조각낸 시대, 즉 물질주의 사고와 고삐 풀린 기술의 시대를 인간 정신이 통과해 가는 것을 의미한다. 하지만 동화는 정신의 부활을 알고 있다. 또한 산산조각이 난 왕자를 소생시키는 생명수의 존재와 경이로운 힘을 알고 있다. 더불어 정신 안에서 쟁취한 것을 점진적이고 단계적으로 땅의 현실로 가지고 올 수 있는 비밀도 알고 있다. 동화 〈전지한 바다의 왕과 바실리사König des Meeres und Wassilisa, der Allweisen〉에서 왕과 바실리사가 결혼하고, 요한이 '성스러운 러시아'로 들어가는 광경은 놀랍다! 이는 일련의 변화를 그린 것이다. 동화의 형상들은 기독교 묵시록의 성장 단계를 암시한다. 빛나는 아름다움이 자신을 드러내지 않고 한껏 낮춘 채 '성스러운 러시아'의 땅을 밟는 모습이다.

'찬란한 아름다움'은 성찬용 빵을 굽는 여인의 종으로 들어가 빵 굽는 일을 돕는다. 이는 만물에 영혼을 불어넣는 신비한 소피아의 힘이 임하는 성찬례의 축성을 가리킨다. 이어서 소피아가 비둘기 두 마리를 보내 왕궁의 창을 두드리게 하는 순간이 도래한다. 비둘기의 출현은 왕자에게 '전지함'과의 신성한 연결을 기억해 내게 하기 위한 것이다. 비둘기들의 시간, 즉 요한 시대, 기독교가 추구하는 정신 각성의 시대가 열린다. 모든 참다운 동화 주인공들은 이러한 시대를 위해 싸우고 수난당하고 승리를 쟁취한다.

이러한 민족 영혼이 운명적으로 겪어야 할 험난한 길이 있다. 러시아에도 '손 없는 소녀' 이야기가 있다. 동화의 기본 얼개는 독일 동화와 비슷한데, 아이의 신비로움이 축이다. 손 없는 여인이 아들을 낳는다. "아들의 팔은 팔꿈치까지 황금이고, 허리에 별들이 반짝이고, 이마에 밝은 달이 빛나고, 심장에 황금빛 태양이 찬란하다."

이는 분명 전 우주가 은총으로 개입한 초감각적 탄생을 말한다. 남자가 아내를 내쫓을 때(독일 동화에서는 편지를 바꿔치기 한 결과다), 동화는 불쌍한 어미 가슴에 젖먹이를 안겨 보낸다. 목이 마른 어미는 샘 위로 몸을 숙이고, 그 바람에 별 아기가 어미 품에서 미끄러져 물에 빠진다. 어미는 어쩔 줄 몰라 샘가를 빙빙 돈다. 그때 한 노인이 어미에게 와 고민을 묻는다. 노인은 "몸을 굽혀 아이를 꺼내!"라고 재촉한다. "어르신, 저는 손이 없습니다. 팔이 팔꿈치까지밖에 없어요." 하지만 노인은 같은 말을 반복한다. 어미가 팔을 샘물 속으로 뻗자 팔이 새로 자라나 아이를 물속에서 꺼낼 수 있게 된다.

이것은 러시아 영혼의 운명에 대한 이야기가 아닐까? 러시아 영혼은 무력함에 빠져 별의 비밀, 즉 미래의 성스러운 희망을 심장에 간신히 간직한다. 이 영혼은 신의 아이를 레테의 샘에 빠뜨리고는 어쩔 줄을 모른다. 하지만 동경의 힘은 기적을 일으킬 만큼 강력하다. 현자들은 정신의 팔이 자라나, 잃어버린 별 아기를 나락에서 건져 올릴 것이라고 말한다. 러시아 영혼은 아이를 건져 세상에 보여줄 것이다. 그리스도의 빛 가득한 러시아의 영혼은 다가올 시대에 별-자아의 복음을 선포하게 될 것이기 때문이다. 모든 하늘이 자기를 본뜬 우주적 존재로서 창조한 인간은 자신을 '이해'하고, 포착하는 가운데 어둠의 힘을 이길 것이다.

{스위스 그라우뷘덴 동화}

그라우뷘덴은 유럽 역사에서 다채롭고 굵직한 흐름들이 교차하는 지점이었다. 먼저 고대 래티아인들의 원 유산에 주목해야 한다. 래티아인들은 오래도록 산중 깊은 골짜기에 터전을 잡고 자연의 혜안을 간직하고 있었기에, 이들에게 자연 정령들과의 교류는 당연한 일이었다. 뒤이은 로마 문명과 북쪽에서 밀어닥친 게르만의 영향으로 그라우뷘덴 사람들의 영혼에는 풍부한 문화 전통들이 퇴적되었다. 17세기 그라우뷘덴과 프랑스 문화의 관계, 특히 이탈리아 엥가딘 지역의 지속적인 영향을 잊으면 안된다. 그라우뷘덴 지방 동화 수집가들이 비교적 늦게까지 다채롭고 풍부한 수확을 거둔 이유가 여기서 설명된다. 동화 수집에서 가장 혁혁한 업적은 단연 카스파르Caspar Decurtins의 작품일 것이다. 그의 〈래토로만어 문선Raeto-romanische Chrestomathie〉은 이야기꾼들이 이야기를 긷는 풍부한 보고였다.[22]

---

22 디트리히Dietrich Jecklin의 모음집 〈그라우뷘덴 민속Volkstümliches aus Graubünden〉에 들어 있는 상당수는 카스파르 자신이 독일어로 낸 것이다. 방대한 모음집 〈그라우뷘덴 동화Märchen aus dem Bündnerland〉(바젤, 1935)는 래토로만어로 쓰여 있다.

먼저 래티아 고산 지대에서 태어난 한 소년의 이야기를 살펴보자. 동화 〈세 개의 바람Die drei Winde〉은 내적 성장을 수호하는 세 여인과 영혼의 대화를 보여 준다. 우리는 이 세 수호자를 여러 동화에서 영혼의 세 가지 힘으로 만난 바 있다. 한 소년이 '초록색 연미복 신사'의 수중에 떨어지지 않도록 부모에 의해 유연한 청년기에 늙은 은자에게 맡겨진다. 앞서 살펴본 『곰 가죽 사나이』와 〈황금 머리칼 백작〉 같은 그라우뷘덴 동화에서 유혹자는 종종 초록색 옷을 입고 있다. 은자는 소년에게 '므두셀라 만큼이나 오래된' 책으로 글을 가르치고, 두 길이 십자로 만나는 곳으로 그를 인도한다. 소년이 스승의 명에 따라 오랜 시간 마음을 다해 이 책을 읽고 또 읽던 중 힘센 독수리가 나타나 소년을 발로 낚아채 하늘 높이 날아간다. 그 와중에도 소년은 두 손으로 꼭 붙든 채 흔들림 없이 책을 계속 읽어나가기 때문에, 독수리는 소년을 도리 없이 다시 떨어뜨린다. 동화는 "소년은 맹세코 저 까마득한 알프스 율리어 고개에서 땅으로 왔다."라고 단언하며, 우리를 그라우뷘덴의 높은 산정 세계로 끌어올리려 한다. 동화의 형상들은 정신의 꼭대기 체험을 우리 앞에 내놓는 것이다. 은자는 명상의 삶으로 가는 길잡이다. 소년은 마녀족의 소행처럼 보이는 분탕질을 보느라 책에서 눈을 떼는 순간 독수리에 채여 높이 올라갔다. 이러한 형상은 영혼이 명상에서 육신을 벗은 의식 상태로 올라가는 과정을 선명하게 보여 주는 것이다.

일상사를 뒤로 하고 장시간 준비 기간을 거친 사람의 영혼의 길은 높은 율리어 고개에서 시작한다. 그곳에서 그는 찬란한 수정궁에 사는 선량한 요정 셋을 만난다. 이 요정들은 그의 성장을 주관하며, 그는 이들과 신비롭게 교류한다. 그는 수염이 자랄 나이가 되자 셋 중 제일 아름다운 요정과 사랑에 빠진다. 이 요정도 아름다운 소년을 선택하고, 둘의 결혼이 예정된다. 마침 다시 한번 아래 골짜기로 내려가야 할 때 부모와 온갖 땅의 애착들에 그를 얽어 넣으려는 삶의 저항들이 위력을 발휘하기 시작한다. 소년은 힘겨운 정신 추구와 많은 모험을 거친 뒤에야 제자리인 율리어 고개로 되돌아와 세 요정의 수정궁으로 통하는 문을 찾아 고대하던 결혼식을 올린다. 화자는 알프스의 적자로서 그 경험을 "산은 무언의 장인이며 과묵한 제자들을 만든다."는 괴테의 말로 표현할 수 있었으리라.

그라우뷘덴의 영혼에는 그리스도 신비의 힘도 스며든다. 까마귀가 마법을 벗는 흔한 모티브를 유독 인상 깊게 전개하는 그라우뷘덴 고지대 동화가 있다. 카스파르는 이 동화에 〈까마귀 Der Rabe〉라는 제목을 달았다. 이 동화는 돈도 영지도 없고 달랑 어린 딸 하나뿐인 백작 이야기다. 딸은 자신이 지상에 가지고 있는 것 중 가장 귀중한 것이기 때문에 백작은 딸에 대한 걱정이 크다. 어느 날 백작은 울적한 마음으로 숲을 지나다가 자기가 죽으면 아이는 어떻게 될까에 생각이 미친다. 그때 참나무 위에서 까마귀 소리가 들린다. "내게 네 딸을 다오, 그러면 네가 원하는 만큼 금을 주겠다." 백작은 처녀를 숲으로 데리고 와 깃털 달린 신랑에게 넘겨 준다.

　정신 구도자를 움직이는 동인은 영원성에 대한 걱정이다. 중세 기독교 언어로 '영혼 구원'에 대한 염려다. 까마귀는 자기 운명을 처녀에게 밝힌다. 과거 아름다운 소년이었던 그는 마녀의 마법에 걸려 있는 상태인 것이다. 그는 까마귀 모습으로 어두운 숲속을 날아다녀야 하지만, 과거에는 많은 보물을 다스리는 군주였다. "마음 착한 처녀여, 나를 따라 나의 성에 오시오! 성의 예배당에 들어가시오! 온종일 제단에 무릎 꿇고 신에게 울며 기도하시오! 거기 마련해 놓은 단지에 당신의 눈물을 채워, 저녁때 내가 집으로 오거든 단지의 눈물을 내 깃털에 부으시오. 단, 눈물 한 방울이라도 땅에 흘려서는 아니 되오." 까마귀 동화 『열두 오빠』에서 마법을 푸는 조건, 즉 7년간의 침묵이 이 동화에서는 한층 또렷하게 신비한 지혜의 언어를 걸친다. 이는 영혼 도야의 여정이다. 그 여정은 인간 본성 중 가장 성스러운 영역인 심장에서 일어난다. 이곳에서 영혼은 자기를 희생한 만큼 성숙해지는 것이다. 동화에는 처녀가 성의 예배당 제단 앞에 온종일 무릎을 꿇고 하느님께 기도해야 한다고 나온다. 인간 본질의 정신적 부분에 변형을 일으키려면 속죄의 힘을 일깨워야 한다.

　지침은 상상력의 언어로 주어진다. 지침은 특정한 집중의 힘을 펼치는 것을 말한다. 밖을 날아다니던 까마귀가 집으로 돌아오는 저녁 때 처녀는 눈물을 채운 단지를 그의 깃털에 부어야 한다. 단, 한 방울도 흘려서는 안된다. 처녀는 저녁 때 눈물이 가득 든 단지를 들고 그에게 갈 때 발을 헛디뎌 두 번이나 실패한다. 그는 슬퍼하며 그녀에게 말한다. "세 번째도 눈물을 쏟으면 나는 백 년을 더 까마귀로 숲을 날아다녀야 하오." 그라이프 새도 백 년에 딱 한 번씩만 자신의 빛나는 깃털 하나를 준다고 한다.[23] 정신의 선택을 받은 사람들이 늘 있는 것은 아니다. 인류 발달 과정에서 초감각적 삶을 향한 동력은 일정한 간격으로 등장한다. 그렇기 때문에 은총의 순간을 그냥 지나치지 않는 것이 무엇보다 중요하다.

저녁이 되어 까마귀가 돌아오면 눈물로 가득 찬 단지를 까마귀에게 가져가 그의 깃털에 붓는 것은 무슨 의미일까? 명상의 과실을 잠드는 문턱 너머로 가져가는 것이다. 감정의 심연에서 경험한 것을 낮 동안 그림자로 살아가는 우리 존재의 부분과 결합하는 과정이다. 잠에서 깰 때부터 잠 들 때까지 감각 세계에 빠졌던 사고의 힘들이 내면으로 귀환하면, 이 힘들을 정신의 삶에 반환해야 한다. 사고의 힘들은 마음(심장)의 희생의 힘 덕에 회생하면, 부활을 맞는다. 이를 위해서는 연습으로 얻을 수 있는 내적 집중 능력이 필요하다. 감정이 영혼의 빛으로 농축되는 곳에서만 의식의 힘들은 '마법을 벗는다'. 이는 명상을 통한 삶의 내밀한 경

---

23 티치노 지방 동화 〈그라이프 새의 깃털Die Greifenfeder〉에서. 발터 켈러의 모음집 〈티치노 지방 동화Tessiner Märchen〉(1927)와 〈티치노 사람들의 난롯가에서Am Kaminfeuer der Tessiner〉(1940) 참조

험들인데, 동화는 이 경험들을 전달해 준다. 아름다운 처녀 덕분에 마법을 벗은 젊은 왕과 이 처녀의 결혼을 신비 체험으로 만드는 것은 이제 이야기꾼의 몫이다. 독특한 마지막 문장이 이를 말해 준다. "그때 나는 밥상을 차리고 있었다. 그런데 수프를 엎지르는 바람에 그들의 발길에 걷어차여 여기까지 나동그라졌다."

먼 나라나 지나간 시대의 결혼 얘기가 아니다. 결혼의 내적 조건들이 구비되면 결혼은 어디서나, 어느 영혼에서나 이루어질 수 있다. 소문을 들은 사람은 다 초대받는 '왕의 결혼식'이기 때문이다. 이러한 결혼식에서는 응당 저급한 자아가 더 높은 자아의 시중을 들어야 한다. 깨어서 순식간에 미끄러져 지나가는 체험들을 놓치지 않고, 그 동화적 광채를 일상 의식으로 구출해 오는 것이 땅의 개성에게는 당연히 어려운 일이다. 이야기꾼은 자신의 미흡한 정신적 성숙을 절감한다. 그래서 결혼식에 서툴다고 자인하며, 자신을 거칠게 감각 의식으로 다시 떨어뜨리는 거친 발길질을 이야기한다. 흡사 느닷없는 추방, 땅의 현실이라는 바닥에 우악스럽게 내동댕이쳐진 상황과 같다. 하지만 이야기꾼이 곁들이는 유머는 건강한 자기 인식의 징표다. 참된 자기 인식만 있으면 지혜의 제자가 가닿게 되는 저 깊은 겸양과 선민의식은 유머에서 짝을 이룬다.

많은 그라우뷘덴 동화는 이와 비슷한 끝맺음이 반복된다. 성공하는 방앗간 집 세 아들 동화에서 화자는 "이 도시를 지나가고 있는데, 그들이 나를 결혼식에 초대했다."고 말한다. 그는 점심 식사에 대한 기억을 탐닉하며 이야기는 이렇게 이어진다. "어지간히 먹고 마셨을 때 그들이 내게 방앗간 집 세 아들 이야기를 들려주었다. 하인 하나가 이제 가서 이 이야기를 다른 사람들에게도 해 주라고 귓전에 속삭였다."

화자 자신도 그러한 정신적 체험을 하는 은총의 순간들을 갖게 됐음을 고백하고 있다. 여기서도 우리는 의식이 일상 세계로 전격 방향을 트는 광경을 보게 된다. 땅의 개성은 체험한 것을 자랑할 기회가 없다. 그러기에는 드러난 모양새가 엉망진창! 그렇지만 그러한 체험들이 자신에게 부과한 의무는 감지한다.

방랑하는 소년의 왼쪽 어깨에 앉은 눈부신 기적의 새 이야기도 유머가 넘친다. 소년의 귀에 동화의 지혜를 속삭이는 상상력의 새다. 그래서 새를 본 사람은 다 새를 탐낸다. 그림 동화의 『황금 거위』가 이 이야기의 사건과 매우 비슷하다. 물론 개개 모티브는 좀 더 진전됐다. 흔한 공주 치유 이야기인데, 여기서 공주는 진짜 아픈 게 아니라 큰 비탄에 빠져 '웃지 못하는' 공주다. 가난한 집 아들이 불행한 공주 소문을 듣는다. 그리고 공주를 웃게 만드는 사람은 공주를 신부로 맞게 한다는 왕의 칙령도 알게 된다. 그는 왕궁으로 떠난다. 도중에 늙은 여인을 만나 조언을 듣는다. 그녀는 아름다운 새가 그의 왼쪽 어깨에 앉을 것이라고 예언하고는 새를 잘 보호하고 절대 버려서는 안된다고 이른다. 이 여인의 얘기가 곧장 실현되고, 그는 그녀의 조언대로 한다. 저녁이 되어 여인숙에서 묵으려고 하는데, 많은 숙객이 기적의 새를 팔라고 조른다. 그는 뜻을 굽히지 않고 돈에도 마음이 요지부동이다. 그러자 그가 잠든 사이 여인숙 주인이 새를 훔치려 한다. 여인숙 주인이 새를 **빼내려고** 한밤중 소년의 잠자리로 살금살금 기어들어 가는 품새가 해학적으로 그려져 있다. 여인숙 주인이 새에 손을 대자마자 손이 깃털에 쩍 달라붙는다. 한 시간 뒤 남편을 **빼내려고** 방에 들어온 주인의 아내도 같은 처지가 된다. 하녀도 같은 신세가 된다. 누구나 다 지나간 일에 매어 있는 법이다. 이튿날 아침 소년은 자기의 새와 거기 매달린 모두를 데리고 그 마을을 지나간다. 마침 열린 창가에 서 있던 사제가 이 행렬을 보고 화가 치민다. 사제의 개념으로는 스캔들인 것이다. 그는 황급히 행렬을 좇아가서 하녀를 '냅다 때리려' 한다. 하지만 이를 어쩌나! 사제도 손이 거기 붙어 버린다. 이 기이한 행렬이 마을 화덕을 지나가는 것을 보고 사제 나으리를 떼어 내려던 제빵사 아내까지 달라붙고 만다. 이들은 한 꾸러미로 왕궁 앞에 다다른다. 이 행렬이 공주 앞을 지나가고 이 광경을 본 공주는 웃음이 동나도록 웃고 또 웃을 수밖에 없다. 소년은 상으로 공주와 결혼하고 행렬에 붙어 있던 자들을 풀어 준다.

이 동화의 형상들은 첫눈에는 경쾌해 보인다. 하지만 그 이면에 숨은 생각은 대담하다. 점점 지성으로 굳어가는 인간 영혼의 성장이 혜안의 소유자에게 가장 큰 근심거리였다. 현자들은 일면적인 이성 문화가 영혼을 짓눌러 마비시키는 것을 감지하고 있었다. 이러한 치명적 성장에 도그마로 굳어 버린 교회 신학도 한몫 했다. 그렇다면 해방 활동은 어디서 시작될까? 누가 영혼을 다시 날아오르게 할까? — 상상력의 다채로운 스펙트럼을 두를 줄 아는 지혜만이 민족 영혼을 경직에서 풀어 민족 영혼에게 정신적 자유의 체험을 매개해 줄 것이다. '웃을 수 있음'은 바로 내면 해방의 신호다!

공주가 처한 곤경을 들은 소년은 살아 있는 정신의 힘을 추구하는 사람이다. 정신의 힘들은 일면적 이성의 족쇄를 풀고 영혼에 날개를 달아 삶의 수수께끼를 형상으로 체험하도록 이끈다. 민족 정서 곳곳에 면면이 이어져 온 태고의 지혜가 도중에 말을 걸어온 노파를 통해 그에게 다가온다. 노파는 그를 정신이 선택한 자, 상상력의 은총을 받은 자임을 알아본다. 그는 유혹에 흔들리지 않는 존재가 되어 자신의 재능을 다른 목적에 사용되게 놓아두지 않고, 사람들 사이에서 자기 소명에 봉직한다. 그에게 영감을 주는 새에게서 영혼들로 전이되는 작용들이 곧 시작된다. 이제 무슨 일이 벌어질까?

통상 그렇듯 이야기는 이 지점에서 밤의 체험들로 궤도를 바꾼다는 점에도 주목해야 한다. 왼쪽 어깨에 새를 앉힌 소년은 동화와 전설을 이야기하는 재능이 있다. 그에게는 인간의 감정을 자기 상상력의 마법적 관할권으로 끌어들이는 힘이 주어졌다. 지혜의 빛이 삼투한 형상들은 찰나의 인상들을 매개할 뿐 아니라, 영혼들 자신이 생각하는 것보다 훨씬 더 영혼 깊이 가라앉는다. 이 형상들은 밤의 체험에서도 계속 작동하며, 감정을 놓아주지 않는다. 잠자는 동안 형상들은 마법의 힘에 붙들려 있다. 모든 감정들은 기적의 새를 욕망하며, 하나둘 기적의 새에 붙들려 꼼짝 못하게 되고, 결국 새에게서 풀려날 수 없는 모습이 선지자(예언자)의 영혼의 눈에 나타날 것이다.

이러한 자유정신이 동화나 전설의 형상들을 통해 더 높은 세계의 지혜를 전파하려할 때, 제도권 교회 안의 담당자들이 보통 그 최대의 적이 된다. 정신을 도그마(독단)에 가두는 신학자가 자기에게 있는 정신의 씨앗을 상상력의 언어로 파종하고자 하는 사람들의 최대의 적이 되는 경우는 비일비재하다. 교구의 어린 양들이 기적의 새를 쫓아가는 광경이 신학자에게 목격되고, 어린 양들이 신학자를 저버리려고 하는 상황에서 신학자까지 결국 이러한 어린 양들을 거쳐 한 편으로 끌어들이게 되지 않을까? 신학자는 호의건 악의건 이러한 형상들의 지혜에 관여할 수밖에 없다. 신학자도 형상적 지혜의 마력을 느끼고, 더는 그것을 회피하지 않기를! 그러면 박해하던 사람이 추종자가 되고, 교구 전체가 이 길로 들어서지 않을까? 신학자는 마을의 '여론'을 좌우하는 사람이다. 전체 마을 구성원을 위해 빵을 구워야 하는 제빵사 아내인 셈이다. 제빵사 아내는 행렬에 마지막으로 딸려 온다. 이 형상들을 만들어 낸 주동자의 의도가 틀림없이 간파된다. 즉 이 마을에서는 장차 어떤 형태로든 기적의 새의 마법에 닿은 빵만 구워질 것임을 알 수 있다.

그러면 마을 전체가 좀 더 영양가 있는 빵을 먹게 될 것이다. 이 경로로 민족 영혼은 둔탁한 이성의 지식이라는 족쇄에서 풀려날 수 있을까? 우울감에 빠진 공주가 웃기 시작한다. 이것은 해방된 정신의 웃음이며, 여기에서 상상력의 비상하는 힘이 움튼다. 동화에서 웃음의 승전보가 울려 퍼진다.

많은 모티브 가운데 비의 기독교에서 영감을 받은 형상들이 얽혀 있는 특이한 동화를 한 편 더 이야기해 보자. 우리는 이미 '<u>보완적 관점6</u> 겨울의 신비'에서 한겨울에 피는 장미 찾기로 시작되는 그라우뷘덴 지방 동화를 톺아본 바 있다. 마녀의 마법에 걸려 뱀 형상을 하게 된 '마법에 걸린 왕자' 이야기다.(〈마법에 걸린 왕자〉) 뱀은 방앗간 주인이 딸에게 줄 아름다운 장미를 꺾는 사이 샘에서 기어 나온다. 이 장미를 얻고자 하는 사람은 뱀의 구원에 이르는 길도 걸어야 한다. 신비한 장미 형상으로 드러나는 피의 본성이 정화하는 데는 조건이 있다. 영혼은 먼저 영혼의 피까지 제어하는 힘들과 친해져야 하는 조건이다. 영혼은 비밀스러운 신랑과 하나가 되는 밤에 용기를 내어 촛불을 밝혀야 한다.

인식의 빛만이 뱀의 본성에서 마법을 덜어 낼 수 있다. 인식의 빛은 영혼의 저변을 지배하는 정체 모를 모든 것에 해방의 힘으로 작용한다. 하지만 그러한 인식 자체는 일단 감각에 의해 흐려진 상태다. 그리스 동화 〈에로스와 프시케〉에서 프시케가 잠든 소년 신을 보고 경탄한 나머지 그 어깨 위에 밀랍 방울을 떨어뜨리는 데서 불운이 시작되듯, 방앗간 집 딸에게도 같은 상황이 벌어진다. 그녀 안에 있는 인식의 빛은 아직 완전한 마음의 평정에 실려 있지 않다. 인식의 빛은 주위를 밝히지만, 동시에 태우는 작용도 한다. 인식의 빛에는 정열이 아직 섞여 있기 때문이다. 완전한 정화는 아직 아니다. 어떻게 하면 완전한 정화에 다다를 수 있을까?

이 동화는 기독교 기본 정취를 분명하게 드러내는 형상들로 답한다. 동화에서 왕자는 성과 함께 사라지고, 방앗간 집 딸에게는 가시덤불 한 무더기와 쇠 신발 한 켤레만 덩그러니 남는다. 이제 그녀는 쇠 신발이 구멍 나도록 세상을 떠돌고... 쇠 신발은 그녀의 발을 세게 땅으로 끌어내린다. 눈을 갖게 된 영혼은 정신의 빛 속에 떠돌아서는 안된다. 영혼은 땅의 무게를 온전히 느끼는 법을 배워야 한다. 피 속에서 활동하는 쇠의 힘들은 알다시피 땅의 삶과 명철한 임무수행을 향한 건강한 의지를 강화한다. 어떻게 하면 쇠 신발에 구멍이 나도록 달릴 수 있을까?

노파가 숲에서 떠도는 소녀를 만나, 신발을 온기가 가시지 않은 쇠똥에 넣으라고 충고한다. 그러면 신발이 흐물흐물해진다는 것이다. 이는 유목 민족의 삶에 걸맞는 형상이다. 신발을 따뜻한 쇠똥에 넣는 것은 마구간 일을 해야 한다는 의미이다. 하느님의 '가난한 마구간 종'임을 고백한 요하네스 타울러Johannes Tauler도 비슷한 순종적인 땅의 일 형상을 사용한다. 이 위대한 기독교 신비주의자는 초감각적 빛의 광채가 스민 영혼은 순종을 통한 땅과의 단단한 연결도 필요로 한다는 것을 알고 있다. 땅과의 진정

다른 민족의 동화 세계

한 연결은 섬김을 통해서만 확보된다. 그래야 내적 균형이 지속적으로 유지된다.

　이런 방식으로 쇠 신을 헤지게 한 가난한 하녀는 때마침 왕궁에 다다라 하룻밤 묵기를 청한다. 마음씨 좋은 왕비의 허락을 받은 방앗간 집 딸은 그곳에서 사내아이를 낳는다. 그 순간 신비한 목소리가 들린다. "황금 현등과 은 지팡이! 네 할머니가 알았더라면 너를 황금 포대기로 감쌌을 텐데. 수탉들이 울지 않고 종들이 울리지 않으면, 내가 네게 가리라!" 처음에는 이 수수께끼 같은 말이 무슨 소린지 알지 못한다. 이튿날 한밤중에 불침번을 서는 왕비의 하인들도 같은 말을 듣는다. 그러자 왕비는 당장 그 도시에 있는 수탉이란 수탉은 모조리 목을 비틀고 종이란 종은 다 봉하게 한다. 이번에는 왕비가 직접 나이 어린 산모를 감시한다. 그런데도 한밤중에 또 그 목소리가 같은 말을 되뇌자 왕비는 "수탉들은 울지 않고 종들은 울리지 않으니 우리에게 오너라."라고 응수한다. 그 순간 놀랍게도 왕비의 아들이 느닷없이 왕비 앞에 나타난다. 뱀은 마법에 걸린 왕자였다. 이제 그는 완전히 마법에서 풀려났기 때문에 방앗간 집 딸과 결혼식도 올릴 수 있다.

　기이하게도 한밤중에 도착을 알리는 높은 존재는 깊은 침묵으로부터만 모습을 드러낼 수 있다. 낮의 목소리들이 침묵하고, 외적 삶이 불러 깨우는 소리가 더 이상 정적의 활동을 깨프리지 않는 곳에서 높은 존재는 삶에 눈뜬다. 높은 존재가 모습을 드러내기에 앞서 미리 보내는 엄숙한 말은 인간 영혼에 지극히 성스러운 것이 전달될 것임을 알린다. 이제 높은 존재에는 뱀의 본성이 달라붙어 있지 않다. 높은 존재가 감각의 족쇄를 털어 버린 것이다.

영혼이 왕자의 아이를 낳을 수 있게 된 그 시각에 높은 본질 이 영혼에게 모습을 드러낸다. 왕자의 아들은, 뱀의 모습으로 영 혼에 다가왔다가 이내 최초의 인식의 빛 아래 아름다운 소년 형 상을 드러내는 저 존재와 맺은 영혼의 비밀스러운 교류의 열매다. 영혼은 창조적이 된 것이다. 영혼은 이러한 젊은 왕의 힘의 싹을 숨은 왕국들로부터만 받을 수 있었다. 그렇기는 하지만 이 싹은 영혼이 자진해서 잠시 '쇠 신발을 따뜻한 쇠똥 안에 두는' 연습을 하는 동안, 영혼 속에서 무르익을 수 있었다. 위로부터 오는 영감 은 땅의 원초적 힘을 자양분 삼을 수밖에 없으며, 그렇기 때문에 일상에 충실할 때만 쟁취할 수 있다.

에로스와 프시케 이야기 역시 영혼이 정화를 통해 성숙해져 서 신적인 삶에 참여하게 되는 과정을 그린다. 영혼은 올림포스 로 들어 올려진다. 이 그라우뷘덴 동화는 영혼의 내면에서 창조 적인 삶의 싹이 펼쳐지도록 해야 하며, 이 새로운 삶은 땅과 결부 된 개성의 심오한 표현이 될 것임을 보여 주고자 한다.

침묵의 불가사의한 목소리는 왕자의 아이에게 무엇을 약속 하는가? '황금 현등과 은 지팡이'다.

황금 현등이 자기 것이라고 말할 수 있는 사람은 숨은 것을 드러나게 하는 빛의 은총을 알고 있다. 목자의 은 지팡이(주교의 권장)를 가지고 있는 사람은 왕홀을 가지고 있는 격인데, 그는 왕홀의 부드러운 마법으로 영혼의 충동들도 다스릴 수 있다. 한밤 중에 태어난 아이는 미의 왕국을 다스리는 지배자가 될 것이다. 미는 지혜의 부드러운 반영 상이기 때문이다.

그런데 이 동화의 맥락에서 숭고한 예배 주관자는 누구인가? 구원받은 뱀이다. 영혼이 한겨울 은밀한 장소에서만 피는 장미의 비밀을 캐려하는 곳에서 루시퍼는 지혜와 미의 수호신으로 변한다. 소녀는 자신이 자유 의지로 선택한 높은 목표를 유목 민족의 원초적 힘을 통해 달성한다.

{남프랑스 동화}

가스코뉴 지방은 한때 드높았던 영적 문화의 땅이며, 순결파의 고향이다. 순결파는 12, 13세기에 마니교 지혜의 빛이 스민 기독교를 꽃피우다가 처참한 알비파 전쟁을 통해 로마 교회의 힘에 스러졌다. 이 전성기 문화는 트루바두르의 노래에 어느 정도 살아 있다. 이 요소는 소박한 동화의 옷을 입고 민족 정서에 유입됐다.

이러한 동화들의 수집은 비교적 늦게 정신세계와 교통하던 소박한 사람들의 입으로 직접 전해 들은 장 프랑수아 블라데Jean-Francois Bladé에 의해 이루어졌다. 모티브들은 독일 민담과 본질적으로 아주 가깝지만, 블라데 수집본의 기반이 오래 된 다층적 문화임을 생각하면, 이것을 여러 민족의 보고에서 보물들을 모아 놓은 것으로 보는 것도 놀라운 일은 아니다.₂₄ 아직 자연 정령들과의 친밀함이 엿보이는 도처에 켈트적 바탕이 눈에 띈다. 수세기에 걸친 그리스-로마 문화 생활의 영향이 그러한 모티브들에서 보이는데, 이 모티브들은 오이디푸스 전설이나 〈오디세이아 Odysseia〉와도 비슷하다. 이를테면 〈소년과 인간의 머리를 한 거대한 동물Jüngling und dem grossen Tier mit dem Menschenkopf〉 동화에 놀랍게도 기독교적 차원으로 승화된 스핑크스 모티브가 등장한다. 옛날 이곳에 툴루즈 왕국을 세우고, 귀족들이 나서서 높은 성들에 중세 민네징거 문화를 장려했던 서고트 왕국의 영웅성과 순결파의 지혜가 결합해 이 동화들에 동화 본연의 에토스를 부여하고 있다.

이를테면 〈세 개의 오렌지Drei Orangen〉 동화는 『괴물새 그라이프』와 아주 가깝다. 〈세 개의 오렌지〉에서는 헤스페리데의 황금 열매가 한층 분명하게 부각된다. 이 열매는 안에 생명 나무의 비밀, 즉 신기하게도 인간 본성을 젊어지게 하는 비밀을 간직하고 있다. 몽펠리에의 모든 의사들 가운데 최고의 의사가 왕에게 아뢴다. "전하의 따님은 건강해질 것입니다. 하지만 이곳에서는 치료약을 찾을 수 없습니다. 그것은 멀고 먼 타국, 오렌지 나라에 있습니다. 눈도 얼음도 없는 아름다운 정원에 꽃으로 온통 새하얗

---

24 〈가스코뉴에서 유래한 콩트 민담Contes populaires de la Gascogne〉(1886), 콘라드 잔트퀼러 독일어 번역 〈오색 인간Der Mann in allen Farben〉(슈투트가르트, 1977)과 〈다윗의 수레Der Davidswagen〉(1972)

게 보이는 오렌지나무 한 그루가 서 있고, 그 안에서 야생 나이팅
게일 700마리가 밤낮으로 노래를 부르고 있습니다. 오렌지나무
에는 황금빛을 띤 붉은 오렌지 아홉 개가 자라고 있습니다. 전하,
젊은이를 보내 그 중 세 개를 가져오도록 하십시오. 따님이 하나
를 먹으면 자리에서 일어날 것이고, 두 개째 먹으면 전보다 더 아
름답고 건강해질 것입니다. 세 개째를 먹으면 따님은 이 세 개의
오렌지를 가져다준 젊은이와 결혼하겠다고 말씀하실 것입니다.
그러기 전에는 자신에게 평화도 휴식도 없을 것이라고 말입니다."

　이야기꾼들이 자기 관점을 가미해서 묘사하는 대상에는 아
주 작은 사람들, 즉 사이렌과 그밖에 요정 종족들이 관할하는 요
소들의 세계도 있다. "우리는 모두 죽는다는 사실처럼, 나는 내가
아는 것만 이야기하며, 또 내가 제시하는 것을 다 증명하려고 허
둥대지 않는다." 땅의 동굴에 사는 '작은 종족'의 생활 습관을 정
확히 묘사할 수 있는 이야기꾼은 이렇게 단언한다. 이 존재들은
일 년에 딱 한 번, 섣달 그믐날 밤에 수확을 하는 것으로 이야기
된다. 이 형상들은 정신이 매년 성탄절 밤 찬란하게 깨어나고, 요
소 존재들이 이 빛을 받아 덩달아 깨어나는 저 한겨울의 비밀을
가리킨다. 이 존재들은 다가오는 해의 삶을 위해 섣달 그믐날 밤
에 땅의 열매들을 수확하는 것이다. 적절한 형상이다.
　어떤 동화의 주인공은 저녁이 되어야 저주받은 성에 들어갈
수 있다. 자정을 알리는 종이 울릴 때 주인공은 작은 존재들 틈에

섞여 있다. 그때 난데없이 이상한 존재들이 굴뚝에서 떨어진다. 다리, 손, 머리들이 조각조각 떨어져 내려오는 것이다. 이 조각들은 기계 부품들처럼 연결돼 영혼 없이 작동하며, 춤추며, 같은 가사를 반복해서 노래한다. 그러면서 월요일부터 금요일까지 요일들을 나열한다. 바로 일하는 평일이다. 이들은 토요일과 일요일을 모른다. 토요일과 일요일은 〈신구약 성서〉의 주일(아무 것도 하지 않는 날)이기 때문이다. 이 존재들은 처음 닷새가 '영혼 없는 몸뚱이'를 위한 것이라고 고백한다. 이 존재들은 한 주 전체를 성스럽게 해 줄 존재를 갈망한다. 영혼을 빼앗는 기술의 힘들은 **자연 아래** 왕국에서 올라오는데, 동화의 주인공은 이 왕국에 틈입한다. 그는 이 왕국에서 부지런히 일하는 존재들을 알아본다. 이 근면한 존재들은 인간에 기대어 영혼의 그리스도화를 경험하기 위해 인간을 섬기려고 내달린다. 영혼의 그리스도화는 일요일의 평일 축성을 통해서만 일어날 수 있다고 이야기된다.

어느 남프랑스 마을에서 부모 없이 목동으로 성장한 이 젊은 이는 **자연 위** 왕국으로도 들어갈 수 있다. 그날 밤 그는 버려진 예배당에서 망자들 무리를 발견하고, 미사를 봉헌하면서 죽은 사제의 손에서 처음으로 성체를 받는다. 이때 죽은 사제는 소년의 혀에 새겨진 황금 백합을 발견한다. 이는 이 소년이 프랑스 왕가의 혈통임을 말해 주는 징표다.

혀에 새겨진 황금 백합은 무엇일까? 횔덜린Johann Christian Friedrich Hölderlin이라면 '입의 꽃'이라는 표현으로 시문학의 은총, 말의 전권(대리)을 암시할 것이다. 이는 숨은 왕들을 알아볼 수 있는 표식이다. 동화는 겉으로 드러나는 왕권을 얘기하지 않기 때문이다. 동화가 늘 이야기하는 것은 정신의 귀족이다. 음유 시인(트루바두르)들은 이러한 정신 귀족의 불길이 자신의 피 속에서 이글거리는 것을 느꼈다. 소년은 망자들의 세계에서 돌아왔을 때, 교회 제단 앞에서 오래된 몰타 기사단의 검을 발견한다. 장차 그는 이 검으로 구원을 행하게 된다. 이 검은 힘센 마법사를 숨기고 있는 바람을 벨 수 있기 때문이다.

제단의 영역에서 온 이 검은 곧 말씀의 권능이다. 이 정신의 검은 바람을 벤다. 즉 호흡의 힘들을 다스리는 존재다. 혀에 황금 백합이 새겨져 있는 사람은 언어의 마법, 신성한 언어의 힘을 신뢰한다. 사생아로 간주되었던 그는 마침내 왕위에 오른다. 그러니까 동화가 이야기하는 대로 이 사람은 '진짜 왕자'다. 이러한 동화들은 시문학의 사명, 언어에 대한 성스러운 헌신을 기리면서, 음유 시인 시대의 높은 문화의 마지막 여운처럼 민족의 마음에 감돈다. 그러나 동화에 마법적 분위기를 부여하며, 독특하게도 아이 정서에 말을 거는 서정적 음조는 이러한 동화들에는 없다. 여기서는 발라드 음색이 지배적이다.

이러한 동화들의 문체는 그 단호함으로 독자를 단박에 사로잡는다. 독자는 주인공들의 발걸음의 리듬에 자신을 싣는다. 이 리듬은 저항이라는 것을 모른다. 일단 높은 목표가 보이면 저항

따위는 아랑곳하지 않는 것이다. 이를테면 하늘을 나는 말을 타고 번개처럼 빠르게 구름을 뚫고 나타나는 백작의 아들 '황금 용기병'은 대천사 미카엘 전사의 정신 대리인으로 나타난다. 그는 '흰 옷을 입은 아가씨'를 심각한 곤경에서 구한다. 또한 페르스발은 블랑쉐플레워를 해방시킨다. 그는 행동 면에서 클링소르 부류인 밤의 주인을 무찌른다. 밤의 주인은 페르스발에게서 신부를 납치해 마법에 가두고 있었다. 밤의 주인을 제압하고 페르스발은 "너는 나보다 강하지만 나를 죽이지는 못해. 나는 살아서 최후의 심판 날을 맞이하지만, 그 뒤로 더 이상 부활하지 않는다고 쓰여 있어."라고 말한다.

땅의 시대들이 끝나기까지 인간은 대적자로서 이러한 어둠의 힘이 필요하다. 이는 바로 마니교 정신으로 순결파로 이어졌다. 어둠의 힘과 지속적으로 대결해야 최고의 선이 현현하는 것이다.

궁지에 몰린 인간 영혼의 조력자로서 우리는 소박한 인물들이 줄거리의 축이 되는 것을 눈여겨 볼 수 있다. 동화 〈머릿니 Laus〉에서 길고 흰 수염의 걸물 '숲의 한스'가 바로 그런 인물이다. 순결파 집단에서 정신의 담당자를 가리킬 때 쓰는 '본 옴므(어진 이)'를 떠오르게 하는 인물이다. 그는 생각에 잠긴 물방앗간 집 딸에게 아름답고 젊은 구혼자가 나타날 것이라고 못 박는다. 그런데 '금을 뱉어 내는 자'가 적수로 나타난다. 키가 한 발은 되고 굴뚝처럼 시커먼 이 무뢰한은 물방앗간 집 딸에게 막무가내 접근해 그녀에게 자기 위력을 과시한다. 그녀에게 점지된 아름다운 청년을 '머릿니'로 변하게 만든 것이다. 그녀는 금을 뱉어 내는 자가 내는 세 가지 수수께끼를 풀지 못하면, 마법에 걸려 머릿니로 변한 청년을 배필로 평생을 살아야 한다. 그녀는 마침 자기 귀에 살금살금 기어 들어오는 머릿니의 목소리를 알아듣고 수수께끼를 풀어낸다. 머릿니는 악한 자의 간계를 꿰뚫어 볼 수 있기 때문이다. 머릿니는 결정적인 순간 물방앗간 집 딸의 입속으로 기어들어 가 그녀 대신 대답한다. 머릿니는 악마(사탄)의 힘이 지니는 마력을 깨뜨리는 것이다. 청년이 마법에서 풀려나 제대로 숲의 한스로 돌아오고, 물방앗간 집 사람들에게 묶어 놓은 '금을 뱉어 내는 자'를 흠씬 두들겨 패서 삼켰던 금 조각들을 다 토해 내게 하라고 충고하는 장면은 통쾌하다. 이제 물방앗간 집 가족은 부자가 되고 둘은 결혼식을 올린다. 영혼이 자신의 더 높은 존재를 찾아내고, 아주 하찮은 모습으로 자신과 동반했던 정신을 발견한다는 의미이다. 즉 정신의 목소리가 인간의 마음을 북돋을 수 있고, 시험에 들었을 때 마음을 대변할 수 있다는 얘기다. 영혼은 어둠의 힘과 대결하는 가운데 비로소 강해져 자신의 참 자아가 된다. 악과의 대결이 없다면 영혼은 끝에 지혜의 황금으로 스스로를 드러내는 풍부한 경험을 절대 얻지 못할 것이다. 악의 의미, 악과의 대결을 이야기하는 이러한 동화들은 12, 13세기 순결파 공동체 안에 본옴므를 통해 세간에 퍼져 나갔다.

이러한 남프랑스 지방 동화들이 도덕적 세계 질서를 승리로 끌어가는 방식은 영웅 발라드와 흡사하다. 〈노래하는 바다와 춤추는 사과와 예언하는 새Singenden Meer, vom tansenden Apfel und vom wahrsagenden Vogel〉 동화에서는 도덕적 세계 질서의 승리가 감동적으로 이루어진다. 사악한 왕비의 파렴치한 소행들이 입증되자 젊은 왕과 아들은 왕비에게 온 백성이 보는 앞에서 채찍질을 백 번 한 다음 처형하라는 정의의 선고를 내린다. 그런데 "아들이 제 엄마를 사형에 처할 수는 없다!"고 온 백성이 외치는 바람에 왕은 자신이 대신 벌을 받는다. 왕은 자신을 기둥에 묶고 채찍질하게 한다. 형리가 피투성이가 된 왕을 기둥에서 풀자 "그의 비참한 모습에 측은해서 누구라도 궁휼히 여겼노라. 하지만 그는 울지 않았도다. 남자, 특히 주군으로 백성 앞에 섰을 때 그는 울어서는 안되기에."라는 말이 들린다. 그리고 형리가 왕의 목에 칼을 갖다 대자 칼이 유리처럼 세 동강 나고, 마침내 신의 정의가 충족되어 더 이상의 희생이 필요 없음이 만천하에 드러난다.

'오색인'으로 불리는 청년의 형상이 참된 주인공으로 등장하는 동화가 있다. 그는 가난한 나무꾼의 일곱 아들 중 막내다. 세상으로 나갈 때 그는 아버지에게서 온갖 색을 이어 붙인 옷 한 벌만 달랑 받는다. 형들 여섯은 각자 금 한 조각씩을 받았다. 아버지는 막내에게 조각을 이어 붙인 옷밖에 줄 수 없어서 미안해한다. 이 선물이 겉모습을 가난하게 보이게 하지만, 〈성서〉에서 요셉이 아버지에게 받은 알록달록한 저고리처럼 여기에는 어떤 힘이 감추어져 있음이 느껴진다. 요셉의 옷은 다른 형제들 사이에서 그를 돋보이게 한다. 요셉은 그 옷으로 인해 '꿈꾸는 사람'이 되었던 것이다. 그것은 입은 사람에게 꿈의 힘을 주는 영혼의 옷이다. 옷이 주는 상상력은 인식을 통해 내적 삶의 비밀에 틈입하게 하는 통로다. 그 옷을 입은 자는 정화의 길에 들어선다.

⟨베일을 두른 자Verschleierten⟩ 동화도 심금을 울린다. 심한 방황을 거치고 통찰력을 얻었을 때, '베일을 두른 자'는 속죄의 길을 걸어야만 인간을 돕는 위대한 조력자가 될 수 있다. 그는 민족의 삶에 표나지 않게 개입한다. 그가 행하는 마지막 구제 행위는 자기 민족을 사악한 페스트에서 구하는 것이다. 그러려면 먼저 바다 한 가운데 섬에서 황금 꽃을 꺾어 와야 한다. '나이팅게일처럼 노래하는 꽃, 발삼나무 꽃'이다. 이는 세계를 정화하는 힘으로서 인간 영혼들을 흉측한 페스트에서 구할 수 있는 시문학의 힘이다. 인간 영혼은 정신세계와의 관계를 잃고 그런 탓에 영혼의 죽음에 처해질 때 페스트에 꺾일 수밖에 없다.

{북유럽 동화}

북유럽 전래 동화에서는 요소 세계를 거인의 모습으로 이야기한다. (⟨북유럽 민간 동화Nordische Volksmärchen⟩ 오이겐 디트리히 수집본 참조) 정신 구도자는 곳곳에서 거인 '트롤'들을 만난다. 스칸디나비아의 강력한 자연의 힘이 전이된 퇴행적 영혼의 능력들이 북방 민족에게는 본질적인 위험이다. 헨리크 입센Henrik Ibsen 문학의 근간이 된 〈페르귄트Peer Gynt〉 동화에서 용감한 사냥꾼을 안팎으로 괴롭히는 것은 고산 체험이다. 도처에서 그를 가로막는 '거인 꼽추'는 말하자면 외부세계와 자기 내면에서 나타나는 트롤이다. 혼돈의 힘들이 북유럽 동화의 상상 세계를 가로지른다. 이 힘들은 깨어 있는 자아의 자유에 재갈을 물린다. 그래서 곳곳에서 자아에 싸움을 붙인다. 〈하늘에 떠 있는 황금 성 Vom goldenen Schloss, das in der Luft hing〉 동화는 이 거대한 힘들을 인상 깊게 묘사한다. 머리가 여럿 달린 트롤과의 전투, 용 길들이기, 마법의 성에서 세 처녀 구하기 모티브들은 대천사 미카엘의 특징을 보여 준다. 이러한 북유럽 동화 세계의 원시 테마는 싸워서 자신을 해방하는 자아라고 할 수 있다.

이 동화에서 줄곧 청년을 가르치고 그에게 용기를 불어넣는 현명한 당나귀가 특히 매력적이다. 아셴페터는 산악 지대 트롤의 안내를 받아 그의 마구간에 갔을 때 금빛이나 은빛 말을 고르지 않고, 왜소한 잿빛 새끼 당나귀를 택한다. 아셴페터는 남자 아셴푸텔이다. 그는 땅의 세계 경계에서 멈추는 겸손한 자세를 보인다. 당나귀는 깨어 있는 육신 안에서 우리가 얻을 수 있는 힘을 그에게 전달한다. 새끼 당나귀를 타고 오는 자는 고상할 수도 또 저열할 수도 있는 말의 욕망의 힘들에 더는 휘둘리지 않는다. 당나귀는 성질이 온유하다. 왜소한 당나귀를 타고 영웅의 길을 가는 정신 구도자를 끌어가는 것은 바로 신중함의 미덕이다. 그리스도

다른 민족의 동화 세계 **367**

도 사람들 사이에 자기의 정신 왕국을 선포할 때 당나귀를 타고 예루살렘 도심에 들어오지 않았던가?

북유럽 사람은 천성적으로 무절제한 경향이 있다. 이는 큰 가능성인 동시에 위험 요인이다. 〈브란트Brand〉와 〈페르귄트〉의 인물들을 생각해 보라. 엠마누엘 슈베덴보르크Emanuel Swedenborg의 끝없이 커지는 조금은 근거 없는 환상들도 여기 속한다. 이 동화는 페르귄트식 인간에게 '냉큼 금빛이나 은빛 말을 잡는 자는 기껏해야 몽상가 정도 된다'는 경고를 보낸다. 그런 사람은 언제든 정신 사기꾼이 될 위험이 있다. 모든 말이 다 지나치게 크다고 생각한 아셴페터처럼 아무리 빈약한 생각일지라도 그 고요한 사고의 힘들을 끝까지 고수하는 사람은 영혼의 혼돈을 이겨 내는 법을 배우게 된다. 사고의 힘만이 그의 정신을 명확하게 밝히기 때문이다. 사고의 힘은 높은 정신의 목표가 그의 눈앞에 환히 보이도록 돕는다. 사고의 힘은 요소 세계의 힘의 악몽으로 인해 균형을 잃은 느낌이 들 때 그 감정을 안정시킨다. 왜소한 당나귀와 아셴페터가 높은 목표들 중 하나에 근접하고, 당나귀가 자기 등 위에 탄 사람에게 위험을 알려 줄 때 양자 사이에 어떤 대화가 오가는지 주목할 필요가 있다. 청년은 "무서운데"라고 말한다. 당나귀는 "무서워하기부터 하다니"라고 비웃으며 어떤 위력이 다가오면 어떻게 해결할지 가르쳐 준다. 그러나 당나귀도 결국 목이 베인다. 안 그러면 자신의 짐승 본성을 극복할 수 없으며, **인간**의 힘이 될 수 없다.

영감을 주는 지혜는 여전히 영혼의 본능적 힘으로서 정신 구도자를 지배한다. 지혜는 균형 잡힌 명징한 사고로 전이돼 사고와 행동의 내적 자유를 유도한다. 참된 정신 구도자는 옛 민족 유산에서 비롯하는 모든 접신 상태나 몽상 체험을 뛰어넘는다. 모험심과 깨어 있는 사고를 엮을 수 있게 된다.

{ 아프리카 동화 }

인간 존재의 우주적 근원에 대한 기억은 아프리카 동화까지 아우르는 신화 및 동화의 지혜 전반에 살아 있다.[25] 키마노제의 아들은 결혼해야 하지만 땅의 소녀를 배필로 삼지는 않을 것이라고 시작하는 아프리카 동화가 있다. "결혼을 해야 한다면 태양님과 달 부인의 딸하고만 해야 할 것입니다." 사람들은 고개를 가로젓는다.

누가 하늘에 오를 수 있겠는가? 청년은 태양에게 청혼서를 쓴다. 개구리가 묘책을 써서 키마노제의 청혼서를 하늘나라 태양님에게 전달한다. 하늘의 딸들은 샘에서 물을 긷기 위해 땅으로

---

25 민속 학자 리하르트 카루츠Richard Karutz의 〈아프리카 동화의 지혜Des schwarzen Menschen Märchenweisheit〉, 소책자 〈신화와 동화 속 허구 Die Mär in Mythen und Märchen〉(유고집, 1962) 참조. 부시맨족의 친구였던 로렌스 반 데어 포스트Laurens van der Post의 저작들도 우리를 아프리카의 동화 세계로 안내한다.

내려올 때 거미줄을 이용하곤 한다. 개구리는 이 틈을 타 항아리에 슬쩍 올라타 편지를 하늘로 가지고 올라간다.

키마노제의 아들은 독일 동화 〈황금 태양 성 공주Königstochter vom Schloss der goldenen Sonne〉에서처럼 빛의 하늘나라에 남아 있는 자신의 영원한 본성을 알게 된다. 그는 자신의 영원한 본성을 찾아내 다시 우주적 의식과 하나가 되고자 한다. 우리는 잃어버린 공을 샘에서 꺼내 주는 『개구리 왕자』를 알고 있다. 아프리카 동화에서도 개구리는 영혼 성장의 옛 단계, 즉 태양의 힘들이 땅에서도 작동했던 태고 시대에 대한 기억을 말해 준다. 오늘날에도 섬약한 거미줄이 땅과 저 하늘을 연결해 준다. 깨어 있는 꿈 상태에서처럼 이 땅에서 세계로(샘으로 사라지는 개구리의 도움을 받아서) 불현듯 들어가기 위해서는 다시 찾아내야 하는 영혼의 능력들이 있다. 이는 말하자면 태양-입문, 곧 자신의 영원한 근원인 빛으로 직행하려고 하는 영혼의 여정이다. 이러한 동화 현상들은 우리가 땅에 내려오게 된 비밀을 꼭 맞는 상상물로 비춰주고 있다. 밤이 되자 개구리는 태양의 딸에게서 몰래 두 눈을 빼내고, 태양의 딸은 앞을 보지 못한다. 그녀는 좋든 싫든 개구리를 따라, 거미줄을 타고 땅으로 내려온다. 땅으로 내려와야 신랑에게서 눈을 되찾을 수 있기 때문이다.

이는 인간이 되는 비밀을 가리킨다. 영혼은 땅의 삶이 시작되면, 먼저 하늘의 눈을 잃어야 그 대가로 땅의 눈이라는 육신의 감각 기관을 얻을 수 있는 것이다. 영혼은 땅에 눈뜨기 위해 우주의 눈을 버려야 한다.

인간 본질의 핵심, 즉 천상적인 것에 대한 믿음은 과거에는 전 인류가 가지고 있었고, 비적들을 통해 땅의 모든 대륙에 퍼졌다. 이러한 믿음은 분명 아프리카 동화 세계에도 영혼을 불어넣었다. 아프리카 민족 정서에 아직 그리스도 빛의 틈입은 없다. 하지만 여기에도 축일에조차 사냥에 대한 정염을 떨치지 못하는 사냥광이었던 주교의 전설과 비슷한 감동적 모티브가 엿보인다. 뿔 사이에 금빛 십자가가 빛나는 사슴이 그의 길을 가로막는다. 이 성 후베르투스Hubertus 모티브와 견줄 수 있는 아프리카의 사냥꾼 이야기가 있다. 사냥꾼은 화살을 맞은 사냥감을 추격하다가 한 나무 아래에서 지친 몸을 쉬다가 깨어 있는 꿈 상태가 된다. 노인이 그를 나무 안으로 데리고 들어가 곡소리 가득한 마을로 인도한다. 그는 추장의 오두막에서 가슴이 관통된 맏아들이 임종하려는 광경을 목격한다. 그는 몇 가지를 묻고는 부족 전체가 어떤 사냥꾼을 두려워한다는 것을 알게 된다. 자기네 부족 사람들이 그를 해한 일이 없는데도 부족의 청년들을 죽인다는 것이다. 사냥꾼은 자기 얘기임을 알아차린다. 다시 나무 밖으로 나온 사냥꾼은 눈앞에 가슴을 관통당한 사냥감이 쓰러져 있는 것을 보게 된다. 사냥꾼은 그 날 이후로 무기를 잡지 않는다. 나무 안에 들어가는 것은 그가 삶에서 감추어진 왕국의 숨은 구역들에 들어갈 능력이 있었음을 말해 준다. 이 숨은 구역들에서 그는 자신이 죄를 범했던 동물들의 집단 영혼과 만난다.

태곳적 땅위 인간들에게 위로의 소식을 전하기 위해 달이 보낸 토끼 이야기도 유명하다. "내가 죽어 부단히 소생하듯, 너희도 죽어 소생하리라." 그런데 정작 토끼는 그것을 믿지 않고 인간들에게 전혀 다른 말을 전한다. "달님이 말씀하시기를, 죽어 부단히 소생하는 자기와 달리 너희는 죽어 다시 소생하지 않으리라." 달은 격노해서 토끼의 입을 쳐서 그 입술을 갈라놓았다. 부시맨은 토끼의 갈라진 입술을 보며 죽음이 끝이라는 말이 사실이 아님을 늘 상기한다.

인간은 유한한 존재이지, 달에서 보듯 죽음으로써 삶에서 삶으로 이행하며 젊어지는 존재가 아니라는 논리는 '토끼의 이론'이지 천상의 지혜는 아니다.

오늘날 원시 지혜는 대체로 사라졌고, 현재 아프리카 종족도 도리 없이 완전히 정신을 부정하는 길을 걷고 있다. 우리는 이들을 이름 하여 '저개발 민족들'로 간주하고 우리의 기술로 축복하고 있다. 우리는 이들에게 새롭게 영혼들의 원초적 고향으로 가는 길, 정신의 세계를 열어 줄 것인가, 아니면 낡은 '토끼의 이론'을 제공해야 할까? 저 영혼들 수면 아래 아직 살아 움직이는 정신 유산의 존재를 알 때만 여기에 구원으로 개입할 수 있을 것이다. 정신 유산은 파묻혀 이해받고 있지 못하지만, 자신을 깨울 사람을 기다리고 있다.

{켈트족의 지혜 유산}

켈트 문화는 서양 정신의 삶 안에 어디에나 있는 저류처럼 도처에 나타난다. 앞서 우리는 이 책에서 거듭 켈트의 정신적 유산을 이야기했다. 기원전 천 년 동안 유럽 여러 나라에 널리 퍼지던 켈트족의 민족적 힘은 특히 갈리아와 헬베치아 지역에서 로마 문명에 기세가 꺾였다. 역사학자의 눈으로 보면, 켈트족의 힘이 알 수 없는 경로로 서양 모든 문화에 흡수된 것으로 보일 수도 있다. 그러나 켈트의 영혼은 계속해서 강렬한 빛을 발해 중세 기독교 세계 깊숙이 영적, 예술적 자극을 불어넣었다. 동화와 전설, 성담으로 표현되는, 형상을 통한 세계 체험 능력은 바로 이 흐름에서 출발해 오랜 시간 영혼의 빈곤화에 맞설 수 있었다. 영혼의 빈곤화는 지적 문화가 일방적으로 지배하는 우리 문명에 닥친 항상적 위협으로, 독단으로 굳은 종교로는 멈춰 세울 수 없다.

'초록섬' 아일랜드는 켈트의 유산을 근래까지 비교적 원형대로 보존해 온 터전이었다. 〈요정 전설Fairy Legends〉 첫 수집본도 여기에서 나왔다. 같은 해(1825) 그림 형제가 이 수집본을 독일어로 옮겨 〈아일랜드 요정 동화Irische Elfenmärchen〉라는 제목으로 펴냈다.[26] 그림 형제는 상세한 서문을 통해 아일랜드인과 스코틀랜드 지방의 켈트인들 사이에 옛날부터 퍼져 있던 요정 신앙을 추

---

26 1962년 슈투트가르트에서 새로 펴냈다. 〈아일랜드 민간 동화Irische
Volksmärchen〉(오이겐 디더리히Eugen Diederichs, 세계문학 동화) 참조

적했다. 이 지방들에서 요정은 다른 이름으로 부르면 모욕이기 때문에 '선량한 존재'로 지칭되고 있다. 오늘날까지도 아일랜드 사람들은 땅의 눈에는 보이지 않지만 요정들이 항상 눈앞에 있으며, 인간 삶에 관여한다는 의식을 가지고 살고 있다. 이 존재들은 인간을 돕거나 보호하기도 하고, 또 '이 작은 존재'에게 존경을 보이지 않을 때는 인간에게 짓궂게 굴거나 복수한다고 믿는다. 요정들의 성격은 도통 종잡을 수 없어서 착하다가도 금방 간계와 위악을 부린다. 요정들은 천상에서 내쫓긴 천사로, 지옥까지 떨어지지는 않았지만, 최후의 심판 때 은총을 받을지 늘 확신하지 못하고 전전긍긍하며 살아간다고 이야기된다.

　　이 모음집에 〈디기탈리스Finger hütchen〉 요정 동화도 있다. 이 동화는 콘라트 페르디난트 마이어Conrad Ferdinant Meyer의 아름다운 발라드를 통해 사람들 사이에 널리 퍼졌다. 아셜로프 골짜기의 가난한 남자 이야기로, 이 남자는 등에 커다란 혹이 있기 때문에 사람들이 기피한다. 그는 작은 모자에 늘 디기탈리스 가지를 꽂고 다니는 바람에 디기탈리스라는 별명으로 놀림을 당한다. 요정들이 붉은 디기탈리스 꽃을 머리에 즐겨 달고 다니기 때문에 디기탈리스가 많이 분포한 섬에서는 디기탈리스를 '요정의 작은 모자'라고 부른다. 이 가난한 남자를 방대한 약초와 영약 지식을 가진 자연에 정통한 현인, 자연 정령들과 긴밀히 교류하는 사람으로 생각할 수 있다. 그렇기 때문에 요정 종족이 출현하는 가장 이른 시간인 달이 비치는 때 고대의 거석묘 안으로 들어갈 수 있는 은전이 이 남자에게 주어진다. 인간을 호리는 기이한 요정들의 음악이 거석묘에서 울려 나온다. 그는 이들 무리에 섞여 놀랍게도 자기 모습이 젊어지는 것을 경험한다. 요정들은 그의 혹을 떼어 준다. 요정은 죽음을 모르는 '젊음의 나라' 존재 아닌가.

그림 형제는 전 세계 모든 민족의 동화 문학을 처음으로 일별하기 위해 붙인 〈어린이와 가정을 위한 동화〉 제 3권 부록에서 아일랜드 동화의 특징을 이렇게 짚는다. "들뜨고 야성과 정신의 힘들을 두루 갖춘 아일랜드 사람들의 천성을 이 동화들보다 더 잘 묘사하는 것은 없다. 그런 기민한 상상력만이 전설의 기본 생각을 늘 새롭고도 기상천외한 어법으로 표현해 우리를 놀라게 할 수 있다. 사건이 복잡하게 얽히거나 풀리는 것은 십중팔구 물과 땅, 숲과 산, 바위와 황야에 무수히 살고 있는 존재들의 개입으로 일어난다. 외모가 매혹적인 존재도 있고 몰골이 흉측한 존재도 있다. 천성이 무정한 이 존재들은 인간들의 따뜻한 생명을 자기 안에 흡수하려고 인간들을 자기 무리에 묶어 놓으려 한다. 사람들은 이들의 간계를 알고 피하지만, 또 이들과 좋은 관계를 맺기도 한다. 이를테면 슐레지엔 사람들은 낯선 자가 숲을 향해 이 지역 산신령의 이름을 부르면 화를 낸 산신령을 보호한다. 슐레지엔 사람들은 누가 자기 이름을 숲을 향해 외치는 것도 허락하지 않는다."

이 존재들에는 빛과 어둠이 섞여 있음을 볼 수 있다. 켈트족과 더불어 요정의 존재를 믿는 게르만 우주론(세계형질론)에서는 빛과 어둠이 심지어 대립 영역으로 갈라져 있다. 〈에다〉는 신들의 세계에 사는 '빛의 요정'과 땅속에 사는 '어둠의 요정'을 명시적으로 구별한다. 게르만 우주론에서 후자는 난쟁이족을 말한다.

본격 켈트 신화, 즉 켈트의 신과 영웅 전설들은 최근에야 우리에게 좀 더 널리 알려졌다. 그 중 민간 동화들에 반영된 요정 신앙은 켈트 신화의 마지막 후예일 뿐이다. 19세기 후반 아일랜드 시인과 작가들이 불러온 켈트 르네상스는 천 년 훨씬 전부터 병과 사멸의 길을 걸어온 찬란했던 종족의 파묻힌 정신 유산을 되살리려는 시도였다. 이는 심오한 신비의 움직임으로, 아일랜드 민족주의나 단순한 민속학적 흐름들과 혼동해서는 안된다. 앵글로색슨 세계 안에서 이 움직임은 시대적 과제, 즉 새로 눈뜬 영성의 싹을 아주 효과적으로 보호하고 서구 물질주의의 격류 속에서 이 싹들의 생존 가능성을 보장하는 일을 떠맡는다.

옛날 섬나라 브리튼에서 시작해 갈리아, 스페인 갈리시아를 넘어 중부 유럽 전체를 휩쓸고 다뉴브강을 따라 내려가 동방에까지 그 문화를 확산한 켈트 민족의 위대함은 몰락한 아틀란티스로부터 드높은 정신 유산을 가져왔다는 데 있다. 제사장 신분인 드루이드는 장구한 세월 동안 켈트족의 정신 교육과 지침을 간직하고 있었다. 이들은 아틀란티스의 신탁의 지혜를 면면히 이어온 태양 숭배를 고스란히 지켰다. 이렇게 태곳적 하이퍼보리안이 섬임으로써, 경직되어 가는 땅의 삶에 성스러운 태양의 유산이 보존될 수 있었다. 이로 인해 켈트 문화 특유의 광채가 생기고, 유럽 민족들의 수많은 전설과 동화를 흠뻑 비췄다. 이들은 영원한 태양의 나라에 있는 하이퍼보리안이라고 하는 놀라운 민족에 대해서 이야기한다. 그곳에서 아폴로는 백조들의 인도를 받아 헬라로 길을 떠난다. 헬라에서 그는 델피 사원의 카탈리안 섬에서 모습을 나타낸다. 델피에서 노래를 주고 뮤즈들을 가르치는 선생으로 행복을 가져다준다. 또 그리스의 반신반인 페르세우스에 대해서는 무서운 메두사와의 싸움에 이기기 전 하이퍼보리안의 집에 거하며 이들의 성찬에 참가한다고 이야기된다.

헤라클레스는 헤스페리데의 황금 사과를 손에 넣으려면 이들에게 닿아야 했다. 얼마나 많은 동화가 이러한 비적의 힘을 반영하는지 일일이 열거할 필요는 없다. 접근이 어려운 장소가 나오고, 인간의 선을 넘는 시험들이 요구되는 경우 특히 이러한 비적의 힘들이 묘사되는 것을 볼 수 있다. 시인들은 '육로로도 해로로도 다가갈 수 없는' 하이퍼보리안들에 대한 찬양을 노래했다. 하이퍼보리안들의 비밀로 통하는 문을 발견하려면 전혀 다른 길을 모색해야 하며, 저 최초의 계시로 통하는 문을 열려면 정신의 길을 걸어서 영혼의 시험들을 통과해야 한다는 점을 암시하는 부분이다. 아일랜드를 지칭하는, 뱀이 살 수 없는 '성자들의 섬', 히베르니아의 신성한 장소들은 하이퍼보리안의 비밀을 보호하는 최후의 장소였다. 우리는 '보완적관점6 겨울의 신비'에서 이러한 비밀에서 동화 형상의 세계로 유입된 특정한 체험들을 지적한 바 있다.

여기서 신 켈트족 비적의 담당자에 속하고 우리에게 고대 켈트 세계의 형상들을 알려 줄 출중한 몇 사람의 이름을 들어 보겠다. 제 1차 세계대전 직후 피오나 맥로드Fiona Macleod의 책들이 독일어로 번역되어 나왔다. 이 책들은 오늘날에도 저 섬 주민들의 영혼에 면면히 살아 움직이는 켈트 전설들을 우리에게 소개한다.(슈투트가르트, 1978) 첫 책은 〈바람과 파도Wind und Woge〉라는 제목으로 나왔고, 좀 더 의미 있는 두 번째 책은 마법의 전모와 헤브리디즈 군도 아래 있는 보물들의 성스러움을 우리 영혼의 눈앞에 제시한다. 성 골룸바Columba의 성소인 아이오나섬도 보여 주는데, 이 섬은 6, 7세기 로마에서 벗어난 기독교를 대륙으로 전하는 아일랜드 대 사역들의 출발지였다.

피오나 맥로드는 켈트 신비 운동의 기수(선구자)로서 여자로 신분을 감춘 시인 윌리엄 샤프William Sharp의 가명이다. 그는 이교도적 드루이드의 지혜 전통과 기독교 신비주의 지혜 전통이 시적으로 혼합된 고대 아일랜드 전설과 성담을 단지 수집만 했던 사람은 아니다. 그는 자신의 예감 어린 혜안 앞에 몰락한 시대들의 광채를 뿜으며 수평선에서 붉게 동터 오르는 신화 세계를 몸소 겪고 새로 형상화한 사람으로 이해되기를 원한다. "나는 우리 코앞에 정신적인 삶의 대 격변이 닥쳤다고 생각한다. 그리고 인간의 마음속에 신적인 정신의 새로운 구원이 이미 계획되고 있다고 생각한다. 인간의 마음은 여자와 같아서 억압당해 꿈의 삶으로 떨어지지만, 신앙(믿음)과 오랜 수난의 인고, 고향에 대한 희망 등을 통해 유지된다." 피오나 맥로드는 세기의 전환기에 새로운 영감의 시대를 선포하고 있는 셈이다.

〈켈트 신화Keltische Mythologie〉는 히베르니아의 비의적 전통을 깔고 봐야 비로소 이해가 된다. 〈켈트 신화〉는 켈트어본에서 따온 것으로 엘라 영Ella Young이 편집했고 마리아 크리스티안 베닝Maria Christiane Bennig이 독일어로 번역 출간했다.(슈투트가르트, 1977) 높은 태양 존재들, '데 다난'이 초록섬으로 내려온다. 세계의 영혼 브리기트가 이 섬을 천상의 망토로 덮고, 신들이 혼돈으로 내려와 이를 정돈하고 아름다움의 형상으로 만들려고 한다. 이 책은 이 모든 정황을 신화적 형상을 이용해 태양의 힘들이 어둠의 세계에 희생되는 것으로 묘사한다. 마니교의 관점이 떠오름직한 대목이다. 아일랜드 출신 켈트학 연구자 엘라 영은 수십년 동안 작은 시골 마을과 벽지들을 다니며 민중의 입에서 저 전설들을 채록했다. 히베르니아 섬에 높은 태양 신탁의 성소를 짓는 것에 대해 신화적 형상으로 서술하는 몇 구절을 시험적으로 인용해 보겠다. "흰 빛으로 날아오르는 누아다는 아일랜드 한복판에 승리의 창을 세웠다. 창은 거대한 화염의 분수 같았고, 노래하는 불꽃 같았다. 그것은 간단없이 타올랐고, 아일랜드 모든 불의 씨가 되었다." 창은 태양의 신비의 보호 아래 주위 세계로 옮겨

붙는 모든 창조적 힘의 상징으로 나타난다. 이것이 이 장소가 관할하는 착한 마법의 비밀이다. 그리고 기형의 피조물, 포모르들이 어둠에서 떠올라, 승리의 창에서 나오는 빛이 섬 전역에 드리운 빛의 원에 가까이 가는 광경이 묘사된다. 포모르들은 이 빛을 즐기며 서서히 그 힘을 빨아들인다. 그러자 이들에게서 빛의 창을 탈취하고픈 욕망이 자란다. 포모르들의 외눈박이 왕 발로르가 빛의 창을 탈취한다. 전설과 동화는 고대 아틀란티스 문화를 지닌 자들을 항상 외눈박이로 그린다. 이들은 진화 발달 과정에서 뒤처진 자들이며, 아직은 호메로스 서사시의 키클로프스 눈을 가진 수준이다. 적의 손에 들어간 빛의 창은 불타는 뱀으로 변해 재난을 일으키며 주위 하늘을 온통 악령들로 채운다. 결국 포모르들이 성스러운 섬의 주인으로 등극해 빛의 종족 다나를 복속시킨다. 그러나 이 전설은 높은 태양 영웅의 도래를 암시한다. 미래에 태양 영웅이 와서 세계 종말이 오기 전 아일랜드 중심에 성스러운 창을 다시 세울 것이다. 그 영웅의 이름은 '루그', 그는 성배 전설에서처럼 성스러운 창을 신성한 장소로 돌려놓는 일종의 페르스발적 인물이다.

피온의 영웅적 삶이 요약돼 있는 엘라 영의 〈켈트 영웅 전설 Keltischen Heldensagen〉은 빛나는 신적 존재들이 땅의 어둠으로 내려오기 전, 세계의 청년기에 성스러운 연못가를 거닐던 광경을 전해 준다. 솟구치는 천상의 샘에서 이 연못으로 쉼 없이 물이 흘러든다. 연못가에는 신목인 개암나무들이 자란다. 개암나무는 까마득한 하늘의 보이지 않는 영역으로 가지를 뻗으며, 일시에 싹트고 꽃 피고 열매 맺고, 타는 듯 짙붉은 견과를 익는 대로 하나둘 연못에 떨군다. 물속에서는 비늘이 금빛 태양과 은빛 달처럼 빛나는 연어가 세찬 물줄기를 타고 뛰어오르며 낙하하는 개암나무 열매를 낚아채 삼킨다. 연어가 그토록 지혜로운 건 그 때문이다.

이 '지혜의 샘'은 늙지 않으며, 연어도 절대 지치지 않고 신성한 개암나무도 영원히 시들지 않는다. 삶의 원천을 찾고자 하는 사람들은 이 샘을 발견해서 지혜를 마시고 혜안을 얻기를 갈망한다. 동화와 신화가 전하는 모든 참된 형상들은 바로 이 지혜에서 나온다.

그림 동화에서 아이들 전설 『개암나무 가지』를 떠올려 보자. 신의 어머니가 풀숲에서 튀어나온 뱀을 피하려고 개암나무 둥치로 달아난다. 개암나무는 뱀을 피하는 가장 확실한 피난처라는 의미다. 요컨대 개암나무는 늘 뱀이 배회하는 것으로 그려지는 나무, 즉 아담과 하와에게 죽음을 안겨 주는 인식의 열매가 나는 나무의 대립 형상으로만 치부됐다. 아름드리 개암나무는 무구한 지혜의 열매가 익어 가는 생명의 나무 형상을 하고 있다. 그 열매를 보면, 과실이 딱딱한 껍질에 싸여 있다. 순결의 형상이다. 보통 동화에서 인식의 나무 열매로 간주하는 사과는 과육이 보인다. 붉은 빰 같은 열매를 보고 있으면 어서 먹으라고 유혹하는 느낌이 든다. 그래서 백설 공주는 변장한 계모가 건네는 '예쁜 사과를 탐하다가' 독사과 반쪽을 먹고 죽음 같은 잠에 빠져 쓰러진다. 아셴푸텔 동화에서 개암나무 가지는 신성한 가지로 등장한다. 신앙심 깊은 소녀가 개암나무 가지를 어머니의 무덤 위에 심자 나무로 자라 그 위에 흰 비둘기가 내려앉는다. 흰 비둘기는 소녀에게 천상의 옷을 선사한다.

생명의 나무에서 익어 가는 개암 열매는 누릴 수 있는 지혜를 값싸게 주지 않는다! 그것이 인식을 구하는 자에게 주는 것은 노고 없이는 풀리지 않는 수수께끼 같은 것이다.

엘라 영이 고대 켈트 지혜에서 길어 올린 전설 형상에는 가라앉은 세계의 태양의 마법이 엿보인다. 사라진 세계는 영혼들의 혜안 앞에 다시 떠올라 장차 그 아름다움의 전모를 드러내게 될 것이다. 이 전설들을 읽어보면, '엘라 영은 드루이드 같았다'는 지인들의 인상기를 전한 패드라익 콜럼Padraic Colum이 십분 이해된다. "신성한 개암 열매들이 떨어지고 비밀스러운 제의에서 몇 가지 사실을 알게 되는 샘가에서 고대 켈트 문화를 탐구하는 사람들이 마주칠 법한 드루이드 사제 같았다."

켈트 르네상스를 이끈 패드라익 콜럼의 동화책이 최근 〈아일랜드 왕의 아들Der königssohn von Irland〉이라는 제목으로 독일어로 번역되어 나왔다.**27** 이 이야기에는 태고의 동화 모티브와 기이한 사건들이 가득하다. 이 풍성한 요소는 하나로 이어지는 장대한 줄거리, 말하자면 정화의 줄거리로 엮여, 아일랜드 왕자가 전설의 시대로부터 곧장 돌진하는 통로가 된다. 이 책은 전체가 현

---

27 슈투트가르트, 1980, 콘라트 잔트퀼러Konrad Sandkuehler 옮김

대 작가의 문학적 성과임에도 불구하고, 진정한 상상물로 짜여 있음을 느낄 수 있다.

아일랜드의 이야기꾼이자 발라드 시인인 늙은 '샤나치(방문 이야기꾼)'들은 그러한 형상 자산들의 파수꾼이었다. 이를 통해 동시에 숭고한 과거를 알고 있는 민족 영혼의 파수꾼이기도 했다. 콜럼은 이 같은 샤나치들 틈에서 자라 저녁마다 화톳불 가에 둘러앉아 이들의 이야기를 들을 수 있었다. 그는 빛의 검을 발견하고 진정한 동화 주인공이 거쳐야 할 모든 시험을 통과하는 〈아일랜드 왕의 아들〉을 쓸 때 바로 이러한 민간 전승의 강물에서 그 상상을 길어 올렸다.

켈트 동화와 전설의 전통을 더 추적하고 싶다면 켈트의 정신 유산에서 중요한 요소들이 많이 흘러들어 온 적막한 브르타뉴 세계에도 눈을 돌려야 한다. 브리튼 원주민들이 앵글로색슨의 침입에 밀려 대거 이주해 나가면서 이러한 유입이 이루어졌다. 이들은 옛날 아모리카라 불린 프랑스 북서해안에 터를 잡았고 이때부터 이 지방은 브르타뉴라는 이름을 얻는다. 이들은 이곳에서 전설적 인물인 그들의 마지막 왕 아서와 연관된 전통을 만들어 나갔다.

이주민들에게 아서는 끊긴 브리튼 민족 문화를 영광으로 되살리는 모든 희망의 상징이었다. 아서라는 인물은 12세기가 되면 서유럽 전역의 민간에 퍼진다. 당대 서사시들은 아서를 저 유명한 영웅들이 둘러앉은 원탁의 빛나는 중심으로 찬양했다. 드루이드 문화가 퇴조하고, 그 최고의 대표들이 기독교 활동으로 갈아타는 동안, 민족 전승을 지키고 쉼 없이 신성한 영감의 불을 지피는 소명을 띤 또 다른 신분이 나타나 지도자 역할을 하기 시작했다. 결사단을 조직해서 곳곳에 '음유 시인' 모임을 둔 켈트의 유랑 가인(바드)이 이들이다. 이들은 '원탁 조직'을 유랑 가인회를 통해 유지하고, 민족 전승을 형상을 통해 이어 나갔다. 아서 궁정의 영웅 전설에 살아 숨 쉬는 중세 기사의 찬란한 이상들은 유랑 가인들이 의식적으로 만들어 시로 칭송한 것이었다. 이러한 과정을 거쳐 유랑 가인들은 민족을 초월한 과업이 생긴 한편, 민족적 희망들은 차츰 희미해졌다. 풍속을 이루는 힘들은 이들의 활동에서 비롯했다. 이들이 목표를 의식하고 형성한 수많은 전설 및 동화 인물을 통해 이러한 이상들이 번성해 민족 정서 깊숙이 가라앉았다.(저자는 〈여기서 공간이 시간이 된다Zum Raum wird hier die Zeit〉(슈투트가르트, 1980)에서 이러한 아서 전통을 상세히 서술하고 있다)

하지만 이 켈트의 정신 유산은 순식간에 사라질 위기에 처했고, 진정한 식자들은 정신과의 관계를 유지하려면 시대가 완전히 새로운 영혼 능력들을 요한다는 것을 깨달았다. 동화에서 바보 인물들이 이 국면에서 운명의 부름을 받고 구원자로 등장한다.

이 운 좋은 동화 주인공들의 원형은 브르타뉴 동화 〈페로닉 Peronnik〉에서 찾을 수 있다. 그는 성배 영웅 페르스발의 선행 인물이다. 앞에 붙은 'per'는 다른 사람들이 극복할 수 없는 장애물을 뚫고 나가는 재능을 가리킨다. 지적인 교육과 궁정 예법 때문에 원초적인 힘의 마비를 겪지 않은 영혼만이 정신 구도자가 맞닥뜨리는 삶의 시험들을 이겨 낼 수 있다.

페로닉은 학교 지혜에 짓눌리지 않고 세간의 직업에 무능해 보이는 게으른 배회자로서 브르타뉴 지방을 돌아다닌다. 스스로 내면의 힘을 느끼는 과업을 알게 되는 것은 우연의 소관이다. 페로닉이 농군 여인 집에서 실컷 배를 채웠을 때 마침 기사가 지나가다가 그녀에게 케글라스 성으로 가는 길을 묻는다. 그는 성주인 마법사 로저가 성의 지하실에 숨겨 놓은 황금 그릇과 다이아몬드 창을 탐내고 있다. 이 두 신비로운 물건은 모든 땅의 왕관보다 귀하다. 더 큰 가치가 있다. 그릇은 원하는 모든 음식을 끝없이 내준다. 그것으로 마시는 자는 고통이 낫고, 입술을 대면 죽은 자가 소생한다. 반면 다이아몬드 창은 맞기만 하면 다 죽는다.

성배 관련 상상물들에서 이 두 물건은 결정적인 역할을 한다. 페르스발이 성에 들어온 날 저녁에 그의 영혼의 눈앞에 성스러운 그릇과 피 묻는 창이 나타난다. 성배 이야기의 흐름 속에서 이 상상물은 골고다의 희생과 신비롭게 연결된다. 그러나 페로닉 동화에는 그러한 징표가 없다. 순결파가 지켜 온 성배의 흐름과 켈트 전통을 계승한 아서의 흐름은 아직 온전히 합류하지 않았다. 그리스도의 신비 체험 없이도 이 두 상상물을 접할 수 있다는 얘기다. 이는 사람마다 드러나지 않게 작용하되, 낮의 의식이 완전히 놓치는 능력들을 지시한다. 두 물건은 이중의 비밀을 끌어안고 있다. 하나는 우주의 활동이 규율해서 끌고 가는 우리 존재의 무구한 삶의 과정에 숨어 있고(성배 상상물에서 처녀가 신성한 그릇을 가지고 온다), 또 하나는 핏속에 이기심으로 들끓는 욕망의 힘에서 솟아오른다. 욕망의 힘은 보통 깨어 있는 의식에 의해 잠잠해 진다.(성배 상상물에서 창이 어부 왕에게 상처를 입힌다)

이 귀한 보물을 손에 넣는 것은 인간 본성의 은밀한 작용들을 장악하는 것을 의미한다. 이는 더 높은 의식의 빛으로 잠의 심연을 통과해 가는 일이기 때문에, 얼핏 불가능해 보인다. 기사는 은자에게서 조언을 얻는다. 은자는 페로닉에게 마법사의 성으로 가는 길에 통과해야 하는 모험을 알려 준다. 일곱 가지 시험이 형상으로 암시된다. 기사는 시험임을 알아내지만, '단순우직한 사람'만 시험을 통과할 수 있다. 동화의 메시지는 "강한 자들은 제 힘으로 위험과 정면 승부를 하다가 곧잘 망하기도 하지만, 약한 자들은 옆구리에서 공격한다."는 것이다. 동화에는 그가 목표를 향해 갈 때 보이는 천성적 명민함, 상황을 극복할 때 지니는 정신 차림이 멋지게 묘사되어 있다. 이를테면 위협적으로 다가오는 사자를 처치하고 '웃는 꽃'을 뺏는 대목이 그렇다. 우리는 이미 다른 동화들을 통해 사자와의 마주침이 무엇을 말해 주는지 알고 있다. 그것은 인간의 자부심, 분노, 운명의 법칙에 대한 저항 같은 자기 마음의 힘들을 자각하는 것을 말한다. 위협적인 사자는 마음이 차분해져야 비로소 얌전해진다. 폭력이 끼어들 자리가 없다. 페로닉은 사자를 극단으로 도발하지 않는다. 사자와 대결하지 않는 것이다. 대신 장난기로 속여 넘긴다. 유머는 자신을 이길 수 있는 자유의 표식이다. 자유를 달성한 사람은 웃는 꽃도 꺾을 수 있다. 단순 우직한 사람은 마법사를 제압한 뒤 웃는 꽃이 있어야 황금 그릇과 다이아몬드 창을 숨긴 성 내부의 지하실로 가는 문을 열 수 있다. 불순한 손길에서 삶의 비밀을 지키고 있는 지하 세계가 문을 열어 주는 자는 식물적 순수함을 지닌 영혼의 힘이 꽃을 피운다.

승자는 저 두 가지 마법의 물건을 지니고 브르타뉴 왕의 궁으로 향한다. 이 물건들은 아서왕의 항상적 징표였고, 낭트는 그의 왕궁으로 간주됐다. 페로닉이 낭트에 당도했을 때 도시가 포위당해 전 주민이 굶주림에 시달리고 있다는 소식을 듣는다. 극한의 곤경에 처한 왕은 도시를 구하는 자에게 왕위를 물려주겠다고 고지한다. 페로닉이 도시를 구해 낸다. 황금 그릇과 다이아몬드 창이 그에게 승리를 안겨 준 것이다. 창의 신통력으로 적들을 모조리 물리치고, 생명을 주는 그릇으로 죽은 자들은 다시 소생시킬 수 있었기 때문이다. 그는 해방자이자 축복의 공여자로서 세상을 주유한다. 동화는 그를 그 나라 귀족과 함께 십자군 원정에 나서게 해 성지를 사라센 사람들의 손아귀에서 해방시키는 것으로 끝맺는다. 이 동화는 그런 점에서 페로닉을 통해 기독교 세계의 영웅이 탄생하는 전환점을 그리고 있다. 이 영웅은 기독교를 승리로 이끌고 비기독교인들과 화해까지 이룬다. 이미 성배 전설의 코즈모폴리턴적 정신의 세례를 받은 셈이다.

브르타뉴 동화 〈수정궁Kristallschloss〉[28]에서도 이러한 세계 시민주의를 만나게 된다. 아름다운 누이 이본느를 찾으러가는 바보 이본이 비적을 찾아 떠나는 순례 이야기이다. 바보 이본은 온갖 위험을 무릅쓰며 줄기차게 해 뜨는 방향으로 흑해를 건너 해안가에 있다는 먼 수정궁을 향해 나아간다. 이 길은 분명 죽음의 문턱을 넘어야만 찾을 수 있는 왕국으로 가는 것이다. 모든 시험이 왕국을 가리킨다. 저 수정 왕국에서 행하는 침묵이 특히 그렇다. 침묵이야말로 영혼이 망자들과 교류할 수 있을 만큼 성숙해지는 자세이기 때문이다. 여기에는 '흑해 건너편 해안'이라는, 정신 구도자들이 옛날부터 알고 있는 저 비의의 장소에 대한 지식도 들어 있다. 그 옛날 아르고선 영웅들의 영웅적 순례의 목적지이며, 서쪽까지 소문이 퍼진 바로 그곳이다.

켈트 전통들이 항상 지니고 있던 넓은 세계시민적 지향이 각인된 켈트 동화를 마지막으로 한 편 더 살펴보자. 〈켈트의 용 신화Keltische Drachenmythe〉인데, 켈트인들 사이에 다채롭게 변주되어온 이 동화에 '스코틀랜드의 그림'인 캠벨 경Lord Campbell이 이렇게 이름을 붙였다.[29] 이 동화가 지닌 포괄성에 비하면 이런 제

---

28 〈수정궁〉과 〈페로닉〉에 대해서는 〈브르타뉴 동화집Bretonischen Märchen〉(오이겐 디더리히 수집본, 1959) 참조

29 프리델 렌츠Friedel Lenz가 영어본을 번역, 편찬. 슈투트가르트, 1961

목은 너무 일면적이다. 정신으로 가는 여러 길의 고차적 종합을 꾀하는, 동화 모티브들을 망라한 편람으로 느껴지기 때문이다.

이 동화는 내용이 『두 형제』와 비슷하다. 『두 형제』가 길이 동서로 갈리는 두 형제 이야기로, 하나가 극한 곤경에 처한 다른 하나를 도와 구하면서 서로 다시 알아보는 것으로 끝난다면, 켈트 동화는 세상으로 나가는 세 형제를 이야기한다. 첫째는 동쪽으로, 둘째는 중간의 넓은 길로, 셋째는 서쪽으로 향한다. 이들은 늙은 대장장이의 아들이며, 대장장이는 어부가 된다. 그는 해안에 살며, 아무것도 잡지 못하는 **가난한** 어부다. 그런데 밤이 되자 나룻배 옆으로 바다 요정이 떠오르고, 어부는 그녀의 제안을 받아들여 **부자**가 된다. 그는 큰아들을 그녀에게 주기로 약속하고 그 대가로 많은 어획고를 약속받은 것이다. 우리는 수많은 동화에 어부가 등장하고, 성배 전설에도 부유한 어부가 등장하는 것을 알고 있다. 어부는 두 왕국 경계에 살아가는 인간 존재다. 어느 날 그는 밤의 성에서 풍부한 정신의 계시를 가져와 땅의 의식에 전하는 은총을 받는다.

이 부분은 그 기본 모티브가 『황금 아이들』과 비슷하다. 어부의 낚싯대에 말하는 물고기가 걸린다. 이러기를 세 번, 물고기는 자기를 특별한 방식으로 잘게 잘라 아내에게 심장과 간을 한 조각씩 먹이라고 충고한다. 이것을 먹고 어부의 아내는 사내아이 셋을 낳는다.

이 동화에는 형상들이 넘치지만 여기서는 몇 가지 모티브만

짚겠다. 세 아이는 14세가 되자 세상으로 나간다. 아버지는 땅의 길을 가는 맏아들에게 강한 힘을 주는 쇠막대를 만들어 준다. 이는 청년에게서 눈뜨기 시작한 사고의 힘이다. 그는 사고의 힘으로 거인들을 제압하고 마침내 공주를 해방시키기 위한 용과의 싸움에서도 이긴다. 그 대가로 그는 공주와 결혼하고 왕국을 물려받는다. 동화는 왕국을 그리스라고 명시한다. 길이 그를 동쪽으로 이끌었기 때문이다. 아버지는 태어날 때부터 주기로 언약한 맏아들을 바다 요정에게서 빼돌리려 한다. 그래서 그는 순례 길에 짠 바닷물에 접근하는 것을 피해야 한다. 이 정신 구도자는 아틀란티스에서 동쪽으로 이동하는 민족들의 경로를 간다. 이 민족들은 뭍을 찾아 헤맸다. 인간을 요소적 힘과 교류하게 하는 모든 꿈의 혜안이 이들 민족에게서 사라질 운명이다. 거인들의 왕국을 제압하고 명징한 사고의 힘을 통해 영혼은 정신을 발견해야 한다. 그 옛날 페르세우스는 처녀를 해방시키기 위해 용과의 싸움에서 이겨야 했다. 그리스 사람들은 이렇게 페르세우스라는 전설의 인물로 미케네를 세운 저 위대한 왕을 암시했다. 그는 사고를 명징하게 하는 사명을 최우선으로 이해했다. 이런 맥락에서 개인의 자유를 쟁취할 힘이 있는 저 그리스 문화를 기초한 자로 간주됐다.

중간 길을 택한 둘째 아들은 여자라고는 없는 왕궁에 다다른다. 여자는 탑에 꽁꽁 숨겨 놓은 공주밖에 없다. 그는 시험들을 통과한 뒤 비둘기 형상으로 그녀에게 가 그녀를 손에 넣는다. 이는 신비가의 길로, 모티브들을 더 자세히 들여다보면 기독교 신비가의 길임을 알 수 있다. 동화에는 그가 프랑스 왕의 딸을 얻는 것으로 나오는데, 이는 중세 초기 프랑스가 비의 기독교 확산의 중심지였음을 가리킨다.

셋째 아들은 모든 길이 바다로 직결되는 서쪽으로 말 머리를 향한다. 그가 거쳐야 하는 시험들은 완전히 다르다. 그는 밤에 완전히 폐허가 된 성에 들어간다. 초가 있는 촛대가 그에게 다가와 그를 어두운 방들로 데려간다. 마법에 걸린 성 안의 공주는 그의 눈에 보이지 않는다. 그는 그녀에게 가까이 가되 그녀와 닿으면 안 되는 시험을 통과해야만 공주를 구할 수 있다. 정신은 감각들이 침묵하는 곳에서만 그 참 모습을 서서히 드러내는 것이다. 그는 많은 시험을 거친 뒤 황금 성 공주를 얻는다. 두 사람은 대양을 건너 그가 왕으로 등극하게 될 황금 왕국으로 향한다.

이는 바로 밤의 왕국에서 깨어나는 여정이다. 어둠을 밝히기 시작하는 빛은 감각 의식에 사로잡힌 인류로서는 하이퍼보리안의 비적들에 접근할 수 없는 저 비밀의 영역들로 안내한다. 인류가 자기 근원의 힘들과의 관계를 완전히 잃지 않으려면 태양처럼 밝은 이러한 정신의 왕국을 다시 발견해야 한다는 것을 켈트 전통은 알고 있는 것이다. 다른 두 형제는 사악한 마법에 걸려 돌이 되기 때문이다. 황금 성 공주(『충성스러운 요하네스』의 왕자도 황금 성 공주를 얻기 위해 떠난다)를 얻는 셋째 아들만이 돌이 된 두 형을 도울 수 있다. 두 형은 막내의 행동을 이해하지 못하고 헐뜯지만 막내는 이들을 깨우는 자가 된다. 장차 형제들 간의 위대한 화해가 어떻게 이루어질지 언급하는 이야기꾼은 별로 없다. 세 줄기 흐름의 최종적 합치는 아직 모습을 드러내지 않은 것 같다. 언제 어떻게 화해가 이루어지는지의 문제는 아직 남아 있다. 동, 서, 가운데로 땅을 돌아다니는 세계 방랑자들이 서로 형제임을 다시 알아보게 될까? 이는 인류사의 문제다.

지상적 존재들이 정신에 눈뜨는 문제다. 켈트 영혼은 예언들로 가득하다. 곤경을 맞은 세계가 잃어버린 원초 지혜를 찾아 나서기 시작하는 때가 되면, 사람들 사이에 까마득한 옛날의 위대한 인물이 다시 출현하리라고 켈트 영혼은 믿는다. 방랑 가객들은 아서가 다시 와서 자신의 기사들을 모아 정신의 왕국을 세울 것임을 알렸다. 아일랜드 이야기꾼들은 비적들로 돌진하는 마지막 영웅으로 간주하는 피온이라는 인물을 이야기한다. 그들은 그의 재림을 고대하고 있다. 동화들을 고찰한 지금까지의 여정을 이러한 기다림의 시로 끝맺고자 한다.

피온

빛의 존재 피온
신성한 개암나무 가지 늘어진
샘에서
세계 모든 지혜를 건졌네.

초록 둔덕 아래 숨어 기다리는
바위 틈 왕궁 안 그의 정신,
마침내 천둥 같은 나팔 소리
그를 깨워 구원하라 하네.

태고의 나이에 영원한 동심을 알고
미덕의 빛을 두른 피온
시대들의 어둠을 뚫고
깨어나는 젊음을 부르는구나!

추천의 글

21세기를 사는 아이와 어른에게 동화란?

수잔 페로우Susan Perrow[30]

동화가 지닌 보편한 가치를 이해하기 위해서는 먼저 동화의 기원을 알아야 한다. 루돌프 슈타이너에 따르면 그것은 민중의 상상력에서 기인한 단순한 공상이라고 치부하기에는 훨씬 깊은 근원적 의미를 지니고 있다.

모든 진정한 동화의 출발점은 기억조차 할 수 없는 머나먼 시대, 사람들이 아직 지성의 힘을 획득하지 못했던, 원시 형안 능력의 잔재인 상당히 뚜렷한 형안 능력을 소유하던 시절입니다. 그 능력을 보존한 사람들은 잠과 깸의 중간 상태에서 살았고, 그 상태에서 그들은 아주 다양한 형태로 정신세계를 실제로 체험했습니다... 그 중간 상태에서는 말하자면 장막(물질세계의 장막)이 걷혀야 정신세계를 관조할 수 있었습니다.[31]

이름이 알려진 많은 시인과 작가 역시 동화의 이러한 '정신적' 근원

---

30 유치원 교사, 작가, 이야기꾼이자 교사 및 부모 교육 교사. 지난 30년간 세계 각지의 이야기를 수집하고 쓰고 들려주는 일을 비롯해 호주와 아프리카, 아시아, 유럽, 미국, 캐나다에서 아이들을 만나고 교사 및 치료사, 상담사들을 위한 교육을 하고 있다.
〈치유동화〉(푸른씨앗, 2016) 저자. www. susanperrow.com

31 〈동화의 의미Märchendeutungen〉(GA 108) 루돌프 슈타이너

을 감지했다. C.S.루이스Lewis는 동화를 '내면에서 보거나 지각한, 혹은 계시로 깨달은 인간 삶'의 본질을 밝혀 주는 '정신적 탐색'이라고 여겼다.[32]

한 지혜로운 수피교도는 이런 말을 했다. '문과 자물쇠를 만든 이가 열쇠도 만들었다.' 동화가 인생의 어떤 문제에 대해서는 자물쇠를 푸는 열쇠가 될 수 있다. 세상의 모든 어린이는 이 열쇠를 받을 자격이 있다. 아니, 아이들의 정서와 정신의 건강을 위해 꼭 있어야 하는 것이다. "보편적인 인간의 문제를 다루면서... 동화는 (아이들의) 싹트기 시작하는 자아에게 말을 걸고 자아의 성장을 북돋는다."[33]

동화에 담긴 원형적 진실은 '물질' 세계가 아닌 '영혼' 세계에 속한 것이기에 어느 시대, 어느 나라에 사는 아이들이건 그 진실을 직접 만날 수 있다. 사실 동화의 지혜와 깊이는 '동화가 새 천년을 사는 아이들에게도 적절한가?'라는 질문을 초월한다. 동화는 동서고금을 막론하고 세상 모든 아이가 얼마든지 이해하고 그 귀한 가치를 알아볼 수 있는 보편한 언어로 말하기 때문이다.

그렇다면 이러한 긍정적인 측면에도 불구하고 일부 학교, 단체, 부모들이 일련의 동화를 배척하는 이유는 무엇일까?

~~~~~~

32 〈마법의 효용The Uses of Enchantment〉(Penguin Books, Middlesex, England, 1976) p.24, 베텔하임Bruno Bettelheim

33 같은 책 p.6

이 질문에 대한 답을 찾고, 강한 편견을 극복하기 위해서는 먼저 인간의 성장 발달 과정을, 그중에서도 아동기와 성인기의 의식 상태의 차이를 살펴보아야 한다. 베텔하임에 따르면 아동을 성인과 모든 면에서 동일하며 단지 체구만 작은 존재로 보는 것은 기이할 정도로 제한된 표상이다.34 그는 수많은 아동 심리학의 '비극'은 성인의 준거틀로 어린이를 바라보는데 있다고 말한다.

아동의 의식이 성인과 전혀 다름을 알아본다면 동화가 아이에게 명확한 상으로 전달되는 배경을 이해할 수 있다. 아이들은 아직 '이중-의식' 단계가 아닌 '단일-의식' 상태에 있다. 아이들에게는 내적 실재와 외적 실재, 물질세계와 정신세계의 경계가 모호하다 못해 거의 존재하지 않는다. 사실 아이에게는 내면(정신) 세계가 더 현실이다. 성인에게는 그 경계가 '콘크리트 벽'에 가깝기 때문에 그것을 무너뜨리기 위해서는 내면적 명상 작업이 반드시 필요하다!

성인의 이중-의식은, 그 이중적 본성으로 인해 객관적이며 이질적인 반면, 아이들의 단일-의식은 그 단일적 본성으로 인해 참여적이며 상상적이다. 단일-의식 속에서는 개인의 세계와 사물의 세계가 하나로 융합하고, 모든 사물이 생명을 갖고 살아 숨 쉰다. 돌멩이나 나무를 그릴 때도 아이들은 얼굴을 그려 넣으며 살아 있는 존재처럼 묘사한다. 탁

---

34 〈마법의 효용〉 p.120

자에 부딪치면 '심술쟁이 탁자!'라며 탁자가 일부러 그러기라도 한 것처럼 화를 낸다.

아이들의 의식은 이성적, 합리적이기보다 그림이나 형상의 성격이 강하다. 이 단계는 인류사에서 인간이 형상 의식으로 살아가던 시대와 동일한 상태라 할 수 있다. 루돌프 슈타이너에 따르면 지리적으로 완전히 동떨어진 여러 나라에서 동일한 주제와 비슷한 내용의 동화를 만나게 되는 이유는, 그 이야기들이 동일한 시대, 즉 인류가 본능적 형안 능력을 가지고 있었기에 정신세계를 직접 관조하고 형상으로 그 내용을 말할 수 있었던 시대에서 나왔기 때문이다.[35] 사고가 깨어난 뒤에 인류가 사고를 자기 영혼 안에서 실제로 일어나는 일로 체험하는 것처럼 그 시절에는 형상을 체험했다.

동화에 담긴 진실은 상상력과 감정을 길잡이 삼아 아이들에게 가닿는다. 반면 대부분의 성인은 그 진실을 알아보는 길을 찾기 위해 많은 노력을 기울여야 하고, '바싹 마른' 이성적 사고로 치우친 저울의 반대편에 상상력과 감정이 대등하게 놓일 때까지 여러 방면으로 애를 써야 한다. 동화는 인간 영혼이 걸어가는 나그네 길을 다채로운 그림으로 담아낸 태피스트리다. 동화는 원형과 정신적 실재에 대한 이야기이며, '현실적' 진리와는 다른 형태의 진리를 전해 준다. 동화의 모든 요소는, 인류

---

35 〈동화의 의미〉(GA 108)

에게 익숙한 방식의 형상이라 해도 실재가 아닌 상징이다. 성인들(아이들에게는 해당하지 않는다!)이 동화의 세계를 오해하는 것이 바로 이 지점일 수 있다. 동화의 형상이 결코 외부 세상을 가리키는 것이 아님에도 불구하고 너무나 현실적이고 일상적인 느낌이 녹아들어가 있기 때문에 상징이라는 사실을 간과하게 되는 것이다.

성인이 동화의 상징성을 이해하는데 도움이 될 중요한 단서는 시인 노발리스의 말에서 찾을 수 있다. "이야기 속 모든 인물은 다름 아닌 한 명의 통합적 인물, 즉 있는 그대로의 인간을 이루는 여러 부분 혹은 여러 측면을 펼쳐 놓은 것이다."**36** 이 말은 상징성을 이해하는데 도움이 될 뿐 아니라 동화가 정말 무엇인지를 우리에게 알려 준다. "그것은 우리 자신이다. 그것은 우리 자아에 관한 이야기이며, 진정한 인간이 되기 위해 고군분투하는 우리의 본질적 존재의 형상이다."**37**

동화 속 '잔인함'이 아이들 마음에 공포를 불러일으킬까 염려하는 사람들이 있다. 이 책의 저자인 루돌프 마이어Rudof Meyer에 따르면 이

~~~~~

36 퍼시Pusch, R. 〈발도르프 유치원 개괄An Overview of the Waldorf Kindergarten〉1권 p.5l−55, '마녀를 어떻게 할 것인가What to do about Witches' (Silver Spring, M.D., 1993)

37 퍼시Pusch, R. 〈마녀를 어떻게 할 것인가What to do about Witches〉, 〈발도르프 유치원 개괄An Overview of the Waldorf Kindergarten〉 1권 p.5l−55 (Silver Spring, M.D., 1993)

는 어른이 이야기를 들려주는 방식과 태도에 좌우된다. 그는 "이야기를 들려주는 사람이 끔찍함을 즐기지 않고, 관용과 은총과도 배치되지 않는 세계 운행 고유의 위대한 진지함의 편에서 묘사하기만 한다면, 아이는 이러한 지배 정의도 의미 있는 것으로 느끼게 된다. 선한 요정과 기타 삶을 도와주는 존재들 형상이 됐든, 주인공이 고난과 혼란을 거쳐 끝내 자기 목표를 이루거나, 인간의 마음 속 깊은 갈망이 이루어지는 길을 통해서든, 모든 신의와 희생 정신은 보상받고 궁극적으로 정화에 도달한다. 현실의 엄연한 한 면, 즉 어둡고 수상쩍은 측면을 가린 채 키운 아이들은 환상적 성향의 인간으로 자란다. 온전한 삶의 현실을 감당할 건강한 능력이 약해지는 것이다. 삶의 모순이야말로 아이들이 가공해야 할 재료다."[38]라고 말한다.

동화를 비판하기 전에 '이성적'인 성인은 '지혜의 친구는 신화의 친구'라는 아리스토텔레스의 충고에 귀 기울이고, 여러 편의 이야기를 읽으며 건조해진 상상력을 촉촉하게 되살려야 할 것이다.

신화가 신과 초인간들의 비범하고 초자연적인 행적을 그린 것과는 달리 동화는 평범한 '인간'들의 이야기다. 신분이 높건 낮건, 바보이건, 왕의 혈통이건, 어린아이건 그들은 모두 인간이다. 동화 속 형상들은 뚜

---

38 루돌프 마이어 〈동화의 지혜Die Weisheit der deutschen Volksmärchen〉 p.278-279 (푸른씨앗, 2019)

렷하게 구분할 수 있다. 모든 존재를 선함과 악함으로 나눌 수 있고, 선한 존재는 '아름답고', 악한 존재는 '추한' 형상으로 묘사된다. 사고는 즉시 행동으로 변형된다. 마법과 저주, 형태 변형은 영혼에서 일어나는 사건이기 때문에 등장인물은 즉시 '선'해지거나 마법에 걸리거나 풀려난다. 이완과 긴장을 오가는 동화의 분위기 전환을 통해 아이들은 성장에 필요한 영혼 단련의 기회를 얻는다. '달콤하기만 한' 요즘 동화에는 이 요소가 빠져 있다. 달콤한 이야기만 듣고 자란 아이들은 영혼을 단련할 기회를 잃는 셈이다. 동화는 아이들에게 자기가 될 수 있는 모습을 비춰주는 거울과도 같다. 이를테면 마녀는 인간의 육화 혹은 성장 발달을 저해하는 모든 결함과 단점을 하나의 인물로 형상화한 그림이고, 왕자와 공주는 그것을 촉진하는 모든 힘을 형상화한 그림이다.[39]

선이 악을 이기고 승리하는 것이 동화의 근본적인 상이며, 세상 모든 아이는 이에 관해 듣고 또 들어야 한다. 동화는 기적을 바라는 아이들의 근본적인 갈망을 충족시키며, 이 절망과 불안의 시대에 희망을 전해 준다. 베텔하임은 이렇게 말한다. "오늘날 아이들은 더 이상 대가족이나 잘 통합된 공동체의 안전한 울타리 속에서 자라지 않는다. 그렇기 때문에… 현대 아이들에게는 스스로의 힘으로 세상을 헤쳐 나가는 영웅

---

39 보헤뮬Bochemuhl, A. 1986, 〈이야기 - 리듬, 구조와 상 Stories - rhythm, structure and image〉(동화 학회Fairy Tales Conference, Sydney, 1986)

의 형상을 보여 주는 것이 중요하다."**40**

교사이자 교육 상담가, 이야기꾼으로서 오랜 시간 경험에 의하면, 동화 속에는 깊이를 헤아릴 수 없는 지혜가 담겨 있으며, 그것은 시간을 초월한다. 그러므로 물질주의와 기계 문명이 지배하는 새 천년을 살아가는 지금, 동화는 아이들이 성장하면서 만날 물질주의적 세계관에 대한 좋은 대비책이며, 현대 사회에 만연한 갈등을 극복할 건강한 토대가 될 것이라 확신한다.

오늘날 어린 영혼들이 점차 강고해지는 기술 환경 탓에 지나치게 빠르게 지능이 발달하고 땅에 눈뜨는 상황에서 동화는 영혼을 감싸는 마법, 곧 유익하고 필수적인 균형추가 된다.**41**

삶이 내게 가르쳐 준 진리보다 어린 시절 읽었던 동화에 더 심오한 의미가 담겨 있다.

– 프리드리히 폰 실러Johann Christoph Friedrich von Schiller

---

40 〈마법의 효용〉 p.11
41 〈동화의 지혜〉 p.274-275

찾아보기

루돌프 마이어 Rudoif Meyer

1896-1985, 독일 하노버 출생. 인지학자이자 목사, 작가.
1916년에 인지학을 처음 만난 뒤로 활발한 강연 활동을 펼쳤다. 1921년 기독교
공동체Christiangemeinschaft 설립 초기부터 목사로 활동했으며, 1924년
루돌프 슈타이너의 생명역동농법 강의에서 칼 쾨니히Karl Konig를 만나, 그의
캠프힐 운동을 지원했다. 40여 권의 책과 400여 편의 글을 남겼다.

심희섭

서울대에서 독어독문학과 박사과정을 수료, 역서로는 『아이들 그림의 비밀』,
『어떻게 이해할까? 아르누보』, 『예술 발견-창의적 삶을 위한 미술 프로젝트』,
『유럽의 축제』, 『사랑의 심리학』, 『체 게바라』 등이 있다.

초록뱀과 아름다운 백합

요한 볼프강 폰 괴테 지음 | 최혜경 옮김 | 105*148 | 108쪽 | 6,000원

'동화'라는 문학 예술로 피어난
자연적이면서 초자연적인 '형상 인식'
대문호 괴테 동화《초록뱀과 아름다운 백합》새 번역

커다란 강을 사이에 둔 두 세계에 사는 사람들과 환상 존재들이 하나의 목적을 향해 가는 과정이 시에 가까운 문학적 표현을 통해 전개된다. 인지학을 창시한 독일 철학자 루돌프 슈타이너가 〈신비극〉을 쓰는 데 영감을 준 동화,《동화의 지혜》에서 주목한 괴테의 동화. 루돌프 슈타이너의 저서를 20년간 번역해 온 최혜경 옮김

마음에 힘을 주는
치유동화 만들기와 들려주기

수잔 페로우 지음 | 푸른씨앗 옮김 | 220*150 | 413쪽 | 20,000원

'문제' 행동을 '바람직한' 행동으로 변형시키는 이야기의 힘
전세계 교육 현장에서 본 이야기 '치유' 효과와 사례

"3살 무렵 머리 감기를 그냥 '싫어'가 아니라 발버둥을 치며 아주 싫어했다. 이리하여
〈샴푸 곰돌이〉라는 짧은 이야기가 탄생했다." 골치 아픈 행동을 하는 아이들에게
논리적인 설득이나 무서운 훈육보다 이야기의 힘이 더 강력하다. 스마트폰, 문자 메
시지의 범람에 대한 반작용으로 이야기 들려주기 문화가 세계 곳곳에서 부활하고
있다. 이 책은 여러 나라에서 '창의적인 육아 교육서'로 손꼽히는 베스트셀러. 저자가
전 세계를 다니며 '치유 이야기꾼'으로 긍정적인 효과를 본 동화와 사례가 가득하다.

재생 종이로 만든 책

푸른 씨앗의 책은 재생 종이에 콩기름 잉크로 인쇄합니다.
겉지_ 두성종이 스타 드림핀 포인트, 쥬피터 110g/m²
속지_ 전주페이퍼 Green-Light 80g/m²
인쇄_ 도담프린팅| 031-945-8894